RAMSÈS

★

Le fils de la lumière

DU MÊME AUTEUR

Romans

Le Moine et le Vénérable, Robert Laffont.
Champollion l'Égyptien, Éditions du Rocher et Pocket.
La Reine Soleil, Julliard (prix Jeand'heurs 1989) et Pocket.
Maître Hiram et le Roi Salomon, Éditions du Rocher et Pocket.
Pour l'amour de Philae, Grasset et Pocket.
L'Affaire Toutankhamon, Grasset (prix des Maisons de la Presse 1992) et Pocket.
Le Juge d'Égypte, Plon.
 * *La Pyramide assassinée.*
 ** *La Loi du désert.*
 *** *La Justice du vizir.*
Barrage sur le Nil, Robert Laffont.
La Prodigieuse Aventure du lama Dancing (épuisé).
L'Empire du pape blanc (épuisé).

Roman pour la jeunesse

La Fiancée du Nil, Magnard (prix Saint-Affrique 1993).

Essais sur l'Égypte ancienne

L'Égypte des grands pharaons (couronné par l'Académie française), Perrin.
Pouvoir et Sagesse selon l'Égypte ancienne, Éditions du Rocher.
Le Monde magique de l'Égypte ancienne, Éditions du Rocher.
Les Grands Monuments de l'Égypte ancienne, Perrin.
L'Égypte ancienne au jour le jour, Perrin.
Le Voyage dans l'autre monde selon l'Égypte ancienne, Éditions du Rocher.
Néfertiti et Akhénaton, le couple solaire, Perrin.
La Vallée des Rois. Histoire et découverte d'une demeure d'éternité, Perrin.
L'Enseignement du sage égyptien Ptahhotep. Le plus ancien livre du monde, Éditions de la Maison de Vie.
Initiation à l'égyptologie, Éditions de la Maison de Vie.
Rubrique « Archéologie égyptienne », dans le *Grand Dictionnaire encyclopédique*, Larousse.
Le Petit Champollion illustré, Les hiéroglyphes à la portée de tous ou Comment devenir scribe amateur tout en s'amusant, Robert Laffont.

Autres essais

Le Message des bâtisseurs de cathédrales (épuisé).
Le Message des constructeurs de cathédrales, Éditions du Rocher.
Saint-Bertrand-de-Comminges (épuisé).
Saint-Just-de-Valcabrère (épuisé).
Le Livre des Deux Chemins, symbolique du Puy-en-Velay (épuisé).
Le Voyage initiatique, ou les Trente-Trois Degrés de la sagesse, Éditions du Rocher.
Le Message initiatique des cathédrales, Éditions de la Maison de Vie.

Albums

Le Voyage sur le Nil, Perrin.
Sur les pas de Champollion, l'Égypte des hiéroglyphes, Trinckvel.
Le Voyage aux Pyramides, Perrin.
Karnak et Louxor, Pygmalion.
La Vallée des Rois. Images et mystères, Perrin.

CHRISTIAN JACQ

RAMSÈS

★

Le fils de la lumière

Roman

LE GRAND LIVRE DU MOIS

À PARAÎTRE :

Le Temple des millions d'années : Janvier 1996.
La Bataille de Kadesh : Avril 1996.
La Dame d'Abou Simbel : Septembre 1996.
Sous l'acacia d'Occident : Janvier 1997.

ISBN 2-221-08153-6.

Avant-propos

« Ramsès, le plus grand des vainqueurs, le Roi Soleil gardien de la Vérité » : c'est en ces termes que Jean-François Champollion, qui ouvrit les portes de l'Égypte en déchiffrant les hiéroglyphes, décrit le pharaon Ramsès II auquel il vouait un véritable culte.

Le nom de Ramsès, il est vrai, a traversé les siècles et vaincu le temps ; à lui seul, il incarne la puissance et la grandeur de l'Égypte pharaonique, mère spirituelle des civilisations occidentales. Pendant soixante-sept ans, de 1279 à 1212 av. J.-C., Ramsès, « le fils de la lumière », portera à son apogée la gloire de son pays et fera rayonner sa sagesse.

Sur la terre d'Égypte, le voyageur rencontre Ramsès à chaque pas ; n'a-t-il pas laissé sa marque sur un nombre incalculable de monuments, soit construits par ses maîtres d'œuvre, soit restaurés sous son règne ? Et chacun pense aux deux temples d'Abou Simbel, où règne à jamais le couple formé de Ramsès divinisé et de Néfertari, grande épouse royale, à l'immense salle à colonnes du temple de Karnak, au colosse assis et souriant du temple de Louxor.

Ramsès n'est pas un héros de roman, mais de plusieurs romans, d'une véritable épopée qui nous conduit de son initiation à la fonction pharaonique sous la conduite de son père, Séthi, à la stature aussi impressionnante que celle de son fils, jusqu'aux derniers jours d'un monarque qui eut à affronter de multiples épreuves. C'est pourquoi je lui ai consacré cette suite romanesque composée de cinq volumes qui paraîtront au rythme de un par trimestre, de manière à pouvoir évoquer les extraordinaires dimensions d'un destin auquel participèrent des personnages inoubliables comme Séthi, son épouse Touya, la sublime Néfertari, Iset la Belle, le poète Homère, le charmeur de serpents Sétaou, l'Hébreu Moïse et tant d'autres qui revivront au fil des pages.

La momie de Ramsès a été conservée. Des traits du grand vieillard se dégage une formidable impression de puissance. Nombre de visiteurs de la salle des momies, au musée du Caire, ont eu l'impression qu'il allait sortir de son sommeil. Ce que la mort physique refuse à Ramsès, la magie du roman a le pouvoir de le lui accorder. Grâce à la fiction et à l'égyptologie, il est possible de partager ses angoisses et ses espérances, de vivre ses échecs et ses succès, de rencontrer les femmes qu'il a aimées, de souffrir des trahisons subies et de se réjouir des amitiés indéfectibles, de lutter contre les forces du mal et de rechercher cette lumière d'où tout est issu et vers laquelle tout revient.

Ramsès le grand... Quel compagnon de route, pour un romancier ! De son premier combat contre un taureau sauvage jusqu'à l'ombre apaisante de l'acacia d'Occident, c'est le destin d'un immense pharaon qui se joue, lié à celui de l'Égypte, le pays aimé des dieux. Une terre d'eau et de soleil, où les mots rectitude, justice et beauté avaient un sens et s'incarnaient dans le quotidien. Une terre où l'au-delà et l'ici-bas étaient sans cesse en contact, où la vie pouvait renaître de la mort, où la présence de l'invisible était palpable, où l'amour de la vie et de l'impérissable élargissait le cœur des êtres et le rendait joyeux.

En vérité, l'Égypte de Ramsès.

CARTE DE L'ÉGYPTE

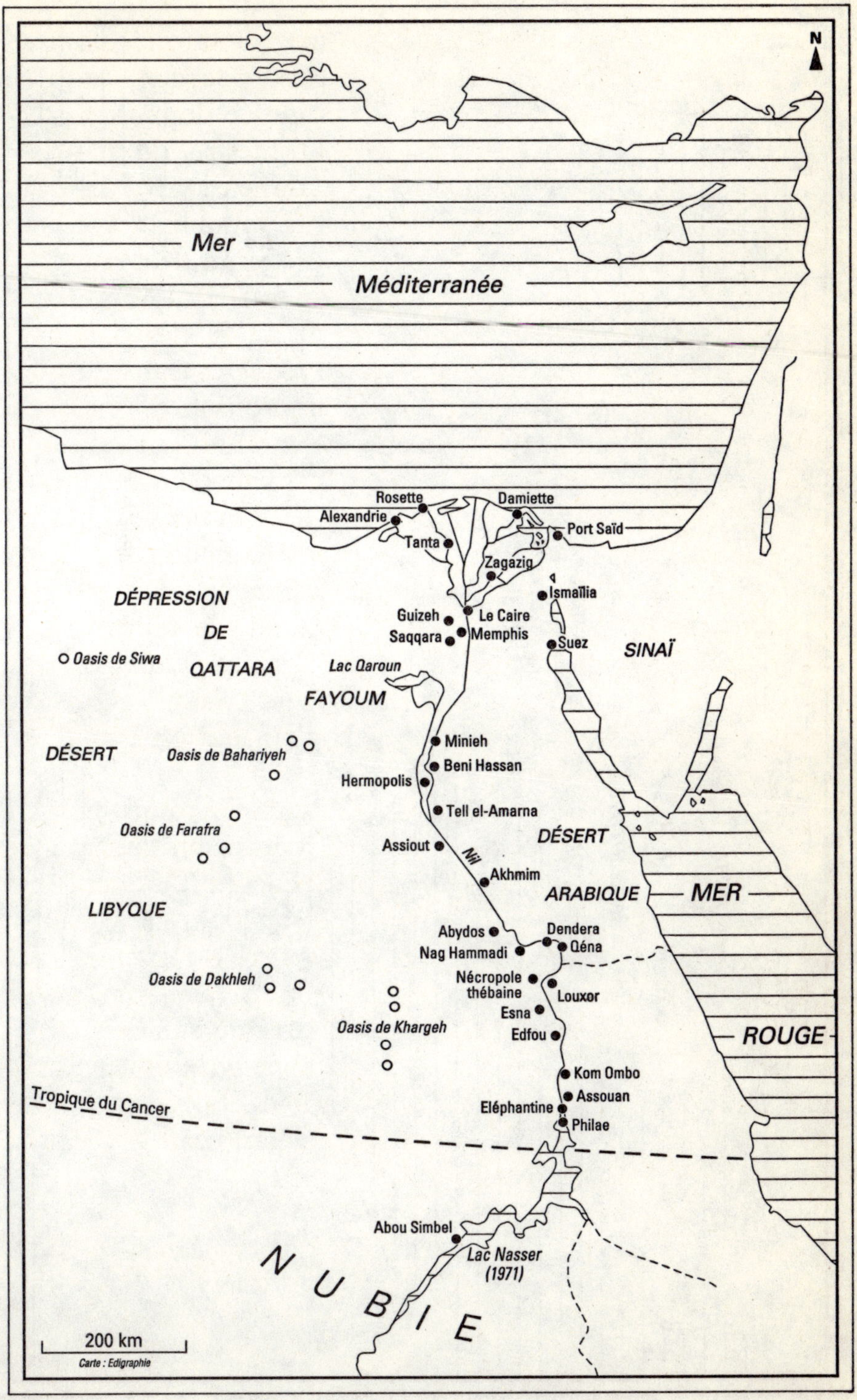

CARTE DE L'ANCIEN PROCHE-ORIENT
ou Nouvel Empire

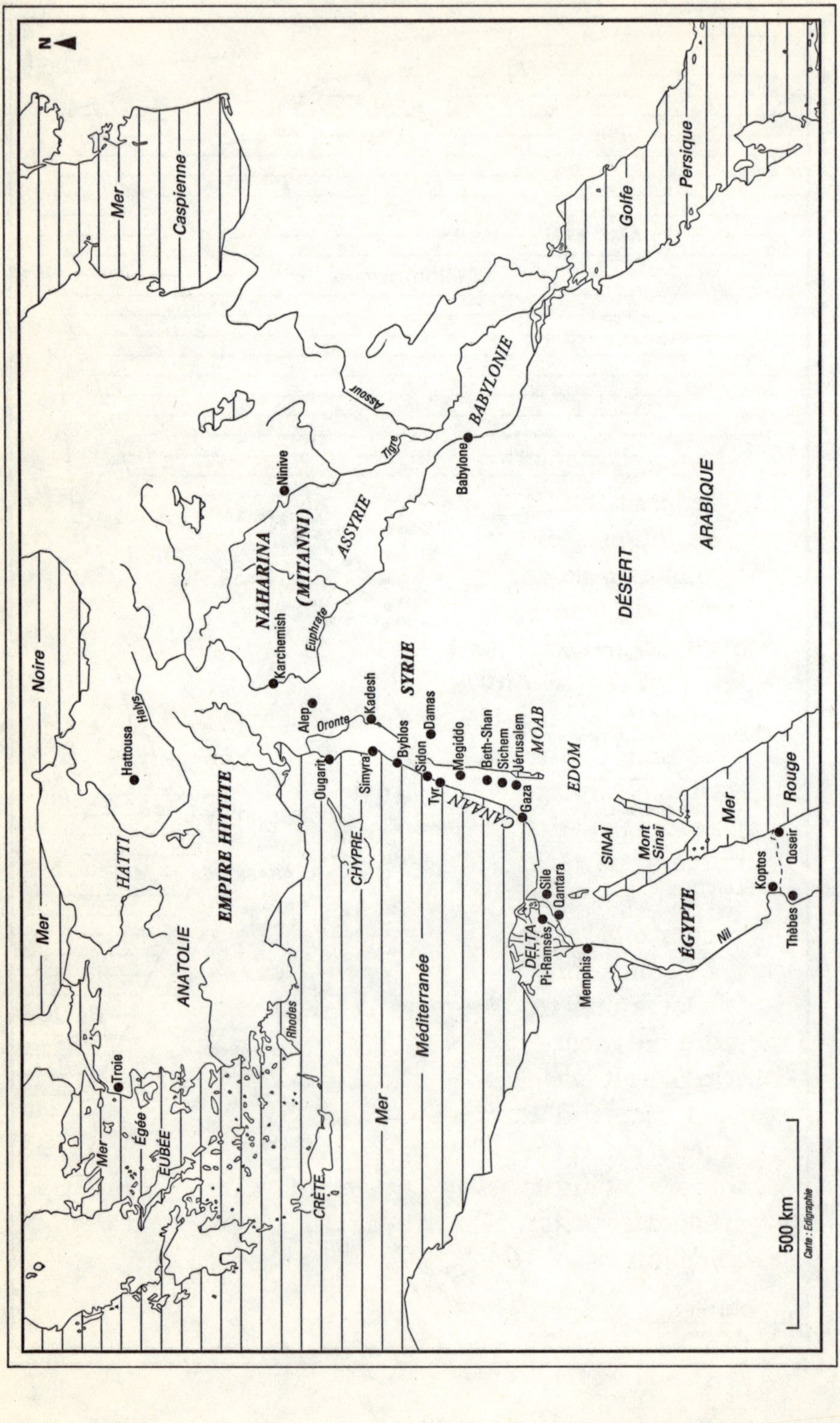

1

Le taureau sauvage, immobile, fixait le jeune Ramsès.

La bête était monstrueuse ; les pattes épaisses comme des piliers, de longues oreilles pendantes, une barbe raide à la mâchoire inférieure, la robe brun et noir, elle venait de sentir la présence du jeune homme.

Ramsès était fasciné par les cornes du taureau, rapprochées et renflées à leur base avant de se recourber vers l'arrière puis de se diriger vers le haut, formant une sorte de casque terminé par des pointes acérées, capables de déchirer la chair de n'importe quel adversaire.

L'adolescent n'avait jamais vu taureau si énorme.

L'animal appartenait à une race redoutable, que les meilleurs chasseurs hésitaient à défier ; paisible au milieu de son clan, secourable pour ses congénères blessés ou malades, attentif à l'éducation des jeunes, le mâle devenait un guerrier terrifiant lorsqu'on troublait sa quiétude. Rendu furieux par la moindre provocation, il chargeait à une vitesse surprenante et ne décolérait pas avant d'avoir terrassé son adversaire.

Ramsès recula d'un pas.

La queue du taureau sauvage fouetta l'air ; il lança un regard féroce à l'intrus qui avait osé s'aventurer sur ses terres, des herbages proches d'un marais où poussaient de hauts roseaux. Non loin, une vache vêlait, entourée de ses compagnes. Dans ces solitudes du bord du Nil, le grand mâle régnait sur son troupeau et ne tolérait nulle présence étrangère.

Le jeune homme avait espéré que la végétation le masquerait ; mais les yeux marron du taureau, enfoncés dans leurs orbites, ne le quittaient plus. Ramsès sut qu'il ne lui échapperait pas.

Livide, il se tourna lentement vers son père.

Séthi, le pharaon d'Égypte, celui que l'on surnommait « le taureau victorieux », se tenait à une dizaine de pas derrière son fils. Sa seule présence, disait-on, paralysait ses ennemis ; son intelligence, aiguisée comme le bec du faucon, allait en tout lieu, et il n'était rien qu'il ignorât. Élancé, le visage sévère, le front haut, le nez busqué, les pommettes saillantes, Séthi incarnait l'autorité. Vénéré et redouté, le monarque avait redonné à l'Égypte sa gloire d'antan.

À quatorze ans, Ramsès, dont la stature était déjà celle d'un adulte, rencontrait son père pour la première fois.

Jusqu'alors, il avait été élevé au palais par un nourricier, chargé de lui apprendre à devenir un homme de qualité qui, en tant que fils de roi, coulerait des jours heureux en remplissant une haute fonction. Mais Séthi l'avait arraché à son cours de hiéroglyphes pour l'emmener en pleine campagne, loin de tout village. Pas un mot n'avait été prononcé.

Lorsque la végétation était devenue trop dense, le roi et son fils avaient abandonné le char tiré par deux chevaux et s'étaient enfoncés dans les hautes herbes. L'obstacle franchi, ils avaient abouti au territoire du taureau.

De la bête sauvage ou de Pharaon, lequel était le plus effrayant ? De l'un comme de l'autre se dégageait une puissance que le jeune Ramsès se sentait incapable de maîtriser. Les conteurs n'affirmaient-ils pas que le taureau était un animal céleste, animé par le feu de l'autre monde, et que Pharaon fraternisait avec les dieux ? Malgré sa haute taille, sa robustesse et son refus de la peur, l'adolescent se sentait pris entre deux forces presque complices.

– Il m'a repéré, avoua-t-il, d'une voix qui se voulait assurée.

– Tant mieux.

Les deux premiers mots prononcés par son père résonnèrent comme une condamnation.

– Il est énorme, il...

– Et toi, qui es-tu ?

La question surprit Ramsès. De la patte avant gauche, le taureau gratta furieusement le sol ; aigrettes et hérons s'envolèrent, comme s'ils quittaient le champ de bataille.

– Es-tu un lâche ou un fils de roi ?

Le regard de Séthi transperçait l'âme.

– J'aime combattre, mais...

– Un homme véritable va jusqu'à l'extrémité de ses forces, un roi au-delà ; si tu n'en es pas capable, tu ne régneras pas et nous ne nous reverrons jamais. Aucune épreuve ne doit t'ébranler. Pars, si tu le désires ; sinon, capture-le.

Ramsès osa lever les yeux et soutenir le regard de son père.

– Vous m'envoyez à la mort.

– « Sois un taureau puissant à l'éternelle jeunesse, au cœur ferme et aux cornes acérées que nul ennemi ne pourra vaincre », m'a dit mon père ; toi, Ramsès, tu es sorti du ventre de ta mère comme un authentique taureau, et tu dois devenir un soleil rayonnant qui lancera ses rayons pour le bien de son peuple. Tu te cachais dans ma main comme une étoile ; aujourd'hui, j'ouvre les doigts. Brille ou disparais.

Le taureau émit un mugissement ; le dialogue des intrus l'irritait. Tout autour, les bruits de la campagne s'éteignaient ; du rongeur à l'oiseau, chacun percevait l'imminence du combat.

Ramsès fit face.

À la lutte à mains nues, il avait déjà vaincu des adversaires plus lourds et plus forts que lui, grâce aux prises que lui avait enseignées son nourricier. Mais quelle stratégie adopter devant un monstre de cette taille ?

Séthi remit à son fils une longue corde à nœud coulant.

– Sa force est dans sa tête ; attrape-le par les cornes et tu seras vainqueur.

Le jeune homme reprit espoir ; lors des joutes nautiques, sur le lac de plaisance du palais, il s'était maintes fois exercé au maniement des cordages.

– Dès que le taureau entendra le sifflement de ton lasso, avertit le pharaon, il se ruera sur toi ; ne le manque pas, car tu ne disposeras pas d'une seconde chance.

Ramsès répéta son geste en pensée et s'encouragea en silence. Malgré son jeune âge, il mesurait déjà plus de un mètre soixante-dix et affichait la musculature d'un athlète pratiquant plusieurs sports ; comme l'irritait la boucle de l'enfance, retenue par un ruban à la hauteur de l'oreille, cet ornement rituel composé avec ses magnifiques cheveux blonds ! Dès qu'il serait titulaire d'un poste à la cour, il serait autorisé à porter une autre coiffure.

Mais le destin lui en laisserait-il le loisir ? Certes, à maintes reprises et non sans forfanterie, le bouillant jeune homme avait appelé des épreuves dignes de lui ; il ne se doutait pas que Pharaon en personne répondrait à ses vœux, d'une manière aussi brutale.

Irrité par l'odeur de l'homme, le taureau n'attendrait plus longtemps. Ramsès serra la corde ; lorsque la bête serait capturée, il lui faudrait déployer la force d'un colosse pour l'immobiliser. Puisqu'il ne la possédait pas encore, il irait donc au-delà de lui-même, quitte à se faire éclater le cœur.

Non, il ne décevrait pas Pharaon.

Ramsès fit tournoyer son lasso ; le taureau s'élança, cornes en avant.

Surpris par la vitesse de l'animal, le jeune homme s'écarta en faisant deux pas de côté, détendit son bras droit et lança le lasso qui ondula comme un serpent et heurta le dos du monstre. En achevant son mouvement, Ramsès dérapa sur le sol humide et tomba au moment où les cornes s'apprêtaient à l'empaler. Elles frôlèrent sa poitrine, sans qu'il fermât les yeux.

Il avait voulu voir sa mort en face.

Irrité, le taureau poursuivit sa course jusqu'aux roseaux et se retourna d'un bond ; Ramsès, qui s'était relevé, planta son regard dans le sien. Il le défierait jusqu'au dernier instant et prouverait à Séthi qu'un fils de roi savait mourir dignement.

L'élan du monstre fut brisé net ; la corde que tenait fermement Pharaon enserrait ses cornes. Fou furieux, secouant la tête au risque de se briser la nuque, la bête tenta en vain de se dégager ; Séthi utilisait sa force désordonnée pour la retourner contre lui.

– Empoigne sa queue ! ordonna-t-il à son fils.

Ramsès accourut et agrippa la queue presque nue, pourvue d'une touffe de crin à l'extrémité, cette queue que Pharaon portait accrochée à la ceinture de son pagne, en tant que maître de la puissance du taureau.

Vaincu, l'animal se calma, se contentant de souffler et de grogner. Le roi le relâcha, après avoir fait signe à Ramsès de se placer derrière lui.

– Cette espèce est indomptable ; un mâle comme celui-là fonce à travers le feu et l'eau, et sait même se cacher derrière un arbre pour mieux surprendre son ennemi.

L'animal tourna la tête de côté et dévisagea un instant son adversaire. Comme s'il se savait impuissant face au Pharaon, il s'éloigna à pas tranquilles vers son territoire.

– Vous êtes plus fort que lui !

– Nous ne sommes plus des adversaires, parce que nous avons conclu un pacte.

Séthi sortit un poignard de son étui en cuir et, d'un geste rapide et précis, coupa la boucle de l'enfance.

– Mon père...

– Ton enfance est morte ; la vie commence demain, Ramsès.

– Je n'ai pas vaincu le taureau.

– Tu as vaincu la peur, le premier des ennemis sur le chemin de la sagesse.

– Y en a-t-il beaucoup d'autres ?

– Sans doute davantage que les grains de sable du désert.

La question brûlait les lèvres du jeune homme.

– Dois-je comprendre... que vous m'avez choisi comme successeur ?

– Crois-tu que le courage suffise à gouverner les hommes ?

2

Sary, le nourricier de Ramsès, parcourait le palais en tous sens à la recherche de son élève. Ce n'était pas la première fois que le jeune homme désertait le cours de mathématiques pour s'occuper des chevaux ou lancer un concours de natation avec sa bande d'amis, dissipés et rétifs.

Bedonnant, jovial, détestant l'exercice physique, Sary pestait sans cesse contre son disciple, mais s'inquiétait à la moindre incartade. Son mariage avec une femme beaucoup plus jeune que lui, la sœur aînée de Ramsès, lui avait valu d'occuper le poste envié de nourricier du prince.

Envié... Par ceux qui ne connaissaient pas le caractère entier et impossible du fils cadet de Séthi ! Sans une patience innée et un acharnement à ouvrir l'esprit d'un gamin souvent insolent et trop sûr de lui, Sary aurait dû renoncer à sa tâche. Conformément à la tradition, le pharaon ne s'occupait pas de l'éducation de ses jeunes enfants ; il attendait le moment où l'adulte perçait sous l'adolescent pour le rencontrer et l'éprouver, afin de savoir s'il serait digne de régner. Dans le cas présent, la décision était prise depuis longtemps : ce serait Chénar, le frère aîné de Ramsès, qui monterait sur le trône. Encore fallait-il canaliser la fougue du cadet, afin qu'il devienne au mieux un bon général, au pire un courtisan comblé.

La trentaine épanouie, Sary aurait volontiers passé son temps au bord de l'étang de sa villa, en compagnie de son épouse de vingt ans ; mais ne se serait-il pas ennuyé ? Grâce à Ramsès, aucun jour ne ressemblait au précédent. La soif de vivre de ce garçon était inextinguible, son imagination sans bornes ; il avait épuisé plusieurs nourriciers avant d'accepter Sary. Malgré la fréquence des heurts, ce dernier parvenait à ses fins : ouvrir l'esprit du jeune homme à toutes les sciences que devait connaître et pratiquer un scribe. Sans qu'il se l'avouât, affiner l'intelligence déliée de Ramsès, aux intuitions parfois exceptionnelles, était un réel plaisir.

Depuis quelque temps, le jeune homme changeait. Lui qui ne supportait pas une minute d'inactivité s'attardait sur les *Maximes* du vieux sage Ptah-hotep ; Sary l'avait même surpris à rêver en regardant les danses des hirondelles dans la lumière du matin. La maturation tentait d'accomplir son œuvre ; chez bien des êtres, elle échouait. Le nourricier se demandait de quel bois serait fait l'homme Ramsès, si le feu de la jeunesse se transformerait en un autre feu, moins indiscipliné mais aussi vigoureux.

Comment ne pas être inquiet, devant tant de dons ? À la cour, comme dans n'importe quelle couche de la société, les médiocres, dont la perpétuation était assurée, prenaient en grippe, voire en haine, ceux dont la personnalité rendait plus terne encore leur insignifiance. Bien que la succession de Séthi ne suscitât pas de perplexité et que Ramsès n'ait point à se soucier des inévitables intrigues fomentées par les hommes de pouvoir, ses lendemains seraient peut-être moins riants que prévus. D'aucuns songeaient déjà à l'écarter des fonctions majeures de l'État, à commencer par son propre frère. Que deviendrait-il, relégué dans une lointaine province, s'habituerait-il à une existence campagnarde et au simple rythme des saisons ?

Sary n'avait pas osé dévoiler ses tourments à la sœur de son disciple, dont il redoutait le papotage. Quant à s'en ouvrir à Séthi, impossible ; bourreau de travail, le pharaon était bien trop occupé à gérer le pays, chaque jour plus florissant, pour prêter attention aux états d'âme d'un nourricier. Il était bon que le père et le fils n'eussent aucun contact ; face à un être aussi puissant que Séthi, Ramsès n'aurait eu d'autre choix que la révolte ou l'anéantissement. Décidément, la tradition avait du bon ; les pères n'étaient pas les mieux placés pour élever leurs enfants.

L'attitude de Touya, grande épouse royale et mère de Ramsès, se révélait fort différente ; Sary était l'un des seuls à constater sa préférence marquée pour son fils cadet. Cultivée, raffinée, elle connaissait les qualités et les travers de chaque courtisan ; régnant en authentique souveraine sur la maisonnée royale, elle veillait sur le strict respect de l'étiquette et jouissait de l'estime des nobles comme de celle du peuple. Mais Sary avait peur de Touya ; s'il l'importunait avec des craintes ridicules, il serait déconsidéré. La reine n'appréciait pas les bavards ; une accusation infondée lui paraissait aussi grave qu'un mensonge. Mieux valait se taire plutôt que de passer pour un prophète de mauvais augure.

Malgré sa répugnance, Sary se rendit aux écuries ; il craignait les chevaux et leurs ruades, détestait la compagnie des palefreniers et plus encore celle des cavaliers, épris d'exploits inutiles. Indifférent aux plaisanteries qui saluèrent son passage, le nourricier chercha en vain son disciple ; personne ne l'avait vu depuis deux jours, et l'on s'étonnait de cette absence.

Des heures durant, oubliant de déjeuner, Sary tenta de retrouver Ramsès. Épuisé, couvert de poussière, il se résigna à rentrer au palais lorsque la nuit tomba. Bientôt, il devrait signaler la disparition de son disciple et prouver qu'il était tout à fait étranger à ce drame. Et comment affronter la sœur du prince ?

Morose, le nourricier omit de saluer ses collègues qui sortaient de la salle d'enseignement ; dès le lendemain matin, il interrogerait, sans grand espoir, les meilleurs amis de Ramsès. S'il ne recueillait aucun indice, il faudrait admettre l'horrible réalité.

Quelle faute contre les dieux Sary avait-il commise pour être ainsi torturé par un mauvais génie ? Voir sa carrière brisée relevait de l'injustice la plus criante ; on le chasserait de la cour, son épouse le répudierait, il serait réduit à la condition de blanchisseur ! Épouvanté à l'idée de subir une telle déchéance, Sary s'assit en scribe à l'endroit habituel.

D'ordinaire, en face de lui, Ramsès, tantôt attentif, tantôt rêveur, et toujours capable de lui offrir une réplique inattendue. À l'âge de huit ans, il avait réussi à tracer les hiéroglyphes d'une main sûre et à calculer l'angle de pente d'une pyramide... parce que l'exercice lui avait plu.

Le nourricier ferma les yeux, afin de garder en mémoire les meilleurs moments de son ascension sociale.

– Es-tu malade, Sary ?

Cette voix... Cette voix déjà grave et autoritaire !

– C'est toi, c'est bien toi ?

– Si tu dors, continue ; sinon, regarde.

Sary ouvrit les yeux.

C'était bien Ramsès, lui aussi couvert de poussière, mais l'œil brillant.

– Nous avons besoin de nous laver, l'un et l'autre ; où t'es-tu égaré, nourricier ?

– Dans des endroits insalubres, comme les écuries.

– M'aurais-tu cherché ?

Stupéfait, Sary se leva et tourna autour de Ramsès.

– Qu'as-tu fait de la boucle de l'enfance ?

– Mon père l'a coupée lui-même.

– Impossible ! Le rituel exige que...

– Mettrais-tu ma parole en doute ?

– Pardonne-moi.

– Assieds-toi, nourricier, et écoute.

Impressionné par le ton du prince qui n'était plus un enfant, Sary obéit.

– Mon père m'a fait subir l'épreuve du taureau sauvage.

– Ce... ce n'est pas possible !

– Je n'ai pas été vainqueur, mais j'ai affronté le monstre et je crois... que mon père m'a choisi comme futur régent !

– Non, mon prince ; c'est ton frère aîné qui fut désigné.

– A-t-il subi l'épreuve du taureau ?

– Séthi voulait simplement te confronter au danger que tu aimes tant.

– Aurait-il gaspillé son temps pour si peu ? Il m'a appelé vers lui, j'cn suis sûr !

– Ne t'enivre pas, renonce à cette folie.

– Folie ?

– Bien des personnalités influentes de la cour ne t'apprécient guère.

– Que me reproche-t-on ?

– D'être toi-même.

– M'inviterais-tu à rentrer dans le rang ?

– La raison l'exige.

– Elle n'a pas la force d'un taureau.

– Les jeux du pouvoir sont plus cruels que tu ne l'imagines ; la bravoure ne suffit pas pour en sortir vainqueur.

– Eh bien, tu m'aideras.

– Pardon ?

– Tu connais bien les mœurs de la cour ; identifie mes amis et mes ennemis, et conseille-moi.

– Ne m'en demande pas trop... Je ne suis que ton nourricier.

– Oublierais-tu que mon enfance est morte ? Ou bien tu deviens mon précepteur, ou bien nous nous séparons.

– Tu m'obliges à prendre des risques inconsidérés et tu n'es pas taillé pour le pouvoir suprême ; ton frère aîné s'y prépare depuis longtemps. Si tu le provoques, il te détruira.

3

Enfin, le grand soir.

La nouvelle lune renaissait, la nuit était noire à souhait. À tous ses condisciples élevés comme lui par des nourriciers royaux, Ramsès avait fixé un rendez-vous décisif. Seraient-ils capables d'échapper à la surveillance des gardiens et de se retrouver au cœur de la ville pour traiter de l'essentiel, de cette question qui leur brûlait le cœur et que personne n'osait poser ?

Ramsès sortit de sa chambre par la fenêtre et sauta du premier étage ; la terre meuble du jardin fleuri amortit le choc, et le jeune homme longea le bâtiment. Les gardes ne l'effrayaient pas ; certains dormaient, d'autres jouaient aux dés. S'il avait la malchance d'en croiser un qui remplissait correctement sa mission, il palabrerait ou l'assommerait.

Dans son exaltation, il avait oublié un garde-chiourme qui, lui, ne paressait pas : un chien jaune or de taille moyenne, trapu et musclé, aux oreilles pendantes, et à la queue en spirale. Planté au milieu du chemin, il n'aboya pas, mais interdit le passage.

D'instinct, Ramsès chercha son regard ; le chien s'assit sur son derrière, sa queue s'agita en cadence. Le jeune homme s'approcha et le caressa ; entre eux, l'amitié avait été immédiate. Sur le collier de cuir teint en rouge, un nom : « Veilleur. »

– Et si tu m'accompagnais ?

Veilleur approuva d'un hochement de son museau court, couronné d'une truffe noire. Il guida son nouveau maître vers la sortie du domaine où étaient éduqués les futurs notables d'Égypte.

Malgré l'heure tardive, de nombreux badauds déambulaient encore dans les rues de Memphis, la plus ancienne capitale du pays ; en dépit de la richesse de Thèbes la méridionale, elle gardait son prestige d'antan. Les grandes universités avaient leur siège à Memphis, et c'était là que les enfants de la famille royale et ceux jugés dignes d'accéder aux plus hautes fonctions recevaient une éducation rigoureuse et intense. Être admis dans le *Kap*, « le lieu clos, protégé et nourricier », suscitait bien des envies, mais ceux qui y résidaient depuis leur petite enfance, comme Ramsès, n'avaient d'autre désir que de s'en échapper !

Vêtu d'une tunique à manches courtes de qualité médiocre, qui le faisait ressembler à n'importe quel passant, Ramsès atteignit la célèbre maison de bière du quartier de l'école de médecine, où les futurs thérapeutes aimaient à prendre du bon temps après de dures journées d'étude. Comme Veilleur ne le quittait plus, le prince ne le repoussa pas et entra avec lui dans l'établissement interdit aux « enfants du *Kap* ».

Mais Ramsès n'était plus un enfant et il avait réussi à sortir de sa prison dorée.

Dans la grande salle de la maison de bière, aux murs peints à la chaux, nattes et tabourets accueillaient des clients enjoués, amateurs de bière forte, de vin et de liqueur de palme. Le patron montrait volontiers ses amphores en provenance du Delta, des oasis ou de Grèce, et vantait la qualité de ses produits. Ramsès choisit un endroit tranquille, d'où il surveilla la porte d'entrée.

– Que veux-tu ? demanda un serveur.

– Pour le moment, rien.

– Les inconnus payent d'avance.

Le prince lui tendit un bracelet en cornaline.

– Ça te suffira ?

Le serveur examina l'objet.

– Ça ira. Vin ou bière ?

– Ta meilleure bière.

– Combien de coupes ?

– Je ne sais pas encore.

– J'apporte la jarre... Quand tu seras fixé, tu auras les coupes.

Ramsès s'aperçut qu'il ignorait la valeur des produits ; sans doute l'homme le volait-il. Il était temps, sans nul doute, de sortir de sa grande école, trop bien protégée du monde extérieur.

Veilleur à ses pieds, le prince fixa l'entrée de la maison de bière. Qui, parmi ses compagnons d'étude, oserait tenter l'aventure ? Il fit des paris, élimina les plus veules et les plus carriéristes, et se cantonna à trois noms. Ceux-là ne reculeraient pas devant le danger.

Il sourit lorsque Sétaou franchit le seuil de l'établissement.

Trapu, viril, les muscles saillants, la peau mate et les cheveux noirs, la tête carrée, Sétaou était fils d'un marin et d'une Nubienne. Son exceptionnelle endurance, ainsi que ses dons pour la chimie et l'étude des plantes, avaient attiré l'attention de son instituteur ; les professeurs du *Kap* ne regrettaient pas de lui avoir ouvert les portes de l'enseignement supérieur.

Peu bavard, Sétaou s'assit à côté de Ramsès.

Les deux garçons n'eurent pas le loisir de discuter, car entra Améni, petit, maigre et fluet ; le teint pâle, les cheveux déjà rares malgré son jeune âge, il se révélait incapable de faire du sport et de porter de lourdes charges, mais surpassait les membres de sa promotion dans l'art d'écrire les hiéroglyphes. Travailleur infatigable, il ne dormait que trois ou quatre heures par nuit et connaissait les grands auteurs mieux que son professeur de littérature. Fils de plâtrier, il était devenu le héros de la famille.

– J'ai réussi à sortir, annonça-t-il fièrement, en offrant mon dîner à un garde.

Lui aussi, Ramsès l'attendait ; il savait que Sétaou userait de la force, si nécessaire, et qu'Améni emploierait la ruse.

Le troisième arrivant surprit le prince ; jamais il n'aurait cru que le riche Âcha eût pris de tels risques. Fils unique de nobles fortunés, le séjour au *Kap* était, pour lui, un passage naturel et obligé avant d'entreprendre une carrière de haut fonctionnaire. Élégant, les membres déliés, le visage allongé, il portait une petite moustache très soignée et posait sur autrui un regard souvent dédaigneux. Sa voix onctueuse et ses yeux brillant d'intelligence envoûtaient ses interlocuteurs.

Il s'assit en face du trio.

– Étonné, Ramsès ?

– J'avoue que oui.

– M'encanailler avec vous pendant une soirée ne me déplaît pas ; l'existence me paraissait bien monotone.

– Nous risquons des sanctions.

– Elles ajouteront du sel à ce plat inédit ; sommes-nous au complet ?

– Pas encore.

– Ton meilleur ami t'aurait-il trahi ?

– Il viendra.

Ironique, Âcha fit servir la bière... Ramsès n'y toucha pas ; l'inquiétude et la déception lui serraient la gorge. Se serait-il si lourdement trompé ?

– Le voilà ! s'exclama Améni.

Grand, les épaules larges, la chevelure abondante, un collier de barbe ornant son menton, Moïse faisait beaucoup plus âgé que ses quinze ans. Fils de travailleurs hébreux installés en Égypte depuis plusieurs générations, il avait été admis au *Kap* dès sa prime jeunesse en raison de facultés intellectuelles remarquables. Comme sa force physique était l'égale de celle de Ramsès, les deux garçons n'avaient pas tardé à s'affronter sur tous les terrains, avant de conclure un pacte de non-agression et de présenter un front commun à leurs enseignants.

– Un vieux garde voulait m'empêcher de sortir ; comme je me refusais à l'assommer, j'ai dû le convaincre du bien-fondé de mon expédition.

On se congratula et l'on vida une coupe, qui possédait le goût inimitable de l'interdit.

– Répondons à la seule question importante, exigea Ramsès : comment obtenir la vraie puissance ?

– Par la pratique des hiéroglyphes, répondit aussitôt Améni ; notre langue est celle des dieux, les sages l'ont utilisée pour transmettre leurs préceptes. « Imite tes ancêtres, est-il écrit, car ils connurent la vie avant toi. Le pouvoir est donné par la connaissance, seul l'écrit immortalise. »

– Fadaises de lettrés, objecta Sétaou.

Améni s'empourpra.

– Nieras-tu que le scribe détienne le vrai pouvoir ? La tenue, la politesse, le savoir-vivre, l'exactitude, le respect de la parole donnée, le refus de la malhonnêteté et de l'envie, la maîtrise de soi, l'art du silence pour mieux donner la première place à l'écriture, voilà les qualités que je veux développer.

– Insuffisant, jugea Âcha ; le pouvoir suprême est celui de la diplomatie. C'est pourquoi je partirai bientôt pour l'étranger, afin d'apprendre les langues de nos alliés et de nos adversaires, de comprendre comment fonctionne le commerce international, quelles sont les intentions réelles des autres dirigeants, et de pouvoir ainsi les manipuler.

– Voilà bien l'ambition d'un homme de la ville qui a perdu tout contact avec la nature, déplora Sétaou. La ville, le vrai danger qui nous guette !

– Tu ne nous parles pas de ta conquête de la puissance, remarqua Âcha, pointu.

– Il n'est qu'un seul chemin, où se mêlent sans cesse la vie et la mort, la beauté et l'horreur, le remède et le poison : celui des serpents.

– Tu plaisantes ?

– Où se trouvent les serpents ? Dans le désert, dans les champs, dans les marécages, au bord du Nil et des canaux, sur les aires de battage, dans les abris de bergers, dans les parcs à bétail et même dans les recoins sombres et frais des maisons ! Les serpents sont partout, et ils détiennent le secret de la création. Je consacrerai mon existence à le leur extirper.

Personne ne s'avisa de critiquer Sétaou, qui semblait avoir mûrement préparé sa décision.

– Et toi, Moïse ? interrogea Ramsès.

Le jeune colosse hésita.

– Je vous envie, mes amis, car je suis incapable de répondre. D'étranges pensées m'agitent, mon esprit vagabonde, mais mon destin reste obscur. On doit m'attribuer un poste important dans un grand harem *, et je suis prêt à accepter, dans l'attente d'une aventure plus exaltante.

Les regards des quatre jeunes gens se tournèrent vers Ramsès.

– Il n'existe qu'une véritable puissance, déclara-t-il : celle de Pharaon.

---

* En Égypte ancienne, un harem n'était pas une prison dorée pour jolies femmes, mais une grande institution économique que nous décrirons plus loin.

4

– Tu ne nous surprends guère, déplora Âcha.

– Mon père m'a fait subir l'épreuve du taureau sauvage, révéla Ramsès ; pourquoi, sinon pour me préparer à devenir Pharaon ?

Ces mots laissèrent sans voix les quatre condisciples du prince ; Âcha fut le premier à reprendre ses esprits.

– Séthi n'a-t-il pas désigné ton frère aîné pour lui succéder ?

– En ce cas, pourquoi ne lui a-t-il pas imposé la rencontre avec le monstre ?

Améni était radieux.

– C'est merveilleux, Ramsès ! Être l'ami du futur pharaon, quel miracle !

– Ne t'emballe pas, recommanda Moïse ; Séthi n'a peut-être pas encore choisi.

– Serez-vous avec moi ou contre moi ? demanda Ramsès.

– Avec toi, jusqu'à la mort ! répondit Améni.

Moïse hocha la tête, affirmativement.

– La question demande réflexion, estima Âcha ; si je m'aperçois que tes chances augmentent, je cesserai peu à peu de croire en ton frère aîné. Dans le cas contraire, je ne soutiendrai pas un vaincu.

Améni serra les poings.

– Tu mériterais...

– Peut-être suis-je le plus sincère de nous tous, avança le futur diplomate.

– Ça m'étonnerait, rétorqua Sétaou ; la seule position réaliste, c'est la mienne.

– La divulgueras-tu ?

– Les belles paroles ne m'intéressent pas ; seuls comptent les actes. Un futur roi doit être capable d'affronter les serpents ; lors de la prochaine nuit de pleine lune, lorsqu'ils seront tous sortis de leurs repaires, j'emmènerai Ramsès à leur rencontre. Nous verrons bien s'il est à la hauteur de ses ambitions.

– Refuse ! implora Améni.

– J'accepte, dit Ramsès.

Le scandale fit trembler la vénérable institution du *Kap*. Jamais, depuis sa fondation, les élèves les plus brillants de la promotion ne s'étaient autorisés à violer ainsi le règlement intérieur. À son corps défendant, Sary fut chargé par ses collègues de convoquer les cinq coupables et de leur infliger de lourdes sanctions. Quelques jours avant les vacances d'été, la tâche lui paraissait d'autant plus insurmontable que des postes venaient d'être attribués aux cinq jeunes gens, couronnement de leurs efforts et de leurs capacités. Pour eux, la porte du *Kap* s'ouvrait grande sur la vie active.

Ramsès jouait avec son chien, qui s'était vite accoutumé aux nourritures partagées avec son maître. La course folle après une balle de chiffon que lançait le prince parut interminable au nourricier, mais son royal élève n'admettait pas que l'on interrompît les distractions de l'animal, fort mal soigné, d'après lui, par son propriétaire précédent.

Épuisé, la langue pendante, haletant, Veilleur lapa l'eau d'un bol en terre cuite.

– Ta conduite, Ramsès, mérite un blâme.

– Pour quel motif?

– Cette sordide escapade...

– N'exagère pas, Sary; nous n'étions même pas ivres.

– Escapade d'autant plus stupide que tes camarades avaient fini leur temps.

Ramsès prit le nourricier par les épaules.

– Une bonne nouvelle, de ta part! Parle, vite!

– Les sanctions...

– Nous verrons plus tard! Moïse?

– Nommé intendant-adjoint au grand harem de Mer-Our, au Fayoum *; une bien lourde responsabilité pour de si jeunes épaules.

– Il bousculera les vieux fonctionnaires engoncés dans leurs privilèges. Améni?

– Il entre au bureau des scribes du palais.

– Parfait! Sétaou?

– Il recevra le rouleau des guérisseurs et charmeurs de serpents, et sera chargé de la récolte du venin pour la préparation des remèdes. À moins que des sanctions...

– Et Âcha?

– Après avoir perfectionné sa connaissance du libyen, du syrien et du hittite, il partira pour Byblos et y occupera son premier poste d'interprète. Mais toutes ces nominations sont bloquées!

– Par qui?

– Par le régisseur du *Kap*, les professeurs et moi-même. Votre conduite est inacceptable.

Ramsès réfléchit.

Si l'affaire s'envenimait, elle remonterait au vizir, puis à Séthi; beau moyen, en vérité, de susciter la colère royale!

– En toutes choses, Sary, ne faut-il pas rechercher la justice?

– Certes.

* Une centaine de kilomètres au sud-ouest du Caire.

– Donc, punissons l'unique coupable : moi-même.

– Mais...

– C'est moi qui ai organisé cette réunion, fixé le lieu de rendez-vous et contraint mes camarades à m'obéir. Si j'avais porté un autre nom, ils auraient refusé.

– Probable, mais...

– Annonce-leur la bonne nouvelle et cumule sur ma tête les châtiments prévus. Puisque l'affaire est réglée, laisse-moi offrir un peu de joie à ce pauvre chien.

Sary remercia les dieux ; grâce à l'idée de Ramsès, il se sortait au mieux d'une situation délicate. Le prince, qui comptait peu de sympathies dans les rangs de ses professeurs, fut condamné à résider dans les locaux du *Kap* pendant les fêtes de l'inondation, à approfondir ses connaissances mathématiques et littéraires, et à ne pas fréquenter l'écurie. Au Nouvel An, en juillet, son frère aîné paraderait aux côtés de Séthi, lorsque Pharaon célébrerait la renaissance de la crue ; l'absence de Ramsès prouverait assez son insignifiance.

Avant cette période d'isolement, que seul le chien jaune or égayerait, Ramsès fut autorisé à saluer ses condisciples.

Améni fut chaleureux et optimiste ; en poste à Memphis, tout près de son ami, il songerait chaque jour à lui et trouverait bien le moyen de lui faire parvenir quelques douceurs. Dès sa libération, l'avenir s'annoncerait riant.

Moïse se contenta de serrer Ramsès dans ses bras ; l'éloignement, à Mer-Our, lui apparaissait comme une épreuve qu'il affronterait de son mieux. Des rêves l'obsédaient, mais il n'en parlerait que plus tard, lorsque son ami serait sorti de sa cage.

Âcha fut froid et distant ; il remercia le prince pour son attitude et lui promit de lui rendre la pareille si l'occasion se présentait, ce dont il doutait ; leurs destinées n'avaient plus guère de chances de se croiser.

Sétaou rappela à Ramsès qu'il l'avait convié à rencontrer les serpents et qu'une promesse était une promesse ; il mettrait à profit ce fâcheux contretemps pour choisir l'endroit le plus favorable à cette confrontation. Il ne cacha pas son bonheur de pouvoir exercer ses talents loin des villes et d'être chaque jour au contact de la vraie puissance.

À la surprise de son nourricier, Ramsès accepta sans broncher l'épreuve de la solitude. À une période où les jeunes gens de son âge goûtaient les plaisirs de la saison de l'inondation, le prince se consacra aux mathématiques et aux vieux auteurs ; il ne s'accordait que quelques promenades dans les jardins, en compagnie de son chien. Les entretiens avec Sary portèrent sur les sujets les plus austères ; Ramsès montra une étonnante capacité de concentration, doublée d'une mémoire exceptionnelle. En quelques semaines, le jeune garçon s'était transformé en homme. Bientôt, l'ex-nourricier n'aurait plus grand-chose à lui apprendre.

Ramsès s'était engagé dans cette période de retraite forcée avec la même fougue que dans un combat à poings nus, où l'adversaire n'était autre que lui-même ; depuis son affrontement avec le taureau sauvage, il avait envie de lutter contre un autre monstre, l'adolescent prétentieux qu'il était, trop sûr de lui, impatient et désordonné. Ce combat-là n'en serait peut-être pas moins dangereux.

Sans cesse, Ramsès songeait à son père.

Peut-être ne le rencontrerait-il plus jamais, peut-être devrait-il se contenter de ce souvenir et de l'image d'un pharaon que nul ne pourrait égaler. Après avoir relâché le taureau, il lui avait permis de prendre les rênes du char pendant quelques instants. Puis, sans un mot, il s'en était emparé. Ramsès n'avait pas osé le questionner ; vivre près de lui, ne fût-ce que quelques heures, avait été un privilège.

Devenir pharaon ? Cette question n'avait plus guère de sens. Il s'était enflammé, comme à son habitude, en laissant errer son imagination.

Pourtant, il avait subi l'épreuve du taureau, un vieux rite tombé en désuétude; or, Séthi n'agissait pas à la légère.

Plutôt que de s'interroger dans le vide, Ramsès avait décidé de combler ses lacunes et de se hisser à la hauteur de son ami Améni. Quelle que fût sa fonction future, courage et fougue ne suffiraient pas à la remplir; Séthi, comme les autres pharaons, avait suivi le chemin du scribe.

Et l'idée folle le hantait de nouveau! Elle revenait comme une vague, malgré ses efforts pour la chasser. Pourtant, Sary lui avait appris que son nom, à la cour, était presque oublié; il ne comptait plus guère d'adversaires, puisqu'on le savait condamné à un exil doré dans une capitale provinciale.

Ramsès ne rétorquait rien, orientant l'entretien sur le triangle sacré permettant de bâtir la paroi d'un temple ou sur la règle des proportions nécessaires pour créer un édifice selon la loi de Maât, la frêle et merveilleuse déesse de l'harmonie et de la vérité.

Lui qui aimait tant monter à cheval, nager ou lutter à mains nues, oublia la nature et le monde extérieur, sous la houlette d'un Sary enchanté de former un savant; encore quelques années de persévérance, et l'ancien trublion se montrerait digne des maîtres d'œuvre du passé! La faute commise par Ramsès et le châtiment subi avaient remis le jeune homme sur la bonne voie.

La veille de sa libération, le prince dîna avec Sary sur le toit de la salle d'enseignement. Assis sur des nattes, ils burent de la bière fraîche, et dégustèrent du poisson séché et des fèves épicées.

– Je te félicite; ta progression est remarquable.

– Reste un détail : quel poste m'a-t-on attribué?

Le précepteur parut gêné.

– Eh bien... tu devrais songer à te reposer, après cette débauche d'efforts.

– Que signifie cette diversion?

– C'est un peu délicat, mais... Un prince peut jouir de sa position.

– Quel est mon futur poste, Sary ?
Le précepteur évita le regard de son disciple.
– Pour le moment, aucun.
– Qui a pris cette décision ?
– Ton père, le roi Séthi.

5

– Une promesse est une promesse, déclara Sétaou.

– C'est toi, c'est bien toi ?

Sétaou avait changé. Mal rasé, sans perruque, vêtu d'une tunique en peau d'antilope aux multiples poches, il ne ressemblait plus guère à l'étudiant admis dans la meilleure université du pays. Si l'un des gardes du palais ne l'avait pas reconnu, il aurait été repoussé sans ménagement.

– Que t'est-il arrivé ?

– Je fais mon métier et je tiens ma parole.

– Où comptes-tu m'emmener ?

– Tu verras bien... À moins que la peur ne fasse de toi un parjure.

Le regard de Ramsès flamboya.

– Partons.

Juchés sur des ânes, ils traversèrent la ville, en sortirent par le sud, longèrent un canal puis bifurquèrent vers le désert, en direction d'une ancienne nécropole. C'était la première fois que Ramsès quittait la vallée pour entrer dans un monde inquiétant, où la loi des hommes n'avait plus cours.

– Cette nuit, la pleine lune ! précisa Sétaou avec des yeux gourmands. Tous les serpents seront au rendez-vous.

Les ânes suivirent une piste que le prince eût été incapable d'identifier ; d'un pas sûr, et à bonne allure, ils pénétrèrent dans le cimetière abandonné.

Au loin, le bleu du Nil et le vert des cultures ; ici, le sable stérile à perte de vue, le silence et le vent. Ramsès comprit dans sa chair pourquoi les gens du temple appelaient le désert « la terre rouge de Seth », le dieu de l'orage et du feu cosmique. Seth avait brûlé le sol dans ces solitudes, mais aussi purifié les humains du temps et de la corruption. Grâce à lui, ils avaient pu construire des demeures d'éternité où les momies ne pourrissaient pas.

Ramsès respira l'air vivifiant.

Pharaon était le maître de cette terre rouge, comme de la terre noire, fertile et limoneuse, qui donnait à l'Égypte d'abondantes nourritures ; il devait en connaître les secrets, utiliser sa force et maîtriser ses pouvoirs.

– Si tu le désires, il est encore temps de renoncer.

– Que la nuit vienne vite.

Un serpent au dos rougeâtre et au ventre jaune passa près de Ramsès et se cacha entre deux pierres.

– Inoffensif, indiqua Sétaou ; cette espèce-là pullule près des monuments abandonnés. D'ordinaire, dans la journée, ils se réfugient à l'intérieur ; suis-moi.

Les deux jeunes gens descendirent une pente raide qui aboutissait à un tombeau en ruine. Ramsès hésita avant d'y pénétrer.

– Il n'y a plus la moindre momie ; l'endroit est frais et sec, tu verras. Aucun démon ne t'agressera.

Sétaou alluma une lampe à huile.

Ramsès découvrit une sorte de grotte, au plafond et aux murs taillés de manière grossière ; peut-être l'endroit n'avait-il jamais été occupé. Le charmeur de serpents avait installé plusieurs tables basses sur lesquelles étaient posés une pierre à aiguiser, un rasoir en bronze, un peigne en bois, une gourde, des tablettes en bois, une palette de scribe et quantité de pots remplis d'onguents et de pommades. Dans des jarres, il conservait les ingrédients nécessaires à la préparation des remèdes : de l'asphalte, de la limaille de cuivre, de l'oxyde de plomb, de l'ocre rouge, de l'alun, de l'argile et de nombreuses plantes, dont la bryone, le mélilot, le ricin et la valériane.

Le soir tombait, le soleil devenait orange, le désert une étendue dorée parcourue par des écharpes de sable que le vent transportait d'une dune à l'autre.

– Déshabille-toi, ordonna Sétaou.

Lorsque le prince fut nu, son ami l'enduisit d'une mixture à base d'oignons qu'il avait broyés et dilués dans l'eau.

– Les serpents ont horreur de cette odeur, expliqua-t-il. Quelle fonction t'a-t-on confiée ?

– Aucune.

– Un prince oisif? Encore un mauvais coup de ton nourricier !

– Non, un ordre de mon père.

– Tu as raté l'épreuve du taureau, on dirait.

Ramsès refusait cette évidence ; elle éclairait pourtant sa mise à l'écart.

– Oublie la cour, ses intrigues et ses coups bas ; viens travailler avec moi. Les serpents sont des ennemis redoutables mais, au moins, ils ne mentent pas.

Ramsès fut ébranlé ; pourquoi son père ne lui avait-il pas dit la vérité ? Ainsi, il s'était moqué de lui, sans lui laisser la moindre chance de prouver sa valeur.

– À présent, une vraie épreuve ; pour être immunisé, tu dois absorber un breuvage désagréable et dangereux, à base de tubercules de plantes urticacées. Il ralentit la circulation sanguine, parfois au point de l'arrêter... Si tu vomis, tu es mort. Ce n'est pas une expérience que je proposerais à Améni ; ta robuste constitution devrait la supporter. Ensuite, tu résisteras à la morsure d'un certain nombre de serpents.

– Pas de tous ?

– Pour les plus gros, il faut s'injecter chaque jour une petite dose de sang de cobra dilué. Si tu deviens un homme de métier, tu bénéficieras de ce traitement de faveur. Bois.

Le goût était horrible.

Le froid s'insinua dans ses veines, Ramsès eut le cœur au bord des lèvres.

– Tiens bon.

Vomir la douleur qui le rongeait, vomir, s'allonger et dormir...

Sétaou saisit le poignet de Ramsès.

– Tiens bon, ouvre les yeux !

Le prince se reprit ; jamais Sétaou ne l'avait vaincu à la lutte. Son estomac se détendit, la sensation de froid s'atténua.

– Tu es vraiment robuste, mais tu n'as aucune chance de régner.

– Pourquoi ?

– Parce que tu m'as fait confiance ; j'aurais pu t'empoisonner.

– Tu es mon ami.

– Qu'en sais-tu ?

– Je le sais.

– Moi, je ne fais confiance qu'aux serpents. Ils obéissent à leur nature et ne la trahissent pas ; avec les hommes, c'est différent. Ils passent leur existence à tricher et à tirer profit de leurs escroqueries.

– Toi aussi ?

– Moi, j'ai quitté la ville et je vis ici.

– Si mon existence avait été en danger, ne m'aurais-tu pas soigné ?

– Revêts cette tunique et sortons, tu es moins stupide que tu n'en as l'air.

Dans le désert, Ramsès vécut une nuit somptueuse. Ni les rires sinistres des hyènes, ni les aboiements des chacals, ni les mille et un sons étranges provenant d'un autre monde ne troublèrent son émerveillement. La terre rouge de Seth était porteuse des voix des ressuscités, elle remplaçait le charme de la vallée par la puissance de l'au-delà.

La vraie puissance... Sétaou ne l'avait-il pas découverte dans la solitude hantée du désert ?

Autour d'eux, des chuintements.

Sétaou marchait devant, frappant le sol d'un long bâton. Il se dirigeait vers un monticule de pierres que l'éclat de la pleine lune transformait en château des esprits. Suivant son guide, Ramsès ne songeait plus au danger ; à sa ceinture, le spécialiste avait accroché des sachets contenant les remèdes de première urgence, en cas de morsure.

Il s'arrêta au pied du monticule.

– Mon maître habite là, révéla Sétaou. Peut-être ne se montrera-t-il pas, car il n'aime pas les étrangers. Soyons patients, et prions l'invisible de nous accorder sa présence.

Sétaou et Ramsès s'assirent en scribe. Le prince se sentait léger, presque aérien, il goûtait l'air du désert comme une friandise. Le ciel aux milliers d'étoiles avait remplacé les murs de la salle d'enseignement.

Une forme élégante et sinueuse se détacha du centre du monticule. Un cobra noir, long de un mètre cinquante, aux écailles luisantes, sortit de sa tanière et se dressa, majestueux. La lune le parait d'une aura argentée, tandis que sa tête oscillait, prête à frapper.

Sétaou s'avança, la langue du cobra noir émit un sifflement. D'un geste de la main, le charmeur de serpents fit signe à Ramsès de venir à sa hauteur.

Intrigué, le reptile se balança ; quel intrus frapperait-il en premier ?

Progressant de deux pas, Sétaou ne fut plus qu'à un mètre du cobra ; Ramsès l'imita.

– Tu es le maître de la nuit et tu fécondes la terre pour qu'elle soit fertile, dit Sétaou de sa voix la plus grave, très lentement, en détachant chaque syllabe.

Il répéta l'incantation une dizaine de fois, demandant à

Ramsès de psalmodier à son tour. La musique des mots sembla calmer le serpent ; à deux reprises, il se détendit pour mordre, mais s'arrêta tout près du visage de Sétaou. Quand il posa la main sur la tête du cobra, ce dernier s'immobilisa ; Ramsès crut discerner une lueur rouge dans ses yeux.

– À ton tour, prince.

Le jeune homme tendit le bras ; le reptile fonça sur lui.

Ramsès crut sentir la morsure, mais la gueule ne s'était pas refermée, tant l'odeur de l'oignon incommodait l'agresseur.

– Pose ta main sur sa tête.

Ramsès ne trembla pas ; le cobra sembla reculer. Les doigts serrés touchèrent la crête du serpent noir ; pendant quelques instants, le maître de la nuit s'était soumis au fils du roi.

Sétaou tira Ramsès en arrière ; l'attaque du cobra se perdit dans le vide.

– Tu en faisais trop, ami ; oublierais-tu que les forces des ténèbres ne sont jamais vaincues ? Un cobra, l'uraeus, se dresse au front de Pharaon ; s'il ne t'avait pas admis, qu'aurais-tu espéré ?

Ramsès relâcha son souffle et contempla les étoiles.

– Tu es imprudent, mais tu as de la chance ; contre la morsure de ce serpent-là, il n'existe aucun remède.

6

Ramsès s'élança sur le radeau composé de bottes de tiges de papyrus, liées avec des cordelettes ; fragile, le modeste flotteur ne résisterait pas à la dixième course de vitesse de la journée que le prince livrait contre un bataillon de nageurs, excités à l'idée de le battre, surtout en présence d'un cortège de jeunes filles qui admiraient la compétition depuis la berge du canal. Dans l'espoir de gagner, les jeunes gens portaient au cou des amulettes, qui une grenouille, qui une cuisse de bœuf, qui un œil protecteur ; Ramsès était nu, ne s'aidait d'aucune magie, mais nageait plus vite que les autres.

La plupart des athlètes étaient encouragés par la dame de leurs pensées ; le fils cadet de Séthi ne luttait pour personne d'autre que lui-même, afin de se prouver qu'il pouvait toujours aller au-delà de ses forces et toucher la rive le premier.

Ramsès termina la course avec plus de cinq longueurs d'avance sur le deuxième ; il ne ressentait pas la moindre fatigue et aurait continué à nager des heures durant. Dépités, ses adversaires le félicitèrent du bout des lèvres. Chacun connaissait le caractère farouche du jeune prince, écarté à jamais des chemins du pouvoir, et condamné à devenir un lettré oisif qui résiderait bientôt dans le Grand Sud, loin de Memphis et de la capitale.

Une jolie brune de quinze ans, déjà femme, s'approcha de lui et lui offrit une pièce d'étoffe.

– Le vent est frais, voici de quoi vous sécher.

– Je n'en ai pas besoin.

Elle était mutine, avec ses yeux d'un vert piquant, son nez petit et droit, ses lèvres fines et son menton à peine marqué ; gracieuse, vive et raffinée, elle portait une robe de lin transparente, sortie d'un atelier de luxe. Maintenue par son bandeau de tête, une fleur de lotus.

– Vous avez tort ; même les plus robustes s'enrhument.

– J'ignore la maladie.

– Mon nom est Iset ; ce soir, avec des amies, j'organise une petite fête. Acceptez-vous d'être mon invité ?

– Certainement pas.

– Si vous changez d'avis, vous serez le bienvenu.

Souriante, elle s'en alla sans se retourner.

Sary le précepteur dormait à l'ombre d'un grand sycomore planté au centre de son jardin ; Ramsès faisait les cent pas devant sa sœur Dolente, alanguie sur une chaise longue. Ni belle ni laide, elle ne s'intéressait qu'à son confort et à son bien-être ; la position de son mari lui laissait entrevoir une existence aisée, à l'abri des tourments du quotidien. Trop grande, perpétuellement lasse, affectée d'une peau grasse sur laquelle elle appliquait des onguents tout au long de la journée, la sœur aînée de Ramsès se vantait de bien connaître les petits secrets de la haute société.

– Tu ne me rends pas souvent visite, frère bien-aimé.

– Je suis très occupé.

– La rumeur prétend que tu es plutôt oisif.

– Interroge ton mari.

– Tu n'es pas venu pour le plaisir de m'admirer...

– J'ai besoin d'un conseil, c'est vrai.

Dolente fut ravie ; Ramsès n'aimait guère être l'obligé d'autrui.

– Je t'écoute ; si mon humeur me le conseille, je te répondrai.

– Connais-tu une certaine Iset ?

– Décris-la-moi.

Le prince s'exécuta.

– Iset la belle ! Une redoutable aguicheuse. Malgré son jeune âge, on ne compte plus ses prétendants. D'aucuns la considèrent comme la plus belle femme de Memphis.

– Ses parents ?

– De riches notables, appartenant à une famille introduite au palais depuis plusieurs générations. Iset la belle t'aurait-elle pris dans ses filets ?

– Elle m'a invité à une réception.

– Tu ne risques pas d'être seul ! Cette fille fait la fête chaque soir. Éprouverais-tu pour elle...

– Elle m'a provoqué.

– En faisant le premier pas ? Ne sois pas vieux jeu, frère bien-aimé ! Iset la belle t'a jugé à son goût, voilà tout !

– Ce n'est pas à une jeune fille de...

– Et pourquoi pas ? Nous sommes en Égypte, pas chez des barbares arriérés. Je ne te la conseille pas comme épouse, mais...

– Tais-toi.

– Ne désires-tu pas en savoir davantage sur Iset la belle ?

– Merci, chère sœur ; je n'ai plus besoin de tes compétences.

– Ne t'attarde pas trop à Memphis.

– Pourquoi cette mise en garde ?

– Tu n'es plus personne, ici ; si tu restes, tu t'étioleras comme une fleur qu'on n'arrose pas. En province, on te respectera. Ne compte pas y emmener Iset la belle ; elle n'aime pas les vaincus. Je me suis laissé dire que ton frère, le futur roi d'Égypte, n'était pas indifférent à ses charmes. Éloigne-toi d'elle au plus vite, Ramsès ; sinon, ta pauvre existence court au-devant de graves dangers.

Ce n'était pas une réception habituelle ; plusieurs jeunes filles d'excellente famille, entraînées par une chorégraphe professionnelle, avaient décidé de montrer leurs dons pour la danse. Ramsès était arrivé tard, ne désirant pas participer au banquet ; sans le vouloir, il se retrouva au premier rang des nombreux spectateurs.

Les douze danseuses avaient choisi de déployer leur talent au bord du vaste plan d'eau où s'épanouissaient des lotus blancs et bleus ; des torches placées au sommet de hautes hampes éclairaient la scène.

Vêtues d'une résille de perles sous une tunique courte, portant une perruque à trois rangs de nattes, ornées de colliers larges et de bracelets de lapis-lazuli, les jeunes femmes esquissèrent des gestes lascifs ; souples, bien coordonnées, elles se penchèrent vers le sol, tendirent les bras vers d'invisibles partenaires et les enlacèrent. Les mouvements étaient d'une lenteur délicieuse, chaque spectateur retenait son souffle.

Soudain, les danseuses ôtèrent perruque, tunique et résille ; les cheveux ramassés en chignon, les seins nus, à peine habillées d'un pagne court, elles martelèrent le sol du pied droit puis, dans un ensemble parfait, exécutèrent un saut arrière carpé qui provoqua des exclamations émerveillées. Se courbant et s'inclinant avec grâce, elles réussirent d'autres acrobaties, tout aussi spectaculaires.

Quatre jeunes femmes se détachèrent du groupe, les autres chantèrent et battirent la mesure en frappant dans leurs mains. Les solistes, entraînées par l'antique refrain, mimèrent les quatre vents, issus des points cardinaux. Iset la belle incarnait le doux vent du nord qui, lors des soirées torrides, permettait aux vivants de respirer. Elle éclipsa ses partenaires, visiblement satisfaite de capter tous les regards.

Ramsès ne résista pas à l'envoûtement ; oui, elle était magnifique et n'avait aucune rivale. Elle jouait de son corps comme d'un instrument dont elle maîtrisait les mélodies avec une sorte de détachement, comme si elle se contemplait elle-même, sans pudeur. Pour la première fois, Ramsès regardait une femme avec le désir de la serrer dans ses bras.

Dès la fin de la danse, il écarta les rangs des spectateurs et s'assit, à l'écart, à l'angle de l'enclos aux ânes.

Iset la belle s'était amusée à le provoquer ; sachant qu'elle épouserait son frère, elle lui assenait un coup de grâce pour mieux lui signifier son exclusion. Lui qui avait rêvé d'un grand destin subissait humiliation sur humiliation. Il lui fallait sortir de ce cycle infernal et se débarrasser des démons qui entravaient ses pas. La province ? Soit. Il y prouverait sa valeur, de n'importe quelle façon ; en cas d'échec, il rejoindrait Sétaou et s'imposerait aux serpents les plus dangereux.

– Seriez-vous préoccupé ?

Iset la belle s'était approchée, sans bruit, et lui souriait.

– Non, je méditais.

– Une méditation très profonde... Tous les invités sont partis, mes parents et leurs domestiques dorment.

Ramsès n'avait pas eu conscience du temps qui passait ; vexé, il se leva.

– Pardonnez-moi ; je quitte votre domaine sur-le-champ.

– Une femme vous a-t-elle déjà dit que vous êtes beau et séduisant ?

Les cheveux dénoués, les seins nus, une ardeur troublante au fond des yeux, elle lui barra le chemin.

– N'êtes-vous pas fiancée à mon frère ?

– Un fils de roi se contente-t-il de ragots ? J'aime qui je veux, et je n'aime pas ton frère ; c'est toi que je désire, ici et maintenant.

– Fils de roi... Le suis-je encore ?

– Fais-moi l'amour.

Ensemble, ils dénouèrent leur pagne.

– Je vénère la beauté, Ramsès, et tu es la beauté même.

Les mains du prince devinrent caresses, n'accordant

aucune initiative à la jeune femme ; il voulait donner et ne rien prendre, offrir à sa maîtresse le feu qui s'était emparé de son être. Conquise, elle s'abandonna aussitôt ; avec un instinct d'une incroyable sûreté, Ramsès découvrit les lieux secrets de son plaisir et, malgré sa fougue, s'attarda avec tendresse.

Elle était vierge, comme lui ; dans la douceur de la nuit, ils s'offrirent l'un à l'autre, enivrés d'un désir qui ne cessait de renaître.

7

Veilleur avait faim.

D'une langue décidée, le chien jaune or lécha le visage de son maître qui dormait trop longtemps. Ramsès s'éveilla en sursaut, encore plongé dans un rêve où il étreignait le corps amoureux d'une femme aux seins semblables à des pommes douces, aux lèvres tendres comme un roseau sucré, aux jambes agiles comme des plantes grimpantes.

Un rêve... Non, ce n'était pas un rêve ! Elle existait bien, elle s'appelait Iset la belle, elle s'était donnée à lui et lui avait fait découvrir le plaisir.

Veilleur, indifférent aux souvenirs du prince, lança quelques aboiements de désespoir. Ramsès comprit enfin l'urgence de la situation et le conduisit aux cuisines du palais, où il dévora. Dès que l'écuelle fut vide, il l'emmena en promenade, du côté des écuries.

Là étaient rassemblés de magnifiques chevaux, bénéficiant d'une hygiène très stricte et d'un entretien permanent. Veilleur se méfiait de ces quadrupèdes hauts sur pattes, aux réactions parfois inattendues ; avec prudence, il trottinait derrière son maître.

Des palefreniers se moquaient d'un apprenti qui portait, à grand-peine, un couffin rempli de crottin. L'un d'eux lui fit un croche-pied, le souffre-douleur lâcha le couffin dont le contenu se répandit devant lui.

– Ramasse, ordonna le tortionnaire, un quinquagénaire au visage épais.

Le malheureux se retourna et Ramsès le reconnut.

– Améni !

Le prince bondit, bouscula le palefrenier et releva son ami, tremblant de tous ses membres.

– Pourquoi es-tu ici ?

Traumatisé, le jeune garçon bredouilla une réponse incompréhensible. Une main hargneuse se posa sur l'épaule de Ramsès.

– Dis donc, toi... Qui es-tu, pour te permettre de nous ennuyer ?

D'un coup de coude dans la poitrine, Ramsès écarta le questionneur qui tomba en arrière. Furieux d'avoir été ridiculisé, les lèvres tordues dans un rictus, il ameuta ses camarades.

– On va leur apprendre la politesse, à ces deux gamins insolents...

Le chien jaune or aboya et montra les dents.

– Cours, ordonna Ramsès à Améni.

Le scribe fut incapable de bouger.

À un contre six, Ramsès n'avait aucune possibilité de l'emporter ; tant que les palefreniers en seraient persuadés, il garderait une chance minuscule de se sortir de ce guêpier. Le plus costaud se rua sur lui ; son poing ne frappa que le vide et, sans comprendre ce qui lui arrivait, l'agresseur fut soulevé et retomba lourdement sur le dos. Deux de ses alliés connurent le même sort.

Ramsès se félicita d'avoir été un élève assidu et consciencieux de l'école de lutte ; ne comptant que sur la force brute et voulant gagner trop vite, ces hommes ne savaient pas se battre. Veilleur, en mordant les mollets du quatrième et s'en écartant assez vite pour ne pas prendre un mauvais coup, participait au combat. Améni avait fermé ses yeux, d'où coulaient des larmes.

Les palefreniers se regroupèrent, hésitants ; seul un fils de noble pouvait connaître ces prises-là.

– D'où sors-tu ?

– Auriez-vous peur, à six contre un ?

Le plus acharné brandit un couteau en ricanant.

– Tu as une belle gueule, mais un accident va te défigurer.

Ramsès ne s'était jamais battu contre un homme armé.

– Un accident, avec des témoins... Et même le petit sera d'accord avec nous pour sauver sa peau.

Le prince garda les yeux braqués sur le couteau à la lame courte ; le palefrenier s'amusait à tracer des cercles, afin de l'effrayer. Ramsès ne bougea pas, laissant l'homme tourner autour de lui ; le chien voulut défendre son maître.

– Couché, Veilleur !

– Comme ça, tu aimes cette horrible bête... Elle est si laide qu'elle ne mérite pas de vivre.

– Attaque-toi d'abord à plus fort que toi.

– Tu es bien prétentieux !

La lame frôla la joue de Ramsès ; d'un coup de pied au poignet, il tenta de désarmer le palefrenier, mais ne le toucha qu'en bout de course.

– Tu es coriace... Mais tout seul !

Les autres sortirent leurs couteaux.

Ramsès n'éprouva aucune peur ; en lui monta une force jusque-là ignorée, une fureur contre l'injustice et la lâcheté.

Avant que ses adversaires ne s'organisent, il en percuta deux et les renversa, évitant de justesse les lames vengeresses.

– Arrêtez, camarades ! cria un palefrenier.

Une chaise à porteurs venait de franchir le porche des écuries. Sa splendeur prouvait assez le rang de celui qui l'occupait ; le dos appuyé contre un haut dossier, les pieds posés sur un tabouret, les avant-bras sur des accoudoirs, la tête protégée par un parasol, le grand personnage se tamponnait le front avec un linge parfumé. Âgé d'une vingtaine d'années, le visage rond, presque lunaire, les joues rebondies, de petits yeux marron, les lèvres épaisses et gourmandes, le noble, bien nourri et hostile à tout exercice physique, pesait lourd sur les épaules des douze porteurs, bien rémunérés en échange de leur rapidité.

Les palefreniers décampèrent ; Ramsès fit face à l'arrivant, tandis que son chien léchait la jambe d'Améni afin de le rassurer.

– Ramsès ! Encore aux écuries... Décidément, les bêtes sont ta meilleure compagnie.

– Que vient faire mon frère Chénar en ces lieux mal famés ?

– J'inspecte, comme Pharaon me l'a demandé ; un futur roi ne doit rien ignorer de son royaume.

– C'est le ciel qui t'envoie.

– Crois-tu ?

– Hésiterais-tu à réparer une injustice ?

– De quoi s'agit-il ?

– De ce jeune scribe, Améni ; il a été traîné de force ici, par six palefreniers, et martyrisé.

Chénar sourit.

– Mon pauvre Ramsès, tu es bien mal informé ! Ton jeune ami t'aurait-il caché la sanction qui le frappe ?

Le prince se tourna vers Améni, incapable de parler.

– Ce scribe débutant a prétendu corriger l'erreur d'un supérieur qui s'est aussitôt plaint de tant d'arrogance ; j'ai estimé qu'un séjour aux écuries ferait le plus grand bien à ce petit vantard. Transporter du crottin et du fourrage lui courbera l'échine.

– Améni n'en n'aura pas la force.

Chénar ordonna aux porteurs de poser la chaise sur le sol. Son porteur de sandales disposa aussitôt un escabeau, chaussa les pieds de son maître et l'aida à descendre.

– Marchons, exigea Chénar ; je dois te parler en privé.

Ramsès abandonna Améni à la garde de Veilleur.

Les deux frères firent quelques pas sous un préau dallé, à l'abri du soleil que Chénar, à la peau très blanche, détestait.

Comment imaginer deux hommes aussi dissemblables ? Chénar était petit, trapu, enveloppé, et ressemblait déjà à un notable trop engraissé par la bonne chère ; Ramsès était grand, souple et musclé, dans l'éclat d'une jeunesse triomphante. La voix du premier était onctueuse et fluctuante, celle du second grave et nette. Entre eux, aucun point commun, sinon d'être les fils de Pharaon.

– Annule ta décision, exigea Ramsès.

– Oublie cet avorton et abordons les problèmes sérieux ; ne devais-tu pas quitter la capitale au plus vite ?

– Personne ne me l'a demandé.

– Eh bien, c'est fait.

– Pourquoi devrais-je t'obéir ?

– Oublierais-tu ma position et la tienne ?

– Dois-je me féliciter que nous soyons frères ?

– Ne joue pas au plus fin avec moi, et contente-toi de courir, de nager et de te muscler. Un jour, si mon père et moi le voulons, tu auras peut-être un poste dans l'armée d'active ; défendre notre pays est une noble cause. Pour un garçon comme toi, l'atmosphère de Memphis est nocive.

– Ces dernières semaines, je commençais à m'y habituer.

– N'entame pas une lutte inutile et ne m'oblige pas à provoquer une intervention brutale de notre père. Prépare ton départ sans éclat et disparais de même. Dans deux ou trois semaines, je t'indiquerai ta destination.

– Et Améni ?

– Je t'ai dit d'oublier ton misérable petit espion et j'ai horreur de me répéter. Un dernier détail : ne cherche pas à revoir Iset la belle. Tu as oublié qu'elle méprisait les vaincus.

8

Les audiences de la reine mère Touya avaient été éprouvantes ; en l'absence de son mari, parti inspecter les lignes de défense de la frontière nord-est, elle avait reçu le vizir, le directeur du Trésor, deux chefs de province et un scribe des archives. Autant de problèmes urgents à résoudre sur l'heure, en tentant d'éviter les impairs.

Séthi était de plus en plus préoccupé par l'agitation permanente des petites communautés d'Asie et de Syro-Palestine, que les Hittites * encourageaient à se révolter ; d'ordinaire, une visite protocolaire de Pharaon suffisait à calmer des roitelets en mal de palabres.

Fille d'un officier de la charrerie, Touya n'appartenait ni à une lignée royale ni à une noble ascendance, mais elle s'était vite imposée à la cour et au pays par ses qualités propres. Elle avait une élégance naturelle : un corps très mince, un visage aux grands yeux en amande sévères et perçants, un nez fin et droit lui conféraient une allure hautaine. Comme son époux, elle imposait le respect et ne tolérait aucune familiarité. Le rayonnement de la cour d'Égypte était sa préoccupation essentielle ; de l'exercice de ses responsabilités dépendaient la grandeur du pays et le bien-être de son peuple.

---

* Le peuple hittite habitait la Turquie actuelle.

A l'idée de recevoir Ramsès, son fils préféré, la fatigue s'envola. Bien qu'elle eût choisi le jardin du palais comme cadre de l'entrevue, elle avait gardé sa longue robe de lin au liseré d'or, une cape courte plissée sur les épaules, un collier d'améthystes à six rangs et une perruque de mèches torsadées, parallèles et de même grosseur, cachant les oreilles et la nuque. Comme elle aimait se promener entre les acacias, les saules et les grenadiers, au pied desquels poussaient bleuets, pâquerettes et pieds-d'alouette ! Il n'était pas de plus belle création divine qu'un jardin, où toutes les créatures végétales chantaient, au long des saisons, la louange de Dieu. Matin et soir, Touya s'accordait quelques minutes de rêverie dans ce paradis avant de se préoccuper des devoirs de sa charge.

Quand Ramsès vint vers elle, la reine fut étonnée. En quelques mois, il était devenu un homme d'une beauté remarquable. À sa vue, une sensation s'imposait : la puissance. Certes, demeuraient encore quelques traces d'adolescence, dans la démarche ou les attitudes, mais l'insouciance de l'enfant avait disparu.

Ramsès s'inclina devant sa mère.

– Le protocole t'interdirait-il de m'embrasser ?

Il la serra quelques instants dans ses bras ; comme elle lui sembla fragile !

– Te souviens-tu du sycomore que tu as planté, lorsque tu avais trois ans ? Viens l'admirer, il se porte à merveille.

Touya sut très vite qu'elle ne parviendrait pas à calmer la colère sourde de son fils ; ce jardin, où il avait passé de nombreuses heures à prendre soin des arbres, lui était devenu étranger.

– Tu as subi une rude épreuve.

– Le taureau sauvage ou la solitude de l'été dernier ? Peu importe, au fond, puisque le courage est inefficace devant l'injustice.

– Aurais-tu à t'en plaindre ?

– Mon ami Améni a été accusé à tort d'insubordination et

d'injure à un supérieur. À cause de l'intervention de mon frère, il a été renvoyé du bureau du scribe où il travaillait et condamné à des travaux pénibles aux écuries. Il n'en a pas la force ; ce châtiment inique le tuera.

– Voici de graves accusations ; tu sais que je n'apprécie guère les ragots.

– Améni ne m'a pas menti ; c'est un être droit et pur. Doit-il mourir parce qu'il est mon ami et a suscité la haine de Chénar ?

– Détesterais-tu ton frère aîné ?

– Nous nous ignorons.

– Lui te craint.

– Il m'a fermement convié à quitter Memphis au plus vite.

– Ne l'as-tu pas provoqué en devenant l'amant d'Iset la belle ?

Ramsès ne dissimula pas sa surprise.

– Tu sais déjà...

– N'est-ce pas mon devoir ?

– Serais-je épié en permanence ?

– D'une part, tu es un fils de roi ; d'autre part, Iset la belle est plutôt bavarde.

– Pourquoi se vanterait-elle d'avoir offert sa virginité à un vaincu ?

– Sans doute parce qu'elle croit en toi.

– Une simple aventure, pour narguer mon frère.

– Je n'en suis pas si sûr ; l'aimes-tu, Ramsès ?

Le jeune homme hésita.

– J'aime son corps, je souhaite la revoir, mais...

– Songes-tu à l'épouser ?

– L'épouser !

– C'est dans l'ordre des choses, mon fils.

– Non, pas encore...

– Iset la belle est une personne très entêtée ; puisqu'elle t'a choisi, elle ne renoncera pas de sitôt.

– Mon frère n'est-il pas un meilleur parti ?

– Tel ne semble pas être son avis.

– À moins qu'elle n'ait décidé de nous séduire, l'un et l'autre !

– Penses-tu qu'une jeune femme pourrait être aussi rouée ?

– Après les malheurs d'Améni, comment accorder sa confiance à quiconque ?

– Ne serais-je plus digne de la tienne ?

Ramsès prit la main droite de sa mère.

– Je sais que tu ne me trahiras jamais.

– Il existe une solution avantageuse, en ce qui concerne Améni.

– Laquelle ?

– Deviens scribe royal ; tu choisiras toi-même ton secrétaire.

Avec une obstination qui forçait l'admiration de Ramsès, Améni tenait bon, en dépit des efforts physiques qu'on lui imposait. Redoutant une nouvelle intervention du fils de Séthi, dont ils avaient découvert l'identité, les palefreniers ne le torturaient plus. L'un d'eux, repentant, chargeait moins les couffins et prêtait souvent main-forte au garçon trop frêle qui, néanmoins, dépérissait jour après jour.

Lorsque Ramsès se présenta au concours de scribe royal, il n'était pas prêt. L'examen avait lieu dans la cour jouxtant les bureaux du vizir ; des charpentiers avaient dressé des colonnettes en bois et tendu des étoffes pour protéger les concurrents du soleil.

Ramsès ne bénéficiait d'aucun privilège ; ni son père ni sa mère n'auraient pu intervenir en sa faveur, sous peine de violer la loi de Maât. Améni aurait tenté ce concours tôt ou tard ; Ramsès ne possédait ni ses connaissances ni ses talents. Mais il se battrait pour lui.

Un vieux scribe, s'appuyant sur un bâton, harangua les cinquante jeunes gens qui espéraient obtenir les deux postes de scribe royal offerts par l'administration centrale.

– Vous avez étudié afin d'obtenir une charge qui vous permettra d'exercer un pouvoir, mais savez-vous comment vous comporter ? Ayez des vêtements propres, des sandales immaculées, veillez sur votre rouleau de papyrus et bannissez la paresse ! Que votre main écrive sans hésitation, que votre bouche profère des paroles justes, ne vous lassez pas d'étudier et d'étudier encore, obéissez aux ordres de votre supérieur et n'ayez qu'un idéal : pratiquer correctement votre métier, être utile à autrui. Ne soyez pas indiscipliné ; un singe comprend ce qu'on lui dit, un lion peut être dressé, personne n'est plus stupide qu'un scribe dissipé. Contre l'oisiveté, un seul remède : le bâton ! Il ouvre l'oreille qui est sur le dos et remet les idées à leur bonne place. À présent, au travail.

On donna aux candidats une palette en bois de sycomore recouverte d'une fine couche de plâtre durci ; au centre, une cavité contenant des roseaux qui serviraient à écrire. Chacun dilua les pains d'encre rouge et noire dans un peu d'eau, et tous implorèrent le grand sage Imhotep, patron des scribes, en versant quelques gouttes d'encre à sa mémoire.

Pendant plusieurs heures, il fallut copier des inscriptions, répondre à des questions de grammaire et de vocabulaire, résoudre des problèmes de mathématiques et de géométrie, rédiger un modèle de lettre, recopier des classiques. Plusieurs candidats abandonnèrent ; d'autres manquèrent de concentration. Vint l'ultime épreuve, sous forme d'énigmes.

Sur la quatrième, Ramsès buta : comment le scribe transformait-il la mort en vie ? Il n'imaginait pas qu'un lettré disposât d'un tel pouvoir ! Aucune réponse satisfaisante ne surgit. Cette absence, ajoutée à d'inévitables erreurs de détail, risquait de l'éliminer. Son acharnement fut inutile ; la solution lui échappait.

Même s'il échouait, il n'abandonnerait pas Améni. Il l'emmènerait au désert, auprès de Sétaou et de ses serpents ; mieux valait risquer la mort à chaque instant plutôt que de survivre comme un prisonnier.

Un babouin descendit d'un palmier et s'introduisit dans la salle d'examen ; les surveillants n'eurent pas le temps d'intervenir, il sauta sur les épaules de Ramsès qui demeura placide. Le singe murmura quelques mots à l'oreille du jeune homme et disparut comme il était venu.

Pendant quelques instants, le fils du roi et l'animal sacré du dieu Thot, le créateur des hiéroglyphes, n'avaient formé qu'un seul être ; leurs pensées s'étaient jointes, l'esprit de l'un avait guidé la main de l'autre.

Ramsès lut la réponse qui lui avait été dictée : le grattoir en grès fin, avec lequel le scribe ôtait la couche de plâtre sur laquelle il avait écrit afin de la remplacer par une nouvelle couche, lui permettait de faire passer la palette de la mort à la vie, en la rendant de nouveau utilisable, comme neuve.

Améni souffrait tant qu'il ne parvenait plus à soulever le couffin ; ses os étaient sur le point de se briser, sa nuque et son cou plus raides qu'une branche morte. Même si on le battait, il n'aurait pas la force d'avancer. Comme le sort se montrait cruel ! Lire, écrire, tracer des hiéroglyphes, écouter les paroles des sages, recopier les textes qui avaient créé la civilisation... Quel merveilleux avenir il avait imaginé ! Une dernière fois, il tenta de déplacer la charge.

Une main puissante s'en chargea.

– Ramsès !

– Que penses-tu de cet objet ?

Le prince montra à son ami un porte-pinceaux en bois doré, en forme de colonne surmontée d'un lys à tête conique qui servait à polir une inscription.

– Il est magnifique !

– Il t'appartient, si tu déchiffres l'inscription.

– « Que le babouin de Thot protège le scribe royal... » Elle ne présente aucune difficulté !

– Moi, Ramsès, en tant que scribe royal, je t'engage comme secrétaire particulier.

9

La hutte de roseaux, bâtie au bord d'un champ de blé, était abandonnée la nuit ; c'est pourquoi Iset la belle et Ramsès y abritaient leurs amours, sous la protection de Veilleur, prêt à écarter un éventuel importun.

La sensualité des jeunes gens s'accordait à merveille ; inventifs, passionnés, inépuisables, ils s'offraient des heures de jouissance, sans échanger un mot.

Cette nuit-là, alanguie et comblée, la tête posée sur la poitrine de son amant, Iset la belle chantonna.

– Pourquoi restes-tu avec moi ?

– Parce que tu es devenu scribe royal.

– Une personne de ta condition ne vise-t-elle pas un meilleur mariage ?

– Partager l'existence d'un fils de Séthi... Qu'espérer de plus fabuleux ?

– Épouser le futur pharaon.

La jeune femme fit la moue.

– J'y ai songé... Mais il ne me plaît pas : trop gras, trop lourd, trop rusé. Être touchée par lui me répugne ; alors, j'ai décidé de t'aimer.

– Décidé ?

– Chaque être humain possède une force d'amour ; les uns se laissent séduire, les autres séduisent. Moi, je ne deviendrai pas le jouet d'un homme, fût-il le roi ; je t'ai choisi, Ramsès, et tu me choisiras, car nous sommes de la même race.

Encore enfiévré par la nuit passionnée vécue dans les bras de sa maîtresse, Ramsès traversait le jardin de sa demeure de fonction lorsque Améni jaillit de son bureau donnant sur un parterre d'iris et lui coupa la route.

– Je dois te parler !

– J'ai sommeil... Peux-tu patienter ?

– Non, non ! C'est trop important.

– En ce cas, donne-moi à boire.

– Du lait, du pain frais, des dattes et du miel : le petit déjeuner princier est prêt. Auparavant, le scribe royal Ramsès doit savoir qu'il est convié, en compagnie de ses collègues, à une réception au palais.

– Tu veux dire... chez mon père ?

– Il n'existe qu'un seul Séthi.

– Au palais, comme invité ! Est-ce encore l'une de tes plaisanteries douteuses ?

– Te communiquer les nouvelles importantes fait partie de ma fonction.

– Au palais...

Ramsès rêvait de rencontrer de nouveau son père ; en tant que scribe royal, sans doute aurait-il droit à un court entretien. Que lui dire ? Se révolter, solliciter des explications, protester contre son attitude, savoir ce qu'il exigeait de lui, lui demander quel sort il lui réservait... Il avait le temps de réfléchir.

– Il y a une autre nouvelle, moins réjouissante.

– Explique-toi.

– Dans les pains d'encre noire qu'on m'a livrés hier, deux sont de très mauvaise qualité. J'ai la manie de les essayer avant de les utiliser, et je ne le regrette pas.

– Est-ce si dramatique ?

– L'erreur est grossière ! J'ai l'intention d'enquêter, en ton nom. Un scribe royal ne saurait accepter de telles pratiques.
– À ta guise ; puis-je dormir un peu ?

Sary présenta ses félicitations à son ancien élève ; désormais, Ramsès n'aurait plus besoin d'un précepteur qui reconnût ne pas l'avoir préparé au difficile concours de scribe royal. Ce succès de l'élève, cependant, avait été en partie attribué au maître ; aussi avait-il été nommé administrateur du *Kap*, nomination qui lui garantissait une carrière paisible.
– Tu m'as étonné, je l'avoue ; mais ne t'enivre pas de cet exploit. Il t'a permis de réparer une injustice et de sauver Améni ; n'est-ce pas suffisant ?
– Je comprends mal.
– J'ai rempli la mission que tu m'avais confiée : identifier tes amis et tes ennemis. Dans la première catégorie, je ne vois guère que ton secrétaire. Ton coup d'éclat a suscité des jalousies, mais peu importe : l'essentiel est de quitter Memphis et de t'établir dans le Sud.
– Serait-ce mon frère qui t'envoie ?
Sary parut contrarié.
– N'imagine pas de sombres machinations... Mais ne te rends pas au palais. Cette réception ne te concerne pas.
– Je suis scribe royal.
– Crois-moi : ta présence n'est ni souhaitée ni souhaitable.
– Et si je m'obstine ?
– Tu resteras scribe royal... mais sans affectation. Ne t'oppose pas à Chénar, tu ferais ton malheur.

Seize cents sacs de blé et autant de froment avaient été apportés au palais royal, afin de préparer quelques milliers de gâteaux et de petits pains de diverses formes, dont la dégustation s'accompagnerait de bière douce et de vin des oasis.

Grâce à la diligence de l'échanson royal, les invités à la réception donnée en l'honneur des scribes royaux savoureraient les chefs-d'œuvre des pâtissiers et des boulangers, dès l'apparition de la première étoile dans le ciel nocturne.

Ramsès fut parmi les premiers à se présenter à la grande porte ouverte dans l'enceinte, que surveillait nuit et jour la garde privée de Pharaon. Bien que les soldats eussent reconnu le fils cadet de Séthi, ils examinèrent son diplôme de scribe royal avant de le laisser entrer dans le vaste jardin planté de centaines d'arbres, dont de très vieux acacias qui se reflétaient dans l'eau d'un lac de plaisance. Çà et là étaient disposés des tables garnies de corbeilles de gâteaux, de pains et de fruits, et des guéridons couverts de bouquets montés. Des sommeliers versaient du vin et de la bière dans des coupes d'albâtre.

Le prince n'avait d'yeux que pour le bâtiment central où se trouvaient les salles d'audience, aux murs revêtus de céramiques vernissées dont les couleurs chatoyantes émerveillaient les visiteurs ; avant de devenir le pensionnaire du *Kap*, il avait joué dans les appartements royaux et s'était même aventuré sur les marches de la salle du trône, non sans avoir été réprimandé par sa nourrice, qui l'avait allaité jusqu'à trois ans passés. Il se souvenait du siège de Pharaon, posé sur un socle symbolisant la rectitude de Maât.

Ramsès avait espéré que le monarque recevrait les scribes à l'intérieur, mais il dut se rendre à l'évidence : Séthi se contenterait d'apparaître à la fenêtre du palais donnant sur une grande cour où ils seraient rassemblés, et prononcerait un bref discours destiné à leur préciser, une fois de plus, l'ampleur de leurs devoirs et de leurs responsabilités.

Comment, dans ces conditions, lui parler en tête à tête ? Parfois, le roi se mêlait quelques instants à ses sujets et félicitait en personne les plus brillants d'entre eux. Or, Ramsès, auteur d'un travail sans faute, avait, seul, résolu l'énigme de la palette ressuscitée ; il se prépara donc à affronter son père, et à protester contre son silence. S'il devait quitter Memphis et se cantonner dans un rôle obscur de scribe provincial, il voulait en recevoir l'ordre de Pharaon et de personne d'autre.

Les scribes royaux, leurs familles et quantité de mondains, qui ne manquaient aucune réception de cette qualité, buvaient, mangeaient et papotaient. Ramsès goûta au vin charpenté des oasis, puis à la bière forte ; en vidant sa coupe, il aperçut un couple assis sur un banc de pierre à l'abri d'une tonnelle.

Un couple formé de son frère Chénar et d'Iset la belle.

Ramsès s'approcha à grands pas.

– Ne crois-tu pas, ma belle, qu'il serait nécessaire d'opérer un choix définitif ?

La jeune femme sursauta, Chénar garda son calme.

– Tu es bien impoli, frère aimé ; n'ai-je pas le droit de m'entretenir avec une dame de qualité ?

– L'est-elle vraiment ?

– Ne deviens pas grossier.

Les joues en feu, Iset la belle s'enfuit, laissant les deux frères face à face.

– Tu deviens insupportable, Ramsès ; ta place n'est plus ici.

– Ne suis-je pas scribe royal ?

– Une forfanterie de plus ! Tu n'auras aucun poste sans mon accord.

– Ton ami Sary m'a prévenu.

– Mon ami... Le tien, plutôt ! Il a tenté de t'éviter un nouveau faux pas.

– Ne t'approche plus de cette femme.

– Tu oses me menacer, moi !

– Si je ne suis rien, à tes yeux, qu'ai-je à perdre ?

Chénar rompit le combat ; sa voix devint onctueuse.

– Tu as raison ; il est bon qu'une femme soit fidèle. Laissons-la décider, veux-tu ?

– J'accepte.
– Amuse-toi, puisque tu es là.
– Quand le roi prendra-t-il la parole ?
– Ah... tu n'es pas au courant ! Pharaon réside dans le Nord ; il m'a chargé de féliciter les scribes royaux à sa place. Ton succès mérite la récompense prévue : une chasse dans le désert.

Chénar s'éloigna.

Dépité, Ramsès vida d'un trait une coupe de vin. Ainsi, il ne reverrait plus son père ; Chénar l'avait provoqué pour mieux l'humilier. Buvant plus que de raison, le prince refusa de se mêler aux petits groupes dont les conversations futiles l'irritaient. L'esprit embrumé, il heurta un scribe élégant.

– Ramsès ! Quelle joie de te revoir !
– Âcha... encore à Memphis ?
– Je pars après-demain pour le Nord ; ignores-tu la grande nouvelle ? La guerre de Troie connaît une évolution décisive. Les barbares grecs n'ont pas renoncé à s'emparer de la cité de Priam, et l'on murmure qu'Achille aurait tué Hector ; ma première mission, aux côtés d'envoyés chevronnés, sera de confirmer ou d'infirmer ces faits. Et toi... bientôt en charge d'une grande administration ?
– Je l'ignore.
– Ton récent succès suscite éloges et envies.
– Je m'y habituerai.
– N'as-tu pas le désir de partir pour l'étranger ? Ah, pardonne-moi ! J'oubliais ton prochain mariage. Je n'y assisterai pas, mais serai de tout cœur avec toi.

Un ambassadeur prit Âcha par le bras et l'entraîna à l'écart ; la mission du diplomate en herbe avait déjà commencé.

Ramsès sentit une ivresse malsaine le gagner ; il ressemblait à un aviron brisé, à une demeure dont les murs chancelaient. Rageur, il jeta la coupe au loin, se jurant qu'il ne sombrerait plus jamais dans cette déchéance.

10

Les chasseurs, nombreux, partirent à l'aube pour le désert de l'ouest ; Ramsès avait confié son chien à Améni, décidé à élucider l'énigme des pains d'encre défectueux. Dans la journée, il interrogerait les responsables de la production afin de trouver la piste menant à l'auteur de cette erreur.

Chénar, du haut de sa chaise à porteurs, avait salué le départ de la chasse à laquelle il ne participait pas, se contentant d'appeler la faveur des dieux sur les hommes courageux, chargés de rapporter le gibier.

Équipier à bord d'un char léger conduit par un ancien soldat, Ramsès retrouva le désert avec joie. Ibex, bubales, oryx, léopards, lions, panthères, cerfs, autruches, gazelles, hyènes, lièvres, renards... Une faune variée y vivait, ne redoutant que les assauts organisés de l'homme.

Le maître de chasse n'avait rien laissé au hasard, des chiens bien entraînés suivaient les chars, dont certains étaient chargés de provisions et de jarres gardant l'eau fraîche. On avait même prévu des tentes au cas où la poursuite d'une belle pièce se prolongerait jusqu'à la nuit. Les chasseurs disposaient de lassos, d'arcs neufs et d'une grande quantité de flèches.

– Que préfères-tu, demanda le conducteur de char : tuer ou capturer ?

– Capturer, répondit Ramsès.

– Alors, tu te serviras du lasso et moi de l'arc. Tuer est une nécessité, pour survivre ; personne n'y échappe. Je sais qui tu es, fils de Séthi ; mais devant le danger, nous sommes égaux.

– Inexact.

– Te crois-tu à ce point supérieur ?

– C'est toi qui l'es, à cause de ton expérience ; pour moi, c'est la première chasse.

Le vétéran haussa les épaules.

– Trêve de discours. Observe, et préviens-moi si tu distingues une proie.

Ni un renard affolé ni une gerboise ne retinrent l'attention du vétéran qui les abandonna aux autres équipages ; bientôt, le groupe compact des chasseurs se dispersa.

Le prince repéra un troupeau de gazelles.

– Magnifique ! s'exclama son compagnon, en s'élançant à leur poursuite.

Trois d'entre elles, âgées ou malades, se séparèrent de leurs congénères et s'engouffrèrent dans le lit d'un oued qui serpentait entre deux parois rocheuses.

Le char s'immobilisa.

– Il faut marcher.

– Pourquoi ?

– Le sol est trop irrégulier, les roues se briseraient.

– Mais les gazelles nous distanceront !

– Ne crois pas ça ; je connais cet endroit. Elles se réfugieront dans une grotte où nous les abattrons aisément.

Ils marchèrent donc, pendant plus de trois heures, l'esprit tendu vers leur but, indifférents au poids des armes et des provisions. Lorsque la chaleur fut trop intense, ils s'arrêtèrent à l'ombre d'un gradin de pierre, sur lequel poussaient des plantes grasses, et se restaurèrent.

– Fatigué ?

– Non.

– Alors, tu as le sens du désert ; ou bien il coupe les

jambes, ou bien il te donne une énergie qui se renouvelle au contact du sable brûlant.

Des morceaux de roche éclataient, roulaient sur les parois et tombaient dans la pierraille occupant le fond du torrent desséché. Comment imaginer, au cœur de cette terre rouge et stérile, qu'il existait un fleuve nourricier, des arbres et des champs cultivés ? Le désert était l'autre monde présent au cœur de celui des humains ; Ramsès éprouva la précarité de son existence et, en même temps, la puissance que pouvaient transmettre les éléments à l'âme du silencieux. Dieu avait créé le désert pour que l'homme se taise et entende la voix du feu secret.

Le vétéran vérifia les flèches pourvues d'une pointe en silex ; deux ailettes à bord arrondi servaient de poids, à l'extrémité de la coche.

– Ce ne sont pas les meilleures, mais nous nous en contenterons.

– La grotte est-elle encore loin ?

– Une heure, environ ; désires-tu rebrousser chemin ?

– En route.

Ni serpent ni scorpion... Pas un être vivant ne semblait habiter cette désolation. Sans doute se terraient-ils dans le sable ou sous les roches, attendant la fraîcheur du soir pour surgir.

– Ma jambe gauche me fait mal, se plaignit le compagnon de Ramsès ; une vieille blessure qui se réveille. Il vaudrait mieux s'arrêter pour prendre du repos.

Quand la nuit tomba, l'homme souffrait toujours.

– Dors, recommanda-t-il à Ramsès ; la douleur me tiendra éveillé. Si le sommeil me gagne, je te préviendrai.

Ce fut d'abord une caresse, puis, très vite, une brûlure. Le soleil n'accordait à l'aube qu'une brève tendresse : sorti vainqueur de son combat contre les ténèbres et le dragon dévoreur de vie, il manifestait sa victoire avec une telle puissance que les humains devaient s'en abriter.

Ramsès s'éveilla.

Son compagnon avait disparu. Le prince était seul, sans vivres et sans armes, à plusieurs heures de marche de l'endroit où les chasseurs s'étaient dispersés. Il se mit aussitôt en route, d'un pas régulier, afin de ne pas gaspiller ses forces.

L'homme l'avait abandonné, avec l'espoir qu'il ne survivrait pas à cette marche forcée. À qui obéissait-il, quel était l'instigateur de ce piège qui transformerait un meurtre prémédité en accident de chasse ? Chacun connaissait la fougue du jeune homme ; se lançant à la poursuite d'une proie, Ramsès aurait oublié toute prudence et se serait égaré dans le désert.

Chénar... Ce ne pouvait être que Chénar, fourbe et rancunier ! Puisque son frère avait refusé de quitter Memphis, il l'envoyait vers la rive de la mort. La rage au ventre, Ramsès refusa d'accepter son destin. Doté d'une parfaite mémoire du chemin parcouru, il avança, avec l'acharnement d'un conquérant.

Une gazelle s'enfuit devant lui, bientôt suivie d'un ibex aux cornes recourbées qui regarda longuement l'intrus avant de détaler. Leur présence impliquait-elle la proximité d'un point d'eau que le compagnon du prince ne lui aurait pas signalé ? Soit il continuait sur le même trajet, avec le risque de mourir de soif, soit il faisait confiance aux animaux.

Le prince opta pour la seconde solution.

Quand il aperçut des ibex, des gazelles et des oryx et, au loin, un balanite haut d'une dizaine de mètres, il se promit de toujours obéir à son instinct. L'arbre, aux rameaux abondants et à l'écorce grise, s'ornait de petites fleurs parfumées, de couleur jaune-vert, et fournissait un fruit comestible, à la chair douce et sucrée, de forme ovoïde, pouvant atteindre quatre centimètres de long, que les chasseurs appelaient « la datte du désert » ; il disposait d'armes redoutables, de longues épines bien droites, à la pointe vert clair. Le bel arbre dispensait un peu d'ombre et abritait l'une de ces sources mystérieuses jaillies des entrailles du désert avec la bénédiction du dieu Seth.

Assis, le dos contre le tronc, un homme mangeait du pain.

Ramsès s'approcha et le reconnut : le chef des palefreniers qui avaient martyrisé son ami Améni.

– Que les dieux te soient favorables, mon prince ; te serais-tu égaré ?

Les lèvres desséchées, la langue durcie, la tête en feu, Ramsès n'avait d'yeux que pour l'outre remplie d'eau fraîche posée près de la jambe gauche de l'homme mal rasé, à la chevelure hirsute.

– Aurais-tu soif? Tant pis. Pourquoi gâcher cette bonne eau, si précieuse, en la donnant à un homme qui va mourir ?

Le prince n'était plus qu'à une dizaine de pas de son salut.

– Tu m'as humilié, parce que tu es fils de roi ! À présent, mes subordonnés se moquent de moi...

– Inutile de mentir ; qui t'a payé ?

Le palefrenier eut un mauvais sourire.

– L'utile s'est joint à l'agréable... Quand ton compagnon de chasse m'a offert cinq vaches et dix pièces de lin pour se débarrasser de toi, j'ai aussitôt accepté son offre. Je savais que tu viendrais ici ; continuer sur la même route sans t'abreuver eût été suicidaire. Tu croyais que les gazelles, les oryx et les ibex te sauveraient la vie, alors qu'ils t'ont transformé en gibier.

L'homme se leva, armé d'un couteau.

Ramsès lut dans la pensée de son adversaire ; ce dernier s'attendait à un combat identique au précédent, aux prises d'un lutteur entraîné pour les joutes des nobles. Désarmé, fatigué, assoiffé, le jeune homme n'opposerait qu'une technique dérisoire à la force brute.

Aussi ne disposait-il pas d'autre choix que de l'utiliser lui-même.

Avec un cri rageur, libérant toute son énergie, Ramsès fonça sur le palefrenier. Surpris, ce dernier n'eut pas le temps d'utiliser son couteau; percuté et renversé en arrière, il s'embrocha sur les épines du balanite qui s'enfoncèrent dans sa chair comme autant de poignards.

Les chasseurs n'étaient pas mécontents; ils avaient capturé vivants un ibex, deux gazelles et un oryx qu'ils tenaient par les cornes. Plus ou moins rassurées, les bêtes acceptaient d'avancer quand on leur tapait doucement sur le ventre. Un homme portait un bébé gazelle sur le dos, un autre tenait par les oreilles un lièvre affolé. Une hyène était attachée par les pattes à une perche que tenaient deux assistants; un chien bondissant tentait en vain de la mordre. Ces animaux-là seraient livrés à des spécialistes qui tenteraient de les apprivoiser, après avoir observé leurs mœurs. Bien que le gavage des hyènes, destiné à obtenir du foie gras, n'eût donné que de piètres résultats, certains s'obstinaient encore. De nombreuses autres victimes de la chasse iraient approvisionner les boucheries des temples; après avoir été offertes aux dieux, elles nourriraient les humains.

Les chasseurs étaient arrivés au point de rassemblement, à l'exception du prince Ramsès et de son charrier; inquiet, le scribe responsable de l'expédition quêta en vain des renseignements. Attendre était impossible; il fallait envoyer un char à la recherche des disparus, mais dans quelle direction? En cas de malheur, la responsabilité lui incomberait, et sa carrière risquait d'être brutalement interrompue; bien que le prince Ramsès ne fût pas promis à un brillant avenir, sa disparition ne passerait pas inaperçue.

Lui et deux chasseurs patienteraient jusqu'au milieu de l'après-midi, tandis que leurs camarades, contraints de retourner dans la vallée avec le gibier, alerteraient une escouade de policiers du désert.

Nerveux, le scribe rédigea un rapport sur une tablette, gratta la couche de plâtre, entreprit une nouvelle rédaction, et renonça ; il ne pourrait pas s'abriter derrière des formules stéréotypées. Quel que fût le style adopté, il manquait deux personnes, dont le fils cadet du roi.

Alors que le soleil trônait au milieu du ciel, il crut apercevoir une silhouette qui se mouvait lentement dans la lumière. Dans le désert, les illusions d'optique n'étaient pas rares ; aussi le scribe demanda-t-il confirmation aux deux chasseurs. Eux aussi furent persuadés qu'un être humain venait dans leur direction.

Le rescapé prit forme, pas après pas.

Ramsès était sorti du piège.

11

Chénar s'abandonnait à son manucure et à son pédicure, spécialistes remarquables formés à l'école du palais. Le fils aîné de Séthi se préoccupait de sa personne ; homme public et futur souverain d'un pays riche et puissant, il devait, en permanence, se montrer à son avantage. Le raffinement n'était-il pas la caractéristique d'une civilisation qui attachait le plus grand prix à l'hygiène, aux soins du corps et à son embellissement ? Il appréciait ces moments où l'on se souciait de lui comme d'une statue précieuse, où l'on parfumait sa peau, avant l'intervention du coiffeur.

Des éclats de voix troublèrent la quiétude de la grande villa de Memphis ; Chénar ouvrit les yeux.

– Que se passe-til ? Je n'admets pas que...

Ramsès fit irruption dans la luxueuse salle d'eau.

– La vérité, Chénar. Je la veux, sur-le-champ.

L'interpellé congédia le pédicure et le manucure.

– Calme-toi, frère bien-aimé ; de quelle vérité s'agit-il ?

– As-tu payé des hommes pour me tuer ?

– Que vas-tu imaginer ? De telles pensées me blessent au plus profond de moi-même !

– Deux complices... Le premier est mort, le second a disparu.

– Explique-toi, je t'en prie ; oublierais-tu que je suis ton frère ?

– Si tu es coupable, je le saurai.

– Coupable... As-tu conscience des mots que tu emploies ?

– On a tenté de me supprimer, lors de la chasse dans le désert à laquelle tu m'avais convié.

Chénar prit Ramsès par les épaules.

– Nous sommes très différents l'un de l'autre, je l'admets, et nous ne nous aimons guère ; mais pourquoi nous opposer sans cesse, au lieu d'admettre la réalité et d'accepter notre sort, tel qu'il a été fixé ? Je souhaite ton départ, c'est vrai, car je crois ton caractère incompatible avec les exigences de la cour. Mais je n'ai pas l'intention de te causer le moindre tort, et je hais la violence. Crois-moi, je t'en prie ; je ne suis pas ton ennemi.

– En ce cas, aide-moi à mener l'enquête ; il faut retrouver le charrier qui m'a conduit dans un traquenard.

– Tu peux compter sur moi.

Améni veillait sur son matériel de scribe avec un soin jaloux ; il nettoyait godet à eau et pinceaux plutôt deux fois qu'une, grattait sa palette jusqu'à obtenir une surface parfaitement lisse, changeait de grattoir et de gomme dès qu'ils ne lui donnaient plus satisfaction. En dépit des facilités que lui accordait son statut de secrétaire d'un scribe royal, il économisait le papyrus et utilisait des morceaux de calcaire comme brouillon. Dans une vieille carapace de tortue, il mélangeait les pigments minéraux afin d'obtenir un rouge vif et un noir profond.

Quand Ramsès réapparut enfin, Améni explosa de joie.

– Je savais que tu étais sain et sauf ! Sinon, je l'aurais senti. Et je n'ai pas perdu mon temps... Tu devrais être fier de moi.

– Qu'as-tu découvert ?

– Notre administration est complexe, ses départements

sont nombreux et leurs directeurs plutôt susceptibles... Mais ton nom et ton titre m'ont ouvert bien des portes. On ne t'aime pas, peut-être, mais on te craint !

La curiosité de Ramsès fut éveillée.

– Sois plus précis.

– Les pains d'encre sont une matière première essentielle, dans notre pays ; sans eux, pas d'écriture, et sans écriture, pas de civilisation !

– Deviendrais-tu sentencieux ?

– Comme je le supposais, les contrôles sont très stricts ; aucun pain d'encre ne sort des entrepôts sans avoir été vérifié. Mélanger les qualités est impossible.

– Donc...

– Donc, il y a trafic et malversation.

– Un excès de travail ne te trouble-t-il pas l'esprit ?

Améni bouda, comme un enfant.

– Tu ne me prends pas au sérieux !

– J'ai été contraint de tuer un homme ; sinon, c'est lui qui m'aurait abattu.

Ramsès narra sa tragique aventure ; Améni garda la tête basse.

– Tu m'as trouvé ridicule, avec mes pains d'encre... Ce sont les dieux qui t'ont protégé ! Ils ne t'abandonneront jamais.

– Puissent-ils t'entendre.

Une nuit tiède enveloppait la cabane de roseaux ; au bord du canal, tout proche, des grenouilles coassaient. Ramsès avait décidé d'attendre Iset la belle la nuit durant ; si elle ne venait pas, il ne la reverrait jamais. Il revécut la scène au cours de laquelle il avait défendu sa vie en précipitant le palefrenier contre les épines du balanite ; la réflexion n'avait joué aucun rôle dans son geste, un feu impérieux s'était emparé de lui, décuplant ses forces. Provenait-il d'un monde mystérieux, était-il l'expression de la puissance que détenait le dieu Seth, dont son père portait le nom ?

Jusqu'alors, Ramsès avait cru qu'il serait le maître absolu de son existence, capable de défier les dieux et les hommes en sortant vainqueur de n'importe quel combat. Mais il avait oublié le prix à payer et la présence de la mort, cette mort dont il avait été le vecteur. Sans éprouver de regret, il se demandait si ce drame mettrait un terme à ses rêves ou s'il formait la frontière d'un pays inconnu.

Un chien errant aboya ; quelqu'un approchait.

Ramsès ne s'était-il pas montré imprudent ? Tant que le charrier qui avait payé le palefrenier demeurerait introuvable, il serait en danger permanent. Peut-être avait-il suivi le prince ; sans doute était-il armé, décidé à le surprendre dans cet endroit isolé.

Ramsès percevait la présence de l'agresseur ; sans le voir, il savait précisément à quelle distance il se trouvait. Il aurait pu décrire chacun de ses gestes, connaissait l'ampleur de ses enjambées silencieuses. Dès qu'il fut proche de l'entrée de la cabane, le prince en jaillit et le renversa sur le sol.

– Quelle violence, mon prince !

– Iset ! Pourquoi venir comme une voleuse ?

– As-tu oublié notre pacte ? La discrétion avant tout.

Elle referma les bras sur son amant dont le désir était déjà perceptible.

– Continue à m'agresser, je t'en prie.

– As-tu choisi ?

– Ma présence n'est-elle pas une réponse ?

– Reverras-tu Chénar ?

– Pourquoi ne cesses-tu pas de parler ?

Elle ne portait d'autre vêtement qu'une ample tunique sous laquelle elle était nue. Abandonnée, elle s'offrit aux caresses de l'homme dont elle était tombée follement amoureuse, au point d'oublier ses projets de mariage avec le futur maître de l'Égypte. La beauté de Ramsès ne suffisait pas à expliquer sa passion ; le jeune prince portait en lui une puissance dont lui-même n'avait pas conscience, une puissance qui la fascinait au point de lui faire perdre la faculté de raisonner. De quelle manière l'utiliserait-il ? se plairait-il à détruire ? Chénar aurait le pouvoir, mais comme il semblait vieux et ennuyeux ! Iset la belle aimait trop l'amour et la jeunesse pour s'assoupir avant l'heure.

L'aube les trouva enlacés ; avec une tendresse inattendue, Ramsès caressa les cheveux de sa maîtresse.

– On murmure que tu as tué un homme, à la chasse.

– Il tentait de me supprimer.

– Pour quelle raison ?

– Vengeance.

– Savait-il que tu es fils de roi ?

– Il ne l'ignorait pas, mais le charrier qui m'accompagnait l'avait grassement payé.

Inquiète, Iset la belle se redressa.

– A-t-il été arrêté ?

– Pas encore ; j'ai fait ma déposition, la police le recherche.

– Et si...

– Un complot ? Chénar a nié, il m'a semblé sincère.

– Prends garde ; il est lâche et intelligent.

– Es-tu bien sûre de ton choix ?

Elle l'embrassa avec la violence du soleil naissant.

Le bureau d'Améni était vide ; il n'avait même pas laissé un mot expliquant son absence. Ramsès était persuadé que son secrétaire ne renoncerait pas à résoudre l'énigme des pains d'encre défectueux ; obstiné, pointilleux, il ne tolérait pas une telle imperfection et n'aurait de cesse d'obtenir la vérité et le châtiment du coupable. Inutile d'essayer de réduire ses ardeurs ; malgré sa frêle constitution, Améni était capable de déployer une surprenante activité pour parvenir à ses fins.

Ramsès se rendit chez le chef de la police, qui coordonnait les efforts de ses collègues, malheureusement infructueux ; le sinistre charrier avait disparu, les forces de l'ordre ne disposaient d'aucune piste sérieuse. Le prince ne dissimula pas son irritation, quoique le haut fonctionnaire lui promît d'intensifier ses investigations.

Déçu, Ramsès décida de se mettre lui-même en quête. Il se rendit à la caserne de Memphis où étaient rassemblés de nombreux chars de guerre et de chasse, qui exigeaient un entretien permanent. En tant que scribe royal, le prince demanda à voir l'un de ses homologues chargé de l'inventaire des précieux véhicules. Désireux de savoir si le charrier en fuite avait été employé dans cet établissement, il le décrivit avec minutie.

Le fonctionnaire l'orienta vers un nommé Bakhen, contrôleur des écuries.

Le spécialiste examinait un cheval gris, trop jeune pour être attelé, et réprimandait un charrier, taxé de cruauté. Bakhen, âgé d'une vingtaine d'années, était un homme robuste, au visage carré et ingrat orné d'une courte barbe ; entourant ses biceps, deux bracelets en cuivre. La voix grave et rauque, il martelait les mots d'un violent sermon.

Lorsque le coupable s'éloigna, Bakhen caressa le cheval, qui le regarda d'un œil reconnaissant.

Le jeune homme interpella le contrôleur.

– Je suis le prince Ramsès.

– Tant mieux pour toi.

– Il me faut un renseignement.

– Va voir la police.

– Toi seul peux m'aider.

– Ça m'étonnerait.

– Je suis à la recherche d'un charrier.

– Moi, je m'occupe des chevaux et des chars.

– Cet homme est un criminel en fuite.

– Ce n'est pas mon affaire.

– Souhaites-tu qu'il s'échappe ?

Bakhen lança un regard courroucé à Ramsès.

– M'accuserais-tu de complicité ? Prince ou non, tu ferais mieux de décamper !

– N'espère pas que je te supplierai.

Bakhen éclata de rire.

– Tu es encore là ?

– Tu sais quelque chose et tu me le diras.

– Tu ne manques pas de cran.

Un cheval hennit ; Bakhen, inquiet, courut en direction du splendide animal, à la robe d'un brun sombre, qui, à l'aide de folles ruades, tentait de se libérer de la corde qui l'enserrait.

– Tout doux, mon beau, tout doux !

La voix de Bakhen sembla calmer l'étalon ; l'homme parvint à s'approcher du cheval dont la beauté suscita l'admiration de Ramsès.

– Comment s'appelle-t-il ?

– « Le dieu Amon a décrété sa vaillance » ; il est mon cheval préféré.

Ce n'était pas Bakhen qui avait répondu à Ramsès mais une voix, derrière lui, une voix qui lui glaça le sang.

Ramsès se retourna et s'inclina devant son père, le pharaon Séthi.

12

– Nous partons, Ramsès.

Le prince n'en crut pas ses oreilles, mais il ne pouvait demander à son père de répéter les trois mots magiques qu'il venait de prononcer ; son bonheur fut si intense qu'il ferma les yeux quelques instants.

Séthi se dirigeait déjà vers son cheval, lequel avait recouvré un calme parfait ; Pharaon le détacha, l'animal le suivit et se laissa atteler à un char léger. À la porte principale de la caserne, la garde personnelle du monarque veillait.

Le prince monta à la gauche de son père.

– Prends les rênes.

Avec la fierté d'un conquérant, Ramsès conduisit le char royal jusqu'à l'embarcadère où stationnait une flottille, en partance vers le sud.

Ramsès n'avait pas eu le temps de prévenir Améni ; et que penserait Iset la belle en constatant son absence, lors de leur rendez-vous d'amour, dans la cabane de roseaux ? Mais quelle importance, puisqu'il jouissait de la chance inespérée de voyager à bord du vaisseau royal qui, poussé par un fort vent du nord, progressait à vive allure !

En tant que scribe royal, Ramsès était chargé de relater

l'expédition et de tenir un journal de bord, sans omettre le moindre détail. Il remplit son rôle avec zèle, captivé par les paysages qu'il découvrait. Huit cents kilomètres séparaient Memphis du Gebel Silsileh, but du voyage ; pendant les dix-sept jours de navigation, le prince ne cessa de s'émerveiller devant la beauté des rives du Nil, la paix des villages construits sur des buttes en bordure du fleuve, le scintillement des eaux du Nil. L'Égypte s'offrait à lui, immuable, amoureuse de la vie, capable de transcender ses formes les plus humbles.

Pendant la durée du trajet, Ramsès ne vit pas son père. Les journées s'écoulèrent comme une heure, le journal de bord s'étoffa. En cette sixième année du règne de Séthi, mille soldats, tailleurs de pierre et marins débarquèrent sur le site du Gebel Silsileh où étaient exploitées les principales carrières de grès du pays. À cet endroit, les berges, surmontées de collines, se rapprochaient pour former un passage d'une relative étroitesse ; le fleuve se creusait de dangereux tourbillons, responsables de chavirages et de noyades.

À la proue de son navire, Séthi observa les allées et venues des membres de l'expédition ; sous la conduite des chefs d'équipe, ils transportaient des caisses contenant outils et provisions. On chantait, on s'encourageait, mais on travaillait sur un rythme soutenu.

Avant la fin du jour, un messager royal annonça que Sa Majesté gratifierait chaque ouvrier de cinq livres de pain par jour, d'une botte de légumes, d'une portion de viande rôtie, d'huile de sésame, de miel, de figues, de raisins, de poisson séché, de vin et de deux sacs de grains par mois. L'augmentation des rations donna du cœur à l'ouvrage, et chacun se promit d'œuvrer de son mieux.

Les tailleurs de pierre extrayaient les blocs de grès un à un, après avoir ouvert de petites tranchées, afin de les dégager de la roche mère. Leur labeur ne souffrait aucune improvisation ; les chefs d'équipe repéraient les veines de la pierre et y inscrivaient des marques qui servaient de points de repère aux exécutants. Parfois, pour obtenir de très gros blocs, on enfonçait à la masse des coins de bois mouillés dans des encoches disposées horizontalement ; en séchant, ils exerçaient une pression si forte que la pierre se détachait d'un seul coup.

Certains blocs étaient confiés, sur place, aux tailleurs de pierre ; d'autres, placés sur des glissières en limon à forte pente, descendaient vers la berge. Des bateaux de transport les emmèneraient jusqu'au chantier du temple auquel ils étaient destinés.

Ramsès ne savait où donner de la tête ; comment décrire l'activité incessante de ces techniciens et inventorier leur production ? Décidé à remplir sa mission sans faillir, il se familiarisa avec les habitudes du chantier, sympathisa avec ces hommes rudes qu'il évita d'importuner, apprit leur langage et les signes distinctifs de leur confrérie. Quand ils le mirent à l'épreuve, en lui confiant un maillet et un ciseau, il tailla sa première pierre avec une habileté qui surprit les moins aimables. Depuis longtemps, le prince avait abandonné sa luxueuse robe de lin pour un grossier tablier en cuir ; ni la chaleur ni la sueur ne le gênaient. Le monde des carrières lui plaisait davantage que celui de la cour ; au contact de ces êtres vrais, auxquels la matière interdisait de tricher, il se débarrassa de ses vanités d'étudiant fortuné.

Sa décision était prise : il resterait ici, avec les carriers, s'initierait à leurs secrets et partagerait leur existence. Loin de la ville et de ses fastes inutiles, il nourrirait sa force en choisissant des blocs de grès pour les dieux.

Voilà le message que voulait délivrer son père : oublier une enfance dorée, une éducation artificielle et découvrir sa vraie nature, sous le soleil impitoyable des carrières. Il s'était trompé, en croyant que la rencontre avec le taureau sauvage l'orientait vers la royauté ; Séthi avait brisé ses illusions en le plaçant devant ses capacités réelles.

Ramsès n'avait nulle envie de mener l'existence d'un notable, empêtré dans son confort et ses habitudes ; dans ce rôle, Chénar serait beaucoup plus à l'aise que lui. Rasséréné, il dormit sur le pont du bateau, le regard perdu dans les étoiles.

Un calme anormal régnait dans la carrière d'où, la veille, de nombreux blocs avaient été extraits. Dès l'aube, d'ordinaire, les carriers se mettaient au travail afin de profiter de la fraîcheur matinale ; pourquoi les chefs d'équipe étaient-ils absents, pourquoi n'avaient-ils pas convoqué leurs ouvriers ?

Cédant à la magie du lieu, le prince s'aventura dans les allées silencieuses bordées de falaises de grès. À présent, elles faisaient partie de son être ; il ne connaîtrait plus d'autre horizon, dont il goûtait la quiétude, avant qu'il ne soit troublé par le chant des outils.

S'enfonçant dans le labyrinthe, Ramsès se repéra aux marques des carriers gravées sur la pierre afin de délimiter le territoire de chaque équipe. Il avait hâte de quitter son habit de scribe royal pour vivre au même rythme que ses compagnons, partager leurs peines et leurs joies, oublier à jamais ses comportements de noble désœuvré.

À l'extrémité de la carrière, creusée dans la roche, une chapelle. À gauche de l'entrée, une stèle portant un texte de vénération au soleil levant. Face à la pierre sacrée, le pharaon Séthi élevait les mains, paumes ouvertes, et célébrait la renaissance de la lumière dont les rayons commençaient à éclairer la carrière.

Ramsès s'agenouilla, écoutant les paroles que prononçait son père.

La prière terminée, Séthi se tourna vers son fils.

– Que viens-tu chercher en ces lieux ?

– Le chemin de ma vie.

– Le créateur accomplit quatre actions parfaites, déclara Pharaon : il mit au monde les quatre vents, afin que chaque être respire pendant son existence ; il engendra l'eau et la crue, de sorte que le pauvre en profite comme le puissant ; il façonna chaque homme identique à son prochain ; enfin, il grava dans le cœur humain le souvenir de l'Occident et de l'au-delà, pour que des sacrifices soient offerts à l'invisible. Mais les hommes transgressèrent la parole du créateur et n'eurent d'autre envie que de dénaturer son œuvre ; fais-tu partie de cette cohorte ?

– J'ai... j'ai tué un homme.

– Détruire est-il le sens de ta vie ?

– Je me suis défendu, une force m'a guidé !

– En ce cas, assume ton acte et ne pleure pas sur toi-même.

– Je veux retrouver le vrai coupable.

– Ne te perds pas en velléités ; es-tu prêt à sacrifier à l'invisible ?

Le prince hocha la tête.

Séthi pénétra à l'intérieur de la chapelle et en ressortit, un chien jaune or dans les bras. Un grand sourire illumina le visage de Ramsès.

– Veilleur ?

– C'est bien ton chien ?

– Oui, mais...

– Ramasse une pierre, fracasse-lui la tête et offre-le à l'esprit de cette carrière ; ainsi, tu seras purifié de ta violence.

Pharaon lâcha l'animal qui se précipita vers son maître et célébra les retrouvailles par des bonds joyeux.

– Père...

– Agis.

Les yeux de Veilleur appelaient caresses et tendresse.

– Je refuse.

– Es-tu conscient de ce qu'implique ta réponse ?

– Je désire entrer dans la corporation des carriers et ne jamais revenir au palais.

– Renoncerais-tu à ta condition pour un chien ?

– Il m'a donné sa confiance, je lui dois protection.

– Suis-moi.

Empruntant un étroit sentier à flanc de colline, Séthi, Ramsès et Veilleur grimpèrent jusqu'à un piton rocheux qui dominait la carrière.

– Si tu avais assassiné ton chien, tu aurais été le plus vil des destructeurs ; par ta conduite, tu as franchi une nouvelle étape.

Ramsès fut transporté de joie.

– Ici, je prouverai ma valeur !

– Tu te trompes.

– Je suis capable de travailler dur !

– Des carrières comme celle-ci assurent la pérennité de notre civilisation ; un roi doit les visiter fréquemment, s'assurer que les carriers et les tailleurs de pierre continuent à œuvrer selon la règle, afin que les demeures des divinités soient embellies et qu'elles restent sur terre. C'est au contact des hommes de métier que se forme le sens du gouvernement ; la pierre et le bois ne mentent pas. Pharaon est bâti par l'Égypte, Pharaon bâtit l'Égypte ; il construit et construit encore, car bâtir le temple et le peuple est le plus grand acte d'amour.

Chacune des paroles de Séthi était une lumière fulgurante qui élargissait l'esprit de Ramsès, semblable à un voyageur assoiffé se désaltérant à une source d'eau fraîche.

– Ma place est donc bien ici.

– Non, mon fils ; le Gebel Silsileh n'est qu'une carrière de grès. Le granit, l'albâtre, le calcaire, d'autres pierres et d'autres matériaux exigent ta présence. Tu ne peux jouir d'aucun refuge, fût-il celui d'une corporation. Il est temps de repartir vers le nord.

13

Dans le vaste bureau dont il disposait, Améni classait ses informations. Après avoir fouiné ici et là et interrogé quantité de petits fonctionnaires plus ou moins bavards, le secrétaire particulier de Ramsès se réjouissait des résultats obtenus. Avec l'instinct du limier, il sentait que la vérité était à sa portée. Sans nul doute, on avait fraudé ; mais à qui revenaient les bénéfices de cette malversation ? Le jeune scribe, s'il obtenait une preuve, irait jusqu'au bout et ferait condamner le coupable.

Alors qu'il relisait des notes prises sur une tablette en bois, Iset la belle fit irruption dans le domaine de Ramsès et força la porte du bureau de son secrétaire.

Mal à l'aise, Améni se leva ; comment se comporter devant cette très jolie jeune fille, imbue de son rang ?

– Où est Ramsès ? interrogea-t-elle, agressive.

– Je l'ignore.

– Je ne te crois pas.

– C'est pourtant la vérité.

– On prétend que Ramsès n'a aucun secret pour toi.

– Nous sommes amis, mais il a quitté Memphis sans me prévenir.

– Impossible !

– Même pour vous satisfaire, je ne mentirais pas.

– Tu ne parais pas inquiet.

– Pourquoi le serais-je ?

– Tu sais où il se trouve et tu refuses de me le dire !

– Vous m'accusez à tort.

– Sans lui, tu ne bénéficies d'aucune protection.

– Ramsès reviendra, soyez-en sûre ; s'il avait subi quelque malheur, je le sentirais. Entre lui et moi existent des liens invisibles ; c'est pourquoi je ne suis pas inquiet.

– Tu te moques de moi !

– Il reviendra.

À la cour circulaient des informations vagues et contradictoires ; les uns prétendaient que Séthi avait exilé Ramsès dans le Sud, les autres que le prince avait été envoyé en mission, pour vérifier l'état des digues avant la prochaine crue. Iset la belle ne décolérait pas ; son amant l'avait bafouée et s'était moqué d'elle ! En trouvant vide la hutte de roseaux où elle le rejoignait, elle avait cru à une plaisanterie et appelé Ramsès en vain ; crapauds, serpents et chiens errants lui semblèrent soudain pulluler, et elle s'était enfuie, affolée.

Ridicule à ses propres yeux à cause de ce jeune prince insolent... Mais si inquiète pour lui ! Si Améni ne mentait pas, Ramsès était tombé dans un piège.

Un homme, un seul, détenait la vérité.

Chénar achevait de déjeuner ; la qualité de la caille rôtie avait réjoui son palais.

– Chère Iset ! Quel plaisir de vous voir... Partagerez-vous ma purée de figues ? Sans me vanter, elle est la meilleure de Memphis.

– Où se cache Ramsès ?

– Tendre et chère amie... Comment le saurais-je ?

– Un futur roi se permet-il d'ignorer ce genre de détail ?

Chénar sourit, intrigué.

– J'apprécie votre finesse d'esprit.

– Parlez, je vous en prie.

– Prenez le temps de vous asseoir et de déguster cette purée ; vous ne le regretterez pas.

La jeune femme choisit une chaise confortable, pourvue d'un coussin vert.

– Le destin nous attribue une position privilégiée ; pourquoi ne pas reconnaître notre chance ?

– Je vous comprends mal.

– Nous nous entendons à merveille, ne croyez-vous pas ? Au lieu de vous unir à mon frère, vous devriez réfléchir davantage et songer à votre avenir.

– Lequel imaginez-vous ?

– Une brillante existence auprès de moi.

Iset la belle considéra le fils aîné du roi avec attention. Il se voulait élégant, attirant, posé, jouait déjà son futur rôle, mais n'aurait jamais le magnétisme et la beauté sauvage de Ramsès.

– Souhaitez-vous vraiment savoir où se trouve mon frère ?

– Tel est mon désir.

– Je crains de vous attrister.

– Je cours le risque.

– Accordez-moi votre confiance et je vous éviterai une désillusion.

– Je crois être assez forte pour l'affronter.

Chénar parut désolé.

– Ramsès a été engagé comme scribe de l'expédition partie pour les carrières de grès du Gebel Silsileh. Il lui appartenait de rédiger un rapport et des comptes rendus des travaux. Une tâche d'une rare médiocrité, qui le condamnera à rester de longs mois avec les carriers et à s'installer dans le Sud. Mon père, une fois de plus, a fait preuve de sa connaissance des êtres ; il a mis mon frère à sa juste place. Si nous évoquions notre avenir commun, à présent ?

– Je suis exténuée, Chénar, je...

– Je vous avais prévenue.

Il se leva et lui prit la main droite.

Ce contact écœura la jeune femme. Oui, Ramsès était éliminé du devant de la scène ; oui, Chénar serait le maître absolu. Être aimée de lui apporterait à l'heureuse élue gloire et fortune ; des dizaines de nobles demoiselles ne rêvaient-elles pas d'épouser l'héritier de la couronne ?

Avec brusquerie, elle s'écarta.

– Laissez-moi !

– Ne gâchez pas votre chance.

– J'aime Ramsès.

– Qu'importe l'amour ! Il ne m'intéresse pas, et vous l'oublierez. Je vous demande d'être belle, de me donner un fils et d'être la première dame d'Égypte. Hésiter serait insensé.

– Considérez-moi donc comme folle.

Chénar tendit le bras vers elle.

– Ne partez pas ! Sinon...

– Sinon ?

Le visage lunaire de Chénar devint inquiétant.

– Devenir des ennemis, quel gâchis... J'en appelle à votre intelligence.

– Adieu, Chénar ; vous suivez votre chemin, le mien est tracé.

Memphis était une ville bruyante et animée. Au port, sans cesse en activité, arrivaient quantité de bateaux marchands, venant du sud ou du nord ; les départs étaient organisés avec rigueur par les autorités administratives chargées du trafic fluvial, les chargements contrôlés par une armée de scribes. Dans l'un des nombreux entrepôts, du matériel d'écriture, dont des dizaines de pains d'encre.

Améni, se prévalant de sa qualité de secrétaire du fils cadet de Pharaon, fut autorisé à les examiner. Il se concentra sur les produits de première qualité dont le prix était le plus élevé ; ses investigations furent infructueuses.

Empruntant des ruelles encombrées par des badauds et des ânes chargés de fruits, de légumes ou de sacs de céréales, Améni profita de sa petite taille et de sa faible corpulence pour se faufiler jusqu'au quartier proche du temple de Ptah, que Séthi avait agrandi : devant son pylône large de soixante-quinze mètres, des colosses royaux en granit rose manifestaient la présence du sacré. Le jeune scribe aimait la vieille capitale fondée par Ménès, l'unificateur du nord et du sud ; ne ressemblait-elle pas à un calice placé sous la protection de la déesse d'or ? Qu'il était doux de contempler ses lacs couverts de lotus, de respirer le parfum des fleurs baignant ses places, reposant de s'asseoir, oisif, à l'abri d'un feuillage, et d'admirer le Nil ! Hélas, l'heure n'était pas à la flânerie. S'écartant des arsenaux où l'on entreposait les armes destinées aux différents corps d'armée, Améni se présenta à la porte d'un atelier où l'on préparait des pains d'encre pour les meilleures écoles de la cité.

L'accueil fut très froid, mais le nom de Ramsès lui permit de franchir le seuil et d'interroger les artisans ; proche de la retraite, l'un d'eux se montra très coopératif et déplora le laisser-aller de certains fabricants qui, pourtant, avaient reçu l'agrément du palais. Persuasif, Améni obtint une adresse dans le quartier nord, au-delà de l'ancienne citadelle aux murs blancs.

Le jeune scribe évita les quais, trop encombrés, et traversa le quartier d'Ankh-taoui, « la vie des deux terres * » ; il longea l'une des casernes et s'aventura dans un faubourg très peuplé, où de grandes villas côtoyaient de petits immeubles à deux étages, et des échoppes d'artisans. Il se perdit à plusieurs reprises mais, grâce à l'obligeance des maîtresses de maison qui discutaient tout en balayant les ruelles, il finit par décou-

* C'est-à-dire la Haute et la Basse-Égypte ; située à leur jonction, Memphis incarnait le pôle d'équilibre du pays.

vrir l'atelier qu'il comptait visiter. Quel que fût le poids de la fatigue, Améni explorerait Memphis, persuadé que la solution de l'énigme se trouvait à la source de la production des pains d'encre.

Sur le seuil, un quadragénaire hirsute armé d'un bâton.

– Salut à toi ; pourrais-je entrer ?

– C'est interdit.

– Je suis le secrétaire particulier d'un scribe royal.

– Passe ton chemin, petit.

– Ce scribe royal se nomme Ramsès, fils de Séthi.

– L'atelier est fermé.

– Raison de plus pour me permettre de l'inspecter.

– J'ai des ordres.

– En te montrant conciliant, tu éviteras une plainte officielle.

– Va-t'en.

Améni regretta d'être fluet ; Ramsès, lui, n'aurait eu aucune peine à soulever ce malotru et à le jeter dans un canal. Dépourvu de force, le jeune scribe emploierait la ruse.

Il salua le garde, fit mine de s'éloigner, et utilisa une échelle pour grimper sur le toit d'un grenier proche de l'arrière de l'atelier. Une lucarne, à la nuit tombée, lui permit de s'y introduire. Se servant d'une lampe posée sur une étagère, il explora la réserve. La première rangée de pains d'encre le déçut ; ils étaient d'excellente qualité. Mais la seconde, pourtant estampillée avec la marque de contrôle « premier choix », présentait des anomalies : taille réduite, couleur incertaine, poids insuffisant. Un essai d'écriture suffit à convaincre Améni : il venait de découvrir le centre de production de la fraude.

Tout à sa joie, le scribe n'entendit pas s'approcher le gardien qui l'assomma d'un coup de bâton, jeta son corps inanimé sur ses épaules, et l'abandonna dans une décharge voisine, poubelle collective où s'entassaient les déchets que l'on brûlait au petit matin.

Le curieux n'aurait pas l'occasion de parler.

14

Traînant par la main sa petite fille mal réveillée, le préposé à la voirie progressait d'un pas lent dans les ruelles endormies du quartier nord de Memphis. Avant l'aube, il devait mettre le feu aux décharges réparties entre les pâtés de maisons; brûler quotidiennement ordures et déchets était un bon moyen d'assainir et de respecter les règles d'hygiène imposées par l'administration. La tâche était répétitive, mais plutôt bien payée, et donnait le sentiment d'être utile à ses concitoyens.

Le préposé connaissait les deux familles les plus malpropres de l'endroit; après leur avoir infligé des remontrances, il n'avait constaté aucune amélioration et allait être contraint de les mettre à l'amende. Bougonnant contre la paresse inhérente au genre humain, il ramassa la poupée de chiffon que la fillette avait laissé tomber et la consola. Son travail achevé, il lui offrirait un copieux petit déjeuner et ils dormiraient à l'ombre d'un tamaris, dans le jardin proche du temple de la déesse Neith.

Par bonheur, la décharge n'était pas trop remplie; avec sa torche, le préposé alluma plusieurs foyers, de manière que la combustion fût rapide.

– Papa... Je voudrais la grande poupée.

– Qu'est-ce que tu dis?

– La grande poupée, là-bas.

La fillette tendit la main vers une forme humaine ; un bras émergeait des détritus. La fumée le masqua.

– Je la veux, papa.

Intrigué, le préposé entra dans la décharge, au risque de se brûler les pieds.

Un bras... Un bras de jeune garçon ! Avec précaution, il dégagea le corps inerte. Sur la nuque, du sang séché.

Pendant le voyage de retour, Ramsès n'avait pas revu son père. Aucun détail ne manquerait à son journal de bord, et le texte serait versé dans les annales royales qui relataient les hauts faits de la sixième année de règne de Séthi. Le prince, délaissant son habit et son matériel de scribe, sympathisa avec l'équipage et participa aux manœuvres ; il apprit à faire des nœuds, à hisser des voiles et même à se servir du gouvernail. Et surtout, il se familiarisa avec le vent ; ne disait-on pas que le mystérieux dieu Amon, dont nul être ne connaissait la forme, révélait sa présence en gonflant la voile des navires qu'il menait à bon port ? L'invisible se manifestait, bien qu'il demeurât invisible.

Le capitaine du bateau se prit au jeu, puisque le fils du roi oubliait sa condition et refusait les privilèges ; aussi le soumit-il aux mille et une corvées de l'existence d'un marin. Ramsès ne rechigna pas, lava le pont, et s'installa sur le banc des rameurs avec une belle détermination. Aller vers le nord impliquait une bonne connaissance des courants et un équipage courageux. Sentir le bateau glisser sur l'eau, être en harmonie avec elle pour mieux augmenter sa vitesse, fut un plaisir intense.

Le retour d'une expédition était l'occasion d'une grande fête. Sur les quais du port principal de Memphis, portant le nom évocateur de « bon voyage », se pressait une foule nombreuse. Dès que leurs pieds touchèrent de nouveau le sol d'Égypte, les marins reçurent des colliers de fleurs et des coupes de bière fraîche ; on chanta et on dansa en leur honneur, on célébra leur courage et la bonté du fleuve qui les avait guidés.

Des mains gracieuses passèrent autour du cou de Ramsès un collier de bleuets.

– Cette récompense suffira-t-elle à un prince ? demanda Iset la belle, avec un air mutin.

Ramsès ne se déroba pas.

– Tu dois être furieuse.

Il la prit dans ses bras, elle fit mine de résister.

– Crois-tu que te revoir suffit à effacer ta grossièreté ?

– Pourquoi pas, puisque je ne suis pas coupable ?

– Même dans le cas d'un départ précipité, tu aurais pu me prévenir.

– Exécuter l'ordre de Pharaon ne souffre aucun délai.

– Veux-tu dire que...

– Mon père m'a emmené avec lui au Gebel Silsileh, et ce n'était pas un châtiment.

Iset la belle se fit câline.

– De longues journées de voyage en sa compagnie... Tu as bénéficié de ses confidences.

– Détrompe-toi, j'ai servi comme scribe, carrier et matelot.

– Pour quelle raison t'a-t-il contraint à voyager ?

– Lui seul le sait.

– J'ai vu ton frère, il m'a annoncé ta déchéance ; selon lui, tu t'installais dans le Sud afin d'y occuper un poste médiocre.

– Aux yeux de mon frère, tout est médiocre, sauf lui-même.

– Mais tu es revenu à Memphis, et je suis à toi.

– Tu es jolie et intelligente : deux qualités indispensables à une grande épouse royale.

– Chénar n'a pas renoncé à m'épouser.

– Pourquoi hésites-tu ? Il n'est pas sage de refuser un destin grandiose.

– Je ne suis pas sage, mais amoureuse de toi.
– L'avenir...
– Seul le présent m'intéresse. Mes parents sont à la campagne, la villa est vide... Ne sera-t-elle pas plus confortable qu'une cabane en roseaux ?

Était-ce l'amour, ce plaisir fou qu'il partageait avec Iset la belle ? Ramsès s'interrogeait en vain. Il lui suffisait de vivre une passion charnelle, de savourer ces moments enivrants où leurs corps s'ajustaient si bien qu'ils ne formaient plus qu'un seul être, emportés dans un tourbillon. Par ses caresses, sa maîtresse savait provoquer son désir et le réveiller, sans parvenir à l'épuiser. Qu'il était difficile de l'abandonner, nue et alanguie, les bras tendus pour retenir son amant !

Pour la première fois, Iset la belle avait parlé de mariage. Le prince, rebelle, ne montra aucun enthousiasme ; autant sa compagne lui plaisait, autant l'idée de former un couple l'irritait. Certes, malgré leur jeune âge, ils étaient déjà un homme et une femme, et nul ne se serait opposé à leur union. Mais Ramsès ne s'estimait pas prêt à se lancer dans cette aventure-là. Iset ne lui adressa aucun reproche, mais se promit de le convaincre ; plus elle le connaissait, plus elle croyait en lui. Quelle que fût la conduite que lui dictait sa raison, elle écouterait son instinct. Un être qui donnait autant d'amour était un trésor irremplaçable, plus précieux que n'importe quelle richesse.

Ramsès se rendit au centre de la ville, dans le quartier des palais ; Améni devait guetter son retour avec impatience. Avait-il poursuivi son enquête et obtenu des résultats ?

Un policier armé gardait l'entrée des appartements du prince.

– Que se passe-t-il ?

– Êtes-vous le prince Ramsès ?

– C'est bien moi.

– Votre secrétaire a été victime d'une agression ; c'est pourquoi on m'a ordonné de veiller sur lui.

Ramsès courut jusqu'à la chambre de son ami.

Améni était étendu sur son lit, la tête bandée ; à son chevet, une infirmière.

– Silence, exigea-t-elle ; il dort.

Elle entraîna le prince hors de la pièce.

– Que lui est-il arrivé ?

– On l'a retrouvé dans une décharge du quartier nord ; il semblait mort.

– Survivra-t-il ?

– Le médecin est optimiste.

– A-t-il parlé ?

– Quelques mots, incompréhensibles. Les drogues suppriment la douleur, mais le plongent dans un profond sommeil.

Ramsès s'entretint avec l'adjoint du chef de la police, occupé par une tournée d'inspection au sud de Memphis. Navré, le fonctionnaire ne lui fournit aucun renseignement ; personne, dans le quartier incriminé, n'avait vu l'agresseur. En dépit d'interrogatoires approfondis, nul indice n'avait été recueilli. Il en était de même dans l'affaire du charrier ; sans nul doute, il avait disparu et peut-être quitté l'Égypte.

De retour chez lui, le prince assista au réveil d'Améni ; en voyant Ramsès, le regard du blessé s'illumina.

– Tu es revenu... Je le savais !

La voix était chancelante, mais claire.

– Comment te sens-tu ?

– J'ai réussi, Ramsès, j'ai réussi !

– Si tu continues à prendre de tels risques, tu finiras par te briser les os.

– Ils sont solides, tu le constates.

– Qui t'a frappé ?

– Le gardien d'un atelier où sont entreposés des pains d'encre trafiqués.

– Ainsi, tu as vraiment réussi.

La fierté anima le visage d'Améni.

– Indique-moi l'endroit, exigea Ramsès.

– C'est dangereux... N'y va pas sans la police.

– Ne t'inquiète pas et repose-toi ; plus vite tu seras debout, plus vite tu m'aideras.

Grâce aux indications d'Améni, Ramsès trouva sans peine l'atelier incriminé ; bien que le soleil fût levé depuis trois heures, la porte était close. Intrigué, le prince rôda dans le quartier, mais ne discerna aucun mouvement suspect. L'entrepôt semblait abandonné.

Redoutant un piège, Ramsès patienta jusqu'au soir. En dépit de nombreuses allées et venues, personne n'entra dans le bâtiment.

Il interrogea un porteur d'eau qui désaltérait les artisans.

– Connais-tu cet atelier ?

– On y fabrique des pains d'encre.

– Pourquoi est-il fermé ?

– Sa porte est close depuis une semaine, c'est étrange.

– Qu'est-il arrivé à ses propriétaires ?

– Je l'ignore.

– Qui sont-ils ?

– On ne voyait ici que les ouvriers, pas leur patron.

– À qui livraient-ils leurs produits ?

– Ce n'est pas mon affaire.

Le porteur d'eau s'éloigna.

Ramsès adopta la même stratégie qu'Améni ; il grimpa à l'échelle et passa par le toit du grenier afin de pénétrer dans le bâtiment.

Son inspection fut de courte durée ; l'entrepôt était vide.

En compagnie des autres scribes royaux, Ramsès fut convoqué au temple de Ptah, le dieu qui avait créé le monde par le verbe ; chacun comparut devant le grand prêtre et délivra un rapport succinct sur ses récentes activités. Le maître des artisans leur rappela qu'ils devaient façonner la parole comme un matériau et modeler leur discours selon l'enseignement des sages.

La cérémonie achevée, Sary félicita son ancien élève.

– Je suis fier d'avoir été ton nourricier ; malgré les mauvaises langues, il apparaît que tu suis le chemin du savoir. Ne cesse pas d'apprendre, et tu seras un homme considéré.

– Est-ce plus important que d'atteindre la vérité de son être ?

Sary ne cacha pas sa contrariété.

– À l'heure où tu t'assagis enfin, j'ai entendu de déroutantes rumeurs à ton propos.

– Lesquelles ?

– On murmure que tu recherches un charrier en fuite et que ton secrétaire particulier a été gravement blessé.

– Ce ne sont pas des racontars.

– Laisse agir les autorités et oublie ces drames, la police est plus compétente que toi. On finira par trouver les coupables, crois-moi ; toi, tu as beaucoup à faire. Le plus important, c'est de respecter ton rang.

Déjeuner en tête à tête avec sa mère était un privilège rare que Ramsès apprécia à sa juste valeur. Fort occupée par la conduite de l'État, à laquelle elle participait de manière active, par les rituels quotidiens et saisonniers, sans parler de ses innombrables charges à la cour, la grande épouse royale ne disposait que de peu de loisir pour elle-même et ses proches.

Les plats en albâtre avaient été disposés sur des tables basses, sous un kiosque aux colonnettes en bois, dispensant une ombre apaisante. Au sortir d'un conseil consacré à la nomination des chanteuses principales du dieu Amon, responsables de la partie musicale des rites, Touya était vêtue d'une longue robe de lin plissée et portait un large collier d'or. Ramsès éprouvait pour elle une affection sans bornes, mêlée d'une admiration grandissante. Aucune femme ne pouvait lui être comparée, aucune femme n'osait se comparer à elle ; en dépit de sa modeste naissance, elle était née reine. Elle seule pouvait susciter l'amour de Séthi et gouverner l'Égypte à ses côtés.

Au menu, de la laitue, des concombres, une côte de bœuf, du fromage de chèvre, un gâteau rond au miel, des galettes d'épeautre et un vin des oasis coupé d'eau. La reine appréciait le moment du déjeuner, auquel elle ne conviait ni importuns ni quémandeurs ; la quiétude de son jardin privé, disposé autour d'un bassin, la nourrissait autant que les aliments choisis avec soin par son cuisinier.

– Comment s'est déroulé ton voyage au Gebel Silsileh ?

– J'ai vécu la puissance des carriers et celle des marins.

– Ni l'une ni l'autre ne t'ont retenu.

– Mon père ne l'a pas voulu.

– C'est un maître exigeant qui te demandera plus que tu ne peux donner.

– Sais-tu ce qu'il a décidé à mon sujet ?

– Tu n'as guère d'appétit, aujourd'hui.

– Me laisser dans l'ignorance est-il indispensable ?

– Crains-tu Pharaon ou as-tu confiance en lui ?

– La crainte n'habite pas mon cœur.

– Engage-toi de tout ton être dans le combat qui t'est proposé, ne regarde pas en arrière, ignore les regrets et les remords, ne sois ni envieux ni jaloux. Et goûte chaque seconde passée avec ton père comme une offrande céleste. Qu'importe le reste ?

Le prince dégusta la côte de bœuf, rôtie à point et agrémentée d'ail et de fines herbes. Dans le ciel d'un bleu parfait passa un grand ibis.

– J'ai besoin de ton aide, la police se moque de moi.

– C'est une grave accusation, mon fils.

– Je la crois fondée.

– Possèdes-tu des preuves ?

– Aucune, et c'est pourquoi je m'adresse à toi.

– Je ne me situe pas au-dessus des lois.

– Si tu exiges une véritable enquête, elle sera menée. Personne ne recherche l'homme qui a payé mon agresseur, personne ne veut identifier celui qui fait fabriquer des mauvais pains d'encre vendus aux scribes comme des produits de première qualité. Parce qu'il a découvert l'atelier, mon ami Améni a failli mourir ; mais le criminel a vidé l'entrepôt, et aucun habitant du quartier n'ose témoigner contre lui. Donc, c'est quelqu'un d'important, de si important qu'il terrorise les gens.

– À qui penses-tu ?

Ramsès se tut.

– J'agirai, promit Touya.

15

Le bateau de Pharaon voguait vers le nord. Parti de Memphis, il avait suivi le cours principal du Nil avant d'emprunter l'une de ses branches qui pénétrait profondément au cœur du Delta.

Ramsès était ébloui.

Ici, nul désert ; dans ce paysage qui appartenait à Horus, alors que Seth * régnait sur la vallée où le fleuve se frayait un passage entre deux rives luttant contre l'aridité, l'eau était toute-puissante. La partie sauvage du Delta ressemblait à un immense marais, peuplé de milliers d'oiseaux, de forêts de papyrus et de poissons. Aucune ville, pas même de bourgs, mais quelques cabanes de pêcheurs au sommet de buttes émergées. La lumière n'était pas immobile, comme dans la vallée ; un vent venant de la mer faisait danser les roseaux.

Flamants noirs, canards, hérons et autres pélicans se partageaient cet immense domaine où se perdaient des canaux sinueux ; ici, une genette dévorait les œufs dans un nid de martins-pêcheurs, là un serpent se faufilait dans un fourré autour duquel voletaient des papillons multicolores. L'homme n'avait pas encore conquis ce territoire.

---

* Horus et Seth, les deux frères qui se partagèrent l'univers et l'Égypte, en fonction du jugement des dieux.

Le bateau avançait de plus en plus lentement, sous la conduite prudente d'un capitaine habitué aux caprices de ce dédale ; à bord, une vingtaine de marins expérimentés et le maître du pays, debout, à la proue. Son fils l'observait sans être vu, fasciné par sa prestance ; Séthi incarnait l'Égypte, il était l'Égypte, héritier d'une lignée millénaire, consciente de la grandeur divine et de la petitesse humaine. Aux yeux de son peuple, Pharaon demeurait un personnage mystérieux, dont la véritable patrie était le ciel étoilé ; sa présence sur terre maintenait un lien avec l'au-delà, son regard en ouvrait les portes pour son peuple. Sans lui, la barbarie eût vite envahi les deux rives ; avec lui, l'avenir était promesse d'éternité.

Bien qu'il en ignorât le but, Ramsès écrivait aussi le récit de cette expédition-là. Ni son père ni l'équipage n'avaient accepté d'en parler. Le prince percevait une inquiétude latente, comme si des dangers cachés menaçaient le bateau. À tout instant, un monstre pouvait surgir et dévorer l'embarcation.

Comme lors du premier voyage, Séthi n'avait pas laissé le temps à son fils de prévenir Iset la belle et Améni. Ramsès imaginait la fureur de la première et l'inquiétude du second ; mais aucun motif, fût-il l'amour ou l'amitié, n'aurait pu l'empêcher de suivre son père là où il souhaitait l'emmener.

Un chenal se dégagea ; la progression fut plus aisée, et le bateau accosta un îlot herbeux sur lequel était construite une étrange tour en bois. Empruntant une échelle de corde, le roi descendit ; Ramsès l'imita. Pharaon et son fils montèrent au sommet de la tour, masquée par un clayonnage. De là-haut, on ne voyait que le ciel.

Séthi était si concentré que Ramsès n'osait lui poser aucune question.

Soudain, le regard de Pharaon s'anima.

– Regarde, Ramsès, regarde bien !

Si haut dans l'azur qu'il semblait toucher le soleil, un vol d'oiseaux migrateurs, disposés en V, se dirigeait vers le sud.

– Ils viennent de l'au-delà de tous les mondes connus, révéla Séthi, d'une immensité où les dieux créent la vie à chaque instant. Lorsqu'ils résident dans l'océan d'énergie, ils ont la forme d'oiseaux à tête humaine et se nourrissent de lumière ; quand ils franchissent les frontières de la terre, ils prennent la forme d'une hirondelle ou d'un autre migrateur. N'oublie pas de les contempler, car ils sont nos ancêtres ressuscités, qui intercèdent auprès du soleil afin que son feu ne nous détruise pas ; ce sont eux qui inspirent la pensée d'un pharaon et lui tracent un chemin que les yeux humains ne voient pas.

Dès que la nuit fut tombée et que les étoiles scintillèrent, Séthi apprit le ciel à son fils. Il lui dévoila le nom des constellations, le mouvement des planètes infatigables, du soleil et de la lune, et la signification des décans. Pharaon ne devait-il pas étendre son pouvoir aux limites du cosmos, de sorte que son bras ne fût repoussé dans aucune terre ?

Les oreilles et le cœur ouverts, Ramsès écouta ; il s'emplit de la nourriture ainsi dispensée, n'en gaspilla aucune miette. L'aube survint trop vite.

En raison de l'abondance du fouillis végétal, le bateau royal ne pouvait avancer. Séthi, Ramsès et quatre marins, armés de lances, d'arcs et de bâtons de jet, montèrent dans une barque légère en papyrus ; Pharaon indiqua lui-même la direction aux rameurs.

Ramsès se sentit transporté dans un autre monde, sans aucun point commun avec la vallée. Nulle trace, ici, de l'activité humaine ; hauts de huit mètres, les papyrus masquaient parfois le soleil. Si sa peau n'avait pas été enduite d'une épaisse couche d'onguent gras, le prince eût été dévoré par des milliers d'insectes dont l'agitation provoquait un vacarme assourdissant.

Après avoir traversé une forêt aquatique, l'esquif glissa sur une sorte de lac au centre duquel trônaient deux îlots.

– Les villes saintes de Pé et de Dep, révéla Pharaon.

– Les villes ? s'étonna Ramsès.

– Elles sont destinées aux âmes des justes ; leur cité est la nature entière. Quand la vie jaillit de l'océan des origines, elle se manifesta sous la forme d'une butte de terre émergeant des eaux ; voici deux tertres sacrés qui, réunis dans ton esprit, forment le pays unique où les dieux se plaisent à résider.

En compagnie de son père, Ramsès foula le sol des « villes saintes » et se recueillit devant un modeste sanctuaire, une simple hutte en roseaux devant laquelle était planté un bâton au sommet taillé en forme de spirale.

– Voici le symbole de la fonction, précisa le roi ; chacun doit trouver la sienne et la remplir, avant de se préoccuper de lui-même. Celle de Pharaon est d'être le premier serviteur des dieux ; s'il songeait à se servir lui-même, il ne serait qu'un tyran.

Autour d'eux, d'innombrables forces inquiétantes ; impossible d'être en paix, dans ce chaos où l'on restait en permanence sur le qui-vive. Seul Séthi semblait inaccessible à toute forme d'émotion, comme si cette nature indéchiffrable se pliait à sa volonté. Si une certitude tranquille n'avait habité son regard, Ramsès eût été assuré de se perdre au milieu des papyrus géants.

Soudain, l'horizon se dégagea ; la barque glissa sur une eau verdâtre baignant une rive qu'habitaient des pêcheurs. Nus, hirsutes, ils habitaient dans des cabanes rudimentaires, utilisaient filet, ligne et nasse, fendaient les poissons avec de longs couteaux, les vidaient et les laissaient sécher au soleil. Deux d'entre eux portaient une perche du Nil si énorme qu'elle faisait ployer le bâton auquel ils l'avaient accrochée.

Surpris par cette visite inattendue, les pêcheurs semblèrent apeurés et hostiles ; se serrant les uns contre les autres, ils brandirent leurs couteaux.

Ramsès s'avança ; les regards agressifs convergèrent vers lui.

– Inclinez-vous devant Pharaon.

Les couteaux se levèrent, les doigts se décrispèrent, les armes tombèrent sur le sol spongieux. Puis les sujets de Séthi se prosternèrent devant leur souverain, avant de le convier à partager leur repas.

Les pêcheurs plaisantèrent avec les soldats, ces derniers leur offrirent deux jarres de bière. Lorsque le sommeil les gagna, Séthi s'adressa à son fils, à la lueur des torches dont la flamme éloignait insectes et bêtes fauves.

– Voici les plus pauvres des hommes, mais ils remplissent leur fonction et attendent ton soutien. Pharaon est celui qui secourt le faible, protège la veuve, nourrit l'orphelin, répond à quiconque est dans le besoin, le berger vaillant qui veille nuit et jour, le bouclier qui protège son peuple. Celui que Dieu choisit pour remplir la fonction suprême, que l'on dise de lui : « Nul ne fut affamé en son temps. » Il n'est pas plus noble tâche que de devenir le *ka* de l'Égypte, mon fils, la nourriture du pays entier.

Ramsès demeura plusieurs semaines avec les pêcheurs et les cueilleurs de papyrus. Il apprit à connaître les nombreuses sortes de poissons comestibles et à fabriquer des barques légères, développa son instinct de chasseur, se perdit et se retrouva dans le dédale des canaux et des marais, écouta le récit des athlètes qui avaient sorti de l'eau d'énormes poissons, au terme de plusieurs heures de lutte.

Malgré la rudesse de leur existence, ils ne souhaitaient pas en changer ; celle des habitants de la vallée leur paraissait terne et sans saveur. De courts séjours dans ce paysage trop civilisé leur suffisaient ; après avoir goûté à la tendresse des femmes et s'être rassasiés de viande et de légumes, ils retournaient dans les marais du Delta.

Le prince se nourrit de leur puissance ; il adopta leur regard et leur écoute, s'endurcit à leur contact, n'émit aucune plainte quand la fatigue déchira sa chair, et oublia une nouvelle fois les privilèges de son rang. Sa force et son habileté firent merveille ; à lui seul, il se montra aussi efficace que trois pêcheurs chevronnés. Mais cet exploit suscita davantage de jalousie que d'admiration, et le fils de roi fut bientôt mis à l'écart.

Un rêve se brisa : celui de devenir un autre, de renoncer à la force mystérieuse qui l'animait pour ressembler à autrui et vivre une jeunesse semblable à celle des carriers, des marins ou des pêcheurs. Séthi l'avait conduit à la frontière du pays, en ces lieux perdus où la mer si proche commençait à absorber la terre, pour qu'il prenne conscience de son être véritable, délivré des illusions de l'enfance.

Son père l'avait abandonné. Mais n'avait-il pas tracé, la nuit précédant son départ, un chemin vers la royauté ? Ses paroles s'adressaient à lui, Ramsès, et à nul autre.

Un rêve, un moment de grâce, rien de plus. Séthi parlait au vent, à l'eau, à l'immensité du Delta, son fils ne lui servait que de faire-valoir. En l'emmenant à l'extrémité du monde, il avait brisé sa vanité et ses fantasmes. L'existence de Ramsès ne serait pas celle d'un monarque.

Pourtant, il se sentait proche de Séthi, bien que la personnalité de son père fût écrasante et inaccessible ; il désirait entendre son enseignement, lui prouver ses capacités, aller au-delà de lui-même. Non, ce n'était pas un feu ordinaire qui brûlait en lui ; son père l'avait discerné, et c'était bien le métier de roi dont il dévoilait peu à peu les secrets.

Nul ne viendrait le chercher ; à lui de partir.

Ramsès quitta les pêcheurs avant l'aube, alors qu'ils dormaient encore, serrés autour d'un feu. Muni de deux pagaies, il fit progresser plein sud son canoë en papyrus, sur un rythme soutenu. L'observation des étoiles lui permit de prendre la bonne direction, puis il se fia à son instinct, avant de rejoindre un bras majeur du fleuve. Le vent du nord le poussa ; infatigables, ses bras continuèrent à ramer. Tendu vers son but, s'accordant de brèves étapes, se nourrissant du poisson séché qu'il avait emporté, Ramsès s'allia au courant au lieu de lutter contre lui. Des cormorans le survolèrent, le soleil le baigna de ses rayons.

Là-bas, à la pointe du Delta, la muraille blanche de Memphis.

16

La chaleur devenait étouffante. Hommes et bêtes travaillaient au ralenti, dans l'attente de la crue, synonyme d'une longue période de repos pour ceux qui n'auraient pas le désir d'être employés comme manœuvres sur les chantiers de Pharaon. Les récoltes faites, la terre semblait sur le point de mourir de soif; mais la couleur du Nil avait changé, et sa teinte marron annonçait la prochaine montée des eaux bienfaisantes dont dépendait la richesse de l'Égypte.

Dans les grandes villes, on recherchait l'ombre; sur les marchés, les commerçants s'abritaient sous de grandes toiles tendues entre des piquets. Venait de débuter la période redoutée entre toutes : celle des cinq derniers jours de l'année, qui n'appartenaient pas au calendrier harmonieux comprenant douze mois de trente jours. Ces cinq jours, hors du cycle régulier, formaient le domaine de Sekhmet, la terrifiante déesse à tête de lion qui eût massacré l'humanité, rebellée contre la lumière, si le créateur n'était intervenu une dernière fois en sa faveur, faisant croire au fauve divin qu'il buvait du sang humain, alors qu'il absorbait une bière rouge, à base d'ivraie. Chaque année, à cette même période, Sekhmet ordonnait à ses hordes de maladies et de miasmes de déferler sur le pays, et s'acharnait à délivrer la terre de la présence des humains vils, lâches et comploteurs. Dans les temples, on chantait jour et nuit des litanies destinées à apaiser Sekhmet, et Pharaon en personne dirigeait une liturgie secrète qui permettrait une fois encore, si le roi était juste, de transformer la mort en vie.

Pendant ces cinq journées redoutables, l'activité économique était presque interrompue ; on remettait projets et voyages, les bateaux restaient à quai, quantité de champs demeuraient vides. Quelques retardataires se hâtaient de consolider les digues qui exigeaient d'ultimes renforcements, redoutant l'apparition de vents violents, témoignage du courroux de la lionne vengeresse. Sans l'intervention de Pharaon, que serait-il resté du pays, dévasté par un déferlement de puissances destructrices ?

Le chef de la sécurité du palais de Memphis aurait aimé, lui aussi, se terrer dans son bureau, et attendre la fête du premier jour de l'année où les cœurs, libérés de la crainte, s'ouvraient à une joie débordante. Mais il venait d'être mandé par la reine Touya, et ne cessait de s'interroger sur le motif de cette convocation. D'ordinaire, il n'avait pas de contact direct avec la grande épouse royale et recevait les ordres de son chambellan ; pourquoi cette procédure inhabituelle ?

La grande dame le terrorisait, comme beaucoup de notables ; attachée au caractère exemplaire de la cour d'Égypte, elle ne supportait pas la médiocrité. Lui déplaire était une faute sans appel.

Jusqu'à présent, le chef de la sécurité du palais avait mené une carrière tranquille, sans louanges ni blâmes, grimpant les échelons de la hiérarchie sans déranger quiconque. Il avait l'art de passer inaperçu et de s'incruster à la place qu'il occupait. Depuis sa prise de fonction, aucun incident n'avait perturbé la quiétude du palais.

Aucun incident, sauf cette convocation.

L'un de ses subordonnés, guignant son poste, l'avait-il calomnié ? Un intime de la famille royale cherchait-il sa perte ? De quelle erreur serait-il accusé ? Ces questions le hantaient et provoquaient une migraine insupportable.

Tremblant, affligé d'un tic qui le faisait ciller, le chef de la sécurité fut admis dans la salle d'audience où se trouvait la reine. Bien qu'il fût plus grand qu'elle, elle lui parut immense.

Il se prosterna.

– Majesté, que les dieux vous soient favorables et qu'ils...

– Trêve de formules creuses ; asseyez-vous.

La grande épouse royale lui désigna une chaise confortable ; le fonctionnaire n'osa pas lever les yeux vers elle. Comment une femme si menue pouvait-elle posséder autant d'autorité ?

– Vous savez, je suppose, qu'un palefrenier a tenté de supprimer Ramsès.

– Oui, Majesté.

– Et vous savez aussi qu'on recherche le charrier qui accompagnait Ramsès à la chasse, et qui est peut-être l'instigateur du crime.

– Oui, Majesté.

– Sans doute êtes-vous informé de l'état d'avancement de l'enquête.

– Elle risque d'être longue et difficile.

– « Elle risque »... Surprenante expression ! Craindriez-vous de découvrir la vérité ?

Le chef de la sécurité se leva, comme s'il avait été piqué par une guêpe.

– Bien sûr que non ! Je...

– Asseyez-vous et écoutez-moi avec attention. J'ai la sensation que l'on souhaite étouffer cette affaire et la réduire à un simple cas de légitime défense ; Ramsès a survécu, son agresseur est mort, et son commanditaire a disparu. Pourquoi fouiller davantage ? Malgré l'insistance de mon fils, aucun élément nouveau. Serions-nous réduits à l'état d'une principauté barbare, où la notion de justice n'a plus aucun sens ?

– Majesté ! Vous connaissez le dévouement de la police, vous...

– Je constate son inefficacité et j'espère qu'elle n'est que passagère ; si quelqu'un bloque l'enquête, je le découvrirai. Plus exactement, c'est vous qui l'identifierez.

– Moi ? Mais...

– Votre position est la meilleure pour mener des investigations rapides et discrètes. Retrouvez le charrier qui a conduit Ramsès dans un guet-apens et amenez-le devant un tribunal.

– Majesté, je...

– Des objections ?

Effondré, le chef de la sécurité se sentit transpercé par l'une des flèches de Sekhmet. Comment parviendrait-il à satisfaire la reine sans prendre de risques et sans mécontenter quiconque ? Si le véritable responsable de l'agression était un personnage haut placé, il se montrerait peut-être plus féroce que Touya... Mais cette dernière ne supporterait pas un échec.

– Non, bien sûr que non... Mais ce ne sera pas facile.

– Vous l'avez déjà dit ; si je fais appel à vous, ce n'est pas pour un travail de routine. Néanmoins, je vous confie une seconde tâche, beaucoup plus facile.

Touya parla des pains d'encre frauduleux et du mystérieux atelier où ils étaient fabriqués ; grâce aux indications fournies par Ramsès, elle en précisa l'emplacement et exigea le nom du propriétaire.

– Les deux affaires sont-elles liées, Majesté ?

– Peu probable, mais qui sait ? Votre diligence nous éclairera.

– N'en doutez pas.

– Vous m'en voyez ravie ; à présent, en chasse.

La reine se retira.

Abattu, migraineux, le notable se demanda si son seul recours n'était pas la magie.

Chénar rayonnait.

Autour du fils aîné de Pharaon, dans l'une des salles de

réception du palais, des dizaines de marchands accourus du monde entier, Chypriotes, Phéniciens, Égéens, Syriens, Libanais, Africains, Orientaux à la peau jaune, hommes au visage très pâle venus des brumes du nord avaient répondu à son appel. Le rayonnement international de l'Égypte de Séthi était tel qu'une invitation à la cour était considérée comme un honneur ; ne manquaient que des représentants de l'État hittite, de plus en plus hostile à la politique menée par Pharaon.

Pour Chénar, le commerce international était l'avenir de l'humanité. Dans les ports de Phénicie, à Byblos, à Ougarit accostaient déjà des vaisseaux venus de Crète, d'Afrique ou du lointain Orient ; pourquoi l'Égypte demeurait-elle réticente à l'expansion de ce trafic, sous le prétexte de préserver son identité et ses traditions ? Chénar admirait son père, mais lui reprochait de ne pas être un homme de progrès. À sa place, il aurait procédé à l'assèchement de la majeure partie du Delta et à la création de nombreux ports marchands sur la côte méditerranéenne. Comme ses ancêtres, Séthi était obsédé par la sécurité des Deux Terres ; au lieu de développer le système défensif et de préparer l'armée à une guerre, ne valait-il pas mieux commercer avec les Hittites et, si besoin était, pacifier les plus belliqueux en les enrichissant ?

Quand il monterait sur le trône, Chénar abolirait la violence. Il haïssait l'armée, les généraux et les soldats, l'esprit borné des militaristes à tous crins, la domination par la force brutale ; ce n'était pas ainsi que l'on exerçait le pouvoir avec la meilleure chance de durer. Un jour ou l'autre, un peuple vaincu devenait vainqueur en se révoltant contre l'occupant. En revanche, l'emprisonner dans un réseau de lois économiques que seule comprenait et manipulait une petite caste éliminerait vite toute tentative de résistance.

Chénar remerciait le destin de lui avoir offert la position de fils aîné du roi et de successeur désigné du trône ; ce n'était certes pas Ramsès, agité et incompétent, qui l'empêcherait de réaliser ses rêves grandioses. Un réseau marchand à l'échelle du monde civilisé dont il serait le maître absolu, des alliances au gré de ses intérêts, une seule nation où disparaîtraient les particularismes et les coutumes... Était-il projet plus exaltant ?

Qu'importait l'Égypte... Elle lui servirait de base de départ, certes, mais serait bientôt trop étroite ; le Sud, engoncé dans ses traditions, n'avait aucun avenir. Lorsque Chénar aurait réussi, il s'établirait dans un pays accueillant, d'où il contrôlerait son empire.

D'habitude, les marchands étrangers n'étaient pas reçus à la cour ; par son accueil, le successeur de Séthi soulignait l'intérêt qu'il leur portait. Ainsi préparait-il un avenir qu'il souhaitait proche. Convaincre Séthi de modifier son attitude ne serait pas facile ; mais un souverain, fût-il respectueux de Maât, ne devait-il pas se soumettre aux impératifs du moment ? Chénar se faisait fort d'utiliser les bons arguments.

La réception fut un franc succès. Les marchands étrangers promirent à Chénar de lui offrir les plus beaux vases que façonnaient leurs artisans ; il enrichirait ainsi sa collection, réputée dans tout le Proche-Orient et jusqu'en Crète. Que n'aurait-il sacrifié afin d'acquérir un objet parfait, aux courbes délicates et aux couleurs charmeuses ? Le plaisir de posséder se doublait de celui du regard ; seul face à ses trésors, Chénar se gavait d'une jouissance que personne ne lui déroberait.

L'un de ses informateurs s'approcha de lui, après qu'il eut rompu une conversation chaleureuse avec un négociant asiatique.

– Un ennui, murmura l'informateur.

– De quelle nature ?

– Votre mère ne se contente pas des résultats des enquêtes officielles.

Chénar grimaça.

– Simple mouvement d'humeur ?

– Bien davantage.

– Elle veut enquêter elle-même ?

– Elle a mandaté le chef de la sécurité du palais.

– Un incapable.

– Mis au pied du mur, il pourrait devenir gênant.

– Laissons-le s'agiter.

– Et s'il obtient des résultats ?

– Peu probable.

– Ne serait-il pas bon de le mettre en garde ?

– Je redoute une réaction imprévisible ; les imbéciles sont inaccessibles au raisonnement. De plus, il ne découvrira aucune piste sérieuse.

– Quels sont vos ordres ?

– Observer et me tenir au courant.

L'informateur s'éclipsa, Chénar retourna vers ses hôtes. Malgré son irritation, il fit bonne figure.

17

La police fluviale surveillait en permanence l'accès du port septentrional de Memphis ; les allées et venues des bateaux étaient réglementées, de manière à éviter un accident. Chaque unité était identifiée et, en cas d'encombrement, devait patienter avant de rejoindre son emplacement.

Le préposé au canal principal l'observait d'un œil presque distrait ; à l'heure du déjeuner, le trafic se raréfiait. Du haut de la tour blanche écrasée par un soleil brûlant, le policier contemplait, non sans fierté, le Nil, les canaux et la campagne verdoyante, dont la largeur annonçait la naissance du Delta. Dans moins de une heure, lorsque le soleil commencerait à descendre du zénith, il rentrerait chez lui, dans la banlieue sud de la ville, et jouirait d'une sieste réparatoire avant de jouer avec ses enfants.

Son estomac criait famine ; aussi mastiqua-t-il un morceau de galette remplie de salade cueillie le matin même. Son travail était plus fatigant qu'il n'y paraissait ; n'exigeait-il pas une grande capacité de concentration ?

Soudain, un spectacle étrange.

D'abord, il crut à un mirage provoqué par les jeux de la lumière d'été sur le bleu du fleuve ; ensuite, oubliant son en-cas, il fixa son regard sur l'incroyable embarcation qui se faufilait entre deux chalands chargés d'amphores et de sacs de grains.

C'était bien un canoë en papyrus... À son bord, un jeune athlète qui maniait la pagaie à un rythme infernal !

D'ordinaire, ce genre d'esquif ne sortait pas du labyrinthe aquatique du Delta... Et surtout, il n'était pas inscrit sur la liste des bateaux autorisés à circuler ce jour-là ! Utilisant un miroir, le policier adressa un signal optique au groupe d'intervention urgente.

Trois barques rapides, mues par des équipes de rameurs bien entraînés, se ruèrent sur l'intrus, obligé de stopper. Le prince Ramsès débarqua entre deux policiers.

Iset la belle laissa éclater sa fureur.

– Pourquoi Ramsès refuse-t-il de me recevoir ?

– Je l'ignore, répondit Améni, dont la tête était encore douloureuse.

– Est-il souffrant ?

– J'espère que non.

– T'a-t-il parlé de moi ?

– Non.

– Tu devrais être plus bavard, Améni !

– Ce n'est pas le rôle d'un secrétaire particulier.

– Je reviendrai demain.

– À votre guise.

– Tâche d'être plus conciliant ; si tu m'ouvres sa porte, tu seras récompensé.

– Mon salaire me satisfait.

La jeune femme haussa les épaules et se retira.

Améni était perplexe ; depuis son retour du Delta, Ramsès s'était enfermé dans sa chambre et n'avait pas prononcé un mot. Il consommait du bout des lèvres les repas que lui portait son ami, relisait les maximes du sage Ptah-hotep, ou demeurait sur la terrasse d'où il contemplait la ville et, au loin, les pyramides de Guizeh et de Saqqara.

Ne parvenant pas à susciter son intérêt, Améni l'avait

pourtant informé du résultat de ses recherches. Sans nul doute, d'après les brouillons de documents, l'atelier suspect appartenait à un important personnage qui employait plusieurs artisans, mais Améni se heurtait à un mur de silence qu'il n'avait pas la capacité de briser.

Fou de joie, Veilleur fit la fête à son maître et ne le quitta plus, de peur de le perdre à nouveau ; avide de caresses ou couché aux pieds du prince, le chien jaune or, aux oreilles pendantes et à la queue en spirale, jouait sans faiblir son rôle de gardien. Lui seul recueillait les confidences de Ramsès.

La veille du Nouvel An et de la fête de la crue, Iset la belle perdit patience et, malgré l'interdiction de son amant, le rejoignit sur la terrasse où il méditait en compagnie de son chien. Veilleur montra les dents, émit un grognement et dressa les oreilles.

– Calme cette bête !

Le regard glacial de Ramsès empêcha la jeune femme d'approcher.

– Que se passe-t-il ? Parle, je t'en prie !

Ramsès se détourna, indifférent.

– Tu n'as pas le droit de me traiter ainsi... J'ai eu peur pour toi, je t'aime, et tu ne m'accordes même pas un regard !

– Laisse-moi seul.

Elle s'agenouilla, suppliante.

– Enfin, un mot !

Veilleur sembla moins hostile.

– Que veux-tu de moi ?

– Regarde le Nil, Iset.

– Puis-je venir près de toi ?

Il ne répondit pas, elle osa ; le chien ne s'interposa pas.

– L'étoile Sothis va sortir des ténèbres, indiqua Ramsès ; demain, elle se lèvera à l'orient avec le soleil et annoncera la naissance de la crue.

– N'en est-il pas ainsi chaque année ?

– Ne comprends-tu pas que cette année ne sera semblable à aucune autre ?

La gravité du ton impressionna Iset la belle ; elle n'eut pas la force de mentir.

– Non, je ne comprends pas.

– Regarde le Nil.

Tendrement, elle se suspendit à son bras.

– Ne sois pas si énigmatique ; je ne suis pas ton ennemie. Que t'est-il arrivé, dans le Delta ?

– Mon père m'a mis face à moi-même.

– Que veux-tu dire ?

– Je n'ai pas le droit de fuir ; me cacher sera inutile.

– Je crois en toi, Ramsès, quel que soit ton destin.

Doucement, il caressa ses cheveux. Elle le contempla, interloquée ; là-bas, dans les terres du Nord, l'épreuve vécue l'avait transformé.

L'adolescent était devenu un homme.

Un homme d'une beauté fascinante, un homme dont elle était éperdument amoureuse.

Les spécialistes des nilomètres ne s'étaient pas trompés en annonçant le jour où la crue bondirait à l'assaut des rives de Memphis.

Aussitôt, la fête s'organisa ; partout, on clama que la déesse Isis, au terme d'une longue quête, avait retrouvé et ressuscité Osiris. Peu après l'aube, la digue fermant le principal canal qui desservait la ville fut ouverte, et le flot de la crue s'engouffra avec fougue ; afin qu'elle s'amplifie sans détruire, on jeta des milliers de statuettes dans le flot. Elles représentaient Hâpy, la puissance fécondatrice du Nil, symbolisée par un homme aux seins pendants, un fourré de papyrus sur la tête et portant des plateaux chargés de victuailles. Chaque famille conserverait une gourde en faïence remplie de l'eau de la crue, dont la présence garantirait la prospérité.

Au palais, on s'agitait ; dans moins de une heure s'organiserait la procession qui irait jusqu'au Nil, Pharaon en tête, afin d'y accomplir un rite d'offrande. Et chacun s'interrogeait sur la place qu'il occuperait dans la hiérarchie dévoilée aux yeux du peuple.

Chénar tournait en rond. Pour la dixième fois, il interrogea le chambellan.

– Mon père a-t-il enfin confirmé mon rôle ?

– Pas encore.

– C'est insensé ! Renseignez-vous auprès du ritualiste.

– Le roi donnera lui-même l'ordre en tête de la procession.

– Tout le monde le connaît !

– Pardonnez-moi, je n'en sais pas davantage.

Nerveux, Chénar vérifia les plis de sa longue robe de lin et ajusta son collier à trois rangs de perles de cornaline ; il eût souhaité davantage de luxe, mais ne devait pas porter ombrage à son père. Ainsi, les rumeurs se vérifiaient ; Séthi avait bien l'intention de modifier certaines dispositions du protocole, en accord avec la reine. Mais pourquoi n'était-il pas dans la confidence ? Si le couple royal le tenait ainsi à l'écart, une disgrâce se profilait à l'horizon. Et qui pouvait en être l'instigateur, sinon l'ambitieux Ramsès ?

Chénar avait sans doute eu tort de sous-estimer son petit frère ; ce serpent ne cessait d'intriguer contre lui en coulisse et croyait avoir frappé un coup décisif en le calomniant. Touya avait écouté ses mensonges et influencé son mari.

Oui, tel était le plan de Ramsès : occuper la première place derrière le couple royal, lors d'une grande cérémonie publique, et prouver qu'il venait d'évincer son aîné.

Chénar demanda audience à sa mère.

Deux prêtresses achevaient de vêtir la grande épouse royale, dont la coiffure, une couronne surmontée de deux hautes plumes, rappelait qu'elle incarnait le souffle de vie fécondant le pays entier. Par sa présence, la sécheresse serait vaincue et la fécondité reviendrait.

Chénar s'inclina devant sa mère.

– Pourquoi tant d'indécision à mon égard ?

– De quoi te plains-tu ?

– Ne devrais-je pas seconder mon père, lors du rituel d'offrandes au Nil ?

– C'est à lui de décider.

– N'êtes-vous pas informée de sa décision ?

– Perdrais-tu confiance en ton père ? D'ordinaire, tu es le premier à vanter la sagesse de ses décisions.

Chénar resta coi, regrettant sa démarche. Face à sa mère, il se sentait mal à l'aise ; sans agressivité, mais avec une précision redoutable, elle perçait sa carapace et touchait juste.

– Je continue à les approuver, soyez-en sûre.

– En ce cas, pourquoi t'inquiéter ? Séthi agira au mieux des intérêts de l'Égypte. N'est-ce pas l'essentiel ?

Afin de s'occuper les mains et l'esprit, Ramsès recopiait sur papyrus une maxime du sage Ptah-hotep : « Si tu es un guide chargé de donner des directives à un grand nombre, préconisait-il, cherche chaque occasion d'être efficient, de sorte que ta manière de gouverner soit sans fautes. » Le prince se pénétrait de cette pensée, comme si le vieil auteur, par-delà les siècles, s'adressait directement à lui.

Dans moins de une heure, un ritualiste viendrait le chercher et lui indiquerait sa place dans la procession. Si son instinct ne le trompait pas, il occuperait celle d'ordinaire réservée à Chénar. La raison voulait que Séthi ne bouleversât point l'ordre établi ; mais pourquoi le protocole laissait-il planer un mystère sur la hiérarchie qui serait dévoilée à la foule immense massée sur les rives du Nil ? Pharaon préparait un coup d'éclat. Et ce coup d'éclat, c'était le remplacement de Chénar par Ramsès.

Aucune loi n'obligeait le roi à désigner son fils aîné comme successeur ; il n'était même pas contraint de le choisir parmi les notables. Nombre de pharaons et de reines avaient appartenu à des familles modestes ou sans contact avec la cour ; Touya elle-même n'était qu'une provinciale sans fortune.

Ramsès revoyait les épisodes vécus avec son père ; aucun n'était le fruit du hasard. Par à-coups, par prises de conscience brutales, Séthi l'avait dépouillé de ses illusions afin de mettre en lumière sa véritable nature. De même qu'un lion naissait pour être lion, Ramsès se sentait né pour régner.

Contrairement à ce qu'il avait cru, il ne disposait d'aucune liberté ; le destin traçait le chemin, et Séthi veillait à ce qu'il ne s'en écartât point.

De nombreux badauds se pressaient en bordure de la route qui menait du palais au fleuve ; c'était l'une des rares occasions d'apercevoir Pharaon, son épouse, leurs enfants et les principaux dignitaires, en ce jour de fête qui marquait la naissance de l'année nouvelle et le retour de la crue.

De la fenêtre de ses appartements, Chénar regardait les curieux qui, dans quelques minutes, assisteraient à sa déchéance. Séthi ne lui avait même pas accordé la possibilité de défendre sa cause et de démontrer que Ramsès était incapable de devenir roi. Manquant de lucidité, le monarque s'en tenait à une décision arbitraire et injuste.

Bien des courtisans ne l'admettraient pas ; à Chénar de savoir les rassembler et de fomenter une opposition dont Séthi ne pourrait négliger l'influence. Nombre de notables avaient confiance en Chénar ; si Ramsès commettait quelques faux pas, son frère aîné reprendrait vite le dessus. Et s'il ne les commettait pas de lui-même, Chénar creuserait les chausse-trapes auxquelles il n'échapperait pas.

Le ritualiste en chef pria le fils aîné du roi de le suivre, la procession était sur le point de s'ébranler.

Ramsès suivit le ritualiste.

La procession s'étendait de la porte du palais à la sortie du quartier des temples ; le prince fut conduit vers la tête où se tenait le couple royal, précédé par l'ouvreur des chemins. Les prêtres au crâne rasé, vêtus de blanc, regardèrent passer le fils cadet de Séthi dont la prestance les surprit. D'aucuns le considéraient encore comme un adolescent épris de jeux et d'amusements sans fin, promis à une existence terne et facile.

Ramsès avança.

Il dépassa quelques courtisans influents et de grandes dames aux somptueux atours ; pour la première fois, le prince cadet apparaissait en public. Non, il n'avait pas rêvé ; son père, le jour même du Nouvel An, allait l'associer au trône.

Mais la progression s'arrêta net.

Le ritualiste le pria de prendre place derrière le grand prêtre de Ptah, loin derrière le couple royal, loin derrière Chénar qui, à droite de son père, s'affichait toujours comme le successeur désigné de Séthi.

18

Pendant deux jours, Ramsès refusa de manger et de parler à quiconque.

Améni, conscient de l'immense déception de son ami, sut s'effacer et rester silencieux ; telle une ombre, il veilla sur le prince sans l'importuner. Certes, Ramsès était sorti de l'anonymat et figurait désormais parmi les personnalités de la cour habilitées à participer aux rituels d'État, mais la place qui lui avait été attribuée en faisait un simple figurant. Aux yeux de tous, Chénar demeurait l'héritier de la couronne.

Le chien jaune or, aux oreilles pendantes, perçut la tristesse de son maître, et ne lui demanda ni promenade ni jeux. Grâce à sa confiance, le prince sortit de la prison où il s'était enfermé lui-même ; en nourrissant Veilleur, il accepta enfin de prendre le repas que lui proposait son secrétaire particulier.

– Je suis un imbécile et un vaniteux, Améni. Mon père m'a donné une bonne leçon.

– À quoi sert de te torturer ?

– Je me croyais moins stupide.

– Le pouvoir est-il si important ?

– Le pouvoir, non, mais réaliser sa vraie nature, si ! Et j'étais persuadé que ma vraie nature exigeait de régner. Mon père m'écartait du trône, et j'étais aveugle.

– Accepteras-tu ta destinée ?

– En ai-je encore une ?

Améni redoutait une folie. Le désespoir de Ramsès était si profond qu'il pouvait l'entraîner dans une aventure insensée où il n'aurait de cesse de se détruire. Seul le temps atténuerait la déception, mais la patience était une vertu ignorée du prince.

– Sary nous invite à une partie de pêche, murmura Améni ; acceptes-tu cette distraction ?

– Comme tu voudras.

Le jeune scribe contint son élan de joie ; si Ramsès goûtait de nouveau aux plaisirs quotidiens, il guérirait vite.

L'ex-nourricier de Ramsès et son épouse avaient réuni de brillants éléments de la jeunesse cultivée afin de les initier à un plaisir subtil, la pêche à la ligne dans un bassin où prospéraient des poissons d'élevage. Chaque participant bénéficiait d'un trépied et d'une canne à pêche en bois d'acacia ; le plus habile serait proclamé vainqueur du concours et gagnerait un splendide papyrus relatant les aventures de Sinouhé, un roman classique que des générations de lettrés avaient apprécié.

Ramsès laissa sa place à Améni, qui prisa fort cette distraction inédite. Comment comprendrait-il que ni son amitié ni l'amour d'Iset la belle n'éteindraient le feu qui dévorait son âme ? Le temps ne ferait qu'attiser cette flamme insatiable à laquelle il devait offrir des nourritures. Quoi qu'en dise son destin, il n'accepterait pas une existence médiocre. Seuls deux êtres le fascinaient : son père, le roi, et sa mère, la reine. C'était leur vision qu'il aurait voulu partager, et nulle autre.

Affectueusement, Sary posa la main sur l'épaule de son ancien élève.

– Ce jeu t'ennuie ?

– Ta réception est réussie.

– Ta présence en garantissait le succès.

– Deviendrais-tu ironique ?

– Telle n'est pas mon intention ; ta position est à présent bien établie. Bien des courtisans t'ont trouvé superbe, lors de la procession.

Le jovial Sary paraissait sincère ; il entraîna Ramsès sous un kiosque où l'on servait de la bière fraîche.

– La fonction de scribe royal est la plus enviable qui soit, déclara-t-il avec enthousiasme. Tu gagnes la confiance du roi, tu as accès aux trésors et aux greniers, tu reçois une belle part d'offrandes après qu'elles furent consacrées au temple, tu es bien vêtu, tu possèdes des chevaux et une barque, tu habites dans une belle villa, tu perçois les revenus de tes champs et de zélés serviteurs se préoccupent de ton bien-être. Tes bras ne se fatiguent pas, tes mains demeurent douces et blanches, ton dos est solide, tu ne portes pas de lourdes charges, tu ne manies ni la houe ni la pioche, tu échappes aux corvées, et tes ordres sont exécutés avec diligence. Ta palette, tes calames et ton rouleau de papyrus assurent ta prospérité et font de toi un homme riche et respecté. Et la gloire, me diras-tu ? Mais elle te revient ! Les contemporains des scribes savants sont tombés dans l'oubli, alors que la postérité chante les louanges des écrivains.

– Sois scribe, récita Ramsès d'une voix neutre, car un livre est plus durable qu'une stèle ou une pyramide ; il préservera ton nom mieux que n'importe quelle construction. Pour héritiers, les scribes ont leurs livres de sagesse ; les prêtres qui célèbrent leurs rites funéraires, ce sont leurs écrits. Leur fils est la tablette sur laquelle ils écrivent, la pierre couverte de hiéroglyphes leur épouse. Les édifices les plus robustes s'effritent et disparaissent, l'œuvre des scribes traverse les âges.

– Splendide ! s'exclama Sary ; tu n'as pas perdu une miette de mon enseignement.

– C'est celui de nos pères.

– Certes, certes... Mais c'est bien moi qui te l'ai transmis.

– Je t'en rends hommage.

– Je suis de plus en plus fier de toi ! Sois un bon scribe royal, et ne songe à rien d'autre.

D'autres invités requérirent les attentions du maître de maison. On bavardait, on buvait, on pêchait à la ligne, on se faisait de fausses confidences, et Ramsès s'ennuyait, étranger à ce petit monde satisfait de sa médiocrité et de ses privilèges.

Sa sœur aînée le prit tendrement par le bras.

– Es-tu heureux ? demanda Dolente.

– N'est-ce pas visible ?

– Suis-je jolie ?

Il s'écarta et la regarda. Sa robe était plutôt exotique, avec un excès de couleurs vives, sa perruque trop compliquée, mais elle semblait moins lasse qu'à l'ordinaire.

– Tu es une parfaite maîtresse de maison.

– Un compliment venant de toi... C'est si rare !

– Donc, d'autant plus précieux.

– Ta prestation fut appréciée, lors du rituel d'offrandes au Nil.

– Je suis resté immobile et n'ai pas prononcé un mot.

– Justement... Une excellente surprise ! La cour avait prévu une autre réaction.

– Laquelle ?

Dans le regard piquant de Dolente, une lueur méchante.

– Une protestation... Voire même une agression. Lorsque tu n'obtiens pas ce que tu désires, tu te montres beaucoup plus virulent, d'ordinaire ; le lion serait-il devenu agneau ?

Ramsès serra les poings, pour ne pas la gifler.

– Sais-tu ce que je désire, Dolente ?

– Ce que possède ton frère et que tu n'auras jamais.

– Tu te trompes, je ne suis pas envieux. Je cherche ma vérité, et rien d'autre.

– Le temps des vacances est arrivé, Memphis devient étouffante ; nous partons pour notre résidence du Delta. Viens avec nous, la famille est si rarement réunie ! Tu nous apprendras à naviguer, nous nagerons et nous pêcherons de gros poissons.

– Ma fonction...

– Viens, Ramsès ; puisque tout est clair, à présent, sois attentif à tes proches et bénéficie de leur affection.

Le vainqueur du concours de pêche à la ligne poussa un cri de joie ; la maîtresse de maison fut obligée de le féliciter, tandis que son époux lui remettait le papyrus relatant les aventures de Sinouhé.

Ramsès fit un signe à Améni.

– Ma ligne s'est cassée, avoua le jeune scribe.

– Partons.

– Déjà ?

– Le jeu est fini, Améni.

Chénar, somptueusement vêtu, vint vers Ramsès.

– Désolé d'arriver si tard, je n'ai pas pu admirer ta technique.

– Améni m'a remplacé.

– Fatigue passagère ?

– Conclus à ta guise.

– C'est bien, Ramsès, tu prends chaque jour davantage conscience de tes limites. Néanmoins, j'espérais des remerciements.

– Pour quelle raison ?

– Si tu as été admis dans cette magnifique procession, c'est grâce à mon intervention ; Séthi souhaitait t'en exclure. Il redoutait, à juste titre, un manque de tenue. Par bonheur, tu t'es plutôt bien comporté : continue ainsi et nous resterons en bons termes.

Suivi d'une cohorte de zélateurs, Chénar s'éloigna. Sary et son épouse s'inclinèrent devant lui, ravis de sa présence inattendue.

Ramsès caressait son chien sur le sommet du crâne ; en proie à l'extase, Veilleur fermait les yeux. Le prince contemplait les étoiles circumpolaires que l'on qualifiait d'impérissables ; selon les sages, elles formaient, dans l'au-delà, le cœur du Pharaon ressuscité, une fois qu'il avait été reconnu « juste de voix » par le tribunal divin.

Nue, Iset la belle s'accrocha à son cou.

– Oublie un peu ce chien... Je vais finir par en être jalouse. Tu me fais l'amour, et tu m'abandonnes !

– Tu t'es endormie, je n'avais pas sommeil.

– Si tu m'embrasses, je te révélerai un petit secret.

– J'ai horreur du chantage.

– J'ai réussi à me faire inviter par ta sœur aînée ; ainsi tu seras moins seul avec ta chère famille, et nous donnerons raison à la rumeur qui nous voit déjà mariés.

Elle devint si tendre et si féline que le prince ne put ignorer ses caresses ; il la prit dans ses bras, traversa la terrasse, la déposa sur le lit et s'allongea sur elle.

Améni était heureux ; Ramsès avait retrouvé son féroce appétit.

– Tout est prêt pour le départ, annonça-t-il avec fierté ; j'ai vérifié moi-même les bagages. Ces vacances nous seront bénéfiques.

– Tu les as méritées ; comptes-tu dormir un peu ?

– Quand j'ai commencé un travail, je ne parviens pas à m'arrêter.

– Chez ma sœur, tu seras oisif.

– Je crains que non ; ta position implique la connaissance de nombreux dossiers et...

– Améni ! Sais-tu te détendre ?

– Tel maître, tel serviteur.

Ramsès le prit par les épaules.

– Tu n'es pas mon serviteur, mais mon ami. Suis mon conseil : repose-toi quelques jours.

– J'essaierai, mais...

– Un souci ?

– Ces pains d'encre trafiqués, cet atelier suspect... Je veux obtenir la vérité.

– Est-elle à notre portée ?

– Ni l'Égypte ni nous-mêmes ne pouvons tolérer pareille malversation.

– Aurais-tu l'étoffe d'un homme d'État ?

– Tu penses comme moi, j'en suis sûr.

– J'ai demandé à ma mère de nous aider.

– C'est... c'est merveilleux !

– Pour le moment, aucun résultat.

– Nous aboutirons.

– Je me moque de ces pains d'encre et de cet atelier, mais je veux avoir en face de moi l'homme qui a tenté de te tuer et celui qui en a donné l'ordre.

La détermination de Ramsès fit frémir son secrétaire particulier.

– Ma mémoire est fidèle, Améni.

Sary avait affrété un bateau élégant où une trentaine de personnes disposaient de leurs aises. Il se régalait à l'idée de voguer sur la véritable mer qu'avait formée l'inondation et de gagner une confortable résidence nichée au sommet d'une butte, dans une palmeraie. La chaleur y serait plus supportable, et les journées s'y écouleraient, paresseuses et enchanteresses.

Le capitaine était pressé de partir ; la police fluviale venait de l'autoriser à sortir du port. S'il manquait son tour, il faudrait patienter deux ou trois heures.

– Ramsès est en retard, déplora sa sœur aînée.

– Pourtant, Iset la belle est déjà à bord, rappela Sary.

– Ses bagages ?

– Embarqués à l'aube, avant la canicule.

Dolente trépigna.

– Voici son secrétaire !

Améni courait à petites foulées ; peu à l'aise dans ce genre d'exercice, il reprit son souffle avant de s'exprimer.

– Ramsès a disparu, révéla-t-il.

19

Accompagné d'un chien jaune aux oreilles pendantes, le voyageur portait sur le dos une natte roulée et attachée par une courroie ; dans la main gauche, il tenait un sac en cuir contenant un pagne et des sandales, dans la droite une canne. Lorsqu'il s'arrêtait pour se reposer, il déployait la natte à l'ombre d'un arbre et s'endormait, sous la protection de son fidèle compagnon.

Le prince Ramsès avait effectué la première partie de son voyage en bateau, la seconde à pied. En empruntant les routes étroites tracées sur les buttes hors d'eau, il avait traversé nombre de petits villages et s'était restauré avec les paysans. Las de la ville, il découvrait un monde paisible, éternellement semblable à lui-même, vivant au rythme des saisons et des fêtes.

Ramsès n'avait prévenu ni Améni ni Iset la belle ; il souhaitait voyager seul, comme n'importe quel Égyptien partant visiter des membres de sa famille ou se rendant sur l'un des nombreux chantiers ouverts pendant la période de la crue.

Entre certains bourgs, il avait hélé un passeur qui transportait les pauvres et ceux qui ne possédaient pas de barque, même rudimentaire ; sur la nappe d'eau géante se croisaient des dizaines d'embarcations de tailles diverses, certaines chargées d'enfants qui, à force de gesticuler, tombaient à l'eau et se lançaient dans des courses effrénées.

Le temps du repos, des jeux et des voyages... Ramsès percevait la respiration du peuple d'Égypte, sa joie puissante et sereine, ancrée dans la confiance qu'il éprouvait en Pharaon. Çà et là, on parlait de Séthi avec respect et admiration ; son fils en éprouva de la fierté et se jura d'être digne de lui, même s'il demeurait un simple scribe royal, chargé de surveiller la rentrée des grains ou l'enregistrement des décrets.

À l'entrée du Fayoum, province verdoyante où régnait Sobek, le dieu crocodile, le harem royal de Mer-Our, « le grand d'amour », s'étendait sur plusieurs hectares que cultivaient des jardiniers d'élite. Un réseau de canaux savamment agencés desservait le vaste domaine que d'aucuns considéraient comme le plus beau d'Égypte ; de nobles dames âgées y jouissaient d'une retraite tranquille, admirant les superbes jeunes femmes admises à travailler dans les ateliers de tissage et les écoles de poésie, de musique et de danse. Des spécialistes de l'émail affinaient leur technique aux côtés des créatrices de bijoux. Véritable ruche, le harem bourdonnait d'activités incessantes.

Avant de se présenter à la porte d'accès du domaine, Ramsès changea de pagne, chaussa des sandales et épousseta son chien. Le jugeant présentable, il aborda un gardien au faciès désagréable.

– Je viens voir un ami.

– Ta lettre de recommandation, jeune homme ?

– Je n'en ai pas besoin.

Le garde se haussa du col.

– Pourquoi cette prétention ?

– Parce que je suis le prince Ramsès, fils de Séthi.

– Tu te moques de moi ! Un fils de roi se déplace avec une escorte.

– Mon chien me suffit.

– Passe ton chemin, garçon ; la plaisanterie ne m'amuse pas.

– Je vous ordonne de vous écarter.

La fermeté du ton et l'acuité du regard surprirent le policier. Fallait-il repousser cet imposteur ou prendre quelques précautions ?

– Quel est le nom de ton ami ?

– Moïse.

– Patiente ici.

Veilleur s'assit sur son derrière, à l'ombre d'un persea. L'air était embaumé, des centaines d'oiseaux nichaient dans les arbres du harem ; l'existence pouvait-elle être plus douce ?

– Ramsès !

Bousculant le garde, Moïse courut vers Ramsès ; les deux amis se donnèrent l'accolade, puis franchirent la porte, suivi de Veilleur qui ne savait où donner de la truffe, tant les odeurs provenant de la cuisine du poste de garde lui semblaient agréables.

Moïse et Ramsès empruntèrent une allée dallée serpentant entre des sycomores et aboutissant à une pièce d'eau où prospéraient des lotus blancs aux larges feuilles épanouies ; ils s'assirent sur un banc formé de trois blocs de calcaire.

– Quelle heureuse surprise, Ramsès ! As-tu été nommé ici ?

– Non, j'avais envie de te revoir.

– Es-tu venu seul, sans escorte ?

– Serais-tu choqué ?

– C'est bien dans ton caractère ! Qu'as-tu fait, depuis l'éclatement de notre petit groupe ?

– Je suis devenu scribe royal et j'ai cru que mon père m'avait choisi comme successeur.

– Avec le consentement de Chénar ?

– Ce n'était qu'un rêve, bien sûr, mais je me suis entêté. Lorsque mon père m'a désavoué publiquement, l'illusion s'est dissipée, mais...

– Mais ?

– Mais une force, cette même force qui m'a abusé sur mes

capacités, continue à m'animer. M'endormir comme un nanti me dégoûte ; que faire de notre vie, Moïse ?

– C'est la seule question importante, tu as raison.

– Comment y réponds-tu ?

– Aussi mal que toi. Je suis l'un des assistants du patron de ce harem, je travaille dans un atelier de tissage, contrôle le travail des potiers, dispose d'une maison de cinq pièces, d'un jardin, et d'une nourriture choisie. Grâce à la bibliothèque du harem, me voici, moi l'Hébreu, instruit dans toute la sagesse des Égyptiens ! Que souhaiter de mieux ?

– Une jolie femme.

Moïse sourit.

– Il n'en manque pas, ici ; es-tu déjà amoureux ?

– Peut-être.

– Qui ?

– Iset la belle.

– Un morceau de roi, dit-on ; tu me rendrais plutôt envieux... Mais pourquoi dis-tu « peut-être » ?

– Elle est superbe, nous nous entendons à merveille, mais je suis incapable d'affirmer que je l'aime. J'imaginais l'amour autrement, plus intense, plus fou, plus...

– Ne te torture pas et jouis de l'instant présent : n'est-ce pas le conseil des harpistes qui charment nos oreilles, lors des banquets ?

– Et toi, as-tu trouvé l'amour ?

– Des amours, sans doute... Mais aucun ne me satisfait. Un feu me brûle, moi aussi, que je ne parviens pas à nommer ; vaut-il mieux l'oublier ou le faire croître ?

– Nous n'avons pas le choix, Moïse ; si nous fuyons, nous nous évanouirons comme des ombres néfastes.

– Penses-tu que ce monde est lumière ?

– La lumière est en ce monde.

Moïse leva les yeux vers le ciel.

– Ne se cache-t-elle pas au cœur du soleil ?

Ramsès obligea son ami à baisser les yeux.

– Ne le regarde pas en face, il t'aveuglerait.

– Ce qui est caché, je le découvrirai.

Un cri de frayeur interrompit le dialogue ; dans une allée parallèle, deux tisserandes s'enfuyaient à toutes jambes.

– À mon tour de te surprendre, dit Moïse ; allons châtier le démon qui épouvante ces malheureuses.

Le fauteur de troubles n'avait pas tenté de s'éclipser ; un genou en terre, il ramassait un reptile d'un beau vert sombre et le mettait dans son sac.

– Sétaou !

Le spécialiste des serpents ne manifesta aucune émotion. Comme Ramsès s'étonnait de le trouver là, il lui expliqua que la vente de venin au laboratoire du harem assurait son indépendance ; de plus, la perspective de passer quelques journées en compagnie de Moïse le réjouissait au plus haut point. Ni l'un ni l'autre ne s'encombrant de préceptes moraux étouffants, ils mèneraient grande vie avant que leurs chemins ne se séparent de nouveau.

– J'ai enseigné à Moïse quelques éléments de mon art ; ferme les yeux, Ramsès.

Quand le prince reçut l'ordre de les ouvrir, Moïse, bien campé sur ses jambes, tenait dans la main droite un bâton très fin, marron foncé.

– Ce n'est pas un grand exploit.

– Regarde mieux, recommanda Sétaou.

Le bâton s'anima et ondula ; Moïse jeta à terre un serpent de belle taille que Sétaou récupéra aussitôt.

– N'est-ce pas un joli tour de magie naturelle ? Un peu de sang-froid, et l'on parvient à surprendre n'importe qui, même un fils de roi !

– Eh bien, apprends-moi à manier ce genre de bâton.

– Pourquoi pas ?

Les trois amis s'isolèrent dans un verger où Sétaou éduquerait ses compagnons : manipuler un reptile vivant nécessitait doigté et précision.

Des jeunes filles élancées s'exerçaient à une danse plutôt acrobatique ; vêtues d'un pagne étroit et mi-long retenu par des bandes croisées sur la poitrine et dans le dos, les cheveux ramenés haut derrière la tête en queue-de-cheval, au bout de laquelle était fixée une petite boule en bois, elles se lançaient dans des figures compliquées, accomplies avec un bel ensemble.

Ramsès jouissait du spectacle grâce à la complicité de Moïse, fort apprécié des danseuses, mais dont l'humeur devenait de plus en plus morose. Sétaou ne partageait pas les tourments de ses deux amis ; la fréquentation assidue des serpents, porteurs d'une mort subite et sans appel, donnait un sens suffisant à sa vie. Moïse eût aimé vivre une passion comme celle-là, mais il demeurait prisonnier d'un réseau de tâches administratives qu'il exécutait pourtant avec une si parfaite rigueur que la direction d'un harem lui semblait promise, à brève échéance.

– Un jour, promit-il à Ramsès, je quitterai tout.

– Que veux-tu dire ?

– Je l'ignore moi-même, mais cette existence-là m'est de plus en plus insupportable.

– Nous partirons ensemble.

Une danseuse au corps parfumé frôla les deux amis, sans parvenir à les dérider. Quand la démonstration prit fin, ils se laissèrent néanmoins convaincre de partager une collation avec les jeunes femmes, assises près d'un bassin aux eaux bleutées. Le prince Ramsès dut répondre à plusieurs questions sur la cour, sa fonction de scribe royal et ses projets d'avenir ; revêche, presque cassant, il se montra évasif. Déçues, ses interlocutrices se livrèrent à un concours de citations poétiques, prouvant ainsi l'étendue de leur culture.

Ramsès s'aperçut que l'une d'elles demeurait silencieuse ; plus jeune que ses compagnes, les cheveux d'un noir profond et brillant, les yeux vert-bleu, elle était ravissante.

– Comment s'appelle-t-elle ? demanda-t-il à Moïse.

– Néfertari.

– Pourquoi cette timidité ?

– Elle est issue d'une famille modeste et vient d'entrer au harem ; on l'a remarquée à cause de ses qualités de tisserande. Dans tous les domaines, elle a pris la tête de son groupe ; les filles de familles riches ne le lui pardonnent pas.

Revenant à l'attaque, plusieurs danseuses tentèrent de capter les faveurs du prince Ramsès ; la rumeur annonçait un mariage avec Iset la belle, mais le cœur d'un fils de roi n'était-il pas plus large que celui des autres hommes ? Le prince délaissa les aguicheuses et s'assit auprès de Néfertari.

– Ma présence vous indispose-t-elle ?

L'agressivité de la question la désarma ; elle leva vers Ramsès des yeux inquiets.

– Pardonnez ma brutalité, mais je vous vois si seule.

– C'est que... je réfléchissais.

– Quel souci occupe votre esprit ?

– Nous devons choisir l'une des maximes du sage Ptahhotep et la commenter.

– Je vénère ce texte ; laquelle prendrez-vous ?

– J'hésite encore.

– À quelle tâche vous destinez-vous, Néfertari ?

– L'art floral ; j'aimerais composer des bouquets pour les dieux et séjourner au temple le plus longtemps possible au cours de l'année.

– N'est-ce pas une existence austère ?

– J'aime la méditation ; en elle, je puise ma force. N'est-il pas écrit que le silence fait croître l'âme comme un arbre fleuri ?

La surveillante des danseuses les pria de se rassembler et d'aller se changer avant de se rendre au cours de grammaire ; Néfertari se leva.

– Un instant... Acceptez-vous de m'accorder une faveur ?

– La surveillante est sévère et n'admet aucun retard.

– Quelle maxime choisirez-vous ?

Son sourire aurait apaisé le guerrier le plus exalté.

– *Une parole parfaite est plus cachée que la pierre verte ; on la trouve pourtant auprès des servantes qui travaillent à la meule.*

Elle disparut, aérienne, lumineuse.

20

Ramsès séjourna une semaine au harem de Mer-Our, mais il n'eut pas l'occasion de revoir Néfertari ; Moïse, surchargé de travail par un supérieur hiérarchique qui profitait de sa rapidité d'exécution, n'accorda que peu de temps à son ami. Néanmoins, ils puisèrent dans leurs discussions une force nouvelle et se promirent de ne pas sombrer dans le sommeil de la conscience.

Bien vite, la présence du fils cadet de Séthi devint un événement ; de nobles dames âgées tinrent à s'entretenir avec lui, certaines l'accablèrent de leurs souvenirs et de leurs conseils. Quantité d'artisans et de fonctionnaires sollicitèrent sa bienveillance ; quant au directeur du domaine, il n'avait de cesse de lui témoigner les plus grands égards, afin qu'il parle à son père de sa parfaite gestion. Parvenir à se cacher dans un jardin pour lire en paix les écrits des Anciens relevait de l'exploit ; se sentant prisonnier dans ce paradis, le prince reprit son sac de voyage, sa natte et son bâton, et quitta les lieux sans prévenir quiconque ; Moïse le comprendrait.

Veilleur avait grossi ; quelques jours de marche lui redonneraient sa sveltesse.

Le chef de la sécurité du palais était épuisé. Jamais, au cours de sa carrière, il n'avait autant travaillé, courant ici et là, convoquant des dizaines de responsables, s'acharnant à vérifier des détails, reprenant des interrogatoires et menaçant ses interlocuteurs de terribles sanctions.

Avait-on bloqué les enquêtes ou la machine administrative s'était-elle grippée d'elle-même ? Difficile à établir. On avait bien tenté d'exercer quelques pressions sur le haut fonctionnaire, mais il n'avait pu en déterminer l'origine, et la reine l'effrayait plus que n'importe quel courtisan, fût-il féroce.

Lorsqu'il fut certain d'avoir épuisé ses possibilités et de ne pouvoir progresser davantage, il se présenta devant Touya.

– Je puis assurer Votre Majesté de mon entier dévouement.

– C'est votre efficacité qui m'intéresse.

– Vous m'aviez demandé d'établir la vérité, quelle qu'elle fût.

– En effet.

– Vous ne devriez pas être déçue, car...

– Laissez-m'en juge et venons-en aux faits.

Le chef de la sécurité hésita.

– Je tiens à signaler que ma responsabilité...

Le regard de la reine empêcha le haut fonctionnaire de développer sa propre apologie.

– La vérité, Majesté, est parfois difficile à entendre.

– Je vous écoute.

L'homme avala sa salive.

– Eh bien, je vous annonce deux catastrophes.

Améni recopiait avec soin les décrets dont tout scribe royal devait avoir connaissance. Bien que le manque de confiance de Ramsès l'eût affecté, il savait que le prince reviendrait. Il continuait donc son travail de secrétaire particulier comme si de rien n'était.

Quand Veilleur bondit sur ses genoux et lui lécha les joues d'une langue douce et humide, Améni oublia les reproches et salua le retour de Ramsès avec enthousiasme.

– J'étais persuadé de trouver ton bureau vide, avoua le prince.

– Qui aurait tenu les dossiers à jour ?

– À ta place, je n'aurais pas accepté un tel abandon.

– Mais tu es à la tienne, et moi à la mienne ; les dieux l'ont voulu ainsi, et je m'en satisfais.

– Pardonne-moi, Améni.

– J'ai juré de t'être fidèle et je tiendrai ma parole ; sinon, les démons des enfers me trancheront la gorge ! Comme tu le constates, j'agis de manière égoïste. Un agréable voyage ?

Ramsès lui parla du harem, de Moïse et de Sétaou, mais omit sa brève rencontre avec Néfertari. Un instant de grâce, que sa mémoire conserverait comme un joyau.

– Tu arrives à point nommé, révéla Améni ; la reine souhaite te voir au plus tôt et Âcha nous invite à dîner.

Âcha reçut Ramsès et Améni dans la demeure de fonction que le ministère des Affaires étrangères venait de lui attribuer, au centre de la ville, non loin du siège administratif dont il dépendait. Malgré son jeune âge, il ressemblait déjà à un diplomate expérimenté, aux manières onctueuses et au ton conciliant. Soucieux de sa mise, il suivait la dernière mode memphite, mélange de classicisme dans les formes et d'exubérance dans les couleurs. À son élégance innée s'ajoutait à présent une assurance que Ramsès ne lui connaissait pas. À l'évidence, Âcha avait trouvé sa voie.

– Tu sembles heureux de ton sort, remarqua Ramsès.

– J'ai été bien orienté, et la chance m'a servi ; mon rapport sur la guerre de Troie fut considéré comme le plus précis.

– Qu'en est-il, au juste ?

– La défaite des Troyens est inéluctable ; contrairement à

ceux qui croient en la clémence d'Agamemnon, je prévois un massacre et la destruction de la ville. Néanmoins, nous n'interviendrons pas ; l'Égypte n'est nullement concernée par ce conflit.

– Préserver la paix est le souhait majeur de Séthi.

– C'est bien pourquoi il est si soucieux.

Ramsès et Améni posèrent la même question angoissée d'une seule voix :

– Redouterais-tu un conflit ?

– Les Hittites recommencent à s'agiter.

Dès la première année de son règne, Séthi avait dû faire face à une révolte des bédouins ; poussés par les Hittites, ils avaient envahi la Palestine et proclamé un royaume indépendant où, aussitôt, des factions s'étaient entre-tuées. Le calme revenu, Pharaon était parti en campagne pour pacifier Canaan, annexer le sud de la Syrie et contrôler les ports phéniciens. En l'an trois du règne, chacun avait cru à un choc frontal avec les forces hittites, mais les armées en présence avaient campé sur leurs positions avant de regagner leurs bases arrière.

– Que sais-tu de précis ? demanda Ramsès.

– Ce sont des informations confidentielles ; quoique scribe royal, tu n'appartiens pas aux services diplomatiques.

De l'index droit, Âcha lissa sa petite moustache impeccablement taillée ; Ramsès se demanda s'il était sérieux, mais une lueur de moquerie dans les yeux pétillants de son ami le rassura.

– Les Hittites fomentent des troubles en Syrie ; certains princes phéniciens, en échange d'une confortable rétribution, sont prêts à les aider. Les conseillers militaires du roi préconisent une intervention rapide ; d'après les derniers échos, Séthi la juge indispensable.

– Seras-tu de l'expédition ?

– Non.

– Déjà une disgrâce ?

– Pas exactement.

Le fin visage d'Âcha se crispa un peu, comme si les questions de Ramsès lui paraissaient inconvenantes.

– On m'a confié une autre mission.

– De quoi s'agit-il ?

– Cette fois, je dois vraiment garder ma langue.

– Une mission secrète ! s'exclama Améni. Fascinant, mais... dangereux.

– Je suis au service de l'État.

– Tu ne peux vraiment rien nous confier ?

– Je pars vers le sud ; ne m'en demandez pas davantage.

Veilleur appréciait à sa juste valeur le privilège accordé : un plantureux repas servi dans le jardin de la reine. Touya, amusée, avait reçu les marques de tendresse qu'exprimait une langue affectueuse à souhait. Impatient, Ramsès mastiquait une brindille.

– Tu as un bon chien, mon fils ; c'est un grand bonheur. Apprécie-le.

– Tu désirais me voir, me voici.

– Comment s'est déroulé ton séjour au harem de Mer-Our ?

– Tu sais toujours tout !

– Ne dois-je pas aider Pharaon à régner ?

– Les enquêtes ?

– Le chef de la sécurité s'est montré plus efficace que je ne le supposais ; nous avons progressé, mais les nouvelles ne sont pas excellentes. Le charrier qui t'a conduit dans un piège a bien été retrouvé, mais mort ; son cadavre gisait dans une grange abandonnée, au sud de Memphis.

– Comment est-il arrivé là ?

– Aucun témoignage fiable. En ce qui concerne l'atelier fabriquant des pains d'encre, impossible d'identifier son propriétaire ; le papyrus comportant son nom a été détruit au service des archives.

– Seul un notable a pu commettre ce délit !

– Tu as raison ; un notable suffisamment riche et puissant pour acheter des complicités.

– Cette corruption m'écœure... Nous ne devons pas en rester là !

– Me soupçonnerais-tu de couardise ?

– Ma mère !

– J'aime ta révolte ; n'accepte jamais l'injustice.

– Comment agir, à présent ?

– Le chef de la sécurité est incapable d'aller plus loin ; je prends le relais.

– Je suis à ta disposition ; ordonne, et j'obéirai.

– Serais-tu prêt à un tel sacrifice pour obtenir la vérité ?

Le sourire de la reine était à la fois moqueur et tendre.

– Je ne suis même pas capable de découvrir celle qui m'habite.

Ramsès n'osa pas se confier davantage et devenir ridicule aux yeux de Touya.

– Un homme véritable ne se contente pas d'espérer, il agit.

– Même lorsque le destin lui est contraire ?

– À lui de le modifier ; s'il n'en est pas capable, qu'il s'en prenne à sa propre médiocrité et n'accuse pas autrui de son malheur.

– Suppose que Chénar soit le manipulateur qui a tenté de me supprimer.

Une expression de tristesse s'inscrivit sur le visage de la reine.

– C'est une horrible accusation.

– Ce soupçon t'a déchirée, toi aussi ?

– Vous êtes mes fils, et je vous aime, l'un et l'autre ; même si vos caractères sont différents, même si votre ambition est affirmée, comment admettre que ton frère soit aussi vil ?

Ramsès fut ébranlé ; son désir de régner l'avait aveuglé, au point d'imaginer le plus sinistre des complots.

– Mon ami Âcha redoute que la paix ne soit menacée.
– Il est bien informé.
– Mon père est-il décidé à combattre les Hittites ?
– La situation l'y contraint.
– Je veux partir avec lui et lutter pour mon pays.

21

Dans l'aile du palais réservée à Chénar, ses employés et son corps de fonctionnaires faisaient grise mine. Chacun rasait les murs et remplissait son office en tenant strictement compte des consignes ; ni rire ni conversation ne troublaient une atmosphère pesante.

La nouvelle était tombée à la fin de la matinée : mobilisation immédiate de deux régiments d'élite en vue d'une intervention urgente. En clair, la guerre contre les Hittites ! Chénar était atterré ; cette réaction violente compromettait la politique commerciale qu'il commençait à mettre en œuvre et dont il récolterait bientôt les premiers fruits.

Ce stupide affrontement engendrerait un sentiment d'insécurité, préjudiciable aux transactions ; comme trop de ses prédécesseurs, Séthi s'engluait dans un bourbier. Toujours cette morale dépassée, cette volonté de préserver le territoire égyptien, d'affirmer la grandeur d'une civilisation en gaspillant une énergie qui eût été si utile ailleurs ! Chénar n'avait pas eu le temps de ruiner la réputation des conseillers militaires du roi et de prouver leur naïveté ; ces va-t'en-guerre ne songeaient qu'à en découdre, se prenant pour des conquérants devant lesquels tous les peuples devaient s'incliner. Si l'expédition était un désastre, Chénar se promettait de chasser ces incapables hors du palais.

Qui dirigerait le pays pendant l'absence de Pharaon, de son Premier ministre et de son général en chef? La reine Touya, bien entendu. Même si ses entretiens avec Chénar s'espaçaient et tournaient parfois à l'aigre, ils éprouvaient l'un pour l'autre une réelle affection. L'heure était venue d'avoir une explication franche et claire ; non seulement Touya le comprendrait, mais encore influencerait-elle Séthi afin de maintenir la paix. Aussi insista-t-il pour la voir au plus tôt, malgré son emploi du temps chargé.

Touya le reçut au milieu de l'après-midi, dans sa salle d'audience.

– Un cadre bien solennel, ma chère mère !

– Je parie que ta démarche n'est pas d'ordre privé.

– Vous avez deviné, comme d'habitude ; d'où provient ce sixième sens ?

– Un fils ne doit pas flatter sa mère.

– Vous n'aimez pas la guerre, n'est-il pas vrai ?

– Qui l'aime ?

– La décision de mon père n'est-elle pas un peu hâtive ?

– Le crois-tu capable d'agir sur un coup de tête ?

– Bien sûr que non, mais les circonstances... les Hittites...

– Apprécies-tu les beaux vêtements ?

Chénar fut interloqué.

– Certes, mais...

– Viens avec moi.

Touya emmena son fils aîné dans une salle annexe ; sur une table basse, une perruque à longs pans avec des mèches ondulées, une chemise à manches amples, une longue jupe plissée et bordée de franges, une écharpe croisée qui passerait sous les reins et retiendrait le vêtement à la taille.

– Splendide, n'est-ce pas ?

– Un travail admirable.

– Cet équipement t'est destiné ; ton père t'a choisi comme porte-enseigne à sa droite pour la prochaine campagne de Syrie.

Chénar blêmit.

Le porte-enseigne, à la droite du roi, tiendrait une hampe surmontée d'une tête de bélier, l'un des symboles d'Amon, le dieu des victoires ; le fils aîné de Pharaon partirait donc en campagne avec son père et serait au premier rang lors du combat.

Ramsès trépignait.

Pourquoi Améni tardait-il tant à apporter le décret mentionnant les principales personnalités du palais que Séthi emmènerait avec lui ? Le prince était impatient de connaître le grade auquel il avait été nommé. Peu lui importait le titre ronflant dont il serait affublé ; l'essentiel serait de combattre.

– Toi, enfin ! Alors, cette liste ?

Améni baissa la tête.

– Pourquoi cette contrariété ?

– Lis toi-même.

Par décret royal, Chénar était nommé porte-enseigne à la droite de Pharaon ; quant au nom de Ramsès, il n'était même pas mentionné.

Toutes les casernes de Memphis étaient sur le pied de guerre. Dès le lendemain, l'infanterie et la charrerie prendraient la route de la Syrie, sous le commandement du roi en personne.

Ramsès passa la journée dans la cour de la caserne principale ; quand son père sortit du conseil de guerre, à la nuit tombante, il osa l'aborder.

– Puis-je vous adresser une supplique ?

– Je t'écoute.

– Je désire partir avec vous.

– Mon décret est définitif.

– Peu m'importe d'être officier ; je souhaite seulement terrasser l'ennemi.

– Ma décision fut donc juste.

– Je... je ne comprends pas !

– Un souhait invraisemblable n'est que futilité ; pour terrasser un ennemi, il faut en être capable. Ce n'est pas ton cas, Ramsès.

Colère et déception passées, Chénar ne fut pas mécontent de sa nouvelle fonction, qui s'ajoutait à une kyrielle d'honneurs ; impossible, en effet, d'être associé au trône sans avoir affiché des qualités de guerrier. Depuis l'ère des premiers rois thébains, le roi devait prouver sa capacité à préserver l'intégrité du territoire et à repousser les envahisseurs. Chénar se pliait donc à une tradition déplorable, mais essentielle aux yeux du peuple ; elle lui parut presque amusante lorsqu'il croisa le regard dépité de Ramsès, au passage de l'avant-garde dont le porte-enseigne faisait partie.

Le départ de l'armée en campagne, comme tout événement exceptionnel, s'accompagnait d'une fête ; la population bénéficiait d'un jour férié et ne manquait pas de noyer ses soucis dans la bière. Mais qui doutait de la victoire de Séthi ?

Malgré son triomphe personnel, Chénar n'était pas délivré de toute angoisse ; lors d'un combat, le meilleur soldat risquait un mauvais coup. S'imaginer blessé, diminué ou impotent lui soulevait le cœur ; au front, il songerait surtout à se préserver, abandonnant les tâches dangereuses aux spécialistes.

Une fois encore, la chance l'avantagerait ; pendant cette campagne, il aurait l'occasion de s'entretenir avec son père et de tracer son avenir. Cette perspective méritait bien un effort, quoique s'éloigner du confort du palais fût une rude épreuve.

La déception de Ramsès était un excellent stimulant.

Le contingent de provinciaux déplaisait à Bakhen. Lorsque la guerre menaçait, on formait de futurs soldats, des engagés volontaires qui rêvaient d'exploits dans des terres lointaines ; mais cette troupe de paysans grossiers ne dépasserait pas les faubourgs de Memphis et retournerait vite aux champs. Contrôleur des écuries du royaume, doté d'une force peu commune, le visage carré orné d'une courte barbe, Bakhen était également chargé de l'instruction des jeunes recrues.

De sa voix grave et rauque, il leur ordonna de soulever un sac rempli de pierres, de le caler sur l'épaule droite, et de longer les murs de la caserne en courant jusqu'à ce qu'il leur donnât l'ordre de s'arrêter.

L'élimination fut cruelle et rapide ; la plupart dosèrent mal leurs efforts. Essoufflés, ils déposèrent leur charge. Bakhen patienta et interrompit l'épreuve lorsqu'une cinquantaine de candidats restèrent en course.

Étonné, il crut reconnaître l'un des apprentis soldats ; dépassant la plupart de ses camarades d'une bonne tête, il manifestait une surprenante fraîcheur.

– Prince Ramsès ! Votre place n'est pas ici.

– Je désire subir cet entraînement et obtenir un brevet d'aptitude.

– Mais... vous n'en avez pas besoin ! Il vous suffit de...

– Ce n'est pas mon avis et ce n'est pas le tien ; on ne forme pas un soldat sur papyrus !

Pris au dépourvu, Bakhen fit tourner les bracelets en cuir qui soulignaient l'ampleur de ses biceps.

– C'est délicat...

– Aurais-tu peur, Bakhen ?

– Moi, peur ? Alignez-vous avec les autres !

Pendant trois interminables journées, Bakhen persécuta les hommes jusqu'à l'extrême limite de leurs forces. Il sélectionna les vingt plus endurants : Ramsès était parmi ceux-là.

Le quatrième jour, débuta le maniement des armes : gourdins, épées courtes et boucliers. Bakhen se contenta de quelques conseils, puis lança les jeunes gens les uns contre les autres.

Dès que l'un d'eux fut blessé au bras, Ramsès posa son épée sur le sol. Ses camarades l'imitèrent.

– Qu'est-ce qui vous prend? tonna Bakhen. Reprenez l'exercice. Sinon, décampez!

Les recrues se plièrent aux exigences de l'instructeur; les mous et les maladroits furent exclus. Du contingent de départ, il ne subsista que douze volontaires, jugés aptes à devenir soldats de métier.

Ramsès tenait bon; dix jours d'exercices intensifs n'avaient pas épuisé son enthousiasme.

– Il me faut un officier, déclara Bakhen au matin du onzième jour.

À l'exception d'un seul d'entre eux, les candidats se montrèrent d'une égale habileté à l'arc en bois d'acacia qui tirait des flèches à une cinquantaine de mètres en tir direct.

Heureusement surpris, Bakhen leur montra un arc de très grande taille, dont la face frontale était recouverte de corne, puis plaça un lingot de cuivre à cent cinquante mètres des archers.

– Prenez cette arme et transpercez cette cible.

La plupart ne parvinrent pas à bander l'arc; deux réussirent à tirer, mais leurs flèches ne dépassèrent pas une centaine de mètres.

Ramsès se présenta en dernier, sous le regard goguenard de Bakhen. Comme ses camarades, il avait droit à trois flèches.

– Un prince devrait éviter le ridicule; de plus forts que vous ont échoué.

Concentré, Ramsès ne se préoccupait que de la cible; plus rien d'autre n'existait.

Bander l'arc exigea un effort inouï; les muscles douloureux, Ramsès maîtrisa la corde de tension, fabriquée avec un tendon de bœuf.

La première flèche passa à gauche de la cible, Bakhen ricana.

Ramsès expira, bloqua son souffle et tira presque aussitôt la deuxième flèche qui vola au-dessus du lingot de cuivre.

– Dernière chance, annonça Bakhen.

Le prince ferma les yeux plus de une minute, et visualisa la cible à l'intérieur de lui-même ; il se persuada qu'elle était proche, qu'il devenait la flèche, que cette dernière éprouvait le désir intense de s'unir au lingot.

Le troisième tir fut une délivrance. La flèche fendit l'air, tel un frelon agressif, et transperça le lingot de cuivre.

Les autres recrues acclamèrent le vainqueur ; Ramsès rendit le grand arc à Bakhen.

– J'ajoute une épreuve, indiqua l'instructeur : une lutte à mains nues, contre moi.

– Est-ce la règle ?

– C'est mon règlement, à moi ; auriez-vous peur de m'affronter ?

– Donne-moi mon brevet d'officier.

– Battez-vous, prouvez que vous êtes capable d'affronter un vrai soldat !

Ramsès était plus grand que Bakhen, mais moins musclé et beaucoup moins entraîné ; aussi misa-t-il sur la vivacité de ses réflexes. L'instructeur attaqua sans prévenir ; le prince esquiva, le poing de Bakhen frôla son épaule gauche. Cinq fois de suite, les assauts de l'instructeur se terminèrent dans le vide ; vexé, il parvint à agripper la jambe gauche de son adversaire et à le déséquilibrer. D'un coup de pied dans le visage, ce dernier se dégagea et, du tranchant de la main, sabra la nuque de Bakhen.

Ramsès crut avoir gagné son duel ; dans un sursaut d'orgueil, Bakhen se releva et, la tête en avant, percuta la poitrine du prince.

Iset la belle badigeonna le torse de son amant avec un baume si efficace que la douleur s'estompait déjà.

– N'ai-je pas la main guérisseuse ?

– J'ai été stupide, murmura Ramsès.

– Ce monstre aurait pu te tuer.

– Il faisait son travail, j'ai cru l'avoir vaincu ; au front, je serais mort.

La main d'Iset la belle se fit plus douce et plus audacieuse.

– Je suis si heureuse que tu sois resté ! La guerre est une abomination.

– Elle est parfois nécessaire.

– Tu ignores à quel point je t'aime.

La jeune femme s'étendit sur son amant, avec la souplesse d'une tige de lotus.

– Oublie les combats et la violence ; ne leur suis-je pas préférable ?

Ramsès ne la repoussa pas et se laissa envahir par le plaisir qu'elle lui offrait ; pourtant, il éprouvait un bonheur plus intense, dont il ne lui parla pas : celui d'avoir obtenu son brevet d'officier.

22

Le retour de l'armée égyptienne fut célébré avec faste. Au palais, on avait suivi avec anxiété sa progression ; les Libanais révoltés n'avaient résisté que quelques jours, protestant vite de leur loyauté éternelle et de leur volonté indéfectible d'être les fidèles sujets de Pharaon. Séthi avait exigé, en contrepartie, une grande quantité de cèdre de première qualité, afin d'ériger de nouveaux mâts devant la façade des temples et de façonner plusieurs barques divines que l'on porterait en procession. D'une même voix, les princes du Liban proclamèrent que Pharaon était l'incarnation de Râ, la lumière divine, et qu'il leur donnait la vie.

Grâce à la rapidité de son intervention, Séthi était entré en Syrie sans rencontrer de résistance ; le roi hittite, Mouwattali, n'avait pas eu le temps de rassembler des soldats d'expérience et avait préféré observer de loin la situation. C'est pourquoi la cité fortifiée de Kadesh, symbole de la puissance hittite, avait ouvert ses portes ; prise au dépourvu, elle n'aurait pu contenir plusieurs vagues d'assaut. Séthi, à la surprise de ses généraux, s'était contenté de dresser une stèle à l'intérieur de Kadesh au lieu de raser la forteresse. Des critiques feutrées avaient été émises, et l'on s'était interrogé sur la finalité de cette incroyable stratégie.

Dès que l'armée égyptienne s'était éloignée de Kadesh,

Mouwattali et une puissante armée avaient investi la forteresse, de nouveau placée sous obédience hittite.

Alors débutèrent des négociations. Afin d'éviter un affrontement sanglant, les deux souverains, par l'intermédiaire de leurs ambassadeurs, convinrent que les Hittites ne fomenteraient plus aucun trouble au Liban et dans les ports phéniciens, et que les Égyptiens ne s'attaqueraient plus à Kadesh et à sa région.

C'était la paix, certes précaire, mais la paix.

En tant que successeur désigné et nouveau chef de guerre, Chénar présida un banquet où furent conviées plus de mille personnes, ravies de déguster des nourritures raffinées, de boire un vin exceptionnel datant de l'an deux du règne de Séthi, et de contempler les formes émouvantes de jeunes danseuses nues, évoluant sur les mélodies des flûtes et des harpes.

Le roi ne fit qu'une brève apparition, cédant à son fils aîné la gloire provenant d'une expédition réussie. En tant qu'anciens élèves du *Kap* promis à un brillant avenir, Moïse, Améni et même Sétaou, vêtu pour la circonstance d'une robe somptueuse que lui avait offerte Ramsès, comptaient au nombre des invités.

Améni, dont l'obstination ne se démentait pas, conversait avec les notables de Memphis et posait des questions anodines sur les ateliers de fabrication de pains d'encre fermés depuis peu. Sa persévérance ne fut pas couronnée de succès.

Sétaou fut appelé d'urgence par l'intendant de Chénar, en raison de la présence d'un serpent dans la réserve de jarres à lait. Le jeune homme repéra le trou suspect, y enfourna de l'ail et le boucha avec un poisson bulti. Le malheureux reptile ne sortirait plus de sa tanière. La satisfaction de l'intendant, que Sétaou jugeait trop infatué de lui-même, fut de courte durée ; lorsque le spécialiste fit apparaître un serpent rouge et blanc, les crocs plantés à l'arrière de l'os maxillaire, le prétentieux s'enfuit à toutes jambes. « L'imbécile, pensa Sétaou ; il est pourtant évident que cette race-là est tout à fait inoffensive. »

Moïse était entouré de jolies femmes qui appréciaient sa prestance et sa virilité ; la plupart auraient aimé s'approcher de Ramsès, mais Iset la belle montait bonne garde. La réputation des deux jeunes gens ne faisait que s'améliorer ; on promettait à Moïse de hautes fonctions administratives, et l'on s'intéressait au courage de Ramsès qui obtiendrait sans doute dans l'armée la fonction qu'on lui refusait à la cour.

Les deux amis parvinrent à s'échapper entre deux danses et se retrouvèrent dans le jardin, sous un persea.

– As-tu entendu le discours de Chénar ?

– Non, ma tendre fiancée a d'autres préoccupations.

– Ton frère aîné affirme, à qui veut l'entendre, qu'il est le grand vainqueur de cette campagne. Grâce à lui, les pertes égytiennes furent réduites au minimum, et la diplomatie a pris le pas sur la force. De plus, il murmure que Séthi semblait bien las ; le pouvoir use, et la nomination de Chénar comme régent ne devrait plus tarder. Il développe déjà un programme de gouvernement : priorité au commerce international, refus de tout conflit, alliances économiques avec nos pires ennemis.

– Il m'écœure.

– L'individu est peu reluisant, je te l'accorde, mais ses projets méritent attention.

– Tends la main aux Hittites, Moïse, et ils te couperont le bras.

– La guerre ne résout rien.

– Chénar fera de l'Égypte un pays soumis et ruiné. La terre des pharaons est un monde à part ; lorsqu'elle fut faible ou naïve, les Asiatiques l'ont envahie ; il a fallu beaucoup d'héroïsme pour chasser l'occupant et le repousser loin de nos frontières. Si nous déposons les armes, nous serons exterminés.

La fougue de Ramsès surprit Moïse.

– Ce sont des paroles de chef, j'en conviens, mais est-ce la bonne direction ?

– Il n'en existe pas d'autre pour préserver l'intégrité de notre territoire et permettre aux dieux de résider sur cette terre.

– Les dieux... Les dieux existent-ils ?

– Que veux-tu dire ?

Moïse n'eut pas le temps de répondre ; une cohorte de jeunes filles s'interposa entre lui et Ramsès, et posa mille questions sur leur avenir. Iset la belle ne tarda pas à intervenir pour délivrer son amant.

– Ton frère aîné me retenait, avoua-t-elle.

– À quel propros ?

– Il ne renonce pas à m'épouser. La cour est formelle, les rumeurs vont dans le même sens : Séthi est sur le point d'associer Chénar au trône. Il me propose de devenir la grande épouse royale.

Un phénomène étrange se produisit ; l'esprit de Ramsès quitta brusquement Memphis et s'envola jusqu'au harem de Mer-Our pour y contempler une jeune fille studieuse, recopiant les maximes de Ptah-hotep à la lueur des lampes à huile.

Iset la belle nota le trouble de son amant.

– Es-tu souffrant ?

– Sache que j'ignore la maladie, répondit-il avec sécheresse.

– Tu parais si lointain...

– Je réfléchissais. Acceptes-tu ?

– J'ai déjà répondu.

– Félicitations, Iset ; tu seras ma reine, et je serai ton serviteur.

Elle lui frappa la poitrine de plusieurs coups de poing ; il lui saisit les poignets.

– Je t'aime, Ramsès, et je veux vivre avec toi. Comment faut-il te le faire comprendre ?

– Avant de devenir un mari et un père, je dois obtenir une vision plus claire du chemin que je désire suivre ; donne-moi du temps.

Dans la nuit embaumée, le silence gagna peu à peu ; musiciennes et danseuses s'étaient retirées, de même que les courtisans âgés. Çà et là, dans le vaste jardin du palais, on échangeait des informations et l'on tramait de dérisoires complots pour grimper dans la hiérarchie en écartant un rival.

Du côté des cuisines, un cri déchirant troubla la sérénité du moment.

Ramsès fut le premier sur place ; avec un tisonnier, l'intendant frappait un vieil homme qui se protégeait le visage avec ses mains. Le prince serra le cou de l'agresseur à l'étouffer ; celui-ci lâcha son arme, sa victime s'enfuit, trouvant refuge parmi les laveurs de vaisselle.

Moïse intervint.

– Tu vas le tuer !

Ramsès desserra sa prise ; l'intendant, le visage rougi, reprit son souffle avec peine.

– Ce vieillard n'était qu'un prisonnier hittite, expliqua-t-il ; je suis bien obligé de l'éduquer.

– Est-ce ta façon de traiter tes employés ?

– Les Hittites seulement !

Chénar, dont les atours d'une richesse inouïe éclipsaient les mises les plus élégantes, écarta les curieux.

– Dispersez-vous, j'en fais mon affaire.

Ramsès agrippa l'intendant par les cheveux et le jeta à terre.

– J'accuse ce lâche de torture.

– Allons, allons, mon cher frère ! Ne t'emballe pas... Mon intendant est parfois un peu sévère, mais...

– Je porte plainte et témoignerai devant le tribunal.

– Toi qui détestes les Hittites ?

– Ton employé n'est plus un ennemi ; il travaille chez nous et doit être respecté. C'est ce qu'exige la loi de Maât.

– Pas de grands mots ! Oublie cet incident, et je t'en saurai gré.

– Je témoignerai aussi, déclara Moïse ; rien ne saurait justifier de tels agissements.

– Est-il nécessaire d'envenimer la situation ?

– Emmène l'intendant, demanda Ramsès à Moïse, et confie-le à notre ami Sétaou ; dès demain, je demanderai un procès d'urgence.

– C'est une séquestration !

– T'engages-tu à présenter ton intendant devant le tribunal ?

Chénar s'inclina. Trop de témoins de poids... Il valait mieux ne pas entamer un combat perdu d'avance. Le coupable serait condamné à l'exil dans les oasis.

– La justice est une belle chose, conclut Chénar, débonnaire.

– La respecter est le fondement de notre société.

– Qui prétend le contraire ?

– Si tu gouvernes le pays avec de telles méthodes, tu trouveras en moi un adversaire résolu.

– Que vas-tu imaginer ?

– Je n'imagine pas, j'observe. De grands desseins s'accommodent-ils du mépris d'autrui ?

– Ne t'égare pas, Ramsès ; tu me dois le respect.

– Notre souverain, le maître de la Haute et de la Basse-Égypte, est encore Séthi, me semble-t-il.

– Le persiflage a ses limites ; demain, il te faudra m'obéir.

– Demain est encore loin.

– À force de te tromper, tu finiras mal.

– As-tu l'intention de me traiter comme un prisonnier hittite ?

Excédé, Chénar brisa net.

– Ton frère est un homme puissant et dangereux, observa Moïse ; crois-tu nécessaire de le défier ainsi ?

– Il ne m'effraie pas ; que voulais-tu dire, à propos des dieux ?

– Je n'en sais rien moi-même ; d'étranges pensées me traversent et me déchirent. Tant que je n'aurai pas percé leur mystère, je ne connaîtrai pas la paix.

23

Améni ne renonça pas. En tant que secrétaire particulier du scribe royal Ramsès, il avait accès à de nombreux services administratifs et sut se faire des amis qui l'aidèrent dans ses recherches. Il vérifia ainsi la liste des ateliers fabriquant des pains d'encre et obtint le nom de leurs propriétaires ; comme la reine Touya l'avait appris à Ramsès, les archives concernant l'atelier suspect avaient effectivement disparu.

Puisque cette piste-là était coupée, Améni entreprit un travail de fourmi : identifier les notables en rapport direct avec l'activité des scribes et consulter l'inventaire de leurs biens, en espérant y découvrir l'atelier. De longues journées de recherche se terminèrent par un échec.

Il ne restait plus qu'une démarche, la fouille systématique des décharges, en commençant par celle où Améni avait failli mourir. Avant d'inscrire une quelconque donnée sur papyrus, un scribe consciencieux utilisait un éclat de calcaire comme brouillon ; ce dernier était jeté, avec des milliers d'autres, dans un grand trou qui se remplissait au fur et à mesure des travaux de l'administration.

Améni n'était même pas certain qu'il existât un double de l'acte de propriété de l'atelier ; néanmoins, il se lança dans cette exploration, deux heures chaque jour, refusant de s'interroger sur ses chances de réussite.

Iset la belle voyait d'un mauvais œil l'amitié liant Moïse à Ramsès. L'Hébreu, tourmenté et instable, exerçait une mauvaise influence sur l'Égyptien ; aussi la jeune femme entraîna-t-elle son amant dans un tourbillon de plaisirs, en prenant soin de ne plus évoquer son désir de mariage. Ramsès fut pris au piège ; allant de villa en villa, de jardin en jardin, de réception en réception, il mena l'existence oisive d'un noble, laissant à son secrétaire particulier le soin d'expédier les affaires courantes.

L'Égypte était un rêve réalisé, un paradis qui offrait chaque jour ses merveilles, avec la générosité d'une mère inépuisable ; le bonheur y coulait à flots pour qui savait apprécier l'ombre d'une palmeraie, le miel d'une datte, la chanson du vent, la beauté du lotus ou le parfum des lys. Lorsque s'y ajoutait la passion d'une femme amoureuse, la perfection n'était-elle pas atteinte ?

Iset la belle crut que l'esprit de Ramsès lui appartenait ; son amant était joyeux, d'une verve inégalable. Leurs jeux amoureux n'avaient pas de cesse, le plaisir partagé les animait ; quant à Veilleur, il déployait ses talents de gastronome en goûtant aux plats préparés par les cuisiniers des meilleures familles de Memphis.

À l'évidence, le destin avait tracé la voie des deux fils de Séthi ; à Chénar les affaires de l'État, à Ramsès une existence ordinaire et brillante. Iset la belle s'accommodait à merveille de cette répartition des tâches.

Un matin, elle trouva la chambre vide ; Ramsès s'était levé avant elle. Inquiète, elle courut dans le jardin sans s'être maquillée et appela son amant. Comme il ne répondait pas, elle s'affola ; enfin, elle le trouva, assis près du puits, méditant au milieu d'un parterre d'iris.

– Que t'arrive-t-il ? Tu m'as fait mourir de peur !

Elle s'agenouilla près de lui.

– Quel est le nouveau souci qui te hante ?
– Je ne suis pas fait pour l'existence que tu me fabriques.
– Tu te trompes ; ne sommes-nous pas heureux ?
– Ce bonheur-là ne me suffit pas.
– Ne demande pas trop à la vie ; elle finirait par se retourner contre toi.
– Bel affrontement en perspective.
– L'orgueil est-il une vertu ?
– S'il est exigence et dépassement, oui. Je dois m'entretenir avec mon père.

Depuis l'établissement de la trêve avec les Hittites, les critiques s'étaient éteintes. On s'accordait à constater que Séthi avait eu raison de ne pas provoquer une guerre à l'issue incertaine, même si l'armée égyptienne semblait capable de vaincre les troupes hittites.

Malgré la propagande entretenue par Chénar, personne ne songeait au rôle décisif qu'il était seul à s'attribuer ; d'après les officiers supérieurs, le fils aîné du roi n'avait participé à aucun engagement, se contentant d'observer les assauts à bonne distance.

Pharaon écoutait et travaillait.

Il écoutait ses conseillers, dont certains étaient honnêtes, recoupait les informations, distinguait le bon grain de l'ivraie et ne prenait aucune décision à la hâte.

Il travaillait dans son vaste bureau du palais principal de Memphis, qu'éclairaient trois grandes fenêtres *a claustra* ; les murs étaient blancs, aucun décor ne les égayait. Simple et austère, le mobilier se composait d'une grande table, d'un fauteuil à dossier droit pour le monarque et de chaises paillées pour ses visiteurs, et d'une armoire à papyrus.

C'était là, dans la solitude et le silence, que le Maître des Deux Terres orientait l'avenir de l'État le plus puissant du monde et tentait de le maintenir sur la voie de Maât, incarnation de la Règle universelle.

Un silence qui fut soudain troublé par des hurlements, provenant de la cour intérieure où stationnaient les chars réservés au roi et à ses conseillers.

De l'une des fenêtres de son bureau, Séthi constata qu'un cheval venait d'être frappé d'un coup de folie ; après avoir réussi à briser la corde qui l'attachait à une borne, il galopait en tous sens, menaçant quiconque tentait de l'approcher. D'une ruade, il renversa un membre du service de sécurité ; d'une autre, un scribe âgé qui tardait à s'abriter.

Au moment où l'animal reprit son souffle, Ramsès surgit de derrière un pilier, lui sauta sur le dos et serra les rênes. Le cheval fou se cabra et tenta, en vain, de désarçonner le cavalier ; vaincu, il souffla, ahana, puis se calma.

Ramsès sauta à terre ; un soldat de la garde royale s'approcha de lui.

– Votre père veut vous voir.

Pour la première fois, le prince fut admis dans le bureau de Pharaon. Le dépouillement des lieux le surprit ; il s'attendait à un luxe suprême et découvrit une pièce presque vide, sans nul attrait. Le roi était assis, un papyrus déroulé devant lui.

Ne sachant comment se comporter, Ramsès s'immobilisa à deux mètres de son père, qui ne lui proposa pas de s'asseoir.

– Tu as pris beaucoup de risques.

– Oui et non. Je connais bien ce cheval, il n'est pas méchant ; le solcil l'aura irrité.

– Tu as quand même pris trop de risques ; ma garde l'aurait maîtrisé.

– J'ai cru bien faire.

– En songeant à te faire remarquer ?

– Eh bien...

– Sois sincère.

– Maîtriser un cheval fou n'est pas une tâche aisée.

– Dois-je en conclure que tu as organisé toi-même cet incident afin d'en tirer avantage ?

Ramsès rougit d'indignation.

– Mon père ! Comment pouvez-vous...
– Un pharaon se doit d'être un stratège.
– Auriez-vous apprécié cette stratégie-là ?
– À ton âge, j'y aurais vu la marque d'une duplicité qui eût fort mal auguré de l'avenir ; mais ta réaction me convainc de ta sincérité.
– Pourtant, je cherchais un moyen de vous parler.
– À quel sujet ?
– Lors de votre départ pour la Syrie, vous m'avez reproché mon incapacité à me battre comme un soldat. Pendant votre absence, j'ai comblé cette lacune ; à présent, je suis titulaire d'un brevet d'officier.
– Acquis de haute lutte, m'a-t-on dit.
Ramsès masqua mal sa surprise.
– Vous... Vous saviez ?
– Ainsi, tu es officier.
– Je sais monter à cheval, me battre avec une épée, une lance ou un bouclier, et tirer à l'arc.
– Aimes-tu la guerre, Ramsès ?
– N'est-elle pas nécessaire ?
– La guerre engendre bien des souffrances ; désires-tu les accroître ?
– Existe-t-il un autre moyen d'assurer la liberté et la prospérité de notre pays ? Nous n'agressons personne ; mais lorsqu'on nous menace, nous rétorquons. Et c'est bien ainsi.
– À ma place, aurais-tu rasé la forteresse de Kadesh ?
Le jeune homme réfléchit.
– Sur quelles données me prononcerais-je ? Je ne sais rien de votre campagne, sinon que la paix a été maintenue et que le peuple d'Égypte respire librement. Vous donner un avis dépourvu de tout fondement serait preuve de stupidité.
– Ne souhaites-tu pas aborder d'autres sujets ?
Ramsès s'était interrogé des jours et des nuits, jugulant à grand-peine son impatience : devait-il parler à son père de son conflit avec Chénar et lui révéler que le successeur dési-

gné se targuait d'une victoire qu'il n'avait pas remportée ? Le prince saurait utiliser les mots justes et manifester son indignation avec tant de force que son père comprendrait enfin qu'il couvait un serpent en son sein.

Face au pharaon, une telle démarche lui parut dérisoire et infamante. Lui, jouer le rôle d'un délateur, avoir la suffisance de penser qu'il était plus lucide que Séthi !

Il n'eut pourtant pas la lâcheté de mentir.

– C'est vrai, je souhaitais vous confier...

– Pourquoi cette hésitation ?

– Ce qui sort de notre bouche peut nous souiller.

– N'en saurai-je pas davantage ?

– Ce que j'aurais dit, vous le savez déjà ; si ce n'est pas le cas, mes songes ne méritent que le néant.

– Ne passes-tu pas d'un excès à l'autre ?

– Un feu me tourmente, une exigence que je ne sais nommer ; ni l'amour ni l'amitié ne l'éloignent.

– Quelles paroles définitives, à ton âge !

– Le poids des ans m'apaisera-t-il ?

– Ne compte sur personne d'autre que sur toi-même, et la vie se montrera parfois généreuse.

– Quel est ce feu, mon père ?

– Pose mieux la question, et tu connaîtras la réponse.

Séthi se pencha sur le papyrus qu'il étudiait ; l'entrevue était terminée.

Ramsès s'inclina ; alors qu'il se retirait, la voix grave de son père le cloua sur place.

– Ton intervention s'est produite au bon moment, car je comptais te convoquer aujourd'hui même ; demain, après les rites de l'aube, nous partirons pour les mines de turquoises, dans la péninsule du Sinaï.

24

En cette huitième année du règne de Séthi, Ramsès fêta sa seizième année sur la piste du désert de l'est menant aux fameuses mines de Sérabit el-Khadim *. Malgré la vigilance de la police, l'itinéraire demeurait dangereux, et personne ne s'aventurait volontiers dans cette zone stérile, peuplée de génies redoutables et de bédouins pillards. En dépit des arrestations et des condamnations, ils n'hésitaient pas à attaquer les caravanes contraintes de traverser la péninsule du Sinaï.

Bien que l'expédition ne possédât point de caractère guerrier, de nombreux soldats assuraient la protection de Pharaon et des mineurs. La présence du roi donnait un caractère exceptionnel au voyage ; la cour n'en avait été informée que la veille du départ, avant les rites du soir. En l'absence du monarque, la reine Touya tiendrait le gouvernail du bateau de l'État.

Ramsès obtenait son premier poste officiel d'importance : commandant d'infanterie, sous les ordres de Bakhen, promu chef militaire de l'expédition. La rencontre, au moment du départ, avait été glaciale ; mais ni l'un ni l'autre ne pouvaient

---

* Nous conservons les noms modernes, Sinaï et Sérabit el-Khadim, pour faciliter la description. Ce dernier site se trouve au sud de la péninsule du Sinaï, à 160 km du golfe de Suez.

créer un conflit sous le regard du roi. Pendant la durée de leur mission, il leur faudrait bien s'accommoder du caractère d'autrui ; Bakhen marqua aussitôt ses distances en ordonnant à Ramsès de se placer à l'arrière-garde où, selon ses dires, « un néophyte ferait courir un risque minimum à ses subordonnés ».

Plus de six cents hommes formaient le contingent chargé de rapporter des turquoises, la pierre de la céleste Hathor, qui avait choisi cette incarnation au cœur d'une terre aride et désolée.

La piste, en elle-même, ne présentait guère de difficultés ; bien tracée, entretenue avec régularité, jalonnée de fortins et de points d'eau, elle traversait des contrées hostiles où se dressaient des montagnes rouge et jaune, dont la hauteur dérouta les novices ; certains prirent peur, craignant que de mauvais esprits ne jaillissent des sommets pour s'emparer de leur âme. Mais la présence de Séthi et l'assurance de Ramsès finirent par les calmer.

Ramsès avait espéré une rude épreuve au cours de laquelle il aurait prouvé à son père sa véritable valeur ; aussi déplora-t-il la facilité de sa tâche. Son autorité s'imposa sans peine à la trentaine de fantassins placés sous son commandement ; tous avaient entendu parler de ses dons de tireur à l'arc et de la manière dont il avait maîtrisé une cavale en furie, tous espéraient que servir sous ses ordres leur vaudrait une promotion.

Sur l'insistance de Ramsès, Améni avait renoncé à l'aventure ; d'une part, sa faible constitution lui interdisait un effort physique aussi intense, d'autre part, il venait de découvrir, dans une décharge située au nord de l'atelier suspect, un fragment de calcaire portant une inscription bizarre. Il était encore trop tôt pour affirmer qu'il s'agissait d'une bonne piste, mais le jeune scribe ne relâcherait pas son effort. Ramsès le supplia d'être prudent ; Améni bénéficierait de la protection de Veilleur et, en cas de besoin, ferait appel à Sétaou qui commençait à faire fortune en vendant du venin aux laboratoires des temples et en expulsant des villas huppées quelques cobras indésirables.

Le prince demeura sur le qui-vive ; lui qui avait tant aimé le désert où, pourtant, il avait failli perdre la vie, n'appréciait guère celui du Sinaï : trop de roches muettes, trop d'ombres inquiétantes, trop de chaos. Malgré les allégations de Bakhen, Ramsès redoutait une attaque des bédouins. Certes, en raison du nombre d'Égyptiens, ils éviteraient un choc frontal ; mais ne tenteraient-ils pas de détrousser un attardé ou, pis encore, de s'introduire dans le campement pendant la nuit ? Soucieux, le prince multiplia les précautions et déborda ses consignes. À la suite d'une brève altercation avec Bakhen, il fut décidé que ce dernier superviserait la sécurité, en tenant compte des remarques de Ramsès.

Un soir, le fils du roi s'éloigna de son arrière-garde et remonta la colonne, bivouac après bivouac, afin d'obtenir un peu de vin pour ses hommes que l'intendance défavorisait ; on le pria de s'adresser au responsable, qui travaillait sous sa tente. Ramsès souleva un pan de toile, se baissa, et contempla, interloqué, un homme assis en scribe et consultant une carte à la lueur des lampes.

– Moïse ! Toi, ici ?

– Ordre de Pharaon ; je suis chargé de diriger l'intendance et de dresser une carte plus précise de la région.

– Et moi de commander l'arrière-garde.

– J'ignorais ta présence... À première vue, Bakhen n'aime guère parler de toi.

– Notre entente s'améliore.

– Sortons d'ici, nous sommes à l'étroit.

Les deux jeunes hommes avaient à peu près la même carrure ; leur silhouette athlétique et leur puissance naturelle les vieillissaient. Chez eux, l'adulte avait chassé l'adolescent.

– Ce fut une belle surprise, avoua Moïse ; je m'ennuyais, au harem, quand la convocation est arrivée. Sans cette bouffée d'air vif, je crois que je me serais enfui.

– Mer-Our n'est-il pas un endroit merveilleux ?

– Pas pour moi ; les donzelles m'irritent, les artisans sont jaloux de leurs secrets et le poste d'administrateur ne me convient pas.

– As-tu gagné au change ?

– Mille fois ! J'aime cet endroit, ces montagnes implacables, ce paysage qui dissimule une présence ; ici, je me sens chez moi.

– Le feu qui te brûle s'estompe-t-il ?

– Il est moins violent, c'est vrai ; la guérison se cache dans ces roches brûlées et ces ravins secrets.

– Je n'en suis pas convaincu.

– N'entends-tu pas un appel, qui monte de ce sol oublié ?

– Je ressens plutôt un danger.

Moïse s'enflamma.

– Un danger ! Réagirais-tu en militaire ?

– En tant qu'intendant, tu négliges l'arrière-garde ; mes hommes manquent de vin.

L'Hébreu éclata de rire.

– Je suis responsable, en effet ; rien ne doit amoindrir leur vigilance.

– Une petite quantité entretiendra leur moral.

– Voici notre premier affrontement, constata Moïse ; qui doit l'emporter ?

– Ni l'un ni l'autre ; seul compte le bien du groupe.

– N'est-ce pas une manière de te fuir toi-même en t'enfermant dans un devoir que l'on t'impose de l'extérieur ?

– Me crois-tu capable d'une telle lâcheté ?

Moïse regarda Ramsès droit dans les yeux.

– Tu auras du vin, en petite quantité ; mais apprends à aimer les montagnes du Sinaï.

– Ici, ce n'est plus l'Égypte.

– Je ne suis pas égyptien.

– Si, tu l'es.

– Tu te trompes.

– Tu es né en Égypte, tu y fus éduqué, tu y bâtiras ton avenir.

– Paroles d'Égyptien, pas d'Hébreu ; mes ancêtres ne sont pas les tiens. Peut-être ont-ils vécu ici... Je ressens les traces de leur passage, leurs espérances et leur échecs.

– Le Sinaï te tournerait-il la tête ?

– Tu ne peux comprendre.

– Aurais-je perdu ta confiance ?

– Bien sûr que non.

– J'aime l'Égypte plus que moi-même, Moïse ; rien ne m'est plus précieux que ma terre natale. Si tu penses avoir découvert la tienne, je suis apte à comprendre ton émotion.

L'Hébreu s'assit sur un rocher.

– Une patrie... Non, ce désert n'est pas une patrie. J'aime l'Égypte autant que toi, j'apprécie les joies qu'elle m'offre, mais je ressens l'appel d'un ailleurs.

– Et le premier ailleurs que tu rencontres te bouleverse.

– Tu n'as pas tort.

– Ensemble, nous traverserons d'autres déserts ; et tu reviendras vers l'Égypte, parce que y brille une lumière unique.

– Comment peux-tu être aussi sûr de toi ?

– Parce que à l'arrière-garde, je n'ai plus le temps de me préoccuper de l'avenir.

Dans la nuit sombre du Sinaï, deux rires clairs montèrent jusqu'aux étoiles.

Les ânes donnaient le rythme, les hommes suivaient ; chacun portait une charge à la mesure de ses forces, nul ne manquait d'eau ni de nourriture. À plusieurs reprises, le roi ordonna à l'expédition de stopper pour permettre à Moïse d'établir une carte précise de la région. Assisté de géomètres, l'Hébreu remonta le cours des ouadi asséchés, grimpa des pentes, choisit de nouveaux points de repères et facilita ainsi le travail des experts.

Une sourde inquiétude ne quittait pas Ramsès ; aussi, accompagné de trois fantassins expérimentés, exerçait-il une surveillance constante, de peur que son ami ne fût agressé par des bédouins en maraude. Même s'il semblait de taille à se défendre, il risquait de tomber dans un piège. Mais aucun drame ne se produisit ; Moïse accomplit un travail remarquable, qui faciliterait les déplacements ultérieurs des mineurs et des caravaniers.

Après le dîner, les deux amis parlèrent longuement près du feu ; habitués aux rires des hyènes et aux grognements des léopards, ils s'accommodaient de cette existence rude, loin du confort du palais de Memphis et du harem de Mer-Our. Avec le même enthousiasme, ils guettaient l'aube prochaine, persuadés qu'elle leur révélerait un nouvel aspect du mystère qu'ils ne renonceraient jamais à percer. Souvent, ils ne parlaient pas et se contentaient d'écouter la nuit. Ne leur murmurait-elle pas que leur jeunesse vaincrait tous les obstacles ?

Le long cortège s'immobilisa.

Au milieu de la matinée, c'était anormal ; Ramsès donna l'ordre à ses hommes de poser à terre leur paquetage et de se préparer au combat.

– Du calme, recommanda un soldat dont la poitrine était barrée d'une cicatrice. Sauf votre respect, commandant, il vaudrait mieux préparer une prière de paix.

– Pourquoi tant de sérénité ?

– Parce que nous sommes arrivés.

Ramsès fit quelques pas de côté ; sous le soleil se découpait un plateau rocheux qui paraissait inaccessible.

Sérabit el-Khadim, le domaine de la déesse Hathor, souveraine des turquoises.

25

Chénar ne décolérait pas.

Pour la dixième fois, la reine avait refusé de l'associer de manière plus directe à la gestion des affaires de l'État, sous le prétexte que son père n'avait donné aucun ordre précis en ce sens. La position de successeur de Pharaon ne lui donnait pas le droit de s'immiscer dans des dossiers trop ardus pour lui.

Le fils aîné du roi s'inclina devant la volonté de sa mère et masqua sa déconvenue ; mais il comprit que son réseau d'amitiés et d'informateurs était encore trop faible pour contrecarrer Touya de manière efficace. Au lieu de se morfondre, Chénar décida d'œuvrer davantage en sa propre faveur.

Sans ostentation, il invita à dîner plusieurs personnalités influentes de la cour, attachées aux traditions, et joua un personnage modeste, avide de conseils ; éliminant toute arrogance, il se présenta comme un fils modèle dont la seule ambition était de marcher dans les traces de son père. Ce discours plut beaucoup ; Chénar, dont l'avenir était déjà tout tracé, se gagna ainsi de nombreux partisans.

Pourtant, il constata que la politique étrangère lui échappait, alors que les contacts commerciaux avec les autres pays, fussent-ils hostiles, demeuraient son but premier ; comment parvenir à connaître l'état exact des relations diplomatiques sans avoir dans son camp un homme compétent et disponible ? Avoir l'oreille des marchands ne suffisait pas ; ils raisonnaient à courte vue et ignoraient les intentions réelles de leurs gouvernants.

Convaincre un diplomate proche de Séthi de travailler pour lui... Solution idéale, mais presque utopique. Néanmoins, Chénar avait besoin de renseignements de première main, afin de développer sa propre stratégie et d'être prêt, au moment opportun, à modifier radicalement la politique égyptienne.

Le terme de « trahison » lui vint à l'esprit, mais l'amusa ; qui trahirait-il, sinon le passé et la tradition ?

Du sommet de la terrasse rocheuse de Sérabit el-Khadim, on dominait un enchevêtrement de montagnes et de vallées, dont le désordre troublait l'âme ; dans ce chaos, à l'hostilité perceptible, seule la montagne des turquoises offrait une paix bienvenue.

Ramsès regardait à ses pieds, stupéfait : la précieuse pierre bleue, présente dans les veines du plateau, affleurait presque ! En d'autres endroits, elle se montrait moins accessible ; génération après génération, les mineurs avaient creusé galeries et boyaux souterrains, où ils dissimulaient leurs outils entre deux expéditions. Le site ne comportait pas d'installation permanente, car l'extraction de la turquoise ne pouvait être effectuée en saison chaude, sous peine de la voir perdre sa couleur et se dénaturer.

Les anciens encadrèrent les nouveaux, et l'on se mit rapidement au travail, afin de séjourner le moins longtemps possible en cet endroit perdu. On s'installa dans les huttes de pierre qui résistaient tant bien que mal au gel nocturne, et on les répara avec soin ; avant d'ouvrir la campagne de travaux, le pharaon célébra un rituel dans le petit temple d'Hathor, invoquant l'aide et la protection de la déesse du ciel. Les

Égyptiens ne venaient pas blesser la montagne, mais recueillir le fruit de sa grossesse afin de l'offrir aux temples et d'en faire des bijoux qui transmettraient la beauté éternelle et régénératrice de la souveraine des étoiles.

Bientôt chantèrent burins, maillets et ciseaux, accompagnant les refrains des mineurs répartis en petites équipes ; Séthi en personne les encourageait. Quant à Ramsès, il examina les stèles dressées sur le site, afin de rendre hommage aux puissances mystérieuses du ciel et de la terre, et de rappeler les exploits de ceux qui, des siècles auparavant, avaient découvert d'énormes pierres précieuses.

Moïse prenait très au sérieux son rôle d'intendant et s'assurait du bien-être de chacun ; aucun travailleur ne souffrait de faim ni de soif, aucun autel ne manquait d'encens. Parce que les hommes rendaient hommage aux dieux, ces derniers leur offraient des merveilles, telle cette turquoise géante que brandit un jeune mineur, à la main chanceuse.

En raison de la configuration du site, l'expédition ne redoutait aucune attaque surprise ; personne ne pourrait escalader les pentes abruptes menant au plateau sans être repéré par les guetteurs ; aussi la tâche de Ramsès se révéla-t-elle des plus aisées. Les premiers jours, il maintint une discipline de fer, puis s'aperçut qu'elle devenait risible ; tout en préservant les exigences de sécurité, il permit aux soldats de se détendre et de s'adonner aux longues siestes dont ils étaient friands.

Incapable de supporter l'oisiveté, il tenta de seconder Moïse ; mais son ami fut intraitable, désireux d'assumer seul sa fonction. Le prince n'eut pas davantage de succès auprès des mineurs ; on lui déconseilla un séjour prolongé dans les galeries, jusqu'à ce que Bakhen, courroucé, lui ordonnât de se contenter du poste qui lui avait été attribué et de ne pas perturber la bonne marche du chantier.

Ramsès s'occupa donc de ses subordonnés, et d'eux seuls. Il s'intéressa à leur carrière, à leur famille, écouta leurs doléances, repoussa certaines de leurs critiques, en approuva d'autres ; ils souhaitaient de meilleures retraites et davantage de reconnaissance de l'État, eu égard aux services rendus dans des conditions souvent difficiles, loin de leur terre natale. Peu d'entre eux avaient eu l'occasion de livrer bataille ; mais tous avaient été appelés aux carrières, sur de grands chantiers ou dans des expéditions comme celles-ci. Malgré la rudesse de la tâche, ils étaient plutôt fiers de leur profession ; et que de fabuleux souvenirs à raconter, pour ceux qui avaient la chance de voyager en compagnie de Pharaon !

Ramsès observa.

Il apprit à connaître la pratique quotidienne d'un chantier, apprécia la nécessité d'une vraie hiérarchie, fondée sur les compétences et non sur les droits, différencia les courageux des paresseux, les persévérants des papillons, les silencieux des bavards. Et son regard en venait toujours aux stèles dressées par les ancêtres, à cette verticalité exigée de l'être qui bâtissait le sacré au cœur du désert.

– Elles sont émouvantes, n'est-ce pas ?

Son père l'avait surpris.

Vêtu d'un simple pagne, identique à ceux que portaient ses lointains homologues de l'Ancien Empire, il n'en était pas moins Pharaon. De sa personne émanait une puissance qui fascinait Ramsès à chaque rencontre ; Séthi n'avait besoin d'aucune parure distinctive, sa seule présence suffisait à imposer son autorité. Aucun autre homme ne possédait cette magie ; tous utilisaient des artifices ou des attitudes. Séthi apparaissait, et l'ordre remplaçait le chaos.

– Elles m'incitent à me recueillir, confessa Ramsès.

– Elles sont des paroles vivantes ; à la différence des humains, elles ne mentent ni ne trahissent. Les monuments d'un destructeur sont détruits, les actes d'un menteur demeurent éphémères ; la seule force de Pharaon, c'est la loi de Maât.

Ramsès fut bouleversé ; ces sentences s'adressaient-elles à lui, avait-il détruit, trahi ou menti ? Il eut envie de se lever, de courir jusqu'au rebord du plateau, de dévaler la pente et de disparaître dans le désert. Mais quelle faute avait-il commise ? Il attendit une accusation plus précise, mais elle ne vint pas ; le roi se contentait de regarder au loin.

Chénar... Oui, à coup sûr, son père faisait allusion à Chénar sans le nommer ! Il avait pris conscience de sa félonie et prévenait ainsi Ramsès de sa véritable position. De nouveau, le destin changeait ! Le prince était persuadé que Séthi parlerait en sa faveur, et sa déception fut à la mesure de son espérance.

– Quel est le but de cette expédition ?

Ramsès hésita ; la simplicité de la question cachait-elle un piège ?

– Rapporter des turquoises pour les dieux.

– Sont-elles indispensables à la prospérité du pays ?

– Non, mais... Comment se passer de leur beauté ?

– Que le profit ne soit pas à l'origine de notre richesse, car il la détruirait de l'intérieur ; privilégie en tout être et en toute chose ce qui fait son prestige, c'est-à-dire sa qualité, son rayonnement et son génie. Cherche ce qui est irremplaçable.

Ramsès eut la sensation qu'une lumière pénétrait dans son cœur et le fortifiait ; les paroles de Séthi se gravèrent en lui à jamais.

– Que le petit comme le grand reçoivent de Pharaon leur subsistance et leur juste ration ; ne néglige pas l'un au détriment de l'autre, sache les persuader que la communauté est plus importante que l'individu. Ce qui est utile à la ruche est utile à l'abeille, et l'abeille doit servir la ruche grâce à laquelle elle vit.

L'abeille, l'un des symboles servant à écrire le nom de Pharaon ! Séthi parlait de la pratique de la fonction suprême, il dévoilait peu à peu à Ramsès les secrets du métier de roi.

De nouveau, le vertige.

– Produire est essentiel, poursuivit Séthi, redistribuer plus encore. Une abondance de richesses au bénéfice d'une caste engendre malheur et discorde ; une petite quantité bien partagée sème la joie. L'histoire d'un règne doit être celle d'une fête ; pour qu'il en soit ainsi, aucun ventre ne peut rester affamé. Observe, mon fils, continue à observer ; car si tu n'es pas un voyant, tu ne percevras pas le sens de mes paroles.

Ramsès passa une nuit blanche, les yeux fixés sur un filon de pierre bleue affleurant à l'une des extrémités du plateau. Il pria Hathor de dissiper les ténèbres où il se débattait, sans plus de poids qu'un fétu de paille.

Son père suivait un plan précis, mais lequel ? Ramsès avait cessé de croire en son avenir de monarque ; mais alors, pourquoi Séthi, réputé avare de confidences, le gratifiait-il d'un tel enseignement ? Peut-être Moïse aurait-il mieux perçu les intentions du souverain ; mais le prince lutterait seul et tracerait son propre chemin.

Peu avant l'aube, une ombre sortit de la galerie principale ; sans la lumière de la lune mourante, Ramsès aurait cru à l'apparition d'un démon pressé de gagner une autre tanière. Mais ce démon-là avait forme humaine et serrait un objet contre sa poitrine.

– Qui cs-tu ?

L'homme s'immobilisa un instant, tourna la tête dans la direction du prince, puis courut vers la partie la plus accidentée du plateau, où les mineurs n'avaient installé qu'une cabane de chantier.

Ramsès s'élança à la poursuite du fuyard.

– Arrête-toi !

L'homme accéléra, Ramsès aussi. Il gagna du terrain et rejoignit l'étrange personnage avant qu'il ne s'engage dans la pente abrupte.

Le prince bondit et le plaqua aux jambes ; le voleur chuta,

sans lâcher son fardeau, ramassa une pierre de la main gauche et tenta de fracasser le crâne de son agresseur. D'un coup de coude dans la gorge, Ramsès lui coupa le souffle. L'homme parvint pourtant à se redresser, mais perdit l'équilibre et tomba en arrière.

Un cri de douleur, puis un second, puis le bruit d'un corps qui dévale de bloc en bloc et s'immobilise au bas d'une pente.

Quand Ramsès le rejoignit, le fuyard était mort, serrant encore contre sa poitrine un sac rempli de turquoises.

Ce voleur n'était pas un inconnu ; il s'agissait du charrier qui, lors de la chasse dans le désert, avait conduit Ramsès vers un piège qui aurait dû lui coûter la vie.

26

Aucun mineur ne connaissait le voleur ; c'était sa première expédition, et il ne s'était lié avec personne. Dur à la tâche, il passait de nombreuses heures dans les parties les moins accessibles de la mine et avait acquis l'estime de ses camarades.

Dérober des turquoises était un délit passible de lourdes peines, mais nul mineur n'avait commis ce crime depuis des lustres. Les membres de l'expédition ne déplorèrent pas la mort du coupable ; la loi du désert avait appliqué une juste sanction. En raison de la gravité de la faute, le charrier fut enterré sans rituel ; sa bouche et ses yeux ne seraient pas ouverts dans l'autre monde, il ne pourrait franchir les enfilades de portes et deviendrait la proie de la Dévoreuse.

– Qui a cngagé cet homme ? demanda Ramsès à Moïse.

L'Hébreu consulta ses listes.

– Moi.

– Comment, toi ?

– Le supérieur du harem m'a proposé plusieurs ouvriers, capables de travailler ici ; je me suis contenté de signer l'acte d'engagement.

Ramsès respira mieux.

– Ce voleur était le charrier chargé de m'emmener à la mort.

Moïse blêmit.

– Tu n'as pas supposé...

– Pas un instant, mais tu es tombé dans un piège, toi aussi.

– Le supérieur du harem ? C'est un faible, apeuré par le moindre incident.

– Il est d'autant plus facile à manipuler ; j'ai hâte de regagner l'Égypte, Moïse, et de savoir qui se cache derrière cet exécutant.

– N'as-tu pas abandonné le chemin du pouvoir ?

– Peu importe, j'exige la vérité.

– Même si elle devait te déplaire ?

– Détiendrais-tu des informations décisives ?

– Non, je te jure que non... Mais qui oserait s'en prendre au fils cadet de Pharaon ?

– Peut-être davantage de personnes que tu ne l'imagines.

– S'il y a complot, la tête restera hors d'atteinte.

– C'est toi, Moïse, qui renonces ?

– Cette folie ne nous concerne pas ; puisque tu ne succéderas pas à Séthi, qui chercherait encore à te nuire ?

Ramsès ne confia pas à son ami la teneur de ses entretiens avec son père ; ne formaient-ils pas un secret qu'il devait préserver, tant qu'il n'en comprendrait pas la signification ?

– M'aideras-tu, Moïse, si j'ai besoin de toi ?

– Pourquoi poser la question ?

Malgré le drame, Séthi ne modifia pas le programme de l'expédition. Lorsque le roi estima suffisant le nombre de turquoises extraites de la montagne, il donna le signal du retour vers l'Égypte.

Le chef de la sécurité du palais courut jusqu'à la salle d'audience de la reine ; le messager de Touya ne lui avait accordé aucun délai pour répondre à la convocation de la grande épouse royale.

– Me voici, Majesté.

– Votre enquête ?

– Mais... elle était terminée !
– Vraiment !
– Impossible d'en savoir plus.
– Parlons de ce charrier... Mort, d'après vous ?
– Hélas, le malheureux...
– Comment ce mort a-t-il trouvé la force de partir pour les mines de turquoises et d'y voler des pierres ?

Le chef de la sécurité se tassa sur lui-même.

– C'est... c'est impossible !
– M'accuseriez-vous de démence ?
– Majesté !
– Trois solutions : ou vous êtes corrompu, ou incompétent, ou bien les deux.
– Majesté...
– Vous vous êtes moqué de moi.

Le haut fonctionnaire se jeta aux pieds de la reine.

– J'ai été abusé, on m'a menti, je vous promets de...
– Je déteste les êtres serviles ; pour le compte de qui trahissez-vous ?

Du discours décousu du chef de la sécurité, ressortit une inaptitude prononcée dont la gravité s'était dissimulée, jusqu'alors, sous le manteau d'une fausse bonhomie. Par peur de perdre sa place, il n'avait pas osé sortir de son domaine préservé ; persuadé d'avoir bien agi, il implora la pitié de la souveraine.

– Vous êtes nommé portier de la villa de mon fils aîné ; tâchez au moins d'écarter quelques importuns.

Le fonctionnaire se répandit en remerciements sucrés, alors que la grande épouse royale avait déjà quitté la salle d'audience.

Le char de Ramsès et de Moïse pénétra en trombe dans la cour du harem de Mer-Our où donnaient les bureaux de l'administration ; les deux amis l'avaient conduit à tour de rôle, rivalisant d'habileté et d'ardeur. Changeant de chevaux à plusieurs reprises, ils avaient dévoré la route menant de Memphis au harem.

Cette arrivée tonitruante troubla la quiétude de l'établissement et provoqua la sortie du supérieur, arraché à sa sieste.

– Êtes-vous devenus fous ? Cet endroit ne ressemble pas à une caserne !

– La grande épouse royale m'a confié une mission, révéla Ramsès.

Le supérieur du harem posa ses mains nerveuses sur un ventre rebondi.

– Ah... Mais en quoi justifie-t-elle ce vacarme ?

– Nous sommes devant un cas d'urgence.

– Ici, dans le domaine placé sous ma responsabilité ?

– Ici même, et ce cas d'urgence, c'est vous.

Moïse approuva d'un hochement de tête ; le supérieur du harem recula de deux pas.

– C'est sans doute une erreur.

– Vous m'avez fait engager un criminel pour l'expédition aux mines de turquoises, précisa l'Hébreu.

– Moi ? Vous divaguez !

– Qui vous l'avait recommandé ?

– Je ne sais pas de qui vous parlez.

– Consultons vos archives, exigea Ramsès.

– Disposez-vous d'un ordre écrit ?

– Le sceau de la reine sera-t-il suffisant ?

Le notable ne batailla pas davantage ; exalté, Ramsès était persuadé de toucher au but. Plus réservé, Moïse n'en ressentit pas moins une ferveur certaine ; voir la vérité triompher l'émouvait.

Le dossier du voleur de turquoises fut une déception ; l'homme ne s'y présentait pas comme charrier, mais comme mineur expérimenté, ayant participé à plusieurs expéditions, et séjournant à Mer-Our pour enseigner aux fabricants de bijoux la taille des turquoises. Aussi le supérieur, dès la nomination de Moïse, avait-il songé à ce spécialiste comme membre de l'équipe dirigée par l'Hébreu.

À l'évidence, le notable avait été abusé. Le palefrenier et le charrier décédés, la piste de l'organisateur du complot était coupée net.

Pendant plus de deux heures, Ramsès avait tiré à l'arc, transperçant cible sur cible. Il s'obligeait à mettre sa colère au service de la concentration, à rassembler son énergie au lieu de la disperser. Lorsque ses muscles furent douloureux, il s'élança dans une longue course solitaire à travers les jardins et les vergers du harem. Trop de pensées confuses s'entremêlaient dans sa tête ; quand le singe fou du mental s'agitait à ce point, seule l'activité forcenée du corps le faisait taire.

Le prince ignorait la fatigue. Sa nourrice, qui l'avait allaité pendant plus de trois ans, n'avait jamais nourri un enfant aussi solide ; nulle maladie ne l'avait touché, il supportait froidure et canicule avec le même bonheur, dormait à volonté et mangeait d'un féroce appétit. Dès sa dixième année, s'était dessinée une silhouette d'athlète que l'exercice quotidien avait modelée.

Alors qu'il traversait une allée de tamaris, il crut entendre un chant qui ne sortait pas de la gorge d'un oiseau. Il s'arrêta et tendit l'oreille.

C'était une voix féminine, ravissante ; il s'approcha, sans bruit, et la vit.

À l'ombre d'un saule, Néfertari répétait une mélodie sur un luth importé d'Asie. Sa voix douce à la saveur de fruit s'unissait à la brise qui dansait dans les feuilles de l'arbre. À gauche de la jeune femme, une tablette de scribe couverte de chiffres et de figures géométriques.

Sa beauté était presque irréelle ; un instant, Ramsès se demanda s'il ne rêvait pas.

– Approchez... Auriez-vous peur de la musique ?

Il écarta les branches de l'arbuste derrière lequel il se dissimulait.

– Pourquoi vous cachiez-vous ?

– Parce que...

Il ne put formuler aucune explication ; sa confusion la fit sourire.

– Vous êtes en nage ; auriez-vous couru ?

– J'espérais découvrir ici le nom de l'homme qui a tenté de me supprimer.

Le sourire de Néfertari disparut ; mais sa gravité charma Ramsès.

– Vous avez donc échoué.

– Hélas, oui.

– Tout espoir est-il perdu ?

– Je le crains.

– Vous ne renoncerez pas.

– Comment le savez-vous ?

– Parce que vous ne renoncez jamais.

Ramsès se pencha sur la tablette.

– Apprendriez-vous les mathématiques ?

– Je calcule des volumes.

– Comptez-vous faire carrière de géomètre ?

– J'aime m'instruire, sans me préoccuper du lendemain.

– Songez-vous parfois à vous distraire ?

– Je préfère la solitude.

– N'est-ce pas un choix trop rigoureux ?

Les yeux vert-bleu devinrent sévères.

– Je ne désirais pas vous offusquer ; pardonnez-moi.

Sur les lèvres maquillées avec discrétion, un sourire indulgent.

– Resterez-vous quelque temps au harem ?

– Non, je repars dès demain pour Memphis.

– Avec la ferme intention de découvrir la vérité, n'est-ce pas ?

– Me le reprocheriez-vous ?

– Est-il nécessaire de prendre autant de risques ?

– Je veux la vérité, Néfertari, et la voudrai toujours, quoi qu'il m'en coûte.

Dans son regard, il lut un encouragement.

– Si vous venez à Memphis, j'aimerais vous inviter à dîner.

– Je dois rester plusieurs mois au harem, afin de parfaire mes connaissances ; ensuite, je retournerai dans ma province.

– Un fiancé vous y attend-il ?

– Vous êtes bien indiscret.

Ramsès se sentit stupide ; cette jeune femme si calme, si maîtresse d'elle-même, le déconcertait.

– Soyez heureuse, Néfertari.

27

Le vieux diplomate était fier d'avoir servi son pays pendant de longues années et d'avoir, par ses conseils, aidé trois pharaons à commettre un minimum d'erreurs en politique étrangère ; il appréciait la prudence de Séthi, plus préoccupé de paix que d'exploits guerriers sans lendemain.

Bientôt, il prendrait une retraite heureuse à Thèbes, non loin du temple de Karnak, au sein d'une famille qu'il avait trop négligée, à cause de nombreux voyages. Ces derniers jours lui avaient apporté une joie nouvelle : former le jeune Âcha, aux dons éblouissants. Le jeune homme apprenait vite et retenait l'essentiel. De retour du Grand Sud, où il s'était acquitté de manière remarquable d'une délicate mission d'information, il était venu quérir spontanément l'enseignement du diplomate. Ce dernier l'avait aussitôt considéré comme son fils ; ne se contentant pas de données théoriques, le haut fonctionnaire lui avait indiqué des filières et révélé le savoir-faire que seule l'expérience permettait d'acquérir. Parfois, Âcha devançait sa pensée ; son appréciation de la situation internationale mêlait un sens aigu de la réalité et des perspectives visionnaires.

Le secrétaire du diplomate lui annonça la visite de Chénar, qui sollicitait humblement un entretien. On n'éconduisait pas le fils aîné de Pharaon et son successeur désigné ;

aussi, en dépit d'une lassitude certaine, le haut fonctionnaire accueillit-il le personnage au visage rond, pénétré de son importance et de sa supériorité. Les petits yeux marron, cependant, témoignaient d'une réelle agilité d'esprit ; le considérer comme un adversaire négligeable eût été une lourde erreur.

– Votre présence m'honore.

– J'éprouve à votre égard une grande admiration, déclara Chénar, chaleureux ; chacun sait que vous inspirez la politique asiatique de mon père.

– C'est trop dire ; Pharaon décide lui-même.

– Grâce à la qualité de vos informations.

– La diplomatie est un art difficile ; je m'y emploie de mon mieux.

– Avec beaucoup de succès.

– Quand les dieux me sont favorables ; prendrez-vous une bière douce ?

– Avec plaisir.

Les deux hommes s'installèrent sous une tonnelle, rafraîchie par le vent du nord. Un chat gris sauta sur les genoux du vieux diplomate, se roula en boule et s'endormit.

Les deux coupes remplies d'une bière légère et digestive, le serviteur s'éloigna.

– Ma visite ne vous surprend-elle pas ?

– Un peu, je l'avoue.

– Je souhaite que notre entretien demeure confidentiel.

– Soyez rassuré.

Chénar se concentra ; le vieux diplomate était plutôt amusé. Combien de fois avait-il affronté des solliciteurs désireux d'utiliser ses services ? Selon les circonstances, il les aidait ou les décourageait. Qu'un fils de roi manifestât tant de condescendance le flatta.

– À ce que l'on dit, vous auriez l'intention de vous retirer.

– Je n'en fais pas mystère ; dans un an, ou deux, lorsque le roi m'aura donné son accord, je m'éloignerai des affaires.

– N'est-ce pas regrettable ?

– La lassitude me gagne, l'âge devient un handicap.

– L'expérience accumulée est un trésor sans prix.

– C'est pourquoi je l'offre à des jeunes comme Âcha ; demain, ils seront en charge de notre diplomatie.

– Approuvez-vous sans réserve les décisions de Séthi ?

Le vieux diplomate éprouva une gêne.

– Je comprends mal votre question.

– Notre hostilité envers les Hittites est-elle encore justifiée ?

– Vous les connaissez mal.

– N'ont-ils pas envie de commercer avec nous ?

– Les Hittites veulent s'emparer de l'Égypte et ne renonceront jamais à ce projet ; il n'existe pas d'alternative à la politique de défense active que mène le roi.

– Et si j'en proposais une autre ?

– Parlez-en à votre père, pas à moi.

– C'est à vous, et à personne d'autre, que je désire en parler.

– Vous m'étonnez.

– Informez-moi de manière précise sur les principautés d'Asie, et je vous manifesterai ma reconnaissance.

– Je n'en ai pas le droit ; les paroles échangées lors des conseils doivent rester secrètes.

– Ce sont ces paroles qui m'intéressent.

– N'insistez pas.

– Demain, je régnerai ; tenez-en compte.

Le vieux diplomate s'empourpra.

– Est-ce une menace ?

– Vous n'êtes pas encore retiré, votre expérience m'est indispensable ; la politique de demain, c'est moi qui la mènerai. Soyez mon allié occulte, vous ne le regretterez pas.

Le vieux diplomate n'avait pas coutume de céder à la colère ; cette fois, l'indignation l'emporta.

– Qui que vous soyez, vos exigences sont inacceptables !

Comment le fils aîné de Pharaon peut-il songer à trahir son propre père ?

– Calmez-vous, je vous prie.

– Non, je ne me calmerai pas ! Votre comportement est indigne d'un futur monarque ; votre père doit en être informé.

– N'allez pas trop loin.

– Sortez de chez moi !

– Oublieriez-vous à qui vous parlez ?

– À un être ignoble !

– J'exige votre silence.

– N'y comptez pas.

– En ce cas, je vous empêcherai de parler.

– Moi, m'empêcher de...

Le souffle coupé, le vieux diplomate porta les mains à son cœur et s'écroula. Chénar appela aussitôt ses serviteurs, on étendit le dignitaire sur un lit et l'on manda sur-le-champ un médecin qui constata le décès, dû à une crise cardiaque foudroyante.

Chénar avait eu de la chance ; sa démarche risquée se terminait de façon heureuse.

Iset la belle boudait.

Cloîtrée dans la villa de ses parents, elle refusa de recevoir Ramsès, sous prétexte d'une fatigue qui ternissait son teint ; cette fois, elle lui ferait payer ses départs précipités et ses longues absences. Derrière un rideau du premier étage, elle écouta l'entretien entre sa femme de chambre et le prince.

– Transmettez mes vœux de prompt rétablissement à votre maîtresse, dit Ramsès, et prévenez-la que je ne reviendrai pas.

– Non ! hurla la jeune femme.

Elle écarta le rideau, dévala l'escalier et se jeta dans les bras de son amant.

– Tu vas beaucoup mieux, semble-t-il.

– Ne pars plus ; sinon, je tomberai vraiment malade.

– Exigerais-tu que je désobéisse au roi ?

– Ces expéditions sont assommantes... Sans toi, je m'ennuie.

– Aurais-tu décliné les invitations aux banquets ?

– Non, mais je dois sans cesse repousser les avances de jeunes nobles ; si tu étais présent, on ne m'importunerait pas.

– Parfois, on ne voyage pas en vain.

Ramsès s'écarta et présenta un coffret à la jeune femme ; elle ouvrit des yeux étonnés.

– Ouvre-le.

– Est-ce un ordre ?

– Agis à ta guise.

Iset la belle souleva le couvercle ; ce qu'elle découvrit lui arracha un cri d'admiration.

– C'est pour moi ?

– Avec l'autorisation du chef de l'expédition.

Elle l'embrassa avec fougue.

– Passe-le-moi autour du cou.

Ramsès s'exécuta ; le collier de turquoises fit briller de plaisir les yeux verts de la jeune femme. À présent, elle éclipserait toutes ses rivales.

Améni poursuivait ses fouilles dans les décharges, avec une obstination qu'aucune déconvenue n'entamait. La veille, il avait cru découvrir plusieurs éléments du puzzle, et mettre en rapport l'adresse de l'atelier et le nom d'un propriétaire ; mais il dut déchanter. L'inscription était illisible, des lettres manquaient.

Cette quête de l'impossible n'empêchait pas le jeune scribe d'assumer à la perfection son travail de secrétaire particulier ; Ramsès recevait un courrier de plus en plus abondant auquel il fallait répondre avec des formules de politesse appropriées à chaque cas. Il tenait à ce que la réputation du prince fût impeccable et avait mis la dernière main au rapport concernant le voyage aux mines de turquoises.

– Ta notoriété s'amplifie, remarqua Ramsès.

– Les bruits de couloir ne m'intéressent pas.

– On estime que tu mérites un meilleur poste.

– J'ai fait le vœu de te servir.

– Pense à ta carrière, Améni.

– Elle est toute tracée.

Cette amitié indéfectible emplissait de joie le cœur du prince ; mais saurait-il s'en montrer digne ? Par son attitude, Améni lui interdisait la médiocrité.

– As-tu progressé dans ton enquête ?

– Non, mais je ne désespère pas. Et toi ?

– Malgré l'intervention de la reine, aucune piste sérieuse.

– Il est un nom que personne n'ose prononcer, estima Améni.

– Avec raison, ne crois-tu pas ? Accuser sans preuve serait une faute grave.

– J'aime t'entendre parler ainsi ; sais-tu que tu ressembles de plus en plus à Séthi ?

– Je suis son fils.

– Chénar aussi... Pourtant, on jurerait qu'il appartient à une autre lignée.

Ramsès était nerveux. Pourquoi Moïse, au moment de repartir pour le harem de Mer-Our, avait-il été convoqué au palais ? Pendant l'expédition, son ami n'avait commis aucune faute ; au contraire, mineurs et soldats avaient vanté l'excellence du jeune intendant et souhaité que ses collègues prennent exemple sur lui. Mais la médisance et la calomnie ne cessaient de rôder ; la popularité de Moïse avait peut-être porté ombrage à quelque incapable haut placé.

Améni écrivait, imperturbable.

– N'es-tu pas inquiet ?

– Pas pour Moïse. Il est de ta race : les épreuves l'endurcissent au lieu de l'abattre.

L'argument ne rassura pas Ramsès ; le caractère de l'Hébreu était si affirmé qu'il susciterait davantage de jalousie que d'estime.

– Au lieu de te morfondre, conseilla Améni, lis plutôt les derniers décrets royaux.

Le prince s'attela à la tâche, se concentrant à grand-peine ; dix fois, il se leva et déambula sur la terrasse.

Peu avant midi, il vit Moïse sortir du bâtiment administratif où il avait été convoqué ; incapable de patienter, il dévala l'escalier et se rua à sa rencontre.

L'Hébreu semblait décontenancé.

– Explique !

– On me propose un poste de contremaître sur les chantiers royaux.

– Le harem, c'est fini ?

– Je participerai à la construction des palais et des temples, et devrai me rendre de ville en ville, afin de surveiller les travaux, sous la direction d'un maître d'œuvre.

– As-tu accepté ?

– N'est-ce pas préférable à l'existence lénifiante du harem ?

– Alors, c'est une promotion ! Âcha est en ville, Sétaou aussi ; ce soir, nous faisons la fête.

28

Les anciens élèves du *Kap* passèrent une soirée animée ; les danseuses professionnelles, le vin, la viande, les desserts... L'ensemble était proche de la perfection. Sétaou raconta quelques histoires de serpents et dévoila sa manière de séduire les belles en les sauvant d'un reptile qu'il avait lui-même introduit dans leurs appartements privés ; cette conduite, qu'il jugeait un peu immorale, lui évitait d'interminables préliminaires.

Chacun parla de son sort : Ramsès était promis à l'armée, Améni à la carrière de scribe, Âcha à celle de diplomate, Moïse s'occuperait de travaux publics et Sétaou de ses chères créatures rampantes ; quand se reverraient-ils de nouveau, heureux et conquérants ?

Sétaou se retira le premier, en compagnie d'une danseuse nubienne aux œillades attendrissantes ; Moïse devait dormir quelques heures avant de partir pour Karnak où Séthi projetait un chantier gigantesque ; Améni, peu habitué à boire, s'endormit sur des coussins moelleux. La nuit était parfumée.

– C'est étrange, dit Âcha à Ramsès ; la ville semble si paisible.

– Devrait-il en être autrement ?

– Mes voyages en Asie et en Nubie m'ont rendu moins stupide ; nous vivons dans une fausse sécurité. Au nord comme au sud, des peuples plus ou moins redoutables ne songent qu'à s'emparer de nos richesses.

– Au nord, les Hittites... Mais au sud ?

– Oublierais-tu les Nubiens ?

– Ils sont soumis depuis si longtemps !

– C'est ce que je croyais, moi aussi, avant de me rendre là-bas et de mener une mission d'exploration. Les langues se sont déliées, j'ai entendu des discours moins officiels et je me suis approché d'une autre réalité, différente de celle que l'on dépeint à la cour.

– Tu es bien énigmatique.

Fin et racé, Âcha ne semblait pas taillé pour de longs voyages dans des contrées inhospitalières. Pourtant, il demeurait d'humeur égale, ne haussait pas le ton et affichait une tranquillité à toute épreuve. Sa force intérieure et son agilité d'esprit surprenaient ceux qui le sous-estimaient. À cet instant, Ramsès sut qu'il ne négligerait jamais un avis émis par Âcha. Son raffinement était trompeur ; derrière l'apparence de l'homme du monde se cachait un être déterminé et sûr de lui.

– Sais-tu que nous parlons de secrets d'État ?

– Ta spécialité, ironisa Ramsès.

– Cette fois, ils te concernent de manière directe ; c'est pourquoi, à titre amical, j'estime que tu mérites une nuit d'avance sur Chénar ; demain matin, il figurera parmi les membres du conseil que réunira Pharaon.

– Trahirais-tu ta parole à mon profit ?

– Je ne trahis pas mon pays, car je suis persuadé que tu dois jouer un rôle dans cette affaire.

– Pourrais-tu être plus clair ?

– À mon avis, contre celui des experts, une révolte se prépare dans l'une de nos provinces de Nubie ; non pas un banal mouvement de protestation, mais une véritable insurrection qui risque de causer de nombreuses victimes si l'armée égyptienne n'intervient pas de manière rapide.

Ramsès était stupéfait.

– As-tu osé présenter une hypothèse aussi incroyable ?

– Je l'ai développée par écrit, en précisant mes arguments ; je ne suis pas devin, mais simplement lucide.

– Le vice-roi de Nubie et les généraux t'accuseront de délire !

– C'est certain ; mais Pharaon et ses conseillers liront mon rapport.

– Pourquoi accepteraient-ils tes conclusions ?

– Parce qu'elles reflètent la vérité ; n'est-elle pas le guide de notre souverain ?

– Certes, mais...

– Ne sois pas incrédule et prépare-toi.

– Me préparer ?

– Lorque Pharaon aura décidé de briser la révolte, il tiendra à emmener sur place l'un de ses fils. Ce doit être toi, et non Chénar : voilà l'occasion rêvée pour t'imposer comme un vrai soldat.

– Et si tu t'es trompé...

– Hors de question ; sois de bonne heure au palais royal.

Une animation inhabituelle régnait dans l'aile du palais où Pharaon avait réuni les membres de son conseil, composé des « neuf amis uniques », de généraux et de quelques ministres. D'ordinaire, le roi se contentait d'un entretien avec son vizir, et s'attardait sur les dossiers qu'il jugeait essentiels ; ce matin-là, sans que nul indice ne l'ait laissé prévoir, le conseil élargi avait été réuni d'urgence.

Ramsès se présenta à l'assistant du vizir et demanda audience auprès de Pharaon ; il lui fut demandé de patienter. Comme Séthi détestait les bavardages, le prince crut que les délibérations seraient de courte durée ; tel ne fut pas le cas. Elles se prolongèrent de manière anormale, au point de dépasser l'heure du déjeuner et d'entamer l'après-midi. De graves dissensions devaient opposer les participants, et le roi ne trancherait pas avant d'être certain de suivre la voie juste.

Alors que le soleil déclinait, les amis uniques, le visage grave, sortirent de la salle du conseil, suivis des généraux. Un quart d'heure plus tard, l'assistant du vizir vint chercher Ramsès.

Ce ne fut pas Séthi qui le reçut, mais Chénar.

– Je souhaite voir Pharaon.

– Il est occupé ; que désires-tu ?

– Je reviendrai.

– Je suis habilité à te répondre, Ramsès ; si tu refuses de me parler, je ferai un rapport. Notre père n'appréciera pas ta conduite. Tu oublies trop souvent que tu me dois le respect.

La menace n'impressionna pas Ramsès, décidé à jouer son va-tout.

– Nous sommes frères, Chénar ; l'oublierais-tu ?

– Notre position respective...

– Amitié et confiance nous sont-elles interdites ?

L'argument troubla Chénar dont le ton devint moins cassant.

– Non, bien sûr... Mais tu es si excessif, si emporté...

– Je suis mon chemin, toi le tien ; la période des illusions est terminée.

– Et... quel est ton chemin ?

– L'armée.

Chénar se tâta le menton.

– Tu y seras brillant, c'est vrai... Pour quel motif voulais-tu voir Pharaon ?

– Pour combattre à ses côtés en Nubie.

Chénar sursauta.

– Qui t'a parlé d'une guerre en Nubie ?

Ramsès demeura imperturbable.

– Je suis scribe royal et officier supérieur ; il me manque une nomination effective sur un champ de bataille. Accorde-la-moi.

Chénar se leva, fit les cent pas, et revint s'asseoir.
– N'y compte pas.
– Pour quelle raison ?
– Trop dangereux.
– Te soucierais-tu de ma santé ?
– Un prince de sang ne peut courir de risques inconsidérés.
– Pharaon ne sera-t-il pas en personne à la tête de nos troupes ?
– N'insiste pas ; ta place n'est pas là-bas.
– Au contraire !
– Ma décision est irrévocable.
– J'en appellerai à mon père.
– Pas de scandale, Ramsès ; le pays a d'autres soucis qu'un affrontement protocolaire.
– Cesse de te mettre en travers de ma route, Chénar.
Le visage lunaire de l'héritier du trône se durcit.
– De quoi m'accuses-tu ?
– Ma nomination est-elle acquise ?
– C'est au roi de décider.
– Sur ta proposition...
– J'ai besoin de réfléchir.
– Fais vite.

Âcha regarda autour de lui. Pièce de bonne taille, deux fenêtres judicieusement disposées pour assurer une circulation d'air, des murs et un plafond décorés de frises florales et de motifs géométriques rouge et bleu, plusieurs chaises, une table basse, des nattes de bonne qualité, des coffres de rangement, une armoire à papyrus... Le bureau qu'on venait de lui attribuer au ministère des Affaires étrangères lui parut tout à fait convenable, en attendant mieux. Rares étaient les fonctionnaires si jeunes qui bénéficiaient d'un tel confort.

Âcha dicta du courrier à son secrétaire, reçut des collègues avides de rencontrer celui que le ministère considérait comme un phénomène, puis accueillit Chénar, désireux de connaître chaque nouveau fonctionnaire promis à un bel avenir.

– Êtes-vous satisfait ?

– On le serait à moins.

– Le roi a beaucoup apprécié votre travail.

– Puisse mon dévouement toujours satisfaire Sa Majesté.

Chénar ferma la porte du bureau et parla à voix basse.

– Moi aussi, j'apprécie beaucoup votre travail ; grâce à vous, Ramsès s'est précipité tête baissée dans le piège. Son seul rêve est de se battre en Nubie ! Bien entendu, afin de l'exciter davantage, j'ai commencé par repousser ses exigences, puis j'ai cédé peu à peu.

– Sa nomination est-elle acquise ?

– Pharaon acceptera de l'emmener en Nubie afin de lui faire subir son premier affrontement ; Ramsès ignore que les Nubiens sont de redoutables guerriers et que la révolte en cours risque d'être sanglante. Sa promenade aux mines de turquoises l'a enfiévré, il se prend déjà pour un vieux baroudeur. De lui-même, il n'aurait pas eu l'idée de se faire engager ; n'avons-nous pas bien manœuvré, mon cher ?

– Je l'espère.

– Et si nous parlions de vous, Âcha ? Je ne suis pas un ingrat, et vous exercez avec éclat vos dons de jeune diplomate. Un peu de patience, deux ou trois rapports remarquables et remarqués, et les promotions se succéderont.

– Ma seule ambition est de servir mon pays.

– La mienne aussi, bien entendu ; mais une position élevée permet d'être plus efficace. L'Asie vous intéresse-t-elle ?

– N'est-elle pas le champ d'action privilégié de notre diplomatie ?

– L'Égypte a besoin de professionnels de votre valeur. Formez-vous, apprenez, écoutez et soyez-moi fidèle ; vous ne le regretterez pas.

Âcha s'inclina.

Bien que le peuple d'Égypte n'aimât pas les conflits, le départ de Séthi pour la Nubie ne suscita guère d'inquiétude ; comment les tribus nègres résisteraient-elles à une armée puissante et bien organisée ? L'expédition s'apparentait davantage à une opération de police qu'à un véritable conflit. Durement châtiés, les rebelles ne relèveraient pas la tête de sitôt, et la Nubie redeviendrait une province paisible.

Grâce au rapport alarmiste d'Âcha, Chénar savait que les Égyptiens se heurteraient à une forte résistance. Ramsès tenterait de prouver sa vaillance, avec l'inconscience de la jeunesse ; dans le passé, les flèches et les haches nubiennes avaient mis fin à l'existence de soldats imprudents, trop imbus de leur supériorité. Avec un peu de chance, Ramsès tomberait dans le même travers.

La vie souriait à Chénar ; sur le jeu du pouvoir, il disposait les pions de manière à remporter la partie. L'intense activité de Pharaon l'épuisait ; dans un avenir prochain, il serait obligé de désigner son fils aîné comme régent et de lui accorder de plus en plus d'initiatives. Se maîtriser, ne pas être impatient, agir dans l'ombre : telles étaient les clés du succès.

Améni courut jusqu'à l'embarcadère principal de Memphis ; peu habitué à l'exercice, il progressait lentement, et se fraya à grand-peine un chemin dans la foule nombreuse qui saluait le corps expéditionnaire. En explorant une nouvelle décharge, il avait découvert un indice important, peut-être décisif.

Sa qualité de secrétaire de Ramsès lui permit de franchir le cordon de sécurité ; le souffle court, il atteignit le quai.

– Le bateau du prince ?

– Parti, répondit un officier.

29

Partie de Memphis le vingt-quatrième jour du deuxième mois de la saison d'hiver, en l'an huit du règne de Séthi, l'armée égyptienne progressa très vite en direction du sud. À Assouan, elle débarqua et rembarqua au-delà des rochers de la première cataracte ; la hauteur du Nil, à cette période, eût permis le franchissement des passes dangereuses, mais Pharaon préféra utiliser des bateaux adaptés à la remontée du fleuve vers la Nubie.

Ramsès était enchanté. Nommé scribe de l'armée, il dirigeait l'expédition sous les ordres directs de son père ; aussi logeait-il sur le même bateau, en forme de croissant dont les extrémités se relevaient bien au-dessus du niveau de l'eau ; deux gouvernails, l'un à bâbord, l'autre à tribord, permettaient des manœuvres souples et rapides. Une voile immense, soutenue par un mât unique de belle taille, se gonflait d'un fort vent du nord ; l'équipage vérifiait souvent la tension des cordages.

Au centre, une grande cabine divisée en chambres et en bureaux ; près de la proue et de la poupe, d'autres cabines, plus petites, réservées au capitaine et aux deux hommes de barre. À bord du vaisseau royal comme des autres unités de la flotte de guerre, régnait une joyeuse animation ; marins et soldats avaient le sentiment d'effectuer une promenade sans risques, nul officier ne les détrompait. Tous avaient pris connaissance des consignes du roi : ne pas être agressif envers les civils, n'enrôler personne de force, avoir une tenue correcte, ne procéder à aucune arrestation arbitraire. Que le passage de l'armée inspirât la crainte et provoquât le respect de l'ordre établi était souhaitable ; qu'il fût synonyme de terreur ou de pillage, inacceptable. Ceux qui ne respecteraient pas le code d'honneur seraient sévèrement condamnés.

La Nubie fascina Ramsès qui, pendant le voyage, ne quitta pas la proue du vaisseau ; collines désertiques, îlots de granit, mince bande de verdure résistant au désert, ciel d'un bleu très pur composaient un paysage de feu et d'absolu qui lui ravit l'âme. Des vaches sommeillaient sur les berges, des hippopotames dans l'eau ; grues couronnées, flamants roses et hirondelles survolaient les palmiers où jouaient des babouins. Ramsès éprouva une sympathie immédiate pour cette contrée sauvage ; elle était de même nature que lui, brûlait de la même ardeur indomptable.

D'Assouan à la deuxième cataracte, l'armée égyptienne traversa une région tranquille ; elle s'arrêta près de paisibles villages auxquels elle offrit des denrées et du mobilier. Cette province d'Ouaouat *, pacifiée depuis longtemps, s'étendait sur trois cent cinquante kilomètres ; Ramsès vivait un rêve, épanoui, heureux, tant cette terre parlait à son cœur.

Il se réveilla à la vue d'un incroyable monument, l'énorme forteresse de Bouhen, aux murs de briques hauts de onze mètres et larges de cinq ; de ses tours rectangulaires, rythmant le chemin de ronde crénelé, les guetteurs égyptiens surveillaient la deuxième cataracte et ses alentours. Aucun raid nubien ne pouvait franchir le chapelet de places fortes, dont Bouhen était la plus importante ; trois mille soldats y résidaient en permanence et communiquaient avec l'Égypte par une noria de courriers.

---

* Ce terme signifie : « la brûlante ».

Séthi et Ramsès pénétrèrent dans la forteresse par l'entrée principale, située face au désert ; deux doubles portes, que reliait un pont de bois, la barraient ; un éventuel agresseur aurait succombé sous une pluie de flèches, de javelots et de pierres lancées par des frondes. Les embrasures à trois créneaux étaient disposées de manière à prendre l'adversaire sous un tir croisé qui ne lui laissait aucune chance de s'échapper.

Une partie du contingent avait été accueillie dans la petite ville qui s'était développée au pied de la place forte ; une caserne, des maisons pimpantes, des entrepôts et des ateliers, un marché, des installations sanitaires rendaient l'existence plutôt agréable. Le corps expéditionnaire apprécierait quelques heures de détente avant de pénétrer dans la deuxième province nubienne, le pays de Koush ; pour l'heure, le moral était au beau fixe.

Le commandant de la forteresse reçut le roi et son fils dans la salle d'apparat de Bouhen, où il rendait la justice, après approbation de ses décisions par le vizir. On offrit de la bière fraîche et des dattes aux prestigieux visiteurs.

– Le vice-roi de Nubie serait-il absent ? interrogea Séthi.

– Il ne devrait pas tarder, Majesté.

– Aurait-il changé de résidence ?

– Non, Majesté, il a voulu se rendre compte par lui-même de la situation au pays d'Irem, au sud de la troisième cataracte.

– La situation... Une révolte, voulez-vous dire ?

Le commandant évita le regard de Séthi.

– Le terme est sans doute excessif.

– Le vice-roi se déplacerait-il aussi loin pour arrêter quelques voleurs ?

– Non, Majesté, nous contrôlons parfaitement la région et...

– Pourquoi, depuis plusieurs mois, vos rapports minimisent-ils le danger ?

– J'ai tenté de rester objectif; les Nubiens de la province d'Irem s'agitent un peu, c'est vrai, mais...

– Deux caravanes attaquées, un puits dont les pillards se sont emparés, un officier de renseignement assassiné... Est-ce une petite agitation ?

– Nous avons connu pire, Majesté.

– Certes, mais des châtiments avaient été prononcés et infligés. Cette fois-là, le vice-roi et vous fûtes incapables d'arrêter les coupables, qui se croient hors d'atteinte et s'apprêtent à fomenter une véritable sédition.

– Mon rôle est purement défensif, protesta le commandant; aucun Nubien révolté ne franchira la barrière de nos forteresses.

La colère de Séthi monta.

– Supposez-vous que nous puissions abandonner à des rebelles le pays de Koush et celui d'Irem ?

– Pas un instant, Majesté !

– Alors, la vérité.

La veulerie de l'officier supérieur dégoûta Ramsès ; de tels lâches étaient indignes de servir l'Égypte. À la place de son père, il l'aurait dégradé et envoyé en première ligne.

– Il me semble inutile d'affoler nos troupes, même si certains troubles ont perturbé notre sérénité.

– Nos pertes ?

– Inexistantes, j'espère ; le vice-roi est parti à la tête d'une patrouille expérimentée. À sa seule vue, les Nubiens déposeront les armes.

– Je patienterai trois jours, pas un de plus ; ensuite, j'interviendrai.

– Ce ne sera pas nécessaire, Majesté, mais j'aurai eu l'honneur de vous accueillir. Ce soir, j'organise une petite fête...

– Je n'y assisterai pas ; prenez soin du bien-être de mes soldats.

Était-il paysage plus violent que la deuxième cataracte ? De hautes falaises enserraient le Nil qui se frayait des passages dans d'étroits chenaux que tentaient d'étouffer d'énormes blocs de basalte et de granit contre lesquels se fracassait une eau écumante. Le fleuve bouillonnait et se battait avec une telle fureur qu'il franchissait l'obstacle et prenait un nouvel essor. Au loin, des coulées de sable ocre venaient mourir sur des berges rouges, parsemées de roches bleues. Çà et là, des palmiers doums, au tronc dédoublé, ajoutaient une note de vert.

Ramsès vivait chacun des soubresauts du Nil, il l'accompagnait dans ses combats contre les rochers, triomphait avec lui. Entre le fleuve et lui, la communion était totale.

La petite cité de Bouhen était en liesse, à mille lieues d'une guerre à laquelle personne ne croyait. Les treize forteresses égyptiennes auraient découragé des milliers d'agresseurs ; quant au pays d'Irem, ne comprenait-il pas une vaste zone cultivée, gage d'un bonheur tranquille que nul ne songeait à détruire ? À l'exemple de ses prédécesseurs, Séthi s'était contenté de manifester ses capacités militaires afin d'impressionner les esprits et de consolider la paix.

En parcourant le campement, Ramsès s'aperçut que nul soldat ne songeait au combat ; on dormait, on banquetait, on faisait l'amour avec de ravissantes Nubiennes, on jouait aux dés, on parlait du retour en Égypte, mais on ne fourbissait pas les armes.

Pourtant, le vice-roi de Nubie n'était pas encore revenu de la province d'Irem.

Ramsès nota la propension des humains à repousser l'essentiel pour mieux se nourrir d'illusions ; la réalité leur semblait si peu comestible qu'ils se gavaient de mirages, avec la certitude de se délivrer de leurs entraves. L'individu était à la fois fuyard et criminel ; le prince se jura de ne pas reculer devant les faits, même s'ils ne correspondaient pas à ses espérances. Comme le Nil, il affronterait les rochers et les vaincrait.

À l'extrémité ouest du campement, du côté du désert, un homme était accroupi et creusait le sable, comme s'il enterrait un trésor.

Intrigué, Ramsès s'approcha, l'épée à la main.

– Que fais-tu ?

– Tais-toi, pas un bruit ! exigea une voix à peine audible.

– Réponds.

L'homme se leva.

– Ah, c'est trop stupide ! Tu l'as fait fuir.

– Sétaou ! Tu t'es engagé ?

– Bien sûr que non... Je suis persuadé qu'un cobra noir nichait dans ce trou.

Vêtu de son étrange manteau à poches, mal rasé, la peau mate et les cheveux noirs brillant sous la lumière lunaire, Sétaou ne ressemblait guère à un soldat.

– Au dire des bons sorciers, le venin des serpents nubiens est d'une qualité exceptionnelle ; une expédition comme celle-là était une belle aubaine !

– Et... le danger ? Il s'agit d'une guerre !

– Je n'en distingue pas le parfum sanglant ; ces imbéciles de soldats s'empiffrent et se saoulent. Au fond, c'est leur activité la moins dangereuse.

– Ce calme ne durera pas.

– Certitude ou prophétie ?

– Penses-tu que Pharaon aurait déplacé tant d'hommes pour une simple parade ?

– Peu m'importe, pourvu qu'on me laisse attraper des serpents ; leur taille et leurs couleurs sont splendides ! Au lieu de risquer bêtement ta vie, tu devrais venir avec moi dans le désert. Nous ferions de belles prises.

– Je suis aux ordres de mon père.

– Moi, je suis libre.

Sétaou s'allongea sur le sol et s'endormit aussitôt ; il était bien le seul Égyptien à ne pas redouter les randonnées nocturnes des reptiles.

Ramsès contemplait la cataracte et partageait les efforts incessants du Nil. La nuit finissait de se déchirer, lorsqu'il sentit une présence derrière lui.

– As-tu oublié de dormir, mon fils ?

– J'ai veillé sur Sétaou et j'ai vu plusieurs serpents s'approcher de lui, s'immobiliser, puis s'éloigner ; même pendant son sommeil, il exerce son pouvoir. N'en est-il pas ainsi d'un monarque ?

– Le vice-roi est revenu, révéla Séthi.

Ramsès regarda son père.

– A-t-il pacifié Irem ?

– Cinq morts, dix blessés graves et une retraite précipitée : voilà l'essentiel de son action. Les prévisions de ton ami Âcha se révèlent exactes, ce garçon est un remarquable observateur qui a su tirer les bonnes conclusions des témoignages recueillis.

– Parfois, il me met mal à l'aise ; mais son intelligence est extraordinaire.

– Malheureusement, il a eu raison contre quantité de conseillers.

– Est-ce la guerre ?

– Oui, Ramsès ; il n'est rien que je déteste davantage, mais Pharaon ne doit tolérer ni rebelle ni fauteur de troubles. Sinon, ce serait la fin du règne de Maât et l'avènement du désordre ; et ce dernier engendre le malheur pour tous, grands et petits. Au nord, l'Égypte se protège de l'invasion en contrôlant Canaan et la Syrie ; au sud, la Nubie. Le roi qui faiblirait, comme Akhénaton, mettrait le pays en péril.

– Nous nous battrons ?

– Souhaitons que les Nubiens soient raisonnables. Ton

frère a beaucoup insisté pour que j'entérine ta nomination ; il semble croire en tes qualités de soldat. Mais nos adversaires sont redoutables ; s'ils s'enivrent, ils lutteront jusqu'à la mort, insensibles aux blessures.

– Me jugeriez-vous inapte au combat ?

– Tu n'es pas obligé de courir des risques inconsidérés.

– Vous m'avez confié une responsabilité, je l'assumerai.

– Ton existence n'est-elle pas plus précieuse ?

– Certainement pas ; qui trahit sa parole ne mérite pas de vivre.

– Alors, bats-toi, si les révoltés ne se soumettent pas ; bats-toi comme un taureau, un lion et un faucon, sois fulgurant comme l'orage. Sinon, tu seras vaincu.

30

L'armée quitta Bouhen à regret pour franchir la deuxième cataracte, le barrage rassurant des forteresses, et s'engager dans le pays de Koush, certes pacifié, mais peuplé de robustes Nubiens dont la vaillance était légendaire. Jusqu'à l'île de Saï, sur laquelle se dressait la place forte de Shaat, résidence secondaire du vice-roi, le voyage fut de courte durée. À quelques kilomètres en aval, Ramsès avait repéré une autre île, Amara, dont la beauté sauvage l'avait conquis ; si le destin lui souriait, il demanderait à son père d'y faire construire une chapelle en hommage à la splendeur de la Nubie.

À Shaat, les chants insouciants s'éteignirent ; la citadelle, de bien moindre importance que Bouhen, était remplie de réfugiés qui avaient fui la riche plaine d'Irem, tombée aux mains des rebelles. Enivrés par leur victoire et l'absence de réaction du vice-roi, qui s'était contenté de leur opposer quelques vétérans vite dispersés, deux tribus avaient franchi la troisième cataracte et progressaient vers le nord. Le vieux rêve renaissait : reconquérir le pays de Koush, en chasser les Égyptiens, et lancer un assaut décisif contre les forteresses.

Shaat était la première exposée.

Séthi ordonna que l'on déclenche l'alerte. À chaque créneau, un archer ; au sommet des tours, des manieurs de fronde ; à l'abri des fossés et déployée au pied des hauts murs de brique, l'infanterie.

Puis Pharaon et son fils, accompagnés d'un vice-roi de Nubie silencieux et abattu, interrogèrent le commandant de la forteresse.

– Les nouvelles sont désastreuses, avoua-t-il ; depuis une semaine, la sédition a pris des proportions incroyables. D'ordinaire, les tribus se querellent entre elles et repoussent toute alliance ; cette fois, elles s'entendent ! J'ai envoyé des messages à Bouhen, mais...

La présence du vice-roi empêcha le commandant d'émettre une critique trop vive.

– Continuez, exigea Séthi.

– Nous aurions pu étouffer cette révolte dans l'œuf, si nous étions intervenus à temps ; à présent, je me demande s'il ne serait pas sage de nous replier.

Ramsès était abasourdi. Comment supposer que les responsables de la sécurité de l'Égypte fussent aussi couards et imprévoyants ?

– Ces tribus sont-elles si effrayantes ? interrogea-t-il.

– Des fauves, répondit le commandant ; ni la mort ni la souffrance ne les effraient. Elles prennent plaisir à se battre et à tuer ; je ne reprocherai à personne de s'enfuir quand elles se rueront à l'attaque en hurlant.

– S'enfuir ? Mais c'est une trahison !

– Quand vous les verrez, vous comprendrez ; seule une armée très supérieure en nombre peut les juguler. Et aujourd'hui, nous ne savons pas si nos ennemis sont des centaines ou des milliers.

– Partez pour Bouhen avec les réfugiés et emmenez le vice-roi, ordonna Séthi.

– Dois-je vous envoyer des renforts ?

– Nous verrons ; mes messagers vous tiendront au courant. Faites barrer le Nil et que toutes les forteresses se préparent à repousser un assaut.

Le vice-roi s'éclipsa ; il avait redouté d'autres sanctions. Le commandant prépara l'évacuation ; deux heures plus tard, une longue colonne s'ébranla vers le nord. À Shaat, il ne restait plus que Pharaon, Ramsès et mille soldats dont le moral s'était brusquement assombri. On murmurait que dix mille nègres, avides de sang, déferleraient sur la citadelle et massacreraient les Égyptiens jusqu'au dernier.

Séthi laissa à Ramsès le soin de dire la vérité à la troupe, le jeune homme ne se contenta pas d'exposer les faits acquis et de dissiper les faux bruits, il fit appel au courage de chacun et au devoir de protéger leur pays, fût-ce au péril de leur existence. Ses mots furent simples, directs, et son enthousiasme se révéla communicatif. En apprenant que le fils du roi lutterait parmi eux, sans privilège, les soldats reprirent espoir ; la fougue de Ramsès, ajoutée aux qualités de stratège de Séthi, les sauverait du désastre.

Le roi avait décidé de progresser vers le sud et non d'attendre une éventuelle attaque ; porter le fer dans les rangs adverses lui paraissait préférable, quitte à battre en retraite s'ils étaient trop nombreux. Au moins, il serait fixé.

Pendant une longue soirée, Séthi étudia la carte du pays de Koush en compagnie de Ramsès et lui apprit à lire les indications des géographes. Tant de confiance, de la part de Pharaon, rendit le jeune homme radieux ; il apprit très vite et se promit de garder chaque détail en mémoire. Quoi qu'il advienne, demain serait un jour glorieux.

Séthi se retira dans la chambre de la forteresse réservée au souverain, Ramsès s'allongea sur un lit rudimentaire. Ses rêves de victoire furent troublés par des rires et des soupirs provenant de la pièce voisine ; intrigué, il se leva et poussa la porte de l'endroit suspect.

Allongé sur le ventre, Sétaou appréciait de manière bruyante le massage d'une jeune Nubienne nue, au visage très fin et au corps magnifique. Sa peau d'ébène étincelait, ses traits n'avaient rien de négroïde et faisaient songer à ceux d'une noble Thébaine. C'est elle qui riait, amusée de voir Sétaou si satisfait.

– Elle a quinze ans et s'appelle Lotus, révéla le charmeur de serpents ; ses doigts détendent le dos avec une perfection inégalable. Désires-tu bénéficier de ses dons ?

– Je m'en voudrais de te voler une si belle conquête.

– De plus, elle fréquente les reptiles les plus dangereux sans la moindre crainte ; ensemble, nous avons déjà recueilli une belle quantité de venin. Quelle chance, par tous les dieux ! Cette expédition-là me plaisait... J'ai eu raison de ne pas la manquer.

– Demain, vous garderez la forteresse.

– Tu attaques ?

– Nous avançons.

– Entendu, Lotus et moi servirons de gardiens ; nous tâcherons de capturer une dizaine de cobras.

En hiver, le petit matin était très frais ; aussi les fantassins avaient-il revêtu une tunique longue qu'ils ôteraient dès que les rayons du soleil nubien réchaufferaient leur sang. Ramsès, conduisant un char léger, occupait la tête de la troupe, juste derrière les éclaircurs ; Séthi se trouvait au milieu de son armée, protégé par sa garde spéciale.

Un barrissement troubla le silence de la steppe ; Ramsès donna l'ordre de stopper, sauta à terre et suivit les éclaireurs.

Une bête monstrueuse, pourvue d'une trompe, hurlait de douleur ; une sagaie plantée à l'extrémité de son incroyable nez, elle se débattait afin de se délivrer de ce dard qui la rendait folle de souffrance. Un éléphant... L'animal qui, en des temps reculés, avait donné son nom à l'île d'Éléphantine, à la frontière sud de l'Égypte, d'où il avait disparu !

C'était la première fois que le prince en contemplait un.

– Un énorme mâle, commenta l'un des éclaireurs ; chacune de ses défenses pèse au moins quatre-vingts kilos. Surtout, ne vous approchez pas.

– Mais il est blessé !

– Les Nubiens ont tenté de l'abattre ; nous les avons fait fuir.

L'affrontement approchait.

Pendant qu'un éclaireur courait prévenir le roi, Ramsès se dirigea vers l'éléphant. À une vingtaine de mètres du monstre, il s'immobilisa et chercha son regard. La bête blessée cessa de se débattre et observa la minuscule créature.

Ramsès montra ses mains vides ; le mâle géant souleva sa trompe, comme s'il comprenait les intentions pacifiques du bipède. Le prince avança très lentement.

Un éclaireur voulut crier, son compagnon lui ferma la bouche ; au moindre incident, l'éléphant piétinerait le fils de Pharaon.

Ramsès n'éprouvait aucune crainte ; dans le regard attentif du quadrupède, il perçut une intelligence très vive, capable de déchiffrer ses intentions. Encore quelques pas, et il fut à un mètre du blessé, dont la queue battait les flancs.

Le prince leva les bras, le géant abaissa la trompe.

– Je vais te faire mal, annonça-t-il, mais c'est indispensable.

Ramsès empoigna la hampe de la sagaie.

– Acceptes-tu ?

Les vastes oreilles brassèrent l'air, comme si l'éléphant donnait son accord.

Le prince tira avec violence, arrachant le fer d'un seul coup ; le géant barrit, délivré. Stupéfaits, les éclaireurs crurent qu'un miracle avait été accompli et que Ramsès ne survivrait pas à son exploit ; l'extrémité de la trompe ensanglantée se noua autour de sa taille.

En quelques secondes, il serait broyé ; puis viendrait leur tour. Mieux valait s'enfuir.

– Regardez, mais regardez donc !

La voix joyeuse du prince les arrêta ; ils se retournèrent et le virent juché sur la tête du géant, à l'endroit où, avec une infinie délicatesse, la trompe l'avait déposé.

– Du haut de cette montagne, déclara Ramsès, je discernerai le moindre mouvement de l'ennemi.

L'exploit du prince galvanisa l'armée ; d'aucuns évoquèrent la force surnaturelle de Ramsès, apte à soumettre à sa volonté le plus puissant des animaux dont la blessure était soignée grâce à des tampons imbibés d'huile et de miel. Entre l'éléphant et lui, nulle difficulté de langage ; l'un parlait avec la langue et les mains, l'autre avec la trompe et les oreilles. Sous la protection du géant, qui suivait une piste dégagée, les soldats atteignirent un village, formé de cases en boue séchée que couvrait un toit de palmes.

Çà et là, des cadavres de vieillards, d'enfants et de femmes, les uns éventrés, les autres égorgés. Les hommes qui avaient tenté de résister gisaient un peu plus loin, mutilés. Les récoltes avaient été brûlées, les animaux abattus.

Ramsès eut le cœur au bord des lèvres.

C'était donc cela, la guerre, ce carnage, cette cruauté sans limites qui faisait de l'homme le pire des prédateurs.

– Ne buvez pas l'eau du puits ! hurla un soldat d'âge mûr.

Deux jeunes, assoiffés, s'étaient désaltérés ; ils moururent dix minutes plus tard, le ventre en feu. Les révoltés avaient empoisonné le puits, afin de châtier les habitants, leurs frères de race, désireux de rester fidèles à l'Égypte.

– Un cas que je ne pouvais pas traiter, déplora Sétaou ; dans le domaine des poisons végétaux, j'ai tout à apprendre. Par bonheur, Lotus m'instruira.

– Que fais-tu ici ? s'étonna Ramsès ; ne devais-tu pas garder la forteresse ?

– Une tâche ennuyeuse... Cette nature est si riche, si foisonnante !

– Comme ce village massacré, par exemple ?

Sétaou posa la main sur l'épaule de son ami.

– Comprends-tu pourquoi je préfère les serpents ? Leur manière de tuer est plus noble, et ils nous fournissent de puissants remèdes contre les maladies.

– L'homme ne se réduit pas à cette horreur.

– En es-tu si sûr ?

– Il existe Maât, il existe le chaos ; nous sommes venus au monde pour que Maât règne et que le mal soit vaincu, même s'il renaît sans cesse.

– Seul un pharaon pense ainsi, et tu n'es qu'un chef de guerre qui s'apprête à massacrer des massacreurs.

– Ou à tomber sous leurs coups.

– N'attire pas le mauvais œil et viens boire une tisane qu'a préparée Lotus ; elle te rendra invincible.

Séthi était sombre.

Sous sa tente, il avait réuni Ramsès et les officiers supérieurs.

– Que proposez-vous ?

– Progressons davantage, proposa un vétéran ; franchissons la troisième cataracte et envahissons le pays d'Irem. Notre rapidité sera un gage de succès.

– Nous pourrions tomber dans un piège, annonça un jeune officier ; les Nubiens savent que nous apprécions cette tactique.

– Exact, admit Pharaon ; afin d'éviter un traquenard, il est indispensable de repérer les positions de nos ennemis. Il me faut des volontaires, qui agiront de nuit.

– C'est très risqué, observa le vétéran.

– J'en suis conscient.

Ramsès se leva.

– Je me porte volontaire.

– Moi aussi, déclara le vétéran, et je connais trois camarades qui auront le même courage que le prince.

31

Le prince ôta sa coiffe, sa cotte en cuir, son pagne d'apparat et ses sandales ; pour s'aventurer dans la savane nubienne, il se noircirait le corps avec du charbon de bois et ne se munirait que d'un poignard. Avant de s'élancer, il pénétra sous la tente de Sétaou.

Le charmeur de serpents faisait bouillir un liquide jaunâtre, Lotus préparait une tisane d'hibiscus donnant un breuvage rouge.

– Un serpent noir et rouge s'était faufilé sous ma natte, expliqua Sétaou, radieux ; quelle chance ! Encore un spécimen inconnu et une bien belle quantité de venin. Les dieux sont avec nous, Ramsès ! Cette Nubie est un paradis ; combien d'espèces abrite-t-clle ?

Levant les yeux, il regarda longuement le prince.

– Où comptes-tu aller, dans cet état ?

– Repérer les campements rebelles.

– Comment t'y prendras-tu ?

– Droit au sud ; je finirai par les découvrir.

– L'essentiel est de revenir.

– Je crois en ma chance.

Sétaou hocha la tête.

– Bois le karkadé avec nous ; au moins, tu connaîtras une saveur sublime avant de tomber entre les mains des nègres.

La liqueur rouge était fruitée et rafraîchissante ; Lotus servit trois fois Ramsès.

– À mon avis, décréta Sétaou, tu commets une stupidité.

– Je fais mon devoir.

– Pas de formules creuses ! Tu te lances la tête en avant, sans aucune chance de réussir.

– Au contraire, je...

Ramsès se leva, vacillant.

– Un malaise ?

– Non, mais...

– Assieds-toi.

– Je dois partir.

– Dans cet état ?

– Je vais bien, je...

Évanoui, Ramsès tomba dans les bras de Sétaou ; ce dernier l'allongea sur une natte, près du feu, et sortit de la tente. Bien qu'il s'attendît à rencontrer le pharaon, la stature de Séthi l'impressionna.

– Merci, Sétaou.

– D'après Lotus, c'est une drogue très légère ; Ramsès se réveillera à l'aube, frais et dispos. En ce qui concerne sa mission, soyez sans crainte : Lotus et moi prenons sa place. Elle me guidera.

– Que désirez-vous pour vous-même ?

– Protéger votre fils de ses excès.

Séthi s'éloigna. Sétaou était fier de lui : combien d'êtres pouvaient se vanter d'avoir reçu des remerciements de Pharaon ?

Un rayon de soleil, se glissant à l'intérieur de la tente, éveilla Ramsès. Pendant quelques instants, son esprit demeura embrumé ; il ne savait plus où il se trouvait. Puis la vérité éclata : Sétaou et sa Nubienne l'avaient drogué !

Furieux, il se rua à l'extérieur et se heurta à Sétaou, assis en scribe et mangeant du poisson séché.

– Doucement ! Un peu plus, j'avalais de travers.
– Et moi, que m'as-tu fait avaler ?
– Une leçon de sagesse.
– J'avais une mission à remplir et tu m'en as empêché.
– Embrasse Lotus et remercie-la ; grâce à elle, nous connaissons l'emplacement du principal camp ennemi.
– Mais... elle est des leurs !
– Sa famille a été assassinée lors de la destruction du village.
– Est-elle sincère ?
– Toi, l'enthousiaste, deviendrais-tu sceptique ? Oui, elle l'est ; c'est pourquoi elle a décidé de nous aider. Les révoltés n'appartiennent pas à sa tribu, et ils sèment le malheur dans la région la plus prospère de la Nubie. Au lieu de gémir, lave-toi, mange et habille-toi en prince ; ton père t'attend.

Se fiant aux indications de Lotus, l'armée égyptienne se mit en marche, Ramsès en tête, juché sur l'éléphant. Pendant les deux premières heures, le géant fut détendu, presque insouciant ; au passage, il se nourrissait de branchages.

Puis son attitude se modifia ; le regard fixe, il avança plus lentement, sans faire le moindre bruit. Légères, ne pesant pas un gramme, ses pattes se posaient sur le sol avec une incroyable délicatesse. Soudain, sa trompe s'éleva jusqu'au sommet d'un palmier et s'empara d'un nègre armé d'une fronde ; l'animal le projeta sur le tronc et lui cassa les reins. Le guetteur avait-il eu le temps de prévenir les siens ? Ramsès se retourna, attendant les ordres. Le signe de Pharaon fut sans équivoque : déploiement et attaque.

L'éléphant s'élança.

À peine avait-il franchi le mince barrage d'une palmeraie que Ramsès les vit : des centaines de guerriers nubiens, à la peau très noire, la partie antérieure du crâne rasée, le nez épaté, les lèvres saillantes, des anneaux d'or aux oreilles, des plumes dans les cheveux courts et frisés, les joues scarifiées ; les soldats portaient de petits pagnes en peau tachetée, les chefs des robes blanches que fermaient des ceintures rouges.

Inutile de les sommer de se rendre : dès qu'ils aperçurent l'éléphant et l'avant-garde de l'armée égyptienne, ils se ruèrent sur leurs arcs et commencèrent à tirer. Cette précipitation leur fut fatale, car ils réagirent en ordre dispersé, alors que les vagues d'assaut égyptiennes se succédèrent avec calme et détermination.

Les archers de Séthi mirent hors de combat les tireurs nubiens qui s'affolaient et se gênaient ; puis les manieurs de lance prirent le campement à revers et massacrèrent les nègres qui chargeaient leurs frondes. Grâce à leurs boucliers, les fantassins continrent une charge désespérée menée à la hache et transpercèrent leurs adversaires avec des épées courtes.

Les Nubiens survivants, paniqués, lâchèrent leurs armes et s'agenouillèrent ; ils supplièrent les Égyptiens de les épargner.

Séthi leva le bras droit, et le combat, qui n'avait duré que quelques minutes, cessa ; aussitôt, les vainqueurs lièrent les mains des vaincus derrière leur dos.

L'éléphant n'avait pas terminé son combat ; il arracha le toit de la plus grande case et déchiqueta ses parois. Apparurent deux Nubiens, l'un grand et digne, une large bande d'étoffe rouge en bandoulière, et l'autre petit et nerveux, s'abritant derrière un couffin.

C'était ce dernier qui avait blessé le géant en plantant une sagaie dans sa trompe. De l'extrémité de celle-ci, l'éléphant le cueillit comme un fruit mûr et, le serrant par la taille, le maintint en l'air un long moment. Le petit nègre hurlait et gesticulait, tentant en vain de desserrer l'étau. Quand le géant le posa à terre, il se crut sauvé ; à peine esquivait-il un mouvement de fuite qu'une énorme patte lui fracassa la tête. Sans brusquerie, l'éléphant écrasa celui qui l'avait fait tant souffrir.

Ramsès s'adressa au grand Nubien qui n'avait pas bougé d'un pouce ; bras croisés sur la poitrine, il s'était contenté d'observer la scène.

– Es-tu leur chef ?

– Je le suis, en effet ; tu es bien jeune, pour nous avoir terrassés de la sorte.

– Le prestige revient au pharaon.

– Ainsi, il s'est déplacé en personne... Voilà pourquoi les sorciers prétendaient que nous ne pourrions pas vaincre. J'aurais dû les écouter.

– Où se cachent les autres tribus révoltées ?

– Je vais te l'avouer et j'irai à leur rencontre pour leur demander de se rendre ; Pharaon leur laissera-t-il la vie sauve ?

– À lui de décider.

Séthi n'accorda aucun répit à ses ennemis ; le jour même, il attaqua deux autres campements. Ni l'un ni l'autre n'écoutèrent les conseils de modération du chef vaincu. Les combats furent de courte durée, car les Nubiens se battirent sans coordination ; se souvenant des prédictions des sorciers et voyant apparaître Séthi, dont le regard brûlait comme un feu, beaucoup ne luttèrent pas avec leur fougue habituelle. Dans leur tête, la guerre était perdue d'avance.

À l'aube du jour suivant, les autres tribus déposèrent les armes ; ne parlait-on pas avec terreur du fils du roi, maître d'un éléphant mâle qui avait déjà tué des dizaines de nègres ? Personne ne pourrait s'opposer à l'armée de Pharaon.

Séthi fit six cents prisonniers ; les accompagneraient cinquante-quatre jeunes gens, soixante-six jeunes filles et quarante-huit enfants qui seraient éduqués en Égypte et reviendraient ensuite en Nubie, porteurs d'une culture complémentaire de la leur, et axée sur la paix avec le puissant voisin.

Le roi s'assura que le pays d'Irem avait été libéré en totalité et que les habitants de cette riche contrée agricole avaient de nouveau accès aux puits dont s'étaient emparés les rebelles. Désormais, le vice-roi de Koush inspecterait chaque mois la région afin d'éviter qu'éclatent de nouveaux troubles ; si les paysans avaient des revendications à formuler, il les écouterait et tenterait de leur donner satisfaction. En cas de litige grave, Pharaon trancherait.

Ramsès se sentait nostalgique ; quitter la Nubie le désolait. Il n'avait pas osé demander à son père le poste de vice-roi pour lequel il se sentait taillé. Lorsqu'il l'avait abordé, cette idée en tête, le regard de Séthi l'avait dissuadé de l'exprimer. Le monarque lui exposa son plan : maintenir en place l'actuel vice-roi, en exigeant de lui une conduite impeccable. À la moindre faute, il finirait sa carrière comme intendant de forteresse.

La trompe de l'éléphant effleura la joue de Ramsès ; indifférent aux vœux de nombreux soldats qui souhaitaient voir le géant parader à Memphis, le prince avait décidé de le laisser libre et heureux dans les paysages où il était né.

Ramsès caressa la trompe dont la blessure se cicatrisait déjà ; l'éléphant lui indiqua la direction de la savane, comme s'il l'invitait à le suivre. Mais les routes du géant et du prince se séparaient là.

Pendant de longues minutes, Ramsès demeura immobile ; l'absence de son surprenant allié lui serrait le cœur. Comme il aurait aimé partir avec lui, découvrir des chemins inconnus, recueillir son enseignement... Mais le rêve se dissipait, il fallait rembarquer et retourner vers le nord. Le prince se jura de revenir en Nubie.

Les Égyptiens levaient le camp en chantant ; les soldats ne tarissaient pas d'éloges sur Séthi et Ramsès qui avaient transformé en triomphe une expédition dangereuse. On n'éteignit pas les braises que recueilleraient les indigènes.

En passant près d'un bosquet, le prince entendit une plainte. Comment avait-on pu abandonner un blessé ?

Il écarta les feuillages et découvrit un lionceau apeuré, respirant avec difficulté. L'animal tendit sa patte droite, enflée ; les yeux fiévreux, il gémissait. Ramsès le prit dans ses bras et constata que son cœur battait de manière irrégulière. Si on ne le soignait pas, le lionceau allait mourir.

Par bonheur, Sétaou n'avait pas encore embarqué ; Ramsès lui présenta le malade. L'examen de la blessure ne laissa subsister aucun doute.

– Une morsure de serpent, conclut Sétaou.

– Ton diagnostic ?

– Très pessimiste... Regarde bien : on voit trois trous correspondant aux deux crochets venimeux principaux et à celui de remplacement, et l'empreinte des vingt-six dents. Donc, un cobra. Si ce lionceau n'était pas exceptionnel, il serait déjà mort.

– Exceptionnel ?

– Observe ses pattes : pour une bête si jeune, elles sont énormes. Si ce fauve avait vécu, il aurait atteint une taille monstrueuse.

– Essaie de le sauver.

– Sa seule chance, c'est la saison ; en hiver, le venin du cobra est moins actif.

Sétaou broya dans du vin une racine de bois-de-serpent, provenant du désert oriental et la fit absorber au lionceau ; puis il broya finement les feuilles de l'arbuste dans l'huile et enduisit le corps de l'animal afin de stimuler le cœur et d'augmenter la capacité respiratoire.

Pendant le voyage, Ramsès ne quitta pas le lionceau, enveloppé dans un pansement composé de sable du désert, maintenu humide, et de feuilles de ricin. L'animal remuait de moins en moins ; nourri de lait, il s'affaiblissait. Pourtant, il appréciait les caresses du prince et lui offrait des regards reconnaissants.

– Tu vivras, lui promit-il, et nous serons amis.

32

D'abord, Veilleur recula ; ensuite, il s'approcha.

Le chien jaune, craintif, s'enhardit jusqu'à flairer le lionceau dont les yeux étonnés découvraient un animal bizarre. Le petit fauve, encore affaibli, eut envie de jouer ; il bondit sur Veilleur et l'étouffa sous son poids. Le chien poussa un cri, réussit à se dégager, mais n'évita pas un coup de griffe qui lui laboura l'arrière-train.

Ramsès prit le lionceau par le cou et le sermonna longuement ; les oreilles dressées, ce dernier écouta. Le prince soigna son chien, dont la blessure était superficielle, et organisa une nouvelle confrontation entre ses deux compagnons. Veilleur, un peu revanchard, administra une sorte de gifle au lionceau que Sétaou avait nommé « Massacreur ». N'avait-il pas vaincu le venin d'un serpent et l'ombre d'une mort certaine ? Ce nom-là lui porterait chance, et correspondait à sa formidable puissance. Sétaou avait réfléchi à haute voix : un éléphant géant, un lion monstrueux... Ramsès ne versait-il pas dans le grandiose et l'exceptionnel, incapable de s'intéresser à ce qui était petit et misérable ?

Très vite, le lionceau et le chien prirent conscience de leur force respective ; Massacreur apprit à se maîtriser, Veilleur à être moins taquin. Une amitié indéfectible naquit entre eux ; jeux et courses folles les unirent dans la même joie de vivre.

Après les repas, le chien s'endormait contre le flanc du lionceau.

À la cour, les exploits de Ramsès firent grand bruit. Un homme capable d'apprivoiser un éléphant et un lion était doté d'un pouvoir magique que nul ne pouvait dédaigner ; Iset la belle en conçut une réelle fierté et Chénar une profonde amertume. Comment des notables pouvaient-ils se montrer aussi naïfs ? Ramsès avait eu de la chance, voilà tout ; personne ne communiquait avec des bêtes féroces. Un jour prochain, le lion redeviendrait sauvage et le mettrait en pièces.

Néanmoins, le fils aîné du roi jugea bon d'entretenir d'excellents rapports officiels avec son frère ; après avoir chanté les louanges de Séthi, comme l'Égypte entière, Chénar souligna le rôle qu'avait joué Ramsès dans la lutte contre les Nubiens révoltés. Il vanta ses qualités militaires et souhaita qu'on les reconnût de manière plus officielle.

À l'occasion d'une remise de récompenses à des vétérans d'Asie, au cours de laquelle Chénar officiait par délégation du roi, il manifesta son intention de voir son frère en privé. Ramsès attendit la fin de la cérémonie, et les deux hommes se retirèrent dans le bureau de Chénar, dont la décoration venait d'être refaite. Le peintre, en véritable génie, avait représenté des parterres de fleurs où volaient des papillons multicolores.

– N'est-ce pas une merveille ? J'aime travailler dans le luxe ; les tâches me semblent plus légères. Désires-tu boire du vin nouveau ?

– Non, merci ; ces mondanités m'ennuient.

– Moi aussi, mais elles sont indispensables ; nos braves aiment être honorés. Ne risquent-ils pas leur vie, comme toi, pour préserver notre sécurité ? Ta conduite fut exemplaire, en Nubie ; pourtant, l'affaire était mal engagée.

Chénar avait grossi ; amateur de bonne chère, manquant d'exercice, il ressemblait à un notable de province à l'embonpoint prononcé.

– Notre père a mené cette campagne de main de maître ; sa seule présence a épouvanté l'adversaire.

– Certes, certes... Mais ton apparition, sur le dos de l'éléphant, n'a pas été étrangère à notre succès. On murmure que la Nubie t'a beaucoup impressionné.

– C'est vrai, j'aime cette contrée.

– Comment juges-tu le comportement du vice-roi de Nubie ?

– Indigne et condamnable.

– Néanmoins, Pharaon l'a laissé en place...

– Séthi sait gouverner.

– Cette situation ne peut durer ; le vice-roi ne tardera pas à commettre une nouvelle faute grave.

– N'aura-t-il pas tiré une leçon de ses erreurs ?

– Les hommes ne changent pas aussi aisément, mon cher frère ; ils ont tendance à retomber dans leurs travers. Le vice-roi ne fera pas exception à la règle, crois-moi.

– À chacun son destin.

– Sa chute pourrait concerner le tien.

– De quelle manière ?

– Ne joue pas l'ignorant ; si tu es tombé amoureux de la Nubie, la seule charge que tu désires est celle de vice-roi. Je peux t'aider à l'obtenir.

Ramsès ne s'attendait pas à cette perspective ; Chénar remarqua son trouble.

– Je juge ta prétention tout à fait légitime, poursuivit-il ; si tu occupais ce poste, aucune tentative de révolte ne se produirait. Tu rendrais service au pays et tu serais heureux.

Un rêve... Un rêve que Ramsès avait chassé de son esprit. Vivre là-bas, avec son lion et son chien, parcourir chaque jour des étendues immenses et désertes, communier avec le Nil, les rocs et le sable doré... Non, c'était trop sublime.

– Tu te moques de moi, Chénar.

– Je prouverai au roi que tu es taillé pour ce poste ; Séthi t'a vu à l'œuvre. De nombreuses voix s'uniront à la mienne, tu obtiendras gain de cause.

– Comme tu voudras.

Chénar congratula son frère.

En Nubie, Ramsès ne le gênerait plus.

Âcha s'ennuyait.

En quelques semaines, il avait épuisé les joies du travail administratif que la hiérarchie lui avait confié. La bureaucratie et les archives manquaient d'attrait ; seule l'attirait l'aventure sur le terrain. Prendre des contacts, faire parler les gens de toute condition, déceler le mensonge, percer les petits et les grands secrets, dévoiler ce qu'on tentait de lui cacher, voilà ce qui l'amusait.

Du temps, il devait faire son allié ; pliant l'échine, dans l'attente du poste qui lui permettrait de voyager en Asie et de comprendre les mécanismes de pensée des ennemis de l'Égypte, il déploya la seule stratégie que pouvait utiliser un diplomate : rôder dans les couloirs.

Ainsi, il rencontra des hommes d'expérience, avares de paroles et jaloux de leurs secrets, et sut les amadouer ; sans rien exiger, poli, cultivé, il gagna leur confiance et entama de multiples dialogues, sans jamais importuner ses interlocuteurs. Peu à peu, il apprit le contenu de dossiers confidentiels sans avoir besoin de les consulter. Quelques flatteries, des compliments bien pesés, des questions pertinentes et un langage choisi lui attirèrent l'estime des hauts fonctionnaires du ministère des Affaires étrangères.

Chénar ne recueillit que des échos favorables à propos du jeune Âcha ; en avoir fait l'un de ses alliés était l'un de ses plus beaux succès. Lors de leurs rendez-vous fréquents et discrets, Âcha le tenait informé de ce qui se tramait dans les allées du pouvoir. Chénar vérifiait et complétait ses propres informations ; jour après jour, il se préparait de manière méthodique au métier de roi.

Depuis son retour de Nubie, Séthi semblait fatigué ; plusieurs conseillers préconisaient la nomination de Chénar comme régent, afin de soulager le souverain du poids de certaines responsabilités. Puisque la décision était prise, et ne rencontrait aucune opposition, pourquoi tarder plus longtemps ?

Habile, Chénar calmait le jeu ; son jeune âge et son inexpérience, affirmait-il, étaient encore des handicaps. Il fallait s'en remettre à la sagesse de Pharaon.

Améni revint à l'attaque ; guéri d'un point de congestion qui l'avait cloué au lit, il tenait à prouver à Ramsès que ses investigations n'avaient pas été vaines. Un travail excessif avait miné la santé du jeune scribe, mais il reprenait son labeur avec le même sérieux, désolé d'avoir pris du retard. Bien que Ramsès ne formulât aucun reproche, Améni se sentait coupable. Une journée de repos lui apparaissait comme une faute impardonnable.

– J'ai fouillé toutes les décharges et j'ai obtenu une preuve, affirma-t-il à Ramsès.

– « Preuve » n'est-il pas un terme excessif?

– Deux fragments de calcaire qui se raccordent de manière indiscutable : sur l'un, la mention de l'atelier suspect, sur l'autre le nom du propriétaire, malheureusement brisé, mais qui se termine par la lettre R. Cet indice n'accuse-t-il pas Chénar ?

Ramsès avait presque oublié la série de drames qui avaient précédé son voyage en Nubie. Le palefrenier, le charrier, les pains d'encre trafiqués... Tout cela lui paraissait fort loin et peu digne d'intérêt.

– Tu mérites des félicitations, Améni, mais aucun juge ne consentira à instruire un procès avec si peu.

Le jeune scribe baissa les yeux.

– Je redoutais cette réponse... Ne devons-nous pas essayer ?

– Ce serait l'échec assuré.

– Je trouverai davantage.

– Est-ce possible ?

– Ne te laisse pas abuser par Chénar ; s'il te fait nommer vice-roi de Nubie, c'est pour se débarrasser de toi. Ses forfaits seront oubliés, et il aura le champ libre en Égypte.

– J'en suis conscient, Améni, mais j'aime la Nubie ; tu viendras avec moi et tu découvriras un pays sublime, loin des intrigues et des mesquineries de la cour.

Le secrétaire particulier du prince ne répondit pas, persuadé que la bienveillance de Chénar cachait un nouveau piège ; tant qu'il séjournerait à Memphis, il ne renoncerait pas à traquer la vérité.

Dolente, la sœur aînée de Ramsès, était alanguie au bord du bassin où elle se baignait, aux heures chaudes, avant de se faire huiler et masser. Depuis la promotion de son mari, elle paressait la journée durant et se sentait de plus en plus fatiguée. La coiffeuse, la manucure, la pédicure, l'intendant, le cuisinier... tous l'épuisaient.

Malgré les pommades prescrites par le médecin, sa peau restait grasse ; elle aurait dû, il est vrai, se soigner de manière plus consciencieuse, mais ses obligations mondaines dévoraient la majeure partie de son temps. Se tenir informée des mille et un petits secrets de la cour imposait une présence à l'ensemble des réceptions et des cérémonies qui marquaient l'existence de la haute société égyptienne.

Depuis quelques semaines, Dolente était inquiète ; les proches de Chénar lui accordaient moins de confidences, comme s'ils se méfiaient d'elle ; aussi avait-elle jugé indispensable d'en parler à Ramsès.

– Puisque vous avez fait la paix, avança-t-elle, tes interventions ne sont plus négligeables.

– Qu'espères-tu de moi ?

– Quand Chénar sera régent, il disposera de pouvoirs considérables ; je crains qu'il ne me néglige. On commence à me tenir à l'écart ; bientôt, je serai moins qu'une bourgeoise de province.

– Qu'y puis-je ?

– Rappelle à Chénar mon existence et l'importance de mon réseau de relations ; dans l'avenir, il lui sera utile.

– Il me rira au nez ; pour mon frère aîné, je suis déjà vice-roi de Nubie et loin de l'Égypte.

– Votre réconciliation n'est donc qu'apparente.

– Chénar a réparti les responsabilités.

– Et tu t'accommodes d'un exil chez les nègres ?

– J'aime la Nubie.

Dolente s'anima, sortant de sa langueur.

– Révolte-toi, je t'en, prie ! Ton attitude est inadmissible. Allions-nous, toi et moi, pour contrecarrer Chénar ; ce monstre se souviendra qu'il a une famille et ne doit pas la rejeter dans les ténèbres.

– Désolé, ma chère sœur, mais j'ai horreur des complots.

Elle se leva, furieuse.

– Ne m'abandonne pas.

– Je te crois capable de te défendre seule.

Dans le silence du temple d'Hathor, après avoir célébré les rites du soir et entendu les chants des prêtresses, la reine Touya méditait. Servir la divinité permettait de s'éloigner des bassesses humaines et d'envisager l'avenir du pays avec davantage de lucidité.

La reine, lors de longs entretiens avec son époux, avait exprimé ses doutes sur la capacité de Chénar à gouverner ; comme d'ordinaire, Séthi avait écouté, très attentif. Il n'ignorait pas que l'on avait attenté à la vie de Ramsès et que le véritable coupable, s'il ne s'agissait pas du charrier mort aux mines de turquoise, demeurait inconnu et impuni. Bien que l'animosité de Chénar à l'égard de son frère se fût éteinte, pouvait-on le considérer comme innocent ? En l'absence de preuve, de tels soupçons paraissaient monstrueux ; mais le goût du pouvoir ne transformait-il pas l'humain en bête féroce ?

Séthi ne négligeait aucun détail ; les avis de son épouse comptaient plus que ceux de courtisans trop attachés à la cause de Chénar ou habitués à flatter le souverain. Ensemble, Séthi et Touya examinèrent le comportement de leurs deux fils et dressèrent un bilan.

Certes, la raison triait et analysait ; mais elle était impuissante à décider. C'était *Sia*, l'intuition fulgurante, la connaissance directe transmise de cœur de Pharaon en cœur de Pharaon, qui tracerait le chemin.

En ouvrant la porte qui donnait sur le jardin réservé au prince Ramsès, Améni se heurta à un étrange objet : un lit magnifique en bois d'acacia ! La plupart des Égyptiens dormaient sur des nattes ; un meuble comme celui-là valait une petite fortune.

Estomaqué, le jeune scribe courut réveiller Ramsès.

– Un lit ? Impossible.

– Viens voir toi-même ; un chef-d'œuvre !

Le prince fut de l'avis de son secrétaire particulier ; le menuisier était un artisan exceptionnel.

– Le rentrons-nous dans la maison ? demanda Améni.

– Surtout pas ! Veille sur lui.

Sautant sur le dos de son cheval, Ramsès galopa jusqu'à la villa des parents d'Iset la belle ; il dut patienter jusqu'à ce que la jeune femme eût terminé sa toilette, de manière à se présenter pimpante, maquillée et parfumée.

Sa beauté émut Ramsès.

– Je suis prête, dit-elle en souriant.

– Iset... C'est bien toi qui as fait déposer ce lit ?

Radieuse, elle l'enlaça.

– Qui d'autre aurait osé ?

En accomplissant « le don du lit », Iset la belle contraignait le prince à lui en offrir un autre, encore plus somptueux, qui ne saurait être que celui de futurs mariés, unis pour la vie.

– As-tu accepté mon cadeau ?

– Non, il est resté à l'extérieur.

– C'est une injure grave, murmura-t-elle, câline ; pourquoi retarder ce qui est inéluctable ?

– J'ai besoin de rester libre.

– Je ne te crois pas.

– Aimerais-tu vivre en Nubie ?

– En Nubie... Quelle horreur !

– Tel est pourtant mon destin.

– Refuse-le !

– Impossible.

Elle se détacha de Ramsès et s'enfuit en courant.

Ramsès avait été convié, avec quantité de notables, à écouter la lecture des nouvelles nominations décrétées par Pharaon. La salle d'audience était pleine, les anciens affichaient un calme parfois trompeur, les plus jeunes cachaient mal leur nervosité. Beaucoup redoutaient le jugement de Séthi qui n'admettait aucun retard dans l'exécution des tâches qu'il confiait et se montrait fort peu perméable aux justifications ampoulées des incompétents.

Pendant les semaines qui avaient précédé la cérémonie, l'agitation avait été à son comble, chaque notable se présentant comme un serviteur zélé et inconditionnel de la politique de Séthi, afin de préserver ses intérêts et ceux de ses protégés.

Lorsque le scribe délégué commença la lecture du décret, au nom du roi, un parfait silence s'établit. Ramsès, qui avait dîné la veille avec son frère aîné, n'éprouvait pas la moindre angoisse. Son cas étant réglé, il s'intéressa à celui des autres.

Certains visages s'illuminèrent, d'autres se fermèrent, d'autres encore exprimèrent une moue désapprobatrice ; mais c'était la décision de Pharaon, et chacun la respecterait.

Enfin vint le tour de la Nubie, qui ne suscitait qu'un intérêt restreint ; après les récents événements et les interventions répétées de Chénar, le prince Ramsès était tout désigné pour devenir vice-roi.

La surprise fut de taille : le titulaire du poste était confirmé dans ses fonctions.

33

Iset la belle pavoisait : malgré les menées souterraines de Chénar, Ramsès n'avait pas été nommé vice-roi de Nubie ! Le prince resterait à Memphis, où il continuerait d'occuper un poste honorifique. La jeune femme saurait tirer parti de cette chance inattendue et prendre Ramsès dans les filets de sa passion ; plus il se rebellait, plus il l'attirait.

Malgré l'insistance de ses parents qui l'enjoignaient de répondre favorablement aux sollicitations de Chénar, Iset la belle n'avait d'yeux que pour son frère. Depuis son retour de Nubie, le jeune homme était encore plus beau et plus viril ; il s'était étoffé, son corps splendide avait pris de l'envergure, sa noblesse naturelle s'imposait avec davantage de force. Dominant d'une tête la plupart de ses compatriotes, il paraissait invincible.

Partager son existence, ses émotions, ses désirs... Quel avenir fabuleux ! Rien ni personne n'empêcherait Iset la belle d'épouser Ramsès.

Quelques jours après la lecture des nominations, elle se rendit chez le prince ; une visite trop précoce eût été inopportune. À présent, la déception devait s'effacer ; Iset serait une consolatrice efficace.

Améni, qu'elle n'aimait pas, la reçut avec déférence. Comment le prince pouvait-il accorder sa confiance à un gamin souffreteux et malingre, sans cesse penché sur sa tablette de scribe, incapable de profiter des joies de la vie ? Tôt ou tard, elle persuaderait son futur mari de s'en débarrasser et de s'entourer d'un personnel plus brillant. Un Ramsès ne pouvait se satisfaire d'individus si médiocres.

– Annonce-moi à ton maître.

– Désolé, il est absent.

– Pour combien de temps ?

– Je l'ignore.

– Où se trouve-t-il ?

– Je l'ignore.

– Te moquerais-tu de moi ?

– Je m'en garderais bien.

– En ce cas, explique-toi ! Quand est-il parti ?

– Le roi est venu le chercher hier matin ; Ramsès est monté sur son char, et ils ont pris la direction de l'embarcadère.

La Vallée des Rois, que les sages nommaient « la grande prairie », paradis où ressuscitait l'âme lumineuse des pharaons, gisait dans un silence minéral. Depuis le débarcadère de la rive occidentale de Thèbes jusqu'à ce site sacré, dont l'accès était gardé nuit et jour, le pharaon et son fils avaient emprunté un chemin sinueux, bordé de hautes falaises. Dominant la Vallée, se dressait la Cime, au sommet pyramidal, qui abritait la déesse du silence.

Ramsès était tétanisé.

Pourquoi son père l'emmenait-il vers ce lieu mystérieux, où seul le pharaon régnant et les artisans chargés de creuser sa demeure d'éternité étaient autorisés à pénétrer ? En raison des trésors accumulés dans les tombeaux, les archers de la police avaient ordre de tirer à vue et sans sommation sur toute personne non identifiée ; la moindre tentative de vol, considérée comme un crime mettant en péril la sauvegarde du pays entier, était passible de la peine de mort. Mais l'on parlait aussi de la présence de génies armés de couteaux, qui tranchaient la tête des imprudents, incapables de répondre à leurs questions.

Certes, la présence de Séthi était rassurante ; mais Ramsès eût préféré dix combats contre les Nubiens plutôt que ce voyage dans un monde redoutable. Sa force et sa vaillance ne lui seraient d'aucun secours ; il se sentait démuni, proie facile de puissances inconnues contre lesquelles il ne savait pas lutter.

Pas un brin d'herbe, pas un oiseau, pas un insecte... la Vallée semblait avoir repoussé toute forme de vie au profit de la pierre, seule capable de témoigner en permanence de la victoire sur la mort. Plus le char conduit par Séthi progressait, plus les murailles menaçantes se rapprochaient ; la chaleur devenait étouffante, le sentiment de sortir du monde des humains serrait la gorge.

Apparut un passage étroit, une sorte de porte ouverte dans la roche ; de part et d'autre, des soldats armés. Le char s'immobilisa, Séthi et Ramsès en descendirent. Les policiers s'inclinèrent ; ils connaissaient le souverain, qui, à intervalles réguliers, s'assurait de l'avancement des travaux dans sa propre tombe, dictant lui-même aux sculpteurs les textes hiéroglyphiques qu'il voulait voir gravés sur les parois de sa dernière demeure.

La porte franchie, Ramsès eut le souffle coupé.

La « grande prairie » était un creuset surchauffé, sans autre horizon que le sommet des falaises ocre surmontées d'un ciel azur ; la Cime imposait un silence presque absolu qui assurait à l'âme des pharaons le repos et la paix. La crainte avait cédé à l'éblouissement ; absorbé par la lumière de la Vallée, le prince se sentit à la fois écrasé et élevé. Petit homme ridicule face au mystère et à la grandeur du site, il perçut néanmoins la présence d'un au-delà qui nourrissait au lieu de détruire.

Séthi emmena son fils vers un portail en pierre ; il en poussa la porte de cèdre doré et s'engagea dans une pente raide aboutissant à une petite pièce au milieu de laquelle trônait un sarcophage. Le roi alluma des torches qui ne fumaient pas ; la splendeur et la perfection du décor mural éblouirent Ramsès. Or, rouge, bleu et noir brillaient d'un éclat très vif ; le prince s'attarda sur la représentation de l'immense serpent Apophis, monstre des ténèbres et dévoreur de lumière, que le créateur, représenté sous forme humaine, neutralisait avec un bâton blanc, sans le détruire. Il admira la barque du soleil guidée par le dieu *Sia*, l'intuition des causes, seule capable de discerner la voie juste dans les régions obscures ; il s'extasia devant le pharaon que magnétisaient Horus à tête de faucon et Anubis à tête de chacal, et que la déesse Maât, la Règle universelle, accueillait dans le paradis des justes. Le roi était représenté jeune, étincelant de beauté, portant la coiffe traditionnelle, un large collier d'or et un pagne doré ; face à Osiris ou à Néfertoum, le dieu couronné d'un lotus pour manifester la vie régénérée, le souverain apparaissait serein, les yeux levés vers l'éternité. Cent autres détails attirèrent l'attention du prince, notamment un texte énigmatique évoquant les portes de l'autre monde ; mais Séthi ne lui permit pas de satisfaire sa curiosité et lui ordonna de se prosterner devant le sarcophage.

– Le roi qui repose ici portait le même nom que toi, Ramsès ; il fut le fondateur de notre dynastie. C'est Horemheb qui le désigna comme son successeur, alors que Ramsès, ancien vizir, avait pris sa retraite après une existence laborieuse au service du pays. Le vieil homme fut arraché à sa quiétude et consacra ses dernières forces au gouvernement de l'Égypte. Épuisé, il régna moins de deux ans ; mais il avait justifié ses noms de couronnement : « Celui qui confirme Maât à travers les Deux Terres ; la Lumière divine l'a mis au monde ; Stable est la puissance de la lumière divine ; l'Élu du principe créateur ». Tel était cet homme sage et humble, notre ancêtre, celui que nous devons vénérer pour qu'il ouvre notre regard ; rends-lui un culte, honore son nom et sa mémoire, car les ancêtres sont devant nous, et nous devons mettre nos pas dans leurs pas.

Le prince ressentit la présence spirituelle du fondateur de la dynastie ; du sarcophage, que les hiéroglyphes nommaient « le pourvoyeur de vie », émanait une énergie palpable, semblable à un doux soleil.

– Relève-toi, Ramsès ; ton premier voyage est terminé.

De place en place, des pyramides ; la plus impressionnante était celle du pharaon Djeser, avec ses immenses gradins formant un escalier qui montait vers le ciel. En compagnie de son père, Ramsès découvrait une autre nécropole, l'immense Saqqara, où avaient été bâties les demeures d'éternité des pharaons de l'Ancien Empire et de leurs fidèles serviteurs.

Séthi se dirigea vers la bordure du plateau désertique, d'où l'on contemplait les palmeraies, les champs cultivés et le Nil. Là, sur plus de un kilomètre, se succédaient de grandes tombes en briques crues, longues d'une cinquantaine de mètres, dont les côtés ressemblaient à des façades de palais. Hautes de plus de cinq mètres, elles étaient peintes de couleurs vives et joyeuses.

L'une d'elles stupéfia Ramsès, en raison de la présence de trois cents têtes de taureau en terre cuite, disposées en saillie sur son pourtour ; munies de véritables cornes, elles transformaient la sépulture en une armée invincible, dont aucune force nocive ne parviendrait à s'approcher.

– Le pharaon enseveli ici porte le nom de Djet, révéla Séthi, ce qui signifie l'éternité ; auprès de lui, les autres rois de la première dynastie, nos plus lointains ancêtres. Pour la première fois sur cette terre, ils ont mis en pratique la loi de Maât et imprimé l'ordre au chaos ; tout règne doit prendre racine dans le jardin qu'ils ont planté. Te souviens-tu du taureau sauvage que tu as affronté ? C'est ici qu'il est né, c'est ici que la puissance se régénère depuis l'origine de notre civilisation.

Ramsès s'arrêta devant chaque tête de taureau ; aucune n'avait la même expression. Ainsi étaient exprimées toutes les facettes de l'art de commander, depuis l'autorité la plus sévère jusqu'à la bienveillance. Lorsqu'il eut achevé le tour de l'étrange monument, Séthi remonta sur son char.

– Ainsi fut accompli ton deuxième voyage.

Ils avaient vogué vers le nord, puis galopé sur d'étroits sentiers, entre des champs verdoyants, jusqu'à une bourgade où l'arrivée de Pharaon et de son fils déclencha l'enthousiasme. Dans ce coin perdu du Delta, une telle aubaine relevait du miracle ; pourtant, les habitants semblaient bien connaître le roi. Le service d'ordre intervint de manière débonnaire, tandis que Séthi et Ramsès pénétraient à l'intérieur d'un petit sanctuaire, plongé dans l'obscurité. Ils s'assirent face à face, sur des banquettes de pierre.

– Connais-tu le nom d'Avaris ?

– Qui l'ignore ! C'est celui de la cité maudite qui servit de capitale aux occupants Hyksôs.

– Tu te trouves à Avaris.

Ramsès fut abasourdi.

– Mais... n'a-t-elle pas été détruite ?

– Quel homme pourrait détruire une divinité ? Ici règne Seth, la puissance de la foudre et de l'orage, qui m'a donné mon nom.

Ramsès fut terrifié. Il sentit que Séthi était capable de l'anéantir d'un simple geste ou d'un seul regard ; pour quelle autre raison l'aurait-il amené en cet endroit maudit ?

– Tu as peur, et c'est bien ; seuls les vaniteux et les imbéciles ignorent la peur. De cette crainte doit naître une force capable de la vaincre : tel est le secret de Seth. Qui l'a nié, comme Akhénaton, a commis une erreur et fragilisé l'Égypte. Un pharaon incarne aussi l'orage, la fureur du cosmos, le caractère implacable de la foudre. Il est le bras qui agit et, parfois, frappe et châtie ; croire en la bonté des humains est une faute qu'un roi ne saurait commettre. Elle conduirait son pays à la ruine et son peuple à la misère. Mais es-tu capable d'affronter Seth ?

Un rai de lumière, provenant du toit du sanctuaire, illumina la statue d'un homme debout, pourvu d'une tête inquiétante au long museau et aux deux grandes oreilles : Seth, dont le visage terrifiant sortait des ténèbres !

Ramsès se leva et marcha vers lui.

Il se heurta à un mur invisible et fut contraint de s'arrêter ; une deuxième tentative se solda par le même échec, mais la troisième lui permit de franchir l'obstacle. Les yeux rouges de la statue brillaient, semblables à deux flammes ; Ramsès soutint son regard, bien qu'il ressentît une brûlure, comme si une langue de feu parcourait son corps. La douleur fut vive, mais il tint bon ; non, il ne reculerait pas devant Seth, même s'il devait être anéanti.

C'était l'instant décisif, celui d'un duel inégal qu'il n'avait pas le droit de perdre ; les yeux rouges sortirent de leurs orbites, une flamme enveloppa Ramsès, il se consuma par la tête, son cœur éclata. Mais il resta debout, défia Seth et le rejeta loin de lui, au plus profond de sa chapelle.

L'orage éclata, une pluie diluvienne s'abattit sur Avaris ; des grêlons firent vibrer les murs du sanctuaire. La lueur rouge s'estompa, Seth retourna dans les ténèbres. Il était le seul dieu qui n'eût pas de fils, mais le pharaon Séthi, son héritier sur terre, reconnaissait le sien comme un homme de pouvoir.

– Ton troisième voyage est terminé, murmura-t-il.

34

La cour entière s'était déplacée à Thèbes, en cette mi-septembre, pour participer à la grandiose fête d'Opet, au cours de laquelle Pharaon communierait avec Amon, le dieu caché, qui régénérerait le *ka* de son fils, chargé de le représenter sur terre. Aucun noble ne pouvait être absent de la grande ville du Sud pendant ces quinze jours de liesse ; si les cérémonies religieuses étaient réservées à quelques initiés, le peuple se donnait du bon temps et les riches se recevaient entre eux dans de somptueuses villas.

Pour Améni, le voyage avait été un calvaire ; obligé d'emporter plusieurs papyrus et son matériel de scribe, il détestait ce genre de déplacement qui perturbait ses habitudes de travail. Malgré une mauvaise humeur évidente, il avait préparé cette migration avec le plus grand soin, de sorte que Ramsès fût satisfait.

Depuis son retour, le prince avait changé. Son caractère s'était assombri, il se retirait souvent pour méditer ; Améni ne l'importunait pas, se contentant de lui faire un rapport quotidien sur ses activités. En tant que scribe royal et officier supérieur, le prince devait régler quantité de petits problèmes administratifs dont le soulageait son secrétaire particulier.

Au moins, sur le bateau qui voguait vers Thèbes, Améni était débarrassé d'Iset la belle ! Chaque jour, pendant l'absence de Ramsès, elle avait tenté de lui extorquer des renseignements qu'il ne possédait pas. Comme le charme de la jeune femme n'agissait pas sur lui, les échanges de vues étaient plutôt vifs ; lorsque Iset avait demandé à Ramsès la tête de son secrétaire, le prince l'avait éconduite sans ménagement et leur brouille avait duré plusieurs jours. La jolie noble devait s'en persuader : il ne trahirait jamais ses amis.

Dans sa cabine exiguë, Améni rédigeait des lettres sur lesquelles Ramsès apposait son cachet. Le prince vint s'asseoir sur une natte, à côté du scribe.

– Comment peux-tu supporter un soleil si ardent ? s'étonna Améni. À ta place, je serais foudroyé en moins de une heure.

– Nous nous comprenons, lui et moi ; je le vénère, il me nourrit. Ne cesseras-tu pas de travailler pour contempler le paysage ?

– L'oisiveté me rend malade. Ton dernier voyage ne semble pas t'avoir réussi.

– Une critique ?

– Tu es devenu bien solitaire.

– Ton attitude m'influence.

– Ne te moque pas de moi et garde ton secret.

– Un secret... Oui, tu as raison.

– Donc, tu n'as plus confiance en moi.

– Au contraire ; tu es le seul être qui puisse comprendre l'inexplicable.

– Ton père t'a-t-il initié aux mystères d'Osiris ? demanda Améni avec des yeux gourmands.

– Non, mais il m'a fait rencontrer ses ancêtres... Tous ses ancêtres.

Ramsès avait prononcé ces derniers mots avec une telle gravité que le jeune scribe en fut bouleversé ; ce que le prince venait de vivre était sans nul doute l'une des étapes essentielles de son existence. Améni posa la question qui lui brûlait les lèvres.

– Pharaon a-t-il modifié ta destinée ?

– Il m'a ouvert les yeux sur une autre réalité ; j'ai rencontré le dieu Seth.

Améni frissonna.

– Et tu es... vivant !

– Tu peux me toucher.

– Si quelqu'un d'autre prétendait avoir affronté Seth, je ne le croirais pas ! Toi, c'est différent.

Non sans appréhension, la main d'Améni serra celle de Ramsès ; le jeune scribe émit un soupir de soulagement.

– Tu n'as pas été transformé en mauvais génie...

– Sait-on jamais ?

– Je le saurais ; tu ne ressembles pas à Iset la belle !

– Ne sois pas trop sévère avec elle.

– N'a-t-elle pas tenté de briser ma carrière ?

– Je lui démontrerai son erreur.

– Ne compte pas sur moi pour être aimable.

– À propos... N'es-tu pas trop solitaire et un peu acariâtre ?

– Les femmes sont dangereuses ; je préfère mon travail. Et toi, tu devrais t'intéresser au rôle que tu joueras pendant la fête d'Opet. Ta place se situera dans le premier tiers du cortège et tu porteras une robe de lin neuve, avec des manches plissées ; j'attire ton attention sur sa fragilité. Tu devras te tenir droit et ne pas faire de mouvements brusques.

– Tu m'imposes des épreuves difficiles.

– Quand on est animé de l'énergie de Seth, c'est une amusette.

Canaan et la Syro-Palestine pacifiés, la Galilée et le Liban soumis, les bédouins et les Nubiens vaincus, les Hittites tenus à distance au-delà de l'Oronte, l'Égypte et Thèbes pouvaient faire la fête sans aucune inquiétude. Au nord comme au sud, le pays le plus puissant de la terre avait maîtrisé les démons qui ne songeaient qu'à s'emparer de ses richesses. En huit années de règne, Séthi s'était imposé comme un grand pharaon que vénéreraient les générations futures.

D'après des indiscrétions, la demeure d'éternité de Séthi, dans la Vallée des Rois, serait la plus vaste et la plus belle jamais construite ; à Karnak, où travaillaient plusieurs architectes, le pharaon en personne dirigeait un grand chantier, et l'on ne tarissait pas d'éloges sur le temple de la rive ouest, à Gournah, destiné à célébrer le culte du *ka* de Séthi, sa puissance spirituelle, pour l'éternité.

Les plus rétifs admettaient, à présent, que le souverain avait eu raison de ne pas se lancer dans une guerre hasardeuse contre les Hittites et de canaliser les énergies du pays vers la construction des sanctuaires en pierre, réceptacles de la présence divine. Néanmoins, comme le faisait remarquer Chénar à des notables intéressés, cette trêve n'était pas mise à profit pour développer des échanges commerciaux, seuls capables d'effacer les rivalités.

Un grand nombre de notables attendaient avec impatience l'avènement du fils aîné de Pharaon, car il leur ressemblait ; l'austérité de Séthi et son goût du secret lui attiraient de solides inimitiés, certains s'estimant trop peu consultés. Avec Chénar, la discussion était plus facile ; charmeur, agréable, il savait se concilier les bonnes grâces des uns sans contrarier les autres, promettant à tout un chacun ce qu'il désirait entendre. Pour lui, la fête d'Opet serait une nouvelle occasion d'étendre son influence en gagnant l'amitié du grand prêtre d'Amon et de sa hiérarchie.

Certes, la présence de Ramsès l'importunait ; mais ce qu'il avait redouté, après le refus incompréhensible de Séthi de le nommer vice-roi de Nubie, ne s'était pas produit. Pharaon n'avait accordé aucun privilège à son plus jeune fils, qui se satisfaisait, comme tant d'autres enfants royaux, d'une existence luxueuse et indolente.

En fait, Chénar avait eu tort de redouter Ramsès et de le

considérer comme un rival; sa vitalité et son physique faisaient illusion, alors qu'il n'avait aucune envergure. Il ne serait même pas nécessaire de le nommer vice-roi de Nubie, une fonction trop écrasante pour lui; Chénar songeait à un poste honorifique, comme lieutenant de la charrerie. Ramsès disposerait des meilleures montures et régnerait sur une petite équipe de brutes, tandis qu'Iset la belle admirerait la musculature de son riche mari.

Le danger était ailleurs : comment convaincre Séthi de séjourner plus longtemps dans les temples et de se mêler de moins en moins des affaires du pays ? Le roi risquait de se montrer jaloux de ses prérogatives et de gêner les entreprises de son régent. À Chénar de savoir lui mentir avec habileté et de l'orienter sans heurts vers la méditation sur l'au-delà ; en multipliant les contacts avec les négociants égyptiens et étrangers, dont le discours n'avait que peu d'intérêt aux yeux du monarque, il occuperait un espace croissant et se rendrait vite indispensable. Surtout ne pas le heurter de front, mais l'étrangler progressivement dans un réseau d'influences dont il ne prendrait pas conscience assez tôt.

Chénar devrait aussi neutraliser sa sœur Dolente. Bavarde, molle et curieuse, elle ne lui serait d'aucune utilité dans le cadre de sa politique future ; au contraire, déçue de ne pas occuper une position de premier plan, elle liguerait contre lui plusieurs nobles fortunés, donc indispensables. Chénar avait bien songé à offrir à Dolente une immense villa, des troupeaux et une armée de domestiques, mais elle n'en aurait jamais assez ; comme lui, elle avait le goût des intrigues et des complots. Or, deux crocodiles ne pouvaient cohabiter dans le même marigot ; mais sa sœur n'était pas de taille à lui résister.

Iset la belle passa une cinquième robe ; elle ne lui plaisait pas davantage que les quatre précédentes. Trop longue, trop ample, pas assez plissée... Énervée, elle ordonna à sa femme de chambre de choisir un autre atelier de tisserandes. Lors du grand banquet qui clôturerait la fête, elle devait être la plus jolie, narguer Chénar et séduire Ramsès.

Sa coiffeuse accourut, essoufflée.

– Vite, vite... asseyez-vous, que je vous coiffe et vous mette une perruque d'apparat.

– Quelle est la cause de cette précipitation ?

– Une cérémonie au temple de Gournah, sur la rive ouest.

– Mais elle n'était pas prévue ! Les rites ne débutent que demain.

– C'est pourtant ainsi ; toute la ville est en émoi. Il faut nous hâter.

Contrariée, Iset la belle se contenta d'une robe classique et d'une perruque sobre qui ne mettaient pas en valeur sa jeunesse et sa grâce ; mais il ne fallait pas manquer ce rendez-vous inattendu.

Le temple de Gournah, une fois terminé, serait consacré au culte de l'esprit immortel de Séthi, lorsqu'il serait retourné dans l'océan d'énergie après s'être incarné, le temps d'une existence, dans le corps d'un homme. La partie secrète de l'édifice, où le roi était représenté dans l'accomplissement des rites traditionnels, était encore livrée aux mains des sculpteurs ; nobles et hauts dignitaires se massèrent devant la façade du sanctuaire, dans une grande cour à ciel ouvert que fermerait bientôt un pylône. Redoutant la violence du soleil, malgré l'heure matinale, la plupart s'abritaient sous des parasols portatifs rectangulaires. Ramsès, amusé, observait ces grands personnages vêtus avec un raffinement extrême ; longues robes, tuniques à manches bouffantes et perruques noires leur donnaient une allure compassée. Pénétrés de leur importance, ils deviendraient obséquieux dès que Séthi apparaîtrait et flaireraient le sol pour ne pas lui déplaire.

Les courtisans les mieux informés affirmaient que le roi, après avoir célébré les rites du matin à Karnak, ferait une offrande spéciale au dieu Amon dans la salle de la barque du temple de Gournah afin que son *ka* fût exalté et que sa puissance vitale ne diminuât point ; c'était la raison de ce retard, qui imposait une pénible épreuve physique aux notables âgés. Souvent, Séthi manquait d'humanité ; Chénar se promit d'éviter ce travers et d'exploiter au mieux les faiblesses des uns et des autres.

Un prêtre, le crâne rasé, vêtu d'une robe blanche simple et stricte, sortit du temple couvert. Un long bâton à la main, il se fraya un chemin ; étonnés, les invités à ce cérémonial inconnu s'écartèrent sur son passage.

Le prêtre s'arrêta devant Ramsès.

– Suivez-moi, prince.

De nombreuses femmes murmurèrent en découvrant la beauté et la prestance de Ramsès ; Iset la belle fut transportée d'admiration, Chénar sourit. Ainsi, il avait quand même abouti ; son frère serait proclamé vice-roi de Nubie avant la fête d'Opet et envoyé aussitôt après dans cette lointaine région qu'il aimait tant.

Perplexe, Ramsès franchit le seuil du temple couvert en suivant l'ouvreur des chemins, qui s'était dirigé vers la partie gauche de l'édifice.

La porte de cèdre se referma derrière eux, l'ouvreur des chemins plaça le prince entre deux colonnes face à trois chapelles plongées dans l'obscurité. De celle du centre provint une voix grave, celle de Séthi.

– Qui es-tu ?

– Mon nom est Ramsès, fils du pharaon Séthi.

– En ce lieu secret, inaccessible au profane, nous célébrons la présence éternelle de Ramsès, notre ancêtre et le fondateur de notre dynastie. Sa figure, gravée sur les murs, vivra à jamais ; t'engages-tu à lui rendre un culte et à le vénérer ?

– Je m'y engage.

– En cet instant, je suis Amon, le dieu caché ; viens vers moi, mon fils.

La chapelle s'illumina.

Assis sur deux trônes, le pharaon Séthi et la reine Touya ; lui, portait la couronne d'Amon, identifiable à ses deux hautes plumes, elle, la couronne blanche de la déesse Mout. Couple royal et couple divin se confondaient. Ramsès était identifié au dieu fils, et complétait ainsi la trinité sacrée.

Troublé, le jeune homme n'imaginait pas que le mythe, dont la signification n'était révélée que dans le secret des temples, fût ainsi incarné ; il s'agenouilla devant ces deux êtres, découvrant qu'ils étaient bien plus que son père et sa mère.

– Mon fils aimé, déclara Séthi, reçois de moi la lumière.

Pharaon imposa les mains sur la tête de Ramsès ; la grande épouse royale agit de même.

Aussitôt, le prince ressentit les bienfaits d'une très douce chaleur ; nervosité et tension disparurent, cédant la place à une énergie inconnue qui pénétra dans chaque fibre de son être. Désormais, il vivrait par l'esprit du couple royal.

Le silence s'établit quand Séthi apparut sur le seuil du temple, Ramsès à sa droite. Pharaon portait la double couronne, symbolisant l'union de la Haute et de la Basse-Égypte ; un diadème ceignait le front de Ramsès.

Chénar sursauta.

Le vice-roi de Nubie n'avait pas droit à cet emblème... C'était une erreur, une folie !

– J'associe mon fils Ramsès au trône, déclara Séthi de sa voix grave et puissante, afin que je puisse voir son accomplissement de mon vivant. Je le nomme régent du royaume et, désormais, il participera à toutes les décisions que je prendrai. Il apprendra à gouverner ce pays, à veiller sur son unité et sur son bien-être, il sera à la tête de ce peuple dont le bonheur comptera davantage que le sien propre. Il luttera contre les ennemis de l'extérieur et de l'intérieur, et fera respecter la loi de Maât, en protégeant le faible du fort. Il en sera ainsi, car grand est l'amour que je porte à Ramsès, le fils de la lumière.

Chénar se mordit les lèvres ; le cauchemar allait se dissiper, Séthi se rétracterait, Ramsès s'effondrerait, renonçant à une fonction trop écrasante pour ses seize ans... Mais le ritualiste, sur l'ordre de Pharaon, accrocha au diadème un uræus en or, représentation du cobra dont le souffle enflammé détruirait les adversaires visibles et invisibles du régent, futur pharaon d'Égypte.

La brève cérémonie s'acheva, des acclamations s'élevèrent dans le ciel lumineux de Thèbes.

35

Améni vérifiait les impératifs du protocole ; lors de la procession de Karnak à Louxor, Ramsès serait placé entre deux vieux dignitaires et ne devrait pas trop hâter l'allure. Garder un rythme lent et solennel lui réclamerait un effort certain.

Ramsès entra dans son bureau, mais oublia de refermer la porte. Agressé par un courant d'air, Améni éternua.

– Referme derrière toi, exigea-t-il, bougon ; tu n'es jamais malade, toi...

– Pardonne-moi... Mais parles-tu ainsi au régent du royaume d'Égypte ?

Le jeune scribe leva des yeux étonnés vers son ami.

– Quel régent ?

– Si je n'ai pas rêvé, mon père m'a associé au trône devant la cour, au grand complet.

– C'est une mauvaise plaisanterie !

– Ton manque d'enthousiasme me fait chaud au cœur.

– Régent, régent... Imagines-tu le travail...

– La liste de tes responsabilités s'allonge, Améni ; ma première décision consiste à te nommer porte-sandales. Ainsi, tu ne m'abandonneras plus et me conseilleras utilement.

Abasourdi, le jeune scribe s'affala sur le dossier de sa chaise basse, la tête pendante.

– Porteur de sandales et secrétaire particulier... Quelle est la divinité assez cruelle pour s'acharner ainsi sur un pauvre scribe ?

– Réexamine le protocole, je ne suis plus au milieu du cortège.

– Je veux le voir immédiatement ! exigea Iset la belle, irritée.

– Tout à fait impossible, répondit Améni, qui faisait briller une superbe paire de sandales en cuir blanc que Ramsès porterait lors des grandes cérémonies.

– Tu sais où il se trouve, cette fois ?

– Exact.

– Alors, parle !

– Inutile.

– Laisse-m'en juge !

– Vous perdez votre temps.

– Ce n'est pas à un petit scribe d'en décider !

Améni posa les sandales sur une natte.

– Petit scribe, le secrétaire particulier et porte-sandales du régent du royaume ? Il faudra modifier votre langage, jolie dame ; le dédain est une attitude que Ramsès n'apprécie guère.

Iset la belle faillit gifler Améni, mais elle retint son geste ; l'impudent garçon avait raison. L'estime que lui portait le régent en faisait un personnage officiel qu'elle ne pouvait plus traiter par le mépris. À contrecœur, elle changea de ton.

– Puis-je savoir où trouver le régent ?

– Comme je vous l'indiquais, il n'est pas joignable ; le roi l'a emmené à Karnak. Ils y passeront la nuit en méditation avant de prendre la tête de la procession vers Louxor, demain matin.

Iset la belle se retira, mortifiée ; alors qu'un miracle venait de se produire, Ramsès allait-il lui échapper ? Non, elle l'aimait et il l'aimait. Son instinct l'avait maintenue sur le bon chemin, loin de Chénar et près du nouveau régent ; demain, elle serait la grande épouse royale et la reine d'Égypte !

Soudain, cette perspective l'effraya ; en songeant à Touya, elle prit conscience de la pesanteur de cette fonction et des charges qu'elle impliquait. Ce n'était pas l'ambition qui la guidait, mais la passion ; elle était folle de Ramsès, de l'homme et non du régent.

Ramsès promis au pouvoir suprême... Le miracle ne ressemblait-il pas à un malheur ?

Dans la joyeuse cohue qui avait suivi la nomination de Ramsès, Chénar avait vu sa sœur, Dolente, et son mari, Sary, jouer des coudes afin d'être les premiers à féliciter le nouveau régent. Encore sous le coup de la surprise, les partisans de Chénar n'avaient pas fait acte d'allégeance à Ramsès de manière ostensible, mais le fils aîné du roi ne doutait pas de leur trahison plus ou moins proche.

De toute évidence, il était vaincu, rejeté sur le côté et devrait se mettre au service du régent ; qu'espérer de Ramsès, sinon un poste honorifique dépourvu de pouvoir réel ?

Chénar plierait, afin de donner le change, mais ne renoncerait pas ; l'avenir ne se montrerait peut-être pas avare de surprises. Ramsès n'était pas encore Pharaon ; au cours de l'histoire de l'Égypte, des régents étaient décédés avant le roi qui les avait choisis. La robustesse de Séthi lui permettrait de vivre de longues années, au cours desquelles il ne déléguerait qu'une infime partie de ses pouvoirs, mettant ainsi le régent en porte à faux. À Chénar de le pousser vers le vide, de l'entraîner à commettre des fautes irréparables.

En vérité, rien n'était perdu.

– Moïse ! s'exclama Ramsès en apercevant son ami sur le vaste chantier que Séthi avait ouvert à Karnak. L'Hébreu abandonna l'équipe de tailleurs de pierre placée sous sa direction et s'inclina devant le régent.

– Hommage à...

– Relève-toi, Moïse.

Ils se congratulèrent, tout à la joie de se retrouver.

– Ton premier poste ?

– Le deuxième. J'ai appris la fabrication des briques et la taille de la pierre sur la rive ouest, puis j'ai été affecté ici. Séthi désire bâtir une immense salle à colonnes, aux chapiteaux en forme de fleurs de papyrus, alternant avec des boutons de lotus. Les murs seront semblables aux flancs des montagnes, les richesses de la terre seront gravées sur les parois, et la beauté de l'œuvre atteindra la hauteur du ciel.

– Le projet t'a séduit !

– Le temple n'est-il pas un récipient d'or qui contient en son sein toutes les merveilles de la création ? Oui, ce métier d'architecte me passionne ; je crois que j'ai trouvé ma voie.

Séthi rejoignit les deux jeunes gens et précisa ses intentions. L'allée couverte bâtie par Amenhotep III, avec des colonnes de vingt mètres de haut, ne convenait plus à la grandeur de Karnak ; aussi avait-il conçu une véritable forêt de piliers, avec fort peu de vide entre eux, et une savante répartition de jeux de lumière à partir de fenêtres *a claustra*. Quand la salle serait achevée, les rites seraient perpétuellement célébrés, grâce à la présence des dieux et de Pharaon sur les fûts des colonnes ; les pierres conserveraient la lumière de l'origine dont l'Égypte se nourrissait. Moïse posa des problèmes d'orientation et de résistance des matériaux ; le roi le rassura en le plaçant sous l'autorité d'un maître d'œuvre de la confrérie de « la place de vérité », le village de Deir el-Médineh, situé sur la rive occidentale, où les artisans initiés se transmettaient les secrets de métier.

Le soir tombait sur Karnak. Les ouvriers avaient rangé leurs outils, le chantier était vide. Dans moins de une heure, astronomes et astrologues monteraient sur le toit du temple afin d'étudier le message des étoiles.

– Qu'est-ce qu'un pharaon ? demanda Séthi à Ramsès.

– Celui qui rend son peuple heureux.

– Pour y parvenir, ne cherche pas à faire le bonheur des humains malgré eux, mais réalise des actions bénéfiques pour les dieux et le Principe qui crée en permanence ; bâtis des temples semblables au ciel et offre-les à leur maître divin. Sois en quête de l'essentiel, et le secondaire sera harmonieux.

– L'essentiel, n'est-ce pas Maât ?

– Maât donne la bonne direction, elle est le gouvernail de la barque communautaire, le socle du trône, la coudée parfaite et la rectitude de l'être. Sans elle, rien de juste ne peut être accompli.

– Mon père...

– Quelle inquiétude te ronge ?

– Serai-je à la hauteur de ma tâche ?

– Si tu n'es pas capable de t'élever, tu seras écrasé. Le monde ne saurait tenir en équilibre sans l'action de Pharaon, sans son verbe et les rites qu'il célèbre. Si l'institution pharaonique disparaît un jour, à cause de la stupidité et de la cupidité des humains, le règne de Maât s'achèvera, et les ténèbres recouvriront la terre. L'homme détruira tout autour de lui, y compris ses semblables, le fort anéantira le faible, l'injustice triomphera, la violence et la laideur s'imposeront partout. Le soleil ne se lèvera plus, même si son disque subsiste dans le ciel. De lui-même, l'individu va vers le mal ; le rôle de Pharaon est de redresser le bâton tordu, de remettre sans cesse de l'ordre dans le chaos. Toute autre forme de gouvernement est vouée à l'échec.

Insatiable, Ramsès posa mille questions à son père ; le roi n'en esquiva aucune. La douce nuit d'été était fort avancée lorsque le régent, le cœur rempli, s'étendit sur une banquette de pierre, le regard perdu dans les milliers d'étoiles.

Sur l'ordre de Séthi, le rituel de la fête d'Opet débuta. Des prêtres sortirent de leurs chapelles les barques de la trinité thébaine, Amon le dieu caché, Mout la mère cosmique, et leur fils Khonsou, le traverseur du ciel et des espaces, dont Ramsès était l'incarnation. Avant de franchir la porte du temple, Séthi et son fils offrirent des bouquets de fleurs aux barques divines et versèrent une libation en leur honneur, puis on les recouvrit d'un voile, de sorte que les profanes voient sans voir.

En ce dix-neuvième jour du deuxième mois de la saison de l'inondation, une foule considérable s'était amassée aux abords du temple de Karnak. Quand s'ouvrit la grande porte en bois doré, laissant le passage à la procession que conduisaient le roi et son fils, ce fut une explosion de joie. Puisque les dieux étaient présents sur terre, l'année serait heureuse.

Deux processions s'organisèrent ; l'une prendrait la voie de terre, en empruntant l'allée de sphinx allant de Karnak à Louxor, l'autre utiliserait le Nil, du quai du premier temple à celui du second. Sur le fleuve, la barque royale attirait tous les regards ; recouverte de l'or des déserts et de pierres précieuses, elle étincelait sous le soleil. Séthi dirigea lui-même la flottille, tandis que Ramsès s'engageait sur le chemin bordé de sphinx protecteurs.

Trompettes, flûtes, tambourins, sistres et luths accompagnaient acrobates et danseuses. Sur les berges du Nil, des marchands vendaient d'appétissantes victuailles et de la bière fraîche ; elle accompagnerait les morceaux de volaille grillée, les gâteaux et les fruits.

Ramsès tenta de s'abstraire du bruit et de se concentrer sur son rôle rituel : mener les dieux jusqu'à Louxor, le temple de régénération du *ka* royal. La procession s'arrêta devant un certain nombre de chapelles, afin d'y déposer des offrandes et, avec une sage lenteur, arriva devant les portes de Louxor en même temps que Séthi.

Les barques des divinités pénétrèrent à l'intérieur de l'édifice où la foule n'était pas admise ; alors que la fête continuait au-dehors, ici se préparait la renaissance des forces cachées dont dépendaient toutes les formes de fécondité. Pendant onze journées, dans le secret du Saint des Saints, les trois barques se rechargeaient d'une nouvelle puissance.

Le clergé féminin d'Amon dansa, chanta et joua de la musique ; les danseuses, à la chevelure abondante et aux seins fermes, ointes de ladanum et parfumées au lotus, la tête ceinte de souchets * odorants, exécutèrent de lentes figures au charme prenant.

Parmi les joueuses de luth, Néfertari ; se tenant un peu en retrait de ses collègues, elle se concentrait sur son instrument et semblait se désintéresser du monde extérieur. Comment une si jeune fille pouvait-elle être si sérieuse ? En tentant de passer inaperçue, elle se singularisait ; Ramsès chercha son regard, mais les yeux vert-bleu restèrent fixés sur les cordes du luth. Quelle que fût son attitude, Néfertari ne parvenait pas à dissimuler sa beauté ; elle éclipsait celle des autres prêtresses d'Amon, pourtant fort attirantes.

Vint le moment du silence ; les jeunes femmes se retirèrent, les unes satisfaites de leur prestation, les autres pressées d'échanger leurs impressions. Néfertari demeura recueillie, comme si elle désirait conserver au plus profond d'elle-même l'écho de la cérémonie.

Le régent la suivit des yeux, jusqu'à ce que la frêle silhouette vêtue d'un blanc immaculé s'estompe dans la lumière aveuglante de l'été.

---

* Roseau commun en Égypte ancienne.

36

Iset la belle se lova contre le corps nu de Ramsès et lui murmura à l'oreille une chanson d'amour que connaissaient toutes les jeunes Égyptiennes :

– Que ne suis-je ta servante, attachée à tes pas ; je pourrais te vêtir et de dévêtir, être la main qui te coiffe et qui te masse. Que ne suis-je celle qui lave ta robe et te parfume, que ne suis-je tes bracelets et tes bijoux qui touchent ta peau et connaissent son odeur.

– C'est l'amant qui chante ces vers, et non sa maîtresse.

– Peu importe... Je veux que tu les entendes et les entendes encore.

Iset la belle faisait l'amour avec violence et tendresse dans le même élan ; souple, ardente, elle ne cessait d'inventer des jeux surprenants afin d'éblouir son amant.

– Que tu sois régent ou paysan, je m'en moque ! C'est toi que j'aime, ta force, ta beauté.

La sincérité et la passion d'Iset touchaient Ramsès ; dans ses yeux, il n'y avait pas trace de mensonge. Il répondit à son abandon avec la fougue de ses seize ans, et ils goûtèrent leur plaisir à l'unisson.

– Renonce, proposa-t-elle.

– À quoi ?

– À ce rôle de régent, à l'avenir de Pharaon... Renonce, Ramsès, et vivons heureux.

– Plus jeune, je désirais être roi ; cette pensée m'enfiévrait et m'empêchait de dormir. Puis mon père m'a fait comprendre que cette ambition était irraisonnée ; j'ai renoncé, oublié cette folie. Et voici que Séthi m'associe au trône... Un torrent de feu traverse ma vie, et je ne connais pas sa destination.

– Ne t'y plonge pas, reste sur la berge.

– Suis-je libre de décider ?

– Accorde-moi ta confiance, et je t'aiderai.

– Quels que soient tes efforts, je suis seul.

Des larmes coulèrent sur les joues d'Iset.

– Je refuse cette fatalité ! Si nous formons un couple uni, nous résisterons mieux aux épreuves.

– Je ne trahirai pas mon père.

– Au moins, ne m'abandonne pas.

Iset la belle n'osait plus parler de mariage ; s'il le fallait, elle resterait dans l'ombre.

Sétaou manipulait le diadème et l'uræus du régent avec circonspection, sous le regard amusé de Ramsès.

– Redouterais-tu ce serpent-là ?

– Je n'ai aucun moyen de guérir sa morsure ; il n'existe pas de remède contre son venin.

– Me déconseillerais-tu, toi aussi, d'assumer la fonction de régent ?

– Moi aussi... Je ne suis donc pas seul à partager cette opinion ?

– Iset la belle souhaite une existence plus tranquille.

– Qui le lui reprocherait ?

– Toi, l'aventurier, voilà que tu rêves d'une vie étriquée et paisible ?

– La voie sur laquelle tu t'engages est dangereuse.

– Ne nous sommes-nous pas promis de découvrir la vraie puissance ? Tu risques ta vie chaque jour ; pourquoi serais-je timoré ?

– Je n'affronte que des reptiles ; toi, tu vas te heurter à des hommes, une espèce bien plus redoutable.

– Accepterais-tu de travailler à mes côtés ?

– Le régent forme son clan...

– J'ai confiance en Améni et en toi.

– Pas en Moïse ?

– Il connaît son propre chemin, mais je suis persuadé de le retrouver comme maître d'œuvre ; ensemble, nous bâtirons des temples splendides.

– Et Âcha ?

– Je lui parlerai.

– Ton offre m'honore, mais je la décline. T'ai-je prévenu que j'épousais Lotus ? Il faut se méfier des femmes, j'en conviens, mais celle-là est une précieuse assistante. Bonne chance, Ramsès.

En moins de un mois, Chénar n'avait perdu que la moitié de ses amis. La situation n'était donc pas désespérée ; il comptait demeurer presque seul, mais un grand nombre de notables, en dépit du choix de Séthi, ne croyait pas à l'avenir de Ramsès. À la mort du pharaon, peut-être le régent, accablé et incompétent, se démettrait-il en faveur d'un homme d'expérience.

Chénar n'avait-il pas été victime d'une injustice ? Lui, le successeur désigné, avait été écarté de façon brutale, sans recevoir la moindre explication. De quelle manière Ramsès s'y était-il pris pour séduire son père, sinon en calomniant son frère aîné ?

Avec une satisfaction certaine, Chénar commençait à passer pour une victime ! À lui d'utiliser avec patience cet avantage inattendu, de propager des rumeurs de plus en plus insistantes, et d'apparaître comme un recours face aux excès de Ramsès. La manœuvre prendrait du temps, beaucoup de temps ; sa réussite nécessitait une connaissance des plans de l'adversaire. Aussi Chénar demanda-t-il audience auprès du nouveau régent, installé dans un corps de bâtiment du palais royal de Memphis, à proximité de Pharaon.

Il lui fallut d'abord franchir l'obstacle d'Améni, l'âme damnée de Ramsès. Comment le corrompre ? Il n'aimait ni les femmes ni les plaisirs de la table, travaillait sans cesse enfermé dans son bureau, et ne semblait avoir d'autre ambition que de servir Ramsès. Pourtant, toute cuirasse souffrait d'un défaut ; Chénar finirait bien par le découvrir.

Il s'adressa au porte-sandales du régent avec déférence et le félicita sur la tenue impeccable de ses nouveaux locaux, où une vingtaine de scribes officiaient sous ses ordres. Insensible à la flatterie, Améni n'adressa aucun compliment à Chénar et se contenta de l'introduire dans la salle d'audience du régent.

Assis sur les marches menant à l'estrade pourvue d'un trône, Ramsès jouait avec son chien et son lionceau, qui forcissait à vue d'œil. Les deux animaux s'entendaient à merveille ; le lionceau maîtrisait sa force et le chien sa taquinerie. Veilleur avait même appris au petit fauve à dérober de la viande aux cuisines sans se faire prendre, et Massacreur protégeait le chien jaune dont personne ne pouvait s'approcher sans son consentement.

Chénar fut atterré.

Ça, un régent, le second personnage de l'État après Pharaon ! Un gamin dans un corps d'athlète, occupé à se distraire ! Séthi avait commis une folie dont il se repentirait. Bouillant d'indignation, Chénar parvint à se contenir.

– Le régent me fera-t-il l'honneur de m'écouter ?

– Pas de cérémonies entre nous ! Viens t'asseoir.

Le chien jaune s'était mis sur le dos, pattes en l'air, pour manifester sa soumission devant Massacreur ; Ramsès apprécia la ruse. Le lionceau, satisfait, ne s'apercevait pas que le chien le menait par le bout du nez et organisait les jeux à sa guise. Les observer apprenait beaucoup au régent ; ne symbolisaient-ils pas l'alliance de l'intelligence et de la force ?

Avec hésitation, Chénar s'assit sur une marche, à quelque distance de son frère. Le lionceau émit un grognement.

– N'aie pas peur ; il n'attaquera pas sans mon ordre.

– Ce fauve deviendra dangereux ; s'il blessait un visiteur de marque...

– Aucun risque.

Veilleur et Massacreur cessèrent de jouer et observèrent Chénar ; sa présence les irritait.

– Je suis venu me mettre à ton service.

– Sois-en remercié.

– Quelle tâche désires-tu me confier ?

– Je n'ai aucune expérience de la vie publique et du fonctionnement de l'État ; comment pourrais-je t'assigner une fonction sans commettre d'erreur ?

– Mais tu es le régent !

– Séthi est le seul maître de l'Égypte ; c'est lui qui prend les décisions essentielles, et personne d'autre. Il n'a nul besoin de mes avis.

– Mais...

– Je suis le premier conscient de mon incompétence et n'ai pas la moindre intention de jouer au gouvernant ; mon attitude ne changera pas : servir le roi et lui obéir.

– Il te faudra prendre des initiatives !

– Ce serait trahir Pharaon ; je me contenterai des tâches qu'il me confiera et les accomplirai de mon mieux. Si j'échoue, il me démettra et nommera un autre régent.

Chénar était désarçonné. Il s'attendait au comportement arrogant d'un prédateur et n'avait en face de lui qu'un agnelet servile et inoffensif ! Ramsès avait-il appris à ruser et à composer un personnage pour égarer son adversaire ? Il existait un moyen simple de le savoir.

– Je suppose que tu as pris connaissance de la hiérarchie.

– Il me faudrait des mois, voire des années, pour en percevoir les subtilités; est-ce vraiment indispensable? Grâce au labeur d'Améni, j'échapperai à quantité de tracas administratifs et aurai le temps de m'occuper de mon chien et de mon lion.

Aucune ironie dans le ton de Ramsès; il semblait incapable de prendre la mesure de son pouvoir. Améni, si habile et travailleur fût-il, n'était qu'un jeune scribe de dix-sept ans; il ne percerait pas de sitôt les secrets de la cour. En refusant de s'entourer d'hommes chevronnés, Ramsès s'affaiblirait et apparaîtrait comme un écervelé.

Au lieu de livrer un combat acharné, Chénar avançait en terrain conquis.

– Je supposais que Pharaon t'avait donné des directives à mon sujet.

– Tu as raison.

Chénar se raidit; enfin, l'instant de vérité! Jusqu'à présent, son frère avait donc joué la comédie et s'apprêtait à lui assener le coup décisif qui l'exclurait de la vie publique.

– Que désire Pharaon?

– Que son fils aîné assume ses devoirs comme auparavant et qu'il soit le chef du protocole.

Chef du protocole... La fonction était d'importance. Chénar s'occuperait de l'organisation des cérémonies officielles, veillerait à l'application des décrets et serait mêlé en permanence à la politique du roi. Loin d'être écarté, il occuperait une position centrale, même si elle ne possédait pas le relief de celle du régent. En manœuvrant avec habileté, il tisserait une toile solide et durable.

– Devrai-je te rendre compte de mes activités?

– Au pharaon, pas à moi; comment jugerais-je ce que j'ignore?

Ainsi, Ramsès n'était qu'un régent de pacotille! Séthi gardait tous les pouvoirs et continuait à faire confiance à son fils aîné.

Au centre de la cité sainte d'Héliopolis se dressait l'immense temple de Râ, le dieu de la lumière divine qui avait créé la vie. En ce mois de novembre dont les nuits devenaient fraîches, les prêtres préparaient les fêtes d'Osiris, visage caché de Râ.

– Tu connais Memphis et Thèbes, dit Séthi à Ramsès ; découvre Héliopolis. C'est ici que la pensée de nos ancêtres a pris forme. N'oublie pas d'honorer ce lieu saint ; Thèbes prend parfois trop d'importance. Ramsès, le fondateur de notre dynastie, préconisait l'équilibre et la juste répartition des pouvoirs entre les grands prêtres d'Héliopolis, de Memphis et de Thèbes ; j'ai respecté sa vision, respecte-la aussi. Ne sois soumis à aucun dignitaire, mais sois le lien qui les unit et les domine.

– Je songe souvent à Avaris, la ville de Seth, avoua Ramsès.

– Si le destin fait de toi un pharaon, tu retourneras là-bas et tu y communieras avec la puissance secrète lorsque je serai mort.

– Vous ne mourrez jamais !

L'exclamation avait jailli de la poitrine du jeune régent ; les lèvres de Séthi esquissèrent un sourire.

– Si mon successeur entretient mon *ka*, peut-être aurai-je cette chance.

Séthi fit pénétrer Ramsès dans le sanctuaire du grand temple de Râ où, au centre d'une cour à ciel ouvert, trônait un puissant obélisque dont la pointe recouverte d'or perçait le ciel afin de dissiper les influences nocives.

– Ainsi est symbolisée la pierre primordiale, surgie de l'océan des origines à l'aube des temps ; par sa présence sur cette terre, la création est maintenue.

Encore sous le choc, Ramsès fut conduit auprès d'un acacia géant que vénéraient deux prêtresses jouant le rôle d'Isis et de Nephtys.

– Dans cet arbre, expliqua Séthi, l'invisible fait naître Pharaon, le nourrit du lait des étoiles et lui donne son nom.

Le régent n'était pas au terme de ses surprises. Dans une vaste chapelle, une balance d'or et d'argent fixée sur un pied de bois stuqué, d'une envergure de deux mètres et d'une hauteur de deux mètres trente ! À son sommet, un babouin en or, incarnation du dieu Thot, le maître des hiéroglyphes et des coudées.

– La balance d'Héliopolis pèse l'âme et le cœur de tout être et de toute chose ; que Maât, dont elle est l'un des symboles, ne cesse d'inspirer ta pensée et tes actes.

À la fin de la journée passée dans la cité de la lumière, Séthi emmena Ramsès sur un chantier qu'avaient déserté les ouvriers.

– Ici s'érigera une nouvelle chapelle, car l'œuvre ne s'interrompt jamais. Construire le temple est le premier devoir de Pharaon ; c'est par lui qu'il bâtira son peuple. Agenouille-toi, Ramsès, et accomplis ta première œuvre.

Séthi tendit à Ramsès un maillet et un ciseau ; sous la protection de l'obélisque unique et le regard de son père, le régent tailla la première pierre du futur édifice.

37

Améni éprouvait une admiration sans bornes pour Ramsès, mais ne le jugeait pas exempt de défauts ; ainsi, il oubliait trop vite les mauvais coups portés contre lui et négligeait d'élucider certaines affaires mystérieuses, comme celle des pains d'encre trafiqués. Le jeune porte-sandales du régent, lui, avait de la mémoire ; sa nouvelle position lui procurant des avantages, il les mit à profit.

À ses vingt subordonnés assis en scribe sur des nattes et fort attentifs, il rappela les faits et n'omit aucun détail. Bien qu'il fût un piètre orateur, Améni passionna son auditoire.

– Que faire ? interrogea l'un des fonctionnaires.

– Explorer les services des archives qui m'étaient inaccessibles ; il existe forcément une copie du document original, donnant le nom complet du propriétaire de cet atelier. Que celui qui la découvre me l'apporte sans tarder et n'en parle à personne ; le régent saura le récompenser.

Lancées sur une aussi vaste échelle, ces investigations ne pouvaient que réussir ; lorsqu'il aurait la preuve en main, Améni la montrerait à Ramsès. Cette affaire réglée, il le convaincrait de s'occuper de nouveau de l'employeur du charrier et du palefrenier ; nul criminel ne devait échapper au châtiment.

En tant que régent, Ramsès était l'objet de multiples sollicitations et recevait un abondant courrier ; Améni écartait les importuns et rédigeait les réponses sur lesquelles le fils de Séthi apposait son sceau. Le secrétaire particulier lisait chaque missive, suivait chaque dossier ; nulle critique ne desservirait le régent, même si Améni devait perdre le peu de santé qui lui restait.

Bien qu'il ne fût âgé que de dix-huit ans, Âcha ressemblait à un homme mûr, chargé d'une longue expérience et revenu de tout. D'une élégance raffinée, il changeait de robe et de pagne chaque jour, suivait la mode memphite et prenait soin de son corps. Parfumé, rasé de près, il cachait parfois ses cheveux ondulés sous une perruque de grand prix ; les poils de sa fine moustache étaient alignés de manière impeccable et son visage fin reflétait la noblesse d'une longue lignée de notables à laquelle il était fier d'appartenir.

Le jeune homme faisait l'unanimité ; les diplomates de carrière ne tarissaient pas d'éloges sur son compte, et l'on s'étonnait que Pharaon ne lui eût pas encore confié un poste important dans une ambassade. Âcha, à l'humeur toujours égale, n'avait émis aucune protestation ; connaissant le moindre secret des couloirs du ministère des Affaires étrangères, il savait que son heure viendrait.

Néanmoins, la visite du régent le surprit ; il se sentit aussitôt en faute. C'eût été à lui de se déplacer et de s'incliner devant Ramsès.

– Accepte mes excuses, régent d'Égypte.

– À quoi serviraient-elles, entre amis ?

– J'ai manqué à mes devoirs.

– Es-tu satisfait de ton travail ?

– Plus ou moins ; la vie sédentaire ne me séduit guère.

– Où souhaiterais-tu partir ?

– En Asie. C'est là, demain, que se jouera le sort du monde ; si l'Égypte est mal informée, elle risque de graves déconvenues.

– Notre diplomatie te paraît-elle inadaptée ?

– D'après ce que j'en connais, oui.

– Que proposes-tu ?

– Aller davantage sur le terrain, mieux comprendre la manière de penser de nos alliés et de nos adversaires, faire l'inventaire de leurs forces et de leurs faiblesses, cesser de croire que nous sommes invulnérables.

– Redoutes-tu les Hittites ?

– Tant d'informations contradictoires circulent à leur sujet... Qui connaît vraiment leurs effectifs militaires et l'efficacité de leur armée ? Jusqu'à présent, un conflit direct a été évité.

– Le regrettes-tu ?

– Bien sûr que non, mais constate avec moi que nous baignons dans le flou.

– N'es-tu pas heureux, à Memphis ?

– Une famille riche, une villa agréable, une carrière toute tracée, deux ou trois maîtresses... Est-ce cela, le bonheur ? Je parle plusieurs langues, dont le hittite ; pourquoi ne pas utiliser mes dons ?

– Je peux t'aider.

– De quelle manière ?

– En tant que régent, je proposerai au roi ta nomination dans l'une de nos ambassades d'Asie.

– Ce serait prodigieux !

– Ne te réjouis pas trop vite ; la décision appartient à Séthi.

– Sois remercié pour ton geste.

– Espérons qu'il soit efficace.

L'anniversaire de Dolente était l'occasion d'une réception à laquelle étaient invitées les notabilités du royaume ; depuis son couronnement, Séthi n'y assistait plus. Laissant à Chénar le soin d'organiser les festivités, Ramsès souhaitait éviter cette soirée mondaine mais, sur les conseils d'Améni, il avait accepté d'apparaître avant le dîner.

Bedonnant et jovial, Sary écarta les flatteurs qui souhaitaient couvrir d'éloges le régent et, surtout, solliciter des faveurs.

– Ta présence nous honore... Comme je suis fier de mon élève ! Fier et découragé.

– Découragé ?

– Je n'éduquerai plus un futur régent ! À côté de toi, les enfants du *Kap* me paraîtront bien fades.

– Souhaiterais-tu changer de fonction ?

– J'avoue que la gestion des greniers me passionnerait davantage et me laisserait plus de temps pour m'occuper de Dolente. Ne vois pas là l'une des innombrables suppliques qui te sont adressées chaque jour ! Mais si tu te souvenais de ton ancien professeur...

Ramsès hocha la tête. Sa sœur courut vers lui ; trop maquillée, elle s'était vieillie d'une dizaine d'années. Sary s'éloigna.

– Mon mari t'a parlé ?

– Oui.

– Je suis tellement heureuse, depuis que tu as vaincu Chénar ! C'est un être mauvais et perfide qui souhaitait notre perte.

– Quel dommage t'a-t-il causé ?

– Sans importance ; c'est toi, le régent, pas lui. Favorise tes vrais alliés.

– Sary et toi, vous vous trompez sur mes possibilités.

Dolente battit des cils.

– Que signifie...

– Je ne jongle pas avec les postes administratifs, mais je tente de percevoir la pensée de mon père et de comprendre comment il gouverne ce pays, afin de m'inspirer un jour de son modèle, si les dieux le veulent.

– Trêve de belles idées ! Si proche du pouvoir suprême, tu ne songes qu'à accroître ton empire sur autrui et à former ton propre clan ; mon mari et moi voulons en faire partie, car nous le méritons. Nos qualités te seront indispensables.

– Tu me connais bien mal, ma chère sœur, et tu connais bien mal notre père ; ce n'est pas ainsi que l'Égypte est dirigée. Être régent me permet d'observer son travail de l'intérieur et d'en tirer des leçons.

– Tes paroles lénifiantes ne m'intéressent pas ; ici-bas, seule compte l'ambition. Tu ressembles aux autres, Ramsès ; si tu n'acceptes pas les lois de l'existence, tu seras broyé.

Seul sous la colonnade précédant la façade de sa villa, Chénar tirait les conclusions de l'ensemble des informations qu'il venait de recueillir. Par bonheur, son réseau d'amitiés ne s'était pas désagrégé, et le nombre des ennemis de Ramsès n'avait pas diminué. Ils observaient ses faits et gestes, et les rapportaient à Chénar qui, à l'évidence, deviendrait Pharaon à la mort de Séthi ; le comportement presque passif du régent, sa fidélité inconditionnelle à Séthi et son obéissance aveugle en feraient vite une ombre sans consistance.

Chénar ne partageait pas cet optimisme, en raison d'un événement catastrophique pour lui : le bref séjour de Ramsès à Héliopolis. C'était là, en effet, qu'un pharaon était définitivement reconnu comme tel par acclamation ; ainsi avaient été couronnés les premiers rois d'Égypte.

Séthi marquait donc sa volonté de manière éclatante, d'autant plus que Ramsès avait été confronté à la balance d'Héliopolis, d'après l'indiscrétion d'un prêtre ; le pharaon régnant reconnaissait la capacité de rectitude du régent et son aptitude à respecter la règle de Maât. Certes, cet acte majeur avait été accompli dans le secret et ne possédait encore qu'une valeur magique ; mais la volonté de Séthi s'était exprimée, et elle ne se modifierait pas.

Chef du protocole... Un trompe-l'œil ! Séthi et Ramsès souhaitaient qu'il s'endormît dans cette fonction confortable et oubliât ses rêves de grandeur, pendant que le régent s'emparerait peu à peu des rênes du pouvoir.

Ramsès était plus rusé qu'il n'y paraissait ; son humilité de façade cachait une ambition féroce. Se méfiant de son frère aîné, il avait tenté de donner le change ; mais l'épisode d'Héliopolis révélait son véritable plan. Chénar devait changer de stratégie ; laisser faire le temps serait une erreur qui le condamnerait à l'échec. Il fallait donc passer à l'offensive et considérer Ramsès comme un redoutable concurrent ; l'attaquer de l'intérieur ne suffirait pas. D'étranges pensées traversèrent l'esprit de Chénar, si étranges qu'elles l'effrayèrent.

Son désir de revanche fut le plus fort ; vivre comme un sujet de Ramsès lui serait insupportable. Quelles que fussent les conséquences du combat occulte qu'il entreprenait, il ne reculerait pas.

Le bateau à la grande voile blanche voguait sur le Nil avec une élégance souveraine ; le capitaine connaissait le moindre caprice du fleuve et en jouait avec habileté. Chénar était assis dans sa cabine, à l'abri des rayons du soleil. Non seulement il redoutait ses brûlures, mais encore tenait-il à garder la peau blanche, pour bien se différencier des paysans au teint hâlé.

En face de lui, buvant un jus de caroube, Âcha.

– Personne ne vous a vu monter à bord, j'espère ?

– J'ai pris mes précautions.

– Vous êtes un homme prudent.

– Surtout curieux... Pourquoi m'avoir imposé de telles précautions ?

– Pendant vos études au *Kap*, vous étiez l'ami de Ramsès.

– Son condisciple.

– Depuis sa nomination comme régent, êtes-vous resté en contact ?

– Il a appuyé ma demande de poste dans une ambassade d'Asie.

– J'ai contribué, croyez-moi, à asseoir votre réputation, même si ma disgrâce m'a empêché d'obtenir pour vous ce que je désirais.

– Disgrâce... Le terme n'est-il pas excessif?

– Ramsès me hait et il ne se préoccupe guère du bonheur de l'Égypte ; son seul but est le pouvoir absolu. Si personne ne l'empêche d'y parvenir, nous entrerons dans une ère de malheurs. Je me dois de l'éviter et bien des gens raisonnables m'aideront.

Âcha demeura impassible.

– J'ai bien connu Ramsès, objecta-t-il, et il ne ressemblait pas au futur tyran que vous décrivez.

– Il joue un jeu très subtil, en se présentant comme un bon fils et le disciple obéissant de Séthi ; rien ne saurait plaire davantage à la cour et au peuple. Moi-même, j'ai été abusé quelque temps ; en réalité, il ne songe qu'à devenir le maître des Deux Terres. Saviez-vous qu'il s'était rendu à Héliopolis pour y recevoir l'approbation du grand prêtre ?

L'argument troubla Âcha.

– Cette démarche semble prématurée, en effet.

– Ramsès exerce une influence négative sur Séthi ; à mon sens, il tente de persuader le roi de se retirer le plus tôt possible et de lui offrir le pouvoir.

– Séthi serait-il si malléable ?

– S'il ne l'était pas, pourquoi aurait-il choisi Ramsès comme régent ? Avec moi, son fils aîné, il aurait eu près de lui un fidèle serviteur de l'État.

– Vous semblez prêt à bouleverser bien des coutumes.

– Parce qu'elles sont périmées ! Le grand Horemheb n'a-t-il pas agi avec sagesse, en rédigeant un nouveau code de lois ? Les anciennes étaient devenues injustes.

– N'êtes-vous pas décidé à ouvrir l'Égypte sur le monde extérieur ?

– C'était mon intention, en effet, car seul le commerce international assure la prospérité.

– Auriez-vous changé d'avis ?

Chénar s'assombrit.

– Le futur règne de Ramsès me contraint à modifier mes

plans ; c'est pourquoi je tenais à ce que notre entretien demeurât secret. Ce dont je désire vous parler est d'une gravité exceptionnelle : parce que je veux sauver mon pays, je dois entreprendre une guerre souterraine contre Ramsès. Si vous acceptez de devenir mon allié, votre rôle sera déterminant ; la victoire acquise, vous en récolterez les fruits.

Âcha, indéchiffrable, réfléchit longuement.

S'il refusait de collaborer, Chénar serait contraint de le supprimer ; il en avait déjà trop dit. Mais il n'existait pas d'autre méthode pour recruter les hommes dont il avait besoin. Celui-là, s'il acceptait, serait l'un des plus actifs.

– Vous êtes trop elliptique, estima Âcha.

– Des relations commerciales avec l'Asie ne suffiront pas à renverser Ramsès ; en raison des circonstances, il faut aller beaucoup plus loin.

– Envisageriez-vous... une autre sorte d'entente avec l'étranger ?

– Lorsque les Hyksôs ont envahi et gouverné le pays, voilà bien des siècles, ils ont bénéficié de la complicité de plusieurs chefs de province du Delta, qui ont préféré collaborer plutôt que mourir. Devançons l'Histoire, Âcha ; utilisons les Hittites afin de chasser Ramsès, formons un groupe de responsables qui maintiendra notre pays sur la bonne voie.

– Le danger est considérable.

– Si nous ne tentons rien, Ramsès nous écrasera sous ses sandales.

– Que proposez-vous, de manière concrète ?

– Votre nomination en Asie sera le premier pas. Je connais votre don exceptionnel pour prendre des contacts ; il vous faudra gagner l'amitié de l'ennemi et le persuader de nous aider.

– Nul n'est informé des intentions réelles des Hittites.

– Grâce à vous, nous le serons ; aussi adapterons-nous notre stratégie et manipulerons-nous Ramsès afin de lui faire commettre des erreurs fatales dont nous profiterons.

Très calme, Âcha croisa les doigts.

– Surprenant projet, en vérité, mais fort risqué.

– Les timorés sont voués à l'échec.

– Supposez que les Hittites n'aient qu'un désir : faire la guerre.

– En ce cas, nous nous arrangerons pour que Ramsès la perde et que nous apparaissions comme des sauveurs.

– Plusieurs années de préparation seront nécessaires.

– Vous avez raison. La lutte commence aujourd'hui : d'abord, tout tenter pour empêcher Ramsès de monter sur le trône ; si nous échouons, le renverser grâce à un assaut provenant à la fois de l'intérieur et de l'extérieur. Je le considère comme un adversaire d'envergure dont la puissance ira en s'affirmant ; c'est pourquoi l'improvisation est à bannir.

– Que m'offrez-vous, en échange de mon aide ? demanda Âcha.

– Le poste de ministre des Affaires étrangères vous conviendra-t-il ?

Le petit sourire du diplomate prouva à Chénar qu'il avait touché juste.

– Tant que je serai enfermé dans un bureau de Memphis, mon action demeurera très limitée.

– Votre réputation est excellente, et Ramsès nous aidera sans le savoir ; je suis persuadé que votre nomination n'est qu'une question de temps. Tant que vous séjournerez en Égypte, nous ne nous reverrons plus ; par la suite, nos rencontres resteront secrètes.

Le bateau accosta loin du port de Memphis ; sur la berge, un char conduit par un allié de Chénar reconduisit Âcha en ville.

Le fils aîné regarda s'éloigner le diplomate. Plusieurs hommes seraient chargés de l'épier ; s'il tentait d'informer Ramsès, il ne survivrait pas longtemps à cette trahison.

38

L'homme qui avait tenté de supprimer Ramsès en utilisant les services du palefrenier et du charrier ne s'était pas trompé ; le fils cadet du roi était né pour lui succéder. Bien des traits de son caractère ressemblaient à ceux de son père : son énergie semblait inépuisable, son enthousiasme et son intelligence paraissaient capables de renverser n'importe quel obstacle, le feu qui brûlait en lui le prédestinait au pouvoir suprême.

Malgré ses mises en garde répétées, personne n'avait voulu l'écouter. Le choix de Ramsès comme régent avait enfin ouvert les yeux de ses proches, et l'on avait regretté l'échec de son initiative ; par bonheur, le palefrenier et le charrier étaient morts : comme il ne les avait jamais rencontrés et que leur intermédiaire ne parlerait plus, l'enquête s'était enlisée. Il n'existait aucun moyen de remonter jusqu'à lui et de prouver sa culpabilité.

Étant donné ses projets, sur lesquels le secret était bien gardé, il ne pouvait s'autoriser la moindre imprudence. Frapper fort et juste était l'unique solution, même si la position de Ramsès rendait la démarche moins facile. Le régent était sans cesse entouré, Améni écartait les importuns, le lion et le chien étaient d'excellents gardes du corps. Intervenir à l'intérieur du palais paraissait impossible.

En revanche, lors d'un déplacement ou d'un voyage, organiser un accident ne présenterait guère de difficultés, à condition que le cadre fût bien choisi ; or, une idée brillante l'excitait. Si Séthi tombait dans le piège et acceptait d'emmener son fils à Assouan, Ramsès n'en reviendrait pas.

En cette neuvième année du règne de Séthi, Ramsès fêtait ses dix-sept ans en compagnie d'Améni, de Sétaou et de son épouse nubienne, Lotus. Il regrettait l'absence de Moïse et d'Âcha ; mais le premier était retenu sur le chantier de Karnak, le second venait de partir pour le Liban, chargé d'une mission d'information par le ministère des Affaires étrangères. Réunir les anciens élèves du *Kap*, à l'avenir, présenterait bien des difficultés, à moins que le régent ne parvînt à faire de ses amis de proches collaborateurs ; mais leur indépendance d'esprit tendait à dissocier leurs chemins. Seul Améni refusait de s'éloigner de Ramsès, prétextant que, sans lui, le régent serait incapable de gérer son administration et de tenir ses dossiers à jour.

Lotus, repoussant les services du cuisinier du palais, avait préparé elle-même de l'agneau grillé agrémenté de grains de raisin et de pois chiches.

– Succulent, reconnut le régent.

– Dégustons et ne nous gavons pas, recommanda Améni ; moi, j'ai du travail.

– Comment supportes-tu ce scribe tatillon et rabat-joie ? s'enquit Sétaou qui nourrissait le chien et le lion, dont la taille devenait impressionnante.

– Tout le monde n'a pas le loisir de courir après les serpents, rétorqua Améni ; si je ne prenais pas le temps de noter les remèdes que tu préconises, tes recherches seraient vaines.

– Où sont installés les jeunes mariés ? demanda Ramsès.

– À la lisière du désert, répondit Sétaou, l'œil brillant ; dès que la nuit tombe, les reptiles sortent, Lotus et moi partons en chasse. Je me demande si nous vivrons assez longtemps pour connaître la totalité des espèces et leurs mœurs.

– Ta maison n'est pas une masure, précisa Améni ; elle s'apparente plutôt à un laboratoire. Et tu ne cesses de l'agrandir... Avec la petite fortune que tu te constitues en vendant tes poisons aux hôpitaux, rien d'étonnant.

Le charmeur de serpents considéra le jeune scribe avec curiosité.

– Qui t'a informé ? Tu ne sors jamais de ton bureau !

– Isolée ou non, ta maison est enregistrée au cadastre et au service de l'hygiène ; quant à moi, j'ai le devoir de procurer des informations fiables au régent.

– Mais tu m'espionnes ! Cet avorton est plus dangereux qu'un scorpion.

Le chien jaune aboya, rieur, ne croyant pas à la colère de Sétaou, lequel continua à échanger des propos aigres-doux avec Améni, jusqu'à l'irruption inattendue d'un messager de Pharaon. Ramsès était convié à se rendre au palais toutes affaires cessantes.

Séthi et Ramsès progressèrent à pas lents sur le sentier qui serpentait entre d'énormes blocs de granit rose. Arrivés le matin même à Assouan, le souverain et son fils s'étaient rendus immédiatement aux carrières. Pharaon désirait vérifier par lui-même la teneur du rapport alarmant qui lui avait été adressé, et tenait à ce que son fils connût cet univers minéral d'où provenaient les obélisques, les colosses, les portes et les seuils des temples, et quantité de chefs-d'œuvre taillés dans la pierre dure au rayonnement incomparable.

La missive évoquait un grave conflit entre contremaîtres, ouvriers et soldats chargés de transporter des monolithes de plusieurs tonnes sur d'énormes barges attachées l'une à l'autre, et construites pour la circonstance. À ces troubles s'en ajoutait un autre, plus grave encore : les spécialistes estimaient la principale carrière épuisée. D'après eux, il ne subsistait que des filons réduits et des veines trop courtes pour en dégager des obélisques de bonne taille ou des statues géantes.

Le message était signé d'un nommé Aper, chef des carriers, et n'avait pas suivi la voie hiérarchique ; le technicien craignait d'être sanctionné par ses supérieurs pour avoir révélé la vérité et s'était donc adressé directement au roi. Son secrétariat, jugeant le ton pondéré et réaliste, avait transmis le message à Séthi.

Ramsès se sentit à l'aise au milieu des rocs écrasés de soleil ; il perçut la force du matériau d'éternité que les sculpteurs transformaient en pierres parlantes. L'immense carrière d'Assouan était l'un des socles sur lesquels se bâtissait le pays, depuis la première dynastie ; il incarnait la stabilité de l'œuvre qui traversait les générations et usait le temps.

Une rigoureuse organisation présidait à l'exploitation du granit ; divisés en équipes, les tailleurs de pierre repéraient les meilleurs blocs, les testaient et les abordaient avec respect. De la perfection de leur travail dépendait la survie de l'Égypte ; de leurs mains naissaient les temples où résidaient les forces de création et les statues où vivait l'âme des ressuscités.

Chaque pharaon se préoccupait des carrières et des conditions de vie de ceux qui y travaillaient ; les chefs d'équipe furent heureux de revoir Séthi et de saluer le régent, dont la ressemblance avec son père était de plus en plus marquée. Ici, le nom de Chénar était inconnu.

Séthi fit appeler le chef des carriers.

Trapu, les épaules larges, la tête carrée, les doigts épais, Aper se prosterna devant le roi ; lui réservait-il blâme ou louange ?

– Le chantier me paraît calme.

– Tout est en ordre, Majesté.

– Ta lettre prétend le contraire.

– Ma lettre ?

– Nierais-tu m'avoir écrit ?

– Écrire... Ce n'est pas mon fort. Quand il le faut, j'utilise les services d'un scribe.

– Ne m'as-tu pas alerté, à propos d'un conflit opposant les ouvriers aux soldats ?

– Ah ça non, Majesté... Il y a bien quelques petites frictions, mais on s'en arrange.

– Et les contremaîtres ?

– On les respecte, ils nous respectent ; ce ne sont pas des gens de la ville, mais des ouvriers sortis du rang. Ils ont travaillé de leurs mains et connaissent le métier. Si l'un d'eux se prend pour ce qu'il n'est pas, on s'en occupe.

Aper frotta ses mains l'une contre l'autre, prêt à une nouvelle lutte à poings nus contre quiconque manifesterait un abus d'autorité.

– La principale carrière n'est-elle pas menacée d'épuisement ?

Le chef des carriers resta bouche bée.

– Ah ça... Qui vous a prévenu ?

– Est-ce la vérité ?

– Plus ou moins... Ça commence à être plus dur, il faut creuser plus profond ; dans deux ou trois ans, il faudra exploiter un nouveau site. Que vous soyez déjà averti... C'est de la voyance !

– Montre-moi l'endroit préoccupant.

Aper conduisit Séthi et Ramsès au sommet d'une petite colline d'où l'on découvrait la majeure partie de la zone exploitée.

– Ici, sur votre gauche, indiqua-t-il en tendant la main ; nous hésitons à dégager un obélisque.

– Faisons silence, exigea Séthi.

Ramsès vit le regard de son père se transformer ; il fixait les pierres avec une intensité extraordinaire, comme s'il pénétrait à l'intérieur, comme si sa chair devenait granit. Près de Séthi, la chaleur devint presque insupportable. Médusé, le chef des carriers s'écarta ; Ramsès demeura auprès du souverain. Il tenta, lui aussi, de percevoir au-delà de l'apparence, mais sa pensée se heurta aux blocs compacts, et il éprouva une douleur au niveau du plexus solaire. Acharné, il ne renonça pas ; en dépit de la souffrance, il finit par distinguer nettement les filons rocheux les uns des autres. Ils semblaient sortir des profondeurs de la terre, s'ouvrir au soleil et à l'air, adopter une forme spécifique, puis se solidifier et devenir du granit rose, parsemé d'étoiles scintillantes.

– Abandonnez l'endroit habituel, ordonna Séthi, et creusez vers la droite, sur une grande largeur ; le granit se montrera généreux pendant des dizaines d'années.

Le chef des carriers dévala la colline et, avec un pic, cassa une gangue noirâtre qui ne laissait rien présager de bon. Pourtant, le pharaon ne s'était pas trompé ; apparut un granit d'une fascinante beauté.

– Toi aussi, Ramsès, tu as vu. Continue ainsi, pénètre toujours plus au cœur de la pierre, et tu sauras.

En moins de un quart d'heure, le miracle de Pharaon fut annoncé dans les carrières, sur les quais et dans la ville. Il signifiait que l'ère des grands travaux se poursuivrait et que la prospérité d'Assouan ne se démentirait pas.

– Ce n'est pas Aper qui a écrit la lettre, conclut Ramsès ; qui a essayé de vous abuser ?

– On ne m'a pas fait venir ici pour ouvrir une nouvelle carrière, estima Séthi ; l'expéditeur de la missive ne s'attendait pas à ce résultat-là.

– Qu'espérait-il ?

Perplexes, le roi et son fils descendirent de la colline par le sentier étroit, tracé sur son flanc. Séthi marchait en tête, d'un pas sûr.

Un grondement intrigua Ramsès.

Au moment où il se retourna, deux cailloux, bondissant comme des gazelles affolées, lui éraflèrent la jambe ; ils formaient l'avant-garde d'une pierraille agressive précédant un énorme bloc de granit qui dévalait la pente à grande vitesse.

Aveuglé par un nuage de poussière, Ramsès hurla :

– Père, écartez-vous !

En reculant, le jeune homme tomba.

La poigne puissante de Séthi le souleva et l'ôta de la trajectoire. Le bloc de granit poursuivit sa course folle, des cris fusèrent. Carriers et tailleurs de pierre venaient de repérer un homme qui s'enfuyait.

– C'est lui, là-bas ! C'est lui qui a fait basculer le bloc ! cria Aper.

La poursuite s'organisa.

Aper fut le premier à rattraper le fugitif et le frappa d'un violent coup de poing sur la nuque pour le contraindre à s'arrêter. Le chef des carriers avait mal mesuré sa force : ce fut un cadavre qu'il présenta au pharaon.

– Qui est-il ? demanda Séthi.

– Je l'ignore, répondit Aper ; il ne travaillait pas ici.

La police d'Assouan aboutit à un résultat rapide : l'homme était un batelier, veuf et sans enfant, dont le travail consistait à livrer des poteries.

– C'est toi qui étais visé, affirma Séthi ; mais ta mort n'était pas gravée sur ce bloc.

– M'accordez-vous le droit de rechercher moi-même la vérité ?

– Je l'exige.

– Je sais à qui confier l'enquête.

39

Améni tremblait et jubilait.

Il tremblait, après avoir écouté le récit de Ramsès, qui venait d'échapper à une mort atroce ; il jubilait, parce que le régent lui apportait un indice remarquable, la lettre expédiée à Séthi pour déclencher sa venue à Assouan.

– L'écriture est belle, constata-t-il ; une personne de la haute société, cultivée, qui a l'habitude de rédiger des missives.

– Donc, Pharaon savait qu'elle n'émanait pas d'un chef de carriers et qu'on lui tendait un piège.

– À mon avis, vous étiez visés tous les deux ; les accidents de chantier ne sont pas rares.

– Es-tu d'accord pour enquêter ?

– Bien sûr ! Pourtant...

– Pourtant ?

– Je te dois un aveu : j'ai continué mes investigations à propos du propriétaire de l'atelier suspect. J'aurais aimé t'apporter la preuve qu'il s'agissait bien de Chénar, mais j'ai échoué. Tu m'offres beaucoup mieux.

– Espérons-le.

– A-t-on appris davantage sur le batelier ?

– Non, son commanditaire paraît hors d'atteinte.

– Un véritable serpent... Il faudrait demander l'aide de Sétaou.

– Pourquoi pas ?
– Rassure-toi, c'est déjà fait.
– Qu'a-t-il répondu ?
– Comme il s'agit de ta sécurité, il accepte de me prêter main-forte.

Chénar n'appréciait guère le Sud ; il y régnait une trop forte chaleur et l'on y était moins sensible à l'évolution du monde extérieur que dans le Nord. L'immense temple de Karnak, cependant, formait une entité économique si riche et si influente que nul candidat au pouvoir suprême ne pouvait se passer de l'appui du grand prêtre. Aussi rendit-il une visite de courtoisie au pontife, au cours de laquelle ne furent échangées que des banalités ; Chénar eut la satisfaction de ne ressentir aucune hostilité de la part de l'important personnage, qui observait de loin les luttes politiques de Memphis et prendrait, le moment venu, le parti du plus fort. L'absence d'éloge de Ramsès était un signe encourageant.

Chénar sollicita la possibilité de séjourner quelque temps au temple et d'y méditer, loin de l'agitation de la vie publique. L'autorisation fut accordée ; le fils aîné de Séthi s'accommoda plutôt mal du confort sommaire de la cellule de prêtre où il fut logé, mais atteignit son but : rencontrer Moïse.

Lors d'une pause, l'Hébreu examinait la colonne sur laquelle des sculpteurs avaient gravé une scène d'offrande de l'œil divin, contenant la totalité des mesures qui permettaient d'appréhender le monde.

– Une œuvre splendide ! Vous êtes un architecte remarquable.

Moïse, dont la robuste constitution s'était affirmée, observa son interlocuteur avec un dédain certain pour ses chairs trop molles et sa corpulence prononcée.

– J'apprends mon métier ; c'est le maître d'œuvre qui est responsable de cette réussite.

– Ne soyez pas si modeste.

– Je déteste les flatteurs.

– Vous ne m'appréciez pas beaucoup, semble-t-il.

– J'espère que c'est réciproque.

– Je suis venu ici pour me recueillir et trouver la sérénité ; la nomination de Ramsès fut un choc très rude, je l'avoue, mais il faut bien finir par accepter la réalité. La quiétude de ce temple m'y aidera.

– Tant mieux pour vous.

– Votre amitié pour Ramsès ne devrait pas vous aveugler ; mon frère n'a pas de bonnes intentions. Si vous aimez l'ordre et la justice, ne fermez pas les yeux.

– Critiqueriez-vous la décision de Séthi ?

– Mon père est un homme exceptionnel ; mais qui ne commet pas d'erreur ? Pour moi, la route du pouvoir est définitivement barrée, et je ne le regrette pas. M'occuper du protocole me comble ; mais que sera l'avenir de l'Égypte, si elle tombe entre les mains d'un incapable, préoccupé de sa seule ambition ?

– Quelles sont vos intentions précises, Chénar ?

– Vous éclairer. Je suis persuadé que vous aurez un grand destin ; miser sur Ramsès serait une erreur désastreuse. Demain, quand il montera sur le trône, il n'aura plus d'amis et vous serez oublié.

– Que proposez-vous ?

– Cessons de subir et préparons un autre avenir.

– Le vôtre, je suppose.

– Ma propre personne importe peu.

– Ce n'est pas mon sentiment.

– Vous vous méprenez sur mon compte ; servir mon pays est mon unique but.

– Les dieux vous entendent, Chénar ; ignorez-vous qu'ils détestent le mensonge ?

– Ce sont les hommes qui font la politique de l'Égypte, non les dieux. Je tiens à votre amitié ; ensemble, nous réussirons.

– Détrompez-vous et décampez.

– Vous avez tort.

– Je ne souhaite ni élever la voix ni commettre des violences dans un lieu comme celui-ci ; si vous le désirez, continuons cette discussion à l'extérieur.

– Ce ne sera pas nécessaire ; mais n'oubliez pas mes mises en garde. Un jour, vous me remercierez.

Le regard courroucé de Moïse dissuada Chénar d'insister ; comme il le craignait, il avait échoué. L'Hébreu ne serait pas aussi facile à conquérir qu'Âcha. Mais lui aussi avait des faiblesses qui, le temps aidant, se dévoileraient.

Dolente bouscula Améni qui ne put s'opposer à la charge de la femme en furie ; la sœur de Ramsès poussa la porte du bureau du régent et s'y engouffra comme un souffle d'orage.

Ramsès, assis en scribe sur une natte, recopiait un décret de Séthi relatif à la protection des arbres.

– Vas-tu enfin t'exécuter !

– Quelle est la raison de cette irruption, ma chère sœur ?

– Comme si tu ne le savais pas !

– Rafraîchis ma mémoire.

– Mon mari attend sa promotion.

– Adresse-toi au pharaon.

– Il refuse d'accorder aux membres de sa famille des privilèges qu'il considère comme... injustifiés !

– Que dire de plus ?

La colère de Dolente redoubla.

– C'est cette décision qui est injustifiée ! Sary mérite une promotion et toi, le régent, tu dois le nommer superviseur des greniers !

– Un régent irait-il contre la volonté de Pharaon ?

– Ne te comporte pas comme un lâche !

– Je ne commettrai pas un crime de lèse-majesté.

– De qui te moques-tu ?

– Calme-toi, je t'en prie.
– Donne-moi mon dû.
– Impossible.
– Ne joue pas les incorruptibles ! Tu es comme les autres... Allie-toi avec les tiens !
– Tu es si paisible, d'ordinaire.
– Je n'ai pas échappé à la tyrannie de Chénar pour subir la tienne ; persistes-tu à refuser ?
– Contente-toi de ta fortune, Dolente ; l'avidité est un défaut mortel.
– Garde pour toi ta morale désuète.
Elle disparut, vociférante.

Dans le jardin de la villa d'Iset la belle poussaient des sycomores majestueux, à l'ombre bienfaisante ; la jeune femme y prenait le frais, pendant que Ramsès transplantait de jeunes pousses dans une terre meuble et bien préparée. Au-dessus du régent, le feuillage frémissait, sous l'effet d'une douce brise du nord. L'arbre où aimait s'incarner la déesse Hathor ne tendait-il pas ses branches vertes, dans l'au-delà, pour donner aux justes à boire et à manger, ouvrir leur nez et leur bouche, les envelopper du parfum divin qui charmait le maître de l'éternité ?

Iset la belle cueillit des lotus et en orna ses cheveux.
– Désires-tu une grappe de raisin ?
– Dans vingt ans, un magnifique sycomore rendra ce jardin encore plus agréable.
– Dans vingt ans, je serai vieille.
Ramsès la regarda avec attention.
– Si tu continues à manier les fards et les onguents avec autant d'habileté, tu seras plus ravissante encore.
– Serai-je enfin mariée à l'homme que j'aime ?
– Je ne suis pas devin.
Avec une fleur de lotus, elle lui frappa la poitrine.

– On parle d'un accident évité de justesse, dans les carrières d'Assouan.
– Sous la protection de Séthi, je suis invulnérable.
– Ainsi, les attaques contre toi n'ont pas cessé.
– Sois rassurée, le coupable sera bientôt identifié.

Elle ôta sa perruque, dénoua ses longs cheveux et les répandit sur le torse de Ramsès. De ses lèvres chaudes, elle le couvrit de baisers.
– Est-ce si compliqué, le bonheur ?
– Si tu l'as trouvé, prends-le.
– Être avec toi me comble ; quand le comprendras-tu ?
– À l'instant.

Enlacés, ils roulèrent sur le côté ; Iset la belle accueillit le désir de son amant avec l'ivresse d'une femme heureuse.

La fabrication des papyrus était l'une des activités majeures des artisans égyptiens. Le prix variait en fonction de la qualité et de la longueur des rouleaux ; certains, porteurs de passages du *Livre de sortir dans la lumière* *, étaient destinés aux tombes, d'autres aux écoles et aux universités, la plupart à l'administration. Sans papyrus, impossible de gérer correctement le pays.

Séthi avait confié au régent le soin d'examiner, à intervalles réguliers, la production de papyrus et de veiller à leur juste répartition. Chaque secteur se plaignait de ne pas recevoir une quantité suffisante et critiquait la rapacité du voisin.

Ramsès venait précisément de repérer un abus commis par les scribes travaillant pour Chénar ; aussi avait-il convoqué son frère aîné dans l'intention d'y mettre fin.

Chénar semblait d'excellente humeur.
– Si tu a besoin de moi, Ramsès, je suis à ta disposition.
– Contrôles-tu les agissements de tes scribes ?

* Intitulé à tort « Livre des morts ».

– Pas dans le détail.

– Les achats de papyrus, par exemple.

– Une irrégularité ?

– En effet, tes scribes réquisitionnent de manière arbitraire une grande quantité de papyrus de première qualité.

– J'aime écrire sur un beau matériau, mais j'admets que cette pratique est inadmissible ; les coupables seront châtiés avec sévérité.

La réaction de Chénar surprit le régent ; non seulement il ne protestait pas, mais encore il reconnaissait son erreur.

– J'apprécie ta manière de procéder, déclara Chénar ; il faut réformer et assainir. Nulle corruption, fût-elle minime, ne saurait être tolérée. Dans ce domaine, je peux t'aider de manière efficace ; s'occuper du protocole permet de bien connaître les mœurs de la cour et de déceler des pratiques anormales. Les dénoncer ne suffit pas ; rectifier est indispensable.

Ramsès se demanda s'il avait réellement son frère aîné en face de lui ; quel dieu bienfaisant avait transformé le courtisan retors en justicier ?

– J'accepte volontiers ta proposition.

– Rien ne saurait me rendre plus heureux que cette franche collaboration ! Je vais commencer par nettoyer mes propres écuries, puis nous nous attaquerons à celles du royaume.

– Seraient-elles si souillées ?

– Séthi est un grand monarque, son nom restera dans l'Histoire, mais il ne peut s'occuper de tout et de tout le monde ! Lorsqu'on est notable, fils et petit-fils de notable, on prend de mauvaises habitudes et l'on s'arroge des droits, au mépris d'autrui. En tant que régent, il t'est possible de mettre fin à ce laxisme. J'en ai moi-même tiré bénéfice dans le passé, mais cette période est révolue. Nous sommes frères, Pharaon nous a attribué notre juste place : voilà la vérité dont nous devons vivre.

– Est-ce une trêve ou la paix ?

– La paix, définitive et sans retour, affirma Chénar. Nous nous sommes beaucoup affrontés, avec chacun notre part de responsabilités ; cette lutte fratricide n'a plus de sens. Tu es régent, je suis chef du protocole : prêtons-nous main-forte pour le bien-être du pays.

Lorsque Chénar s'en alla, Ramsès fut troublé ; lui tendait-il un piège, changeait-il de stratégie ou était-il sincère ?

40

Le grand conseil de Pharaon se réunit aussitôt après la célébration des rites de l'aube. Le soleil dardait ; partout, on recherchait l'ombre. Certains courtisans, trop gras, transpiraient à grosses gouttes et se faisaient éventer dès qu'ils se déplaçaient.

Par bonheur, la salle d'audience du roi était fraîche ; l'habile disposition des fenêtres hautes assurait une circulation d'air qui rendait l'endroit agréable. Indifférent aux effets de mode, le roi n'était vêtu que d'une simple robe blanche, alors que plusieurs ministres faisaient assaut d'élégance. Le vizir, les grands prêtres de Memphis et d'Héliopolis et le supérieur de la police du désert participaient à ce conseil exceptionnel.

Ramsès, assis à la droite de son père, les observait. Des craintifs, des inquiets, des vaniteux, des pondérés... De multiples types d'hommes étaient réunis ici, sous l'autorité suprême de Pharaon qui, seule, maintenait la cohérence. Sans elle, ils se seraient entre-déchirés.

– Le supérieur de la police du désert est porteur de mauvaises nouvelles, révéla Séthi ; qu'il parle.

Le haut fonctionnaire, âgé d'une soixantaine d'années, avait franchi tous les échelons de sa hiérarchie avant d'en atteindre le sommet. Calme, compétent, il connaissait la moindre piste des déserts de l'ouest et de l'est, et maintenait la sécurité dans ces vastes espaces que traversaient caravanes et expéditions de mineurs. Il n'ambitionnait aucun honneur et se préparait à une tranquille retraite dans son domaine d'Assouan ; aussi ses déclarations furent-elles écoutées avec grande attention, d'autant plus qu'il était rarement invité à s'exprimer dans un cadre aussi solennel.

– L'équipe de chercheurs d'or, partie il y a un mois pour le désert de l'est, a disparu.

Un long silence succéda à cette ahurissante déclaration ; la foudre de Seth n'aurait pas eu davantage d'effets. Le grand prêtre de Ptah demanda la parole au roi, qui la lui accorda ; conformément au rituel du grand conseil, on n'intervenait qu'avec l'assentiment du souverain, et chacun écoutait l'intervenant sans l'interrompre. Quelle que fût la gravité du sujet, aucune cacophonie n'était admise. La recherche d'une solution juste commençait par le respect de la pensée d'autrui.

– Êtes-vous certain de cette information ?

– Hélas, oui. D'ordinaire, une chaîne de messages me tient informé en permanence des progrès de ce type d'expédition, de ses difficultés, voire de son échec. Depuis plusieurs jours, je suis sans nouvelles.

– Le cas ne s'est-il jamais produit ?

– Si, pendant des périodes troublées.

– Une attaque de bédouins ?

– Dans ce secteur, c'est très improbable ; la police exerce un contrôle sévère.

– Improbable ou impossible ?

– Aucune tribu répertoriée ne peut perturber cette expédition au point de la réduire au silence ; une escouade de policiers expérimentés protégeait les chercheurs d'or.

– Quelle est votre hypothèse ?

– Je n'en ai aucune, mais je suis très inquiet.

L'or des déserts était livré aux temples : « chair des dieux », matériau incorruptible et symbole de vie éternelle, il donnait un éclat inégalable aux œuvres des artisans. Quant à l'État, il s'en servait comme mode de paiement pour certaines importations, ou bien comme cadeau diplomatique à des souverains étrangers afin de maintenir la paix. Aucune perturbation dans l'extraction du précieux métal ne pouvait être tolérée.

– Que préconisez-vous ? demanda Pharaon au policier.

– Ne pas temporiser et envoyer l'armée.

– J'en prendrai la tête, annonça Séthi, et le régent m'accompagnera.

Le grand conseil approuva cette décision ; Chénar, qui s'était bien gardé d'intervenir, encouragea son frère et lui promit de préparer des dossiers qu'il traiterait dès son retour.

La neuvième année du règne de Séthi, le vingtième jour du troisième mois de l'année, le corps expéditionnaire fort de quatre cents soldats, commandés par Pharaon en personne et par son régent, progressait dans un désert torride, au nord de la ville d'Edfou et à une centaine de kilomètres au sud de la piste menant aux carrières du Ouadi Hammamat. Il s'approchait du Ouadi Mia, le dernier endroit d'où un message avait été expédié à Memphis.

Le texte, banal, ne comportait aucun élément alarmiste ; le moral des chercheurs d'or semblait excellent, de même que l'état sanitaire de l'ensemble des voyageurs. Le scribe ne signalait aucun incident.

Séthi maintenait la troupe en état d'alerte, jour et nuit ; malgré les certitudes du chef de la police du désert, présent avec ses meilleurs éléments, il redoutait une attaque surprise de bédouins descendus de la péninsule du Sinaï. Le pillage et le meurtre étaient leurs lois ; pris de folie subite, leurs chefs se révélaient coupables des actes les plus barbares.

– Que ressens-tu, Ramsès ?

– Le désert est magnifique, mais je suis soucieux.

– Que vois-tu, au-delà de ces dunes ?

Le régent se concentra ; Séthi était animé du regard étrange, presque surnaturel, qu'il avait déployé à Assouan pour découvrir une nouvelle carrière.

– Ma vue se bloque... Au-delà de ces hauteurs, c'est le vide.

– Oui, le vide. Le vide d'une mort affreuse.

Ramsès tressaillit.

– Les bédouins ?

– Non, un agresseur plus insidieux et plus impitoyable.

– Faut-il nous préparer au combat ?

– Inutile.

Ramsès maîtrisa sa peur, bien qu'elle lui serrât la gorge. De quel adversaire avaient été victimes les chercheurs d'or ? S'il s'agissait des monstres du désert, comme le croyaient la plupart des soldats, aucune armée humaine n'en viendrait à bout ; ces fauves ailés, pourvus de griffes gigantesques, déchiquetaient leurs proies sans leur laisser le temps de se défendre.

Avant d'escalader la dune, chevaux, ânes et hommes se désaltérèrent ; la canicule contraignait à des haltes fréquentes, et les réserves d'eau seraient bientôt épuisées. À moins de trois kilomètres, l'un des grands puits de la région permettrait de remplir les outres.

Trois heures avant le couchant, on se remit en route et l'on franchit la dune sans trop de difficultés. Bientôt, le puits fut en vue. La construction en pierre de taille était adossée au flanc d'une montagne dont le ventre contenait de l'or.

Les chercheurs d'or et les soldats chargés de les protéger n'avaient pas disparu. Ils se trouvaient tous là, autour du puits, allongés sur le sable brûlant, face contre terre ou le visage exposé au soleil. De leur bouche entrouverte sortait une langue noire, sanguinolente.

Pas un n'avait survécu.

Sans la présence de Pharaon, la plupart des soldats, frappés de stupeur, auraient pris la fuite. Séthi donna l'ordre de dresser les tentes et de monter la garde, comme si le campement se trouvait sous la menace d'un assaut imminent ; puis il fit creuser des tombes où les malheureux seraient ensevelis. Leur natte de voyage leur servirait de linceul, le roi en personne prononcerait les formules de passage et de résurrection.

La célébration funéraire, dans la paix du soleil se couchant sur le désert, calma les soldats. Le médecin de l'expédition s'approcha de Séthi.

– Cause du décès ? interrogea le roi.

– La soif, Majesté.

Le roi se rendit aussitôt au puits que surveillaient des hommes de sa garde personnelle ; au campement, on espérait goûter une eau fraîche et vivifiante.

Le grand puits était rempli de pierres jusqu'à la margelle.

– Vidons-le, proposa Ramsès.

Séthi acquiesça.

La garde personnelle de Pharaon se mit au travail avec ardeur ; mieux valait ne pas affoler le gros de la troupe. La chaîne humaine se révéla d'une remarquable efficacité ; Ramsès donna le rythme et maintint l'enthousiasme parfois défaillant.

Quand la pleine lune éclaira le fond du puits, les soldats d'élite, épuisés, regardèrent le régent descendre une lourde jarre à l'aide d'une corde. Malgré l'impatience, il manœuvra avec lenteur, de manière à ne pas la briser.

La jarre remplie d'eau remonta ; le régent la présenta au roi. Il la sentit, mais ne la but pas.

– Qu'un homme descende au fond du puits.

Ramsès passa la corde sous ses aisselles, fit un nœud solide et demanda à quatre soldats de tenir ferme l'extrémité ; puis il enjamba la margelle et, s'aidant des saillies des pierres, commença sa descente. L'aventure ne présenta guère de difficultés ; à deux mètres au-dessus du niveau de l'eau, la lumière lunaire lui permit de voir flotter plusieurs cadavres d'ânes. Désespéré, il remonta.

– L'eau du puits est polluée, murmura-t-il.

Séthi vida la jarre dans le sable.

– Nos compatriotes ont été empoisonnés en buvant l'eau de ce puits ; puis le petit groupe d'assassins, sans doute des bédouins, l'ont comblé avec des pierres.

Le roi, le régent et tous les membres de l'expédition étaient condamnés ; même en repartant sur l'heure vers la Vallée, ils mourraient de soif avant d'avoir atteint les cultures.

Cette fois, le piège se refermait.

– Allons dormir, exigea Séthi ; je prierai notre mère, le ciel étoilé.

Dès l'aube, la nouvelle de la catastrophe se propagea ; aucun soldat n'était autorisé à remplir son outre, désespérément vide.

Un braillard tenta d'ameuter ses camarades ; Ramsès lui barra la route. Affolé, le fantassin brandit le poing contre le régent qui le saisit par le poignet et l'obligea à mettre un genou à terre.

– Perdre ton sang-froid hâtera ta mort.

– Il n'y a plus d'eau...

– Pharaon est présent parmi nous ; garde espoir.

Aucun autre mouvement de révolte ne se produisit ; Ramsès s'adressa à la troupe :

– Nous possédons une carte de la région, qui relève du secret militaire ; elle indique des pistes secondaires qui mènent à d'anciens puits, dont certains sont encore exploitables. Pendant que Pharaon demeurera au milieu de vous, j'explorerai ces pistes et vous rapporterai assez d'eau pour traverser la moitié du désert. Notre résistance et notre courage feront le reste ; en attendant, abritez-vous du soleil et n'accomplissez aucun effort inutile.

Ramsès partit avec une dizaine d'hommes et six ânes, portant sur leurs flancs des outres vides. Un vétéran, prudent, n'avait pas épuisé sa ration; après s'être humecté les lèvres avec la rosée du matin, le petit groupe bénéficierait d'ultimes gorgées.

Très vite, chaque pas devint une souffrance; la chaleur et la poussière brûlaient les poumons. Mais Ramsès allait bon train , de peur de voir ses compagnons s'écrouler. Il ne fallait penser à rien d'autre qu'à un puits d'eau fraîche.

La première piste n'existait plus, les vents de sable l'avaient effacée. Continuer dans cette direction, au hasard, eût été suicidaire. La deuxième aboutissait à un cul-de-sac, au fond d'un oued desséché; le cartographe avait mal fait son travail. À l'extrémité de la troisième piste, un cercle de pierres sèches! Les hommes coururent et s'affalèrent sur la margelle du puits, ensablé depuis longtemps.

La fameuse carte, qualifiée de « secret militaire », n'était qu'un leurre. Peut-être avait-elle été juste, dix ans plus tôt; un scribe paresseux s'était contenté de la recopier, sans réclamer une vérification. Et son successeur l'avait imité.

Face à Séthi, Ramsès ne se répandit pas en explications; sa mine défaite parlait pour lui.

Depuis six heures, les soldats n'avaient pas bu; le roi s'adressa aux officiers.

– Le soleil est au zénith, constata-t-il; je pars avec Ramsès à la recherche de l'eau. Quand les ombres commenceront à s'allonger, je serai de retour.

Séthi gravit la colline; malgré sa jeunesse, Ramsès éprouva quelque peine à le suivre, puis modela sa démarche sur celle de son père. Tel un bouquetin, symbole de la noblesse en langue hiéroglyphique, le roi n'accomplissait aucun geste inutile et ne gaspillait aucune once d'énergie. Il n'avait emporté avec lui qu'un seul objet, composé de deux branches d'acacia écorcées, polies et reliées à l'une de leurs extrémités par du fil de lin très serré.

La roche roulait sous leurs pieds, soulevant une poussière chaude ; Ramsès, à la limite de l'asphyxie, rejoignit le roi au sommet de l'éminence. La vue sur le désert était splendide ; le régent jouit quelques instants de spectacle, puis la soif, obsédante, lui rappela que cette immensité prenait la forme d'un tombeau.

Séthi brandit devant lui les deux branches d'acacia, en les écartant ; elles se plièrent avec souplesse. Il les promena au-dessus du paysage, très lentement ; soudain, la baguette de sourcier lui échappa des mains et, dans un claquement, bondit à plusieurs mètres de lui.

Ramsès la ramassa, fébrile, et la rendit à son père. Ensemble, ils descendirent la pente ; Séthi s'arrêta devant un amoncellement de pierres plates entre lesquelles poussaient des épineux. Sa baguette tressauta.

– Va chercher les carriers et qu'ils creusent ici.

La fatigue disparut ; Ramsès courut à perdre haleine, bondissant au-dessus de la pierraille, et ramena une quarantaine d'hommes qui s'attelèrent aussitôt à la tâche.

Le sol était meuble. À une profondeur de trois mètres, une eau fraîche jaillit.

L'un des ouvriers s'agenouilla.

– C'est Dieu qui a guidé l'esprit du roi... L'eau est abondante comme la crue !

– Ma prière fut exaucée, dit Séthi ; ce puits se nommera « Que soit stable la vérité de la lumière divine ». Quand chacun sera désaltéré, nous bâtirons une ville pour les chercheurs d'or et un temple où résideront les divinités. Ils demeureront présents dans ce puits et ouvriront le chemin de ceux qui recherchent le métal lumineux pour magnifier le sacré.

Sous la conduite de Séthi, le bon berger, le père et la mère de tous les hommes, le confident des dieux, les soldats joyeux se transformèrent en bâtisseurs.

41

Touya, la grande épouse royale, présidait la cérémonie d'adoption des musiciennes autorisées à participer au culte d'Hathor, dans son grand temple de Memphis. Les jeunes femmes, venues de toutes les provinces du pays, avaient subi un examen sévère, qu'elles fussent chanteuses, danseuses ou instrumentistes.

De grands yeux sévères et attentifs, les joues marquées, le nez fin et droit, le menton petit et presque carré, coiffée d'une perruque en forme de dépouille de vautour, symbole de la fonction maternelle, Touya avait tellement impressionné les candidates que nombre d'entre elles avaient perdu leurs moyens. La reine, qui avait vécu la même épreuve dans sa jeunesse, ne prônait pas l'indulgence ; si l'on désirait servir la divinité, la maîtrise de soi était la première des qualités.

La technique des musiciennes lui sembla assez faible ; elle se promit de réprimander les professeurs des harems qui, ces derniers mois, avaient tendance à se relâcher. La seule jeune femme qui se détachait de cette promotion avait un visage grave et recueilli, d'une surprenante beauté ; lorsqu'elle jouait du luth, elle se concentrait de manière si intense que le monde extérieur s'évanouissait.

Dans les jardins du temple, une collation fut offerte aux candidates, heureuses ou malheureuses ; les unes pleurnichaient, les autres riaient nerveusement. Très jeunes, elles semblaient encore proches de l'enfance. Seule Néfertari, à qui le collège des anciennes prêtresses avait décidé de confier la direction de l'orchestre féminin du sanctuaire, était sereine, comme si l'événement ne la concernait pas.

La reine s'approcha d'elle.

– Vous avez été brillante.

La jeune luthiste s'inclina.

– Quel est votre nom ?

– Néfertari.

– D'où venez-vous ?

– Je suis née à Thèbes et j'ai fait mes études au harem de Mer-Our.

– Ce succès ne semble guère vous réjouir.

– Je ne souhaitais pas résider à Memphis, mais revenir à Thèbes et faire partie du personnel du temple d'Amon.

– Et devenir recluse ?

– L'initiation aux mystères est mon plus cher désir, mais je suis encore trop jeune.

– À votre âge, ce n'est pas une préoccupation habituelle ; seriez-vous déçue de la vie, Néfertari ?

– Non, Majesté ; mais les rituels m'attirent.

– Ne souhaitez-vous pas vous marier et avoir des enfants ?

– Je n'y ai pas songé.

– Au temple, l'existence est austère.

– J'aime les pierres d'éternité, leurs secrets et le recueillement auxquels elles invitent.

– Accepteriez-vous, néanmoins, de vous en éloigner pendant quelque temps ?

Néfertari osa contempler la grande épouse royale ; Touya apprécia son regard clair et direct.

– La direction de l'orchestre féminin de ce temple est un poste remarquable, mais j'ai élaboré un autre projet vous concernant ; accepteriez-vous d'être l'intendante de ma maisonnée ?

Intendante de la maisonnée de la grande épouse royale ! Combien de nobles dames rêvaient de cette fonction, dont la titulaire était une confidente de la reine ?

– La vieille amie qui assumait cette tâche est décédée le mois dernier, révéla Touya ; les postulantes sont nombreuses à la cour, et l'on se calomnie beaucoup afin d'éliminer les concurrentes.

– Je manque d'expérience, je...

– Vous n'appartenez pas à la noblesse, imbue de ses privilèges ; votre famille ne se réfère pas en permanence à un illustre passé qui justifierait sa paresse actuelle.

– Ce handicap ne sera-t-il pas trop pesant ?

– Seule la valeur des êtres m'intéresse ; et il n'existe pas de handicap qu'un être de valeur ne parvienne à surmonter. Que décidez-vous ?

– Ai-je la possibilité de réfléchir ?

La reine fut amusée ; aucune noble dame de la cour n'eût osé poser pareille question.

– Je crains que non. Si vous respirez trop les parfums du temple, vous m'oublierez.

Les mains jointes devant sa poitrine, Néfertari s'inclina.

– Je suis au service de Votre Majesté.

Levée avant l'aube, la rcine Touya aimait les petits matins. L'instant où un rai de lumière perçait les ténèbres était, pour elle, la création quotidienne du mystère de la vie. À sa grande satisfaction, Néfertari partageait son goût pour le travail matinal ; aussi lui donnait-elle les directives de la journée dès le petit déjeuner que les deux femmes partageaient.

Trois jours après avoir pris sa décision, Touya sut qu'elle ne s'était pas trompée ; à la beauté de Néfertari s'ajoutait une intelligence déliée, s'appuyant sur une surprenante capacité à distinguer l'essentiel du secondaire. Entre la reine et l'intendante de la maisonnée s'était établie, dès leur première séance de travail, une profonde complicité. Elles communiquaient à demi-mot, parfois même par la pensée. Leurs entretiens matinaux terminés, Touya passait dans son cabinet de toilette.

Alors que la coiffeuse achevait de parfumer la perruque de la reine, Chénar se présenta devant sa mère.

– Congédiez votre servante, exigea-t-il ; aucune oreille indiscrète ne doit nous entendre.

– Est-ce si grave ?

– Je le crains.

La coiffeuse s'éclipsa ; Chénar semblait en proie à une réelle angoisse.

– Parle, mon fils.

– J'ai longtemps hésité.

– Puisque ta décision est prise, pourquoi me faire languir ?

– C'est que... j'hésite à vous causer une peine affreuse.

Cette fois, Touya fut inquiète.

– Un malheur est-il advenu ?

– Séthi, Ramsès et l'armée de secours ont disparu.

– Aurais-tu des nouvelles précises ?

– Voilà bien longtemps qu'ils se sont aventurés dans le désert, à la recherche des chercheurs d'or ; de nombreuses rumeurs pessimistes circulent.

– Ne les écoute pas ; si Séthi était mort, je le saurais.

– Comment...

– Entre ton père et moi existent des liens invisibles ; même lorsque nous sommes éloignés l'un de l'autre, nous demeurons unis. Sois donc rassuré.

– Il faut vous rendre à l'évidence : le roi et son expédition devraient être de retour depuis longtemps. Nous ne pouvons laisser le pays à l'abandon.

– Le vizir et moi-même gérons les affaires courantes.

– Souhaitez-vous mon aide ?

– Remplis ta fonction et satisfais-t'en ; il n'est pas de plus grand bonheur sur cette terre. S'il te reste quelque inquiétude, pourquoi ne pas prendre la tête d'une expédition sur les traces de ton père et de ton frère ?

– Il se produit un phénomène étrange que nous ne comprenons pas ; les démons du désert dévorent ceux qui tentent de lui arracher son or. Mon devoir ne consiste-t-il pas à rester ici ?

– Écoute la voix de ta conscience.

Les deux messagers de Séthi, partis à quatre jours d'intervalle, n'atteignirent l'Égypte ni l'un ni l'autre. Sur la piste aboutissant à la Vallée, des coureurs des sables les attendaient ; ils les tuèrent, volèrent leurs vêtements et brisèrent les tablettes de bois qu'avait rédigées Ramsès, indiquant à la reine que l'expédition recueillait de l'or et jetait les fondations du temple et de la ville des mineurs.

L'émissaire des coureurs des sables apprit à Chénar que Pharaon et le régent étaient bien vivants et que le roi, grâce à une intervention divine, avait trouvé une source abondante au cœur du désert. Les bédouins, chargés d'empoisonner le puits principal, avaient donc échoué.

À la cour, beaucoup pensaient que Séthi et Ramsès avaient été victimes d'un maléfice ; mais comment mettre à profit l'absence du souverain ? Touya tenait fermes les rênes du pouvoir. Seule la disparition réelle de son mari et de son fils cadet l'aurait contrainte à nommer Chénar régent.

Dans quelques semaines, au plus tard, l'expédition rentrerait et Chénar aurait manqué une belle occasion de se rapprocher du pouvoir suprême. Une maigre chance, néanmoins : que la chaleur insupportable, les serpents ou les scorpions s'acquittent de la mission que les bédouins avaient été incapables de remplir.

Améni ne dormait plus.

La rumeur se renforçait : l'expédition conduite par Séthi et Ramsès avait disparu à son tour. D'abord, le jeune scribe ne crut pas à ces balivernes ; ensuite, il se renseigna à l'office central des messagers royaux et apprit l'angoissante vérité. On était bien sans nouvelles de Pharaon et du régent, et l'on ne prenait pas la moindre initiative !

Une seule personne pouvait débloquer la situation et envoyer une armée de secours dans le désert de l'ouest ; aussi Améni se rendit-il au palais de la grande épouse royale où il fut reçu par une jeune femme d'une surprenante beauté. Bien qu'il se méfiât du sexe opposé et de ses maléfices, le jeune scribe apprécia le visage parfait de Néfertari, le charme d'un regard profond et la douceur de la voix.

– Je souhaiterais voir Sa Majesté.

– En l'absence de Pharaon, elle est fort occupée ; pourrais-je connaître le motif de votre démarche ?

– Pardonnez-moi, mais...

– Mon nom est Néfertari ; la reine m'a nommée intendante de sa maisonnée. Je vous promets que je lui rapporterai fidèlement vos paroles.

Bien qu'elle fût une femme, elle semblait sincère. Mécontent de sa propre faiblesse, Améni se laissa séduire.

– En tant que secrétaire particulier et porte-sandales du régent, je crois indispensable d'envoyer sur-le-champ un corps d'élite à leur recherche.

Néfertari sourit.

– Dissipez vos craintes ; la reine est informée.

– Informée... Mais ce n'est pas suffisant !

– Pharaon n'est pas en danger.

– En ce cas, des messages seraient parvenus à la cour !

– Je suis incapable de vous donner davantage d'explications, mais ayez confiance.

– Insistez auprès de la reine, je vous en supplie.

– Elle se préoccupe autant que vous du sort de son mari et

de son fils, soyez-en sûr ; s'ils couraient un risque, elle interviendrait.

Le parcours, effectué sur le dos d'un âne vigoureux et rapide, fut un supplice, mais Améni, bien qu'il détestât se déplacer, devait se rendre chez Sétaou. Le charmeur de serpents habitait à la lisière du désert, loin du centre de Memphis. Le chemin de terre, longeant un canal d'irrigation, n'en finissait pas ; par bonheur, quelques riverains avaient entendu parler de Sétaou et de son épouse nubienne, et connaissaient l'emplacement de sa demeure.

Lorsqu'il arriva à bon port, Améni avait les reins brisés ; secoué par une crise d'éternuements, à cause de la poussière, il frotta ses yeux rougis et douloureux.

Lotus, qui préparait à l'extérieur une mixture dont l'odeur abominable agressa les narines du jeune scribe, le pria d'entrer. S'apprêtant à franchir le seuil de la vaste maison blanche, il recula.

Un cobra royal le menaçait.

– C'est une vieille bête inoffensive, indiqua Lotus.

Elle caressa la tête du reptile qui se dandina, semblant apprécier cette marque d'affection ; Améni en profita pour se faufiler à l'intérieur.

La pièce d'accueil regorgeait de fioles de tailles diverses et d'objets aux formes bizarres qui servaient à traiter le venin ; accroupi, Sétaou transvasait un liquide épais et rougeâtre.

– Te serais-tu perdu, Améni ? Te voir hors de ton bureau relève du miracle.

– Plutôt d'un cataclysme.

– Quel sorcier t'a fait sortir de ton antre ?

– Ramsès est victime d'un complot.

– Ton imagination te joue des tours.

– Il s'est perdu dans le désert de l'est, sur la piste des mines d'or, en compagnie de Séthi.

– Ramsès, se perdre ?

– Aucun message depuis plus de dix jours.

– Des retards administratifs.

– Non, j'ai vérifié moi-même... Et ce n'est pas tout.

– Quoi encore ?

– L'instigatrice du complot est la reine Touya.

Sétaou faillit renverser sa coupelle ; il se tourna vers le jeune scribe.

– Aurais-tu perdu la tête ?

– J'ai sollicité un entretien qui m'a été refusé.

– Rien d'extraordinaire.

– J'ai appris que la reine jugeait la situation tout à fait normale, qu'elle n'éprouvait aucune crainte et n'avait pas l'intention d'envoyer une expédition de secours.

– Une rumeur...

– Je tiens cette décision de Néfertari, la nouvelle intendante de sa maisonnée.

Sétaou eut l'air contrit.

– Tu crois donc que Touya a tenté de se débarrasser de son mari pour prendre le pouvoir... Invraisemblable !

– Les faits sont les faits.

– Séthi et Touya forment un couple très uni.

– Pourquoi refuse-t-elle de le secourir ? Accepte l'évidence : elle l'a envoyé à une mort certaine afin de monter sur le trône.

– Même si tu as raison, que faire ?

– Partir à la recherche de Ramsès.

– Avec quelle armée ?

– Toi et moi suffirons.

Sétaou se leva.

– Toi, cheminer des heures dans le désert ? Tu as vraiment perdu l'esprit, mon pauvre Améni !

– Acceptes-tu ?

– Bien sûr que non !

– Abandonnerais-tu Ramsès ?

– Si ton hypothèse est la bonne, il est déjà mort ; à quoi bon risquer nos vies ?

– J'ai déjà un âne et de l'eau ; donne-moi un remède contre les serpents.

– Tu ne saurais pas t'en servir.

– Merci pour tout.

– Reste... Ton initiative est une folie !

– Je suis au service de Ramsès ; on ne reprend pas la parole donnée.

Améni remonta sur son âne et prit la direction du désert de l'est. Il fut bien vite obligé de s'arrêter et s'étendit sur le dos, jambes repliées, afin de soulager ses reins ; le quadrupède, à l'ombre d'un persea, mâcha des touffes d'herbes sèches.

Dans un demi-sommeil, le jeune scribe songea à se munir d'un bâton ; peut-être aurait-il à combattre ?

– Aurais-tu renoncé ?

Améni ouvrit les yeux et se redressa.

Sétaou était à la tête de cinq grisons, chargés d'outres et du matériel nécessaire pour affronter le désert.

42

Iset la belle força la porte de Chénar qui déjeunait avec quelques notables, ravis de déguster des côtes de bœuf grillées, relevées d'une sauce épicée.

– Comment pouvez-vous vous gaver de nourriture, alors que l'Égypte est en danger !

Les notables furent choqués ; le fils aîné du roi se leva, s'excusa et entraîna la jeune femme hors de la salle à manger.

– Que signifie cette intrusion ?

– Lâchez mon bras !

– Vous allez ruiner votre réputation ; ignorez-vous que mes invités sont des personnalités ?

– Je m'en moque !

– Pourquoi cette excitation ?

– Et vous, ignorez-vous que Séthi et Ramsès ont disparu dans le désert de l'est ?

– Ce n'est pas l'avis de la reine...

Iset la belle fut désarmée.

– L'avis de la reine...

– Ma mère est persuadée que Pharaon n'est pas en danger.

– Mais personne n'a la moindre nouvelle !

– Vous ne m'apprenez rien.

– Vous devez lever une expédition et partir à leur recherche.

– Aller contre l'avis de ma mère serait une faute impardonnable.

– De quelles informations dispose-t-elle ?

– De son intuition.

La jeune femme ouvrit des yeux ébahis.

– Est-ce une mauvaise plaisanterie ?

– La vérité, ma chère ; rien d'autre que la vérité.

– Que signifie cette attitude invraisemblable ?

– En l'absence de Pharaon, la reine gouverne et nous obéissons.

Chénar n'était pas mécontent ; Iset la belle, exaltée et inquiète, ne manquerait pas de propager les pires rumeurs sur le compte de Touya. Le grand conseil serait obligé de lui demander des explications, sa réputation se ternirait, et l'on ferait appel à lui pour gérer les affaires de l'État.

Ramsès marchait en tête de l'expédition qui revenait du désert de l'est, après avoir bâti une chapelle et des maisons où les chercheurs d'or connaîtraient des conditions de travail acceptables ; la nappe d'eau découverte par le roi alimenterait le puits pendant de nombreuses années. Et les ânes étaient chargés de sacs d'or de première qualité.

Pas un homme n'était mort ; Pharaon et le régent étaient fiers de ramener le contingent au grand complet. Quelques malades traînaient la jambe, attendant les semaines de repos qui suivraient leur retour ; un carrier, piqué par un scorpion noir, était porté sur une civière. Une forte fièvre et des douleurs dans la poitrine inquiétaient le médecin militaire.

Ramsès franchit une butte et, dans le lointain, aperçut une minuscule tache verte.

Les premières cultures, les plus proches du désert ! Le

régent se retourna et annonça la bonne nouvelle ; des cris de joie montèrent vers le ciel.

Un policier à l'œil perçant pointa l'index vers un amas rocheux.

– Une minuscule caravane vient vers nous.

Ramsès se concentra ; d'abord, il ne vit que des blocs inertes, puis il distingua quelques ânes et deux cavaliers.

– Inhabituel, estima le policier ; on jurerait des voleurs qui s'enfuient dans le désert. Interceptons-les.

Une partie de la troupe se déploya.

Peu après, elle amena les deux prisonniers au régent. Sétaou tempêtait, Améni était au bord du malaise.

– Je savais que je te retrouverais, murmura-t-il à l'oreille de Ramsès, pendant que Sétaou s'occupait du carrier mordu par le scorpion.

Chénar fut le premier à féliciter son père et son frère ; ils avaient accompli un authentique exploit qui serait relaté dans les annales. Le fils aîné proposa d'être le rédacteur, mais Séthi confia cette tâche à Ramsès qui s'en acquitterait avec l'aide d'Améni, pointilleux sur le choix des termes et l'élégance du style. Les membres de l'expédition racontèrent à l'envi le miracle de Pharaon qui les avait sauvés d'une mort affreuse.

Seul Améni ne partageait pas la joie générale ; Ramsès supposa que sa santé déficiente était la cause de sa morosité, mais il voulut en avoir le cœur net.

– Quel mal te ronge ?

Le jeune scribe s'était préparé à l'épreuve, seule la vérité le purifierait.

– J'ai douté de ta mère et j'ai cru qu'elle voulait s'emparer du pouvoir suprême.

Ramsès éclata de rire.

– Tes excès de travail te sont préjudiciables, mon ami ; je vais t'obliger à te promener et à faire un peu d'exercice.

– Comme elle refusait d'envoyer une expédition de secours...

– Ignores-tu que des liens invisibles relient Pharaon et la grande épouse royale ?

– Je m'en souviendrai, crois-moi.

– Un détail insolite me surprend : pourquoi la tendre Iset tarde-t-elle tant à me prodiguer son affection ?

Améni baissa la tête.

– Elle est... aussi coupable que moi.

– Quel mal a-t-elle commis ?

– Elle aussi a cru que ta mère complotait et s'est répandue en critiques acerbes et en accusations perfides.

– Envoie-la chercher.

– Les apparences nous ont égarés, nous...

– Envoie-la chercher.

Iset la belle, qui avait oublié de se maquiller, se jeta aux pieds de Ramsès.

– Pardonne-moi, je t'en supplie !

Les cheveux dénoués, elle enserrait de ses bras nerveux les chevilles du régent.

– J'étais si inquiète, si tourmentée...

– Était-ce une raison pour soupçonner ma mère de telles turpitudes et, pis encore, pour souiller son nom ?

– Pardonne-moi...

Iset pleurait.

Ramsès la releva ; se serrant contre lui, elle continua à s'épancher sur son épaule.

– À qui as-tu parlé ? demanda-t-il, sévère.

– Aux uns et aux autres, je ne sais plus... J'étais folle d'angoisse, je voulais qu'on parte à ta recherche.

– Des accusations infondées pourraient te conduire devant le tribunal du vizir ; si le crime de lèse-majesté est avéré, ce sera le bagne ou l'exil.

Iset la belle s'effondra en sanglots ; elle s'accrocha à Ramsès avec la force du désespoir.

– Je plaiderai ta cause, parce que ta peine est sincère.

Dès son retour, Pharaon avait repris le gouvernail que Touya maniait si bien en son absence. La haute administration faisait confiance à la reine qui privilégiait le travail quotidien aux jeux politiciens dans lesquels trop de courtisans s'égaraient. Lorsque Séthi était contraint de quitter le siège du gouvernement, il partait l'âme en paix, sachant que son épouse ne le trahirait pas et que le pays serait dirigé avec sagesse et lucidité.

Certes, il aurait pu confier une régence effective à Ramsès ; mais le roi préférait procéder par osmose, transmettre son expérience de manière magique, plutôt que d'abandonner son fils sur le champ clos du pouvoir où tant de pièges le guettaient.

Ramsès était un être fort, une personnalité d'envergure. Il possédait les capacités de régner et d'affronter l'adversité sous toutes ses formes, mais serait-il apte à supporter la solitude écrasante d'un pharaon ? Afin de l'y préparer, Séthi le faisait voyager en esprit et de la façon la plus concrète ; bien des étapes restaient encore à parcourir.

Touya présenta Néfertari au souverain ; tétanisée, la jeune femme fut incapable de prononcer un mot et se contenta de s'incliner. Séthi l'observa quelques instants et lui recommanda la plus grande rigueur dans l'exercice de ses fonctions. Diriger la maisonnée de la grande épouse royale exigeait fermeté et discrétion. Néfertari se retira sans avoir osé regarder le roi.

– Tu t'es montré sévère, observa Touya.

– Elle est bien jeune.

– Aurais-je engagé une incapable ?

– Elle est dotée de qualités remarquables.

– Son souhait était de rentrer au temple et de n'en plus sortir.

– Comme je la comprends ! Tu la soumets donc à une terrible épreuve.

– C'est vrai.

– Dans quelle intention ?

– Je l'ignore moi-même. Dès que j'ai vu Néfertari, j'ai ressenti une personnalité exceptionnelle ; elle eût été heureuse à l'intérieur du temple couvert, mais mon instinct m'affirme qu'elle a une autre mission à remplir. Si je me suis trompée, elle ira son chemin.

Ramsès présenta à sa mère Veilleur, le chien jaune, et Massacreur, le lion nubien, dont la taille commençait à effrayer. Les deux compagnons du régent, sensibles à l'honneur qui leur était accordé, se comportèrent de manière correcte ; nourris par le cuisinier personnel de la reine, ils goûtèrent, tête-bêche, l'ineffable plaisir de la sieste à l'ombre d'un palmier.

– Cette entrevue fut agréable, concéda Touya, mais quel est son véritable motif ?

– Iset la belle.

– Vos fiançailles seraient-elles brisées ?

– Elle a commis une faute grave.

– À ce point ?

– Elle a calomnié la reine d'Égypte.

– De quelle manière ?

– En t'accusant d'avoir manigancé la disparition du roi afin de prendre sa place.

À la stupéfaction de Ramsès, sa mère parut amusée.

– La quasi-totalité des courtisans et des nobles dames était de son avis ; on m'a reproché de ne pas avoir envoyé une armée de secours, alors que je vous savais indemnes, Séthi et toi. Malgré nos temples et nos rites, peu d'êtres savent qu'il est possible de communiquer par l'esprit, au-delà du temps et de l'espace.

– Sera-t-elle... accusée ?

– Elle a réagi de façon... normale.

– Ne souffres-tu pas de tant d'ingratitude et d'injustice ?

– Telle est la loi des hommes ; l'essentiel est qu'elle ne gouverne pas le pays.

Une jeune femme déposa des missives sur une table basse, à gauche de la reine, et disparut, silencieuse et furtive. Sa brève présence avait été semblable à l'éclat d'un rayon de soleil entre les feuilles d'un arbre.

– Qui est-elle ? demanda Ramsès.

– Néfertari, ma nouvelle intendante.

– Je l'ai déjà rencontrée ; comment a-t-elle obtenu un poste aussi important ?

– Simple concours de circonstances ; elle avait été appelée à Memphis pour devenir prêtresse du temple d'Hathor, et je l'ai remarquée.

– Mais... Tu lui offres l'inverse de sa vocation !

– Les harems forment nos jeunes femmes aux tâches les plus diverses.

– Que de responsabilités pour une personne si jeune !

– Tu n'as toi-même que dix-sept ans ; aux yeux du roi comme aux miens, seule importe la qualité du cœur et de l'action.

Ramsès fut troublé ; la beauté de Néfertari semblait provenir d'un autre monde. Sa brève apparition s'était gravée en lui, tel un moment miraculeux.

– Rassure Iset la belle, recommanda Touya ; je ne déposerai pas de plainte contre elle. Mais qu'elle apprenne à discerner la vérité de l'erreur ; si elle n'en est pas capable, qu'elle tienne au moins sa langue.

43

En habit d'apparat, Ramsès arpentait le débarcadère principal du port de « Bon voyage » ; autour de lui, le maire de Memphis, le superviseur de la navigation, le ministre des Affaires étrangères et un imposant service d'ordre. Dans moins de un quart d'heure, les dix bateaux grecs accosteraient.

Un temps, les garde-côtes avaient cru à une attaque ; une partie de la flotte de combat égyptienne s'était aussitôt mobilisée, prête à repousser l'assaillant. Mais les étrangers avaient manifesté des intentions pacifiques et exprimé le vœu de se rendre à Memphis afin d'y rencontrer Pharaon.

Sous bonne escorte, ils remontèrent le Nil et atteignirent la capitale à la fin d'une matinée venteuse. Intrigués, des centaines de badauds se pressaient sur les rives ; ce n'était pas l'époque de l'apport des tributs, qui voyait se succéder les ambassadeurs étrangers et leur suite. Pourtant, les imposants vaisseaux témoignaient d'une richesse évidente ; les arrivants venaient-ils offrir des cadeaux somptueux à Séthi ?

La patience n'était pas le fort de Ramsès, et il craignait que ses dons pour la diplomatie ne fussent d'une extrême minceur. Accueillir ces étrangers lui pesait ; Améni avait préparé une sorte de discours officiel, lénifiant et ennuyeux, dont le régent avait oublié les premiers mots. Il regrettait l'absence d'Âcha, qui eût été l'homme de la situation.

Les navires grecs avaient beaucoup souffert ; d'importantes réparations seraient nécessaires avant de repartir vers la haute mer. Certains portaient même les traces d'un début d'incendie ; la traversée de la Méditerranée n'avait pas dû se dérouler sans quelques accrochages avec des pirates.

Le bâtiment de tête manœuvra avec habileté, bien qu'une partie de sa voilure fût endommagée ; on jeta une passerelle, et le silence se fit.

Qui allait débarquer et mettre le pied sur le sol d'Égypte ?

Apparut un homme de taille moyenne, aux larges épaules, à la chevelure blonde et au faciès ingrat, âgé d'une cinquantaine d'années ; il portait une cuirasse et des jambières, mais tenait son casque d'airain serré contre sa poitrine, en signe de paix.

Derrière lui, une grande et belle femme aux bras blancs, vêtue d'un manteau pourpre et coiffée d'un diadème qui indiquait son haut lignage.

Le couple descendit la passerelle et s'arrêta devant Ramsès.

– Je suis Ramsès, régent du royaume d'Égypte ; au nom de Pharaon, je te souhaite la bienvenue.

– Je suis Ménélas, le fils d'Atrée, roi de Lacédémone, et voici mon épouse Hélène ; nous venons de la maudite cité de Troie que nous avons vaincue et détruite, après dix années de rudes combats. Nombre de mes amis sont morts, et la victoire a un goût amer ; comme tu le vois, le reste de mes navires est en mauvais état, mes soldats et mes marins sont épuisés. L'Égypte nous permettra-t-elle de reprendre des forces avant de rentrer chez nous ?

– La réponse appartient à Pharaon.

– Est-ce un refus déguisé ?

– J'ai coutume d'être franc.

– Tant mieux. Moi, je suis un guerrier et j'ai tué beaucoup d'hommes ; ce n'est sûrement pas ton cas.

– Pourquoi affirmer sans savoir ?

Les petits yeux noirs de Ménélas brillaient de colère.

– Si tu étais l'un de mes sujets, je t'aurais brisé l'échine.

– Par bonheur, je suis égyptien.

Ménélas et Ramsès se défièrent du regard ; le roi de Lacédémone céda le premier.

– J'attendrai la réponse sur mon bateau.

Lors de la réunion du conseil restreint, l'attitude du régent fut diversement appréciée ; certes, Ménélas et les débris de son armée ne constituaient pas un danger immédiat ou futur pour l'Égypte, mais il possédait cependant le titre de roi et méritait donc le respect. Ramsès écouta les critiques et les rejeta ; ne s'était-il pas trouvé face à un soudard, à l'un de ces guerriers atrides assoiffés de sang et de combats, et dont la distraction favorite était le pillage des villes incendiées ? Accorder l'hospitalité à un bandit de cette espèce ne lui semblait pas opportun.

Le ministre des Affaires étrangères, Méba, se départit de son habituelle réserve.

– La prise de position du régent me semble dangereuse ; Ménélas ne doit pas être traité avec mépris. Notre politique étrangère préconise une bonne entente avec de multiples pays, qu'ils soient grands ou petits, afin d'éviter des alliances contre nous.

– Ce Grec est un fourbe, déclara Ramsès ; son regard est faux.

Méba, sexagénaire de belle allure, au visage large et rassurant, à la voix douce, eut un sourire indulgent.

– On ne fait pas de la diplomatie avec des sentiments ; nous sommes contraints de négocier avec des personnages qui, parfois, nous déplaisent.

– Ménélas nous trahira, poursuivit Ramsès ; pour lui, la parole donnée n'a aucune valeur.

– Voici un procès d'intention, se plaignit Méba ; la jeunesse du régent l'incite à porter des jugements hâtifs. Ménélas est un Grec, et les Grecs sont rusés ; peut-être n'a-t-il pas dit toute la vérité. À nous d'agir avec circonspection et de découvrir les raisons de cette visite.

– Invitons Ménélas et son épouse à dîner, déclara Séthi ; leur comportement dictera notre décision.

Ménélas offrit au pharaon des vases en métal d'une belle facture et des arcs composites fabriqués avec différentes qualités de bois ; ces armes avaient prouvé leur efficacité lors des combats contre les Troyens. Les officiers du roi de Lacédémone portaient des jupes colorées, ornées de motifs géométriques, et des chaussures montantes ; les mèches ondulées de leur coiffure tombaient jusqu'au nombril.

Des effluves de nectar provenaient de la robe verte d'Hélène, qui dissimulait son visage sous un voile blanc ; elle s'assit à la gauche de Touya, tandis que Ménélas prenait place à la droite de Séthi. Le Grec fut impressionné par le visage sévère de Pharaon ; ce fut Méba qui se chargea de la conversation. Le vin des oasis dérida le roi de Lacédémone ; il se répandit en lamentations, regrettant les longues années passées devant les murailles de Troie, relata ses exploits, évoqua son ami Ulysse, déplora la cruauté des dieux et vanta les charmes de son pays qu'il lui tardait de retrouver. Le ministre des Affaires étrangères, qui pratiquait un grec parfait, sembla conquis par les jérémiades de son hôte.

– Pourquoi dissimulez-vous votre visage ? demanda Touya à Hélène, dans sa langue.

– Parce que je suis une chienne perverse que tous ont en horreur ; à cause de moi, de nombreux héros sont morts. Quand Pâris le Troyen m'a enlevée, je n'imaginais pas que son acte insensé se traduirait par dix années de massacre ; cent fois, j'ai souhaité être emportée par le vent ou noyée dans une vague furieuse. Trop de malheurs... J'ai provoqué trop de malheurs.

– N'êtes-vous pas libre, à présent ?

Sous le voile blanc, un pauvre sourire.

– Ménélas ne m'a pas pardonné.

– Le temps effacera vos souffrances, puisque vous êtes réunis.

– Il y a plus grave...

Touya respecta le silence douloureux d'Hélène ; elle parlerait si elle en avait envie.

– Je hais mon mari, avoua la belle femme aux bras blancs.

– Un ressentiment passager ?

– Non, je ne l'ai jamais aimé ; j'ai même souhaité la victoire de Troie. Majesté...

– Oui, Hélène ?

– Permettez-moi de rester ici le plus longtemps possible ; rentrer à Lacédémone m'épouvante.

Par prudence, Chénar, chef du protocole, avait éloigné Ramsès de Ménélas. Le régent dînait près d'un homme sans âge, au visage buriné et ridé, orné d'une longue barbe blanche ; il mangeait lentement et répandait de l'huile d'olive sur tous ses aliments.

– C'est la clé de la santé, mon prince !

– Mon nom est Ramsès.

– Le mien, Homère.

– Êtes-vous général ?

– Non, poète ; ma vue est mauvaise, mais ma mémoire excellente.

– Un poète, avec cette brute de Ménélas ?

– Les vents m'avaient appris que ses navires vogueraient vers l'Égypte, la terre de la sagesse et des écrivains ; après avoir beaucoup voyagé, je désire m'installer ici afin d'y travailler en paix.

– Je suis défavorable à un long séjour de Ménélas.

– À quel titre ?

– Celui de régent.

– Vous êtes bien jeune... Et vous détestez les Grecs.

– J'ai parlé de Ménélas, non de vous ; où comptez-vous résider ?

– Dans un endroit plus agréable qu'un bateau ! J'y suis à l'étroit, mes affaires sont entassées dans une cale et je déteste la compagnie des marins. La houle, les vagues et les tempêtes ne sont pas favorables à l'inspiration.

– Accepteriez-vous mon aide ?

– Vous parlez un grec correct...

– L'un de mes amis est un diplomate polyglotte ; à son contact, apprendre fut un jeu.

– Aimez-vous la poésie ?

– Vous apprécierez nos grands auteurs.

– Si nous avons des goûts communs, nous pourrons peut-être nous entendre.

De la bouche du ministre des Affaires étrangères, Chénar apprit la décision de Pharaon : Ménélas était autorisé à résider en Égypte. On y réparerait ses bateaux, il serait logé dans une vaste villa du centre de Memphis, ses soldats seraient placés sous commandement égyptien et devraient observer une stricte discipline.

Le fils aîné de Pharaon fut chargé de faire découvrir la capitale à Ménélas ; pendant de longues journées, parfois éprouvantes, Chénar tenta d'apprendre au Grec les rudiments de la culture égyptienne, mais se heurta à une indifférence frisant l'impolitesse.

Les monuments, en revanche, impressionnèrent Ménélas ; face aux temples, il ne contint pas son étonnement.

– De fameux châteaux forts ! Les prendre d'assaut ne doit pas être facile.

– Ce sont les demeures des divinités, expliqua Chénar.

– Des dieux guerriers ?

– Non, Ptah est le maître des artisans, celui qui façonne le monde par le verbe, et Hathor la déesse de la joie et de la musique.

– Pourquoi ont-ils besoin de forteresses aux murailles épaisses ?

– L'énergie divine est confiée à des spécialistes qui la recueillent à l'abri du profane ; pour pénétrer dans le temple couvert, il faut être initié à certains mystères.

– Autrement dit, moi, le roi de Lacédémone, fils de Zeus et vainqueur de Troie, je n'ai pas le droit de franchir ces portes dorées !

– C'est ainsi... Lors de quelques fêtes, avec l'accord de Pharaon, vous serez peut-être admis dans la grande cour à ciel ouvert.

– Et quel mystère contemplerai-je ?

– La grande offrande à la divinité qui réside dans le temple et propage son énergie sur la terre.

– Bah !

Chénar se montra d'une patience infinie ; bien que les manières et les discours de Ménélas fussent peu raffinés, il ressentit des affinités avec cet étranger aux yeux rusés. Son instinct l'incita à lui accorder une considération marquée afin de percer ses défenses.

Ménélas revenait sans cesse sur les dix années de guerre qui s'étaient achevées par la défaite de Troie ; il déplorait le sort cruel de ses alliés tombés sous les coups de l'ennemi, critiquait l'attitude d'Hélène et souhaitait qu'Homère, en relatant les hauts faits des vainqueurs, lui donnât le beau rôle.

Chénar tenta de savoir de quelle manière Troie avait succombé ; Ménélas évoqua de furieuses mêlées, la bravoure d'Achille et des autres héros, leur volonté inflexible de reprendre Hélène.

– Dans une guerre aussi longue, insinua Chénar, la ruse n'a-t-elle joué aucun rôle ?

D'abord réticent, Ménélas accepta de répondre.

– Ulysse a eu l'idée de faire construire un grand cheval de bois à l'intérieur duquel se sont cachés des soldats ; les Troyens ont commis l'imprudence de le faire entrer dans leur cité. Ainsi, nous les avons surpris de l'intérieur.

– Vous n'êtes sûrement pas étranger à cette idée, suggéra Chénar, admiratif.

– J'en ai parlé avec Ulysse, mais...

– Il n'a fait que traduire votre pensée, j'en suis sûr.

Ménélas se rengorgea.

– Après tout, c'est bien possible.

Chénar consacrerait l'essentiel de son temps à s'assurer l'amitié du Grec. À présent, il disposait d'une nouvelle stratégie pour éliminer Ramsès et redevenir le seul prétendant au trône d'Égypte.

44

Dans son jardin, sous la treille, Chénar offrit à Ménélas de véritables banquets. Le Grec admirait les pampres vert sombre, d'où pendaient de lourdes grappes ; en hors-d'œuvre il se gavait des gros grains d'un bleu profond. Ragoûts de pigeons, bœuf rôti, cailles au miel, rognons et côtes de porc cuisinées avec des fines herbes ravissaient son palais. Il ne se lassait pas de comptempler les jeunes musiciennes, fort peu vêtues, qui charmaient ses oreilles en jouant de la flûte et de la harpe portative.

– L'Égypte est un beau pays, admit-il ; je le préfère aux champs de bataille.

– Votre villa vous satisfait-elle ?

– Un vrai palais ! De retour chez moi, j'ordonnerai à mes architectes de m'en construire une semblable.

– Les serviteurs ?

– Aux petits soins.

Comme il le souhaitait, Ménélas avait obtenu une cuve de granit que l'on remplissait d'eau chaude dans laquelle il prenait d'interminables bains. Son intendant égyptien jugeait le procédé peu hygiénique et émollient ; comme ses compatriotes, il préférait les douches. Mais il se pliait aux instructions données par Chénar ; chaque jour, une masseuse frottait d'huile le corps couvert de cicatrices du grand héros.

– Elles ne sont pas dociles, vos masseuses ! Chez moi, les esclaves ne font pas tant d'histoires. Après le bain, elles me donnent du plaisir, au gré de mes fantaisies.

– Il n'y a pas d'esclaves en Égypte, précisa Chénar ; ce sont des techniciennes qui reçoivent un salaire.

– Pas d'esclaves ? Voilà un progrès qui manque à votre grand pays !

– Nous aurions besoin d'hommes de votre trempe.

Ménélas repoussa la caille au miel servie dans un plat en albâtre ; les dernières paroles de Chénar lui coupaient l'appétit.

– Qu'insinuez-vous ?

– L'Égypte est un pays riche et puissant, il est vrai, mais ne pourrait-on le gouverner avec davantage de perspicacité ?

– N'êtes-vous pas le fils aîné de Pharaon ?

– Cette filiation me condamne-t-elle à l'aveuglement ?

– Séthi est un personnage effrayant ; même Agamemnon n'avait pas autant d'autorité que lui. Si vous songez à comploter contre lui, renoncez ; l'échec est assuré. Ce roi est animé d'une force surnaturelle ; je ne suis pas un lâche, mais affronter son regard m'effraie.

– Qui parle de comploter contre Séthi ? Le peuple entier le vénère. Mais Pharaon est aussi un homme et l'on murmure que sa santé décline.

– Si j'ai bien compris vos coutumes, le régent montera sur le trône après sa mort ; toute guerre de succession sera évitée.

– Le règne de Ramsès ruinerait l'Égypte ; mon frère est incapable de gouverner.

– En vous opposant à lui, vous allez contre la volonté de votre père.

– Ramsès l'a abusé. Si vous devenez mon allié, l'avenir vous sourira.

– L'avenir ? Mais c'est de rentrer chez moi le plus vite possible ! Même si l'Égypte me loge et me nourrit mieux que je ne l'imaginais, je n'y suis qu'un hôte sans pouvoir. Oubliez vos rêves insensés.

Néfertari avait fait visiter à Hélène le harem de Mer-Our; la jolie femme blonde, aux bras blancs, s'émerveillait devant les splendeurs de la terre des pharaons. Meurtrie, lasse, elle parvenait à goûter quelques moments de joie en se promenant dans les jardins ou en écoutant de la musique; le raffinement de l'existence qui lui était offert depuis plusieurs semaines par la reine Touya agissait comme un remède. Mais une nouvelle récente avait plongé Hélène dans l'angoisse : deux bateaux grecs étaient déjà réparés. Le départ approchait.

Assise au bord d'un étang peuplé de lotus bleus, elle ne parvint pas à retenir ses larmes.

– Pardonnez-moi, Néfertari.

– Dans votre pays, ne serez-vous pas honorée comme une reine ?

– Ménélas sauvera les apparences; il prouvera que lui, le guerrier, a rasé une ville et massacré sa population pour ramener sa femme sous son toit et laver l'affront. Mais ma vie, là-bas, sera un enfer; la mort serait plus douce.

Néfertari ne prononça pas des paroles inutiles; elle dévoila à Hélène les secrets de l'art du tissage. Passionnée, celle-ci passa des journées entières dans les ateliers, interrogeant les ouvrières les plus expérimentées et s'attaqua à la fabrication de robes luxueuses. Ses mains furent habiles, et elle gagna l'estime des meilleures professionnelles; ces travaux lui firent oublier Troie, Ménélas et l'inévitable chemin du retour, jusqu'au soir où la chaise à porteurs de la reine Touya franchit la porte du harem.

Hélène courut se réfugier dans ses appartements et s'effondra en pleurs sur son lit; la présence de la grande épouse royale signifiait la fin d'une période de bonheur comme elle n'en connaîtrait jamais plus. Elle regretta de ne pas avoir le courage de se suicider.

Avec douceur, Néfertari la pria de la suivre.
– La reine désire vous voir.
– Je ne bougerai pas d'ici.
– Touya n'aime pas attendre.
Hélène se résigna ; une fois de plus, elle n'était pas maîtresse de sa destinée.

L'habileté des menuisiers égyptiens surprit Ménélas ; la rumeur selon laquelle les navires de Pharaon étaient capables de voguer pendant des mois semblait fondée, puisque le chantier naval de Memphis avait réparé et consolidé les bateaux grecs avec une rapidité extraordinaire. Le roi de Lacédémone avait vu d'énormes barges, capables de supporter des obélisques entiers, des voiliers rapides et des bâtiments de guerre qu'il n'aurait pas aimé affronter. La force de dissuasion égyptienne n'était pas un leurre.

Il chassa ces pensées moroses, tout à la joie d'organiser enfin le voyage de retour. Cette escale en Égypte lui avait permis de recouvrer son énergie habituelle ; ses soldats avaient été soignés et bien nourris, les équipages étaient prêts à partir.

D'un pas martial, Ménélas se dirigea vers le palais de la grande épouse royale où Hélène résidait, depuis son retour du harem de Mer-Our ; il fut reçu par Néfertari qui le conduisit à son épouse.

Hélène, vêtue à l'égyptienne d'une robe de lin à bretelles, lui sembla presque indécente ; par bonheur, aucun autre Pâris ne songerait à l'enlever ! La morale des pharaons interdisait ce genre de pratique, d'autant plus que les femmes se révélaient beaucoup plus indépendantes qu'en Grèce. Elles n'étaient pas cloîtrées dans des gynécées, circulaient librement, le visage découvert, tenaient tête aux hommes et occupaient de hautes fonctions : travers déplorables que Ménélas se garderait bien d'importer.

À l'approche de son mari, Hélène omit de se lever et demeura concentrée sur son métier à tisser.

– C'est moi, Hélène.

– Je le sais.

– Ne devrais-tu pas me saluer ?

– À quel titre ?

– Mais... Je suis ton mari et ton maître !

– Le seul maître, ici, c'est Pharaon.

– Nous partons pour Lacédémone.

– Je suis loin d'avoir terminé mon ouvrage.

– Lève-toi et viens.

– Tu partiras seul, Ménélas.

Le roi se rua sur sa femme et tenta de l'agripper par le poignet ; le poignard qu'elle brandit l'obligea à reculer.

– Ne m'agresse pas, ou bien j'appelle au secours ; en Égypte, le viol est puni de mort.

– Mais... Tu es ma femme, tu m'appartiens !

– La reine Touya m'a confié la direction d'un atelier de tissage ; c'est un honneur dont j'entends me montrer digne. Je façonnerai des robes pour les dames de la cour et, lorsque cette tâche m'ennuiera, nous partirons. Si tu es trop impatient, va, je ne te retiens pas.

Ménélas avait brisé deux épées et trois lances sur la meule qu'utilisait le boulanger de sa villa. Sa fureur avait épouvanté les serviteurs ; sans l'intervention de Chénar, la police aurait arrêté le dément. Le fils aîné de Pharaon demeura à bonne distance, tant que la fureur du héros grec ne fut pas apaisée ; quand le bras de Ménélas se fatigua enfin, Chénar lui apporta une coupe de bière forte.

Le roi de Lacédémone but goulûment et s'assit sur la meule.

– Cette garce... Quel tour m'a-t-elle encore joué ?

– Je comprends votre colère, mais elle est inutile ; Hélène est libre de son choix.

– Libre, libre ! Une civilisation qui accorde tant de libertés aux femmes mérite de disparaître !

– Resterez-vous à Memphis ?

– Ai-je le choix, moi ? Si je rentre à Lacédémone sans Hélène, je serai ridicule ; mon peuple se moquera de moi, et l'un de mes fidèles lieutenants m'égorgera pendant mon sommeil. Il me faut cette femme !

– La tâche que lui a confiée Touya n'est pas fictive ; la reine apprécie beaucoup votre épouse.

Ménélas frappa du poing sur la meule.

– Qu'Hélène soit maudite !

– Se lamenter n'est pas une solution ; nos intérêts sont communs, à présent.

Le Grec prêta l'oreille.

– Si je deviens Pharaon, je remettrai Hélène entre vos mains.

– Que dois-je faire ?

– Préparer avec moi l'élimination de Ramsès.

– Séthi peut vivre cent ans !

– Neuf années de règne ont usé mon père ; en se dépensant sans compter pour l'Égypte, il gaspille ses forces. Et je vous répète que nous avons besoin de temps ; lorsque la vacance du pouvoir sera proclamée, pendant la période de deuil, nous devrons frapper vite et fort. Une telle stratégie ne s'improvise pas.

Abattu, Ménélas fit le dos rond.

– Combien de temps faudra-t-il attendre...

– La chance va tourner, croyez-moi ; mais il nous reste quantité de tâches délicates à accomplir.

S'appuyant sur le bras de Ramsès, Homère explora son nouveau domaine, une villa de deux cents mètres carrés habitables, au centre d'un jardin, à trois cents mètres de l'aile du palais réservée au régent. Un cuisinier, une femme de chambre et un jardinier composeraient le personnel du poète, qui exigea, avant toute chose, une abondante réserve de jarres contenant de l'huile d'olive, de l'anis et de la coriandre pour parfumer son vin, qu'il souhaitait capiteux.

En raison de sa mauvaise vue, Homère se penchait sur chaque arbre et sur chaque fleur ; leur variété ne semblait pas le satisfaire. Ramsès redouta qu'il ne considère cette jolie demeure, récemment bâtie, comme indigne de lui. Soudain, le poète s'enflamma.

– Enfin, un citronnier ! Loin de lui, impossible de composer de beaux vers ; il est le chef-d'œuvre de la création. Un siège, vite.

Ramsès apporta un tabouret à trois pieds ; il parut convenir à Homère.

– Faites-moi livrer des feuilles de sauge séchées.

– Pour vous soigner ?

– Vous verrez bien ; que savez-vous de la guerre de Troie ?

– Qu'elle fut longue et meurtrière.

– Voilà un résumé peu poétique ! Je composerai un long épisode qui parlera des exploits d'Achille et d'Hector, et je l'appellerai *l'Iliade* ; mes chants traverseront les siècles et ne disparaîtront pas de la mémoire des hommes.

Le régent jugea Homère quelque peu prétentieux, mais il apprécia sa fougue.

Un chat noir et blanc sortit de la maison et s'immobilisa à un mètre du poète ; après une brève hésitation, il sauta sur ses genoux et ronronna.

– Un chat, un citronnier et du vin parfumé ! Je ne me suis pas trompé de destination. *L'Iliade* sera un chef-d'œuvre.

Chénar était fier de Ménélas ; le héros grec, faisant contre mauvaise fortune bon cœur, avait accepté de jouer le jeu. Afin de se concilier les bonnes grâces du roi et de la caste des prêtres, il avait offert au temple de Gournah, consacré au *ka* de Pharaon, des amphores grecques décorées de bandes peintes en jaune et de frises de boutons de lotus à leur partie inférieure. Ces splendides objets avaient été déposés dans le trésor du temple.

Marins et soldats grecs, sachant que leur séjour risquait d'être long, sinon définitif, s'installèrent dans la banlieue de Memphis et commencèrent à commercer, en troquant des onguents, des parfums et des pièces d'orfèvrerie contre des produits alimentaires. L'administration les autorisa à ouvrir des échoppes et de petits ateliers où ils manifesteraient leur savoir-faire.

Officiers et soldats d'élite furent intégrés dans l'armée égyptienne ; ils seraient employés à des travaux d'utilité publique, tels que l'entretien des canaux ou la réparation des digues. La plupart se marieraient, auraient des enfants et bâtiraient leur maison ; ainsi apparaîtraient-ils intégrés dans la société égyptienne. Ni Séthi ni Ramsès ne s'inquiéteraient de leur présence : un nouveau « cheval de Troie », beaucoup plus subtil que le premier, venait d'être mis en place.

Ménélas avait revu Hélène, en présence de la reine Touya, et s'était comporté avec le respect qu'un mari devait à son épouse ; désormais, il lui laisserait l'initiative de leurs rencontres et ne l'importunerait d'aucune manière. Bien qu'Hélène ne crût pas à sa sincérité, elle constata que Ménélas, fauve pris dans des filets, cessait de se débattre.

Le roi de Lacédémone accomplit une autre démarche, plus délicate encore : réduire l'animosité de Ramsès. L'entrevue prit un caractère officiel et ne suscita aucun débordement, ni d'un côté ni de l'autre ; hôte de marque, Ménélas se plierait aux exigences de la cour et s'évertuerait à entretenir les meilleures relations avec le régent. Malgré la froideur de Ramsès, le risque d'un conflit ouvert était ainsi évité ; Chénar et son ami grec tisseraient leur toile en toute tranquillité.

Le visage soigné, sa petite moustache taillée à la perfection, manucuré, les yeux pétillant d'intelligence, Âcha appréciait la qualité de la bière qui lui était servie, dans la cabine du bateau de Chénar. Selon leurs conventions, ces rencontres devaient rester secrètes.

Le fils aîné du roi évoqua l'arrivée de Ménélas et d'Hélène mais, se méfiant du jeune diplomate, ne dévoila pas ses plans.

– Comment évolue la situation en Asie ?

– Elle devient de plus en plus compliquée ; les petites principautés se déchirent, chaque roitelet rêve de fédération, à condition de la dominer. Cette division nous est favorable, mais elle ne durera pas ; contrairement à mes collègues, je suis persuadé que les Hittites parviendront à manipuler les ambitieux et les mécontents, et à les rassembler sous leur bannière. Ce jour-là, l'Égypte sera en grand danger.

– Le processus sera-t-il long ?

– Quelques années ; il implique palabres et négociations.

– Pharaon sera-t-il informé ?

– Pas de manière correcte ; nos ambassadeurs sont des hommes du passé, incapables de percevoir l'avenir.

– Êtes-vous bien placé pour obtenir des informations capitales ?

– Pas encore, mais j'ai noué de solides amitiés avec des éminences grises ; nous nous voyons en dehors des contacts officiels, et je bénéficie de certaines confidences.

– Le ministre des Affaires étrangères, Méba, s'est beaucoup rapproché de moi ; nous sommes presque amis. Si notre collaboration se poursuit, j'interviendrai en votre faveur afin d'accélérer votre promotion.

– Votre renom est intact, en Asie ; la personne de Ramsès y est inconnue.

– Dès qu'un événement important se produira, prévenez-moi.

45

En cette dixième année de règne, Séthi avait décidé de faire franchir un pas décisif à Ramsès ; bien qu'il ne fût âgé que de dix-huit ans, le régent serait incapable de régner tant qu'il n'aurait pas été initié aux mystères d'Osiris. Pharaon eût préféré attendre, voir mûrir son fils, mais le destin ne lui accorderait peut-être pas un long délai. Aussi, malgré les risques que comportait cette démarche pour l'équilibre du jeune homme, Séthi avait-il décidé de l'emmener à Abydos.

Lui, Séthi, l'homme du dieu Seth, l'assassin de son frère Osiris, avait construit pour ce dernier un temple immense, le plus vaste de ses sanctuaires égyptiens. En assumant par son nom une terrifiante force de destruction, le pharaon la transformait en puissance de résurrection ; dans l'éternité, Seth le meurtrier portait sur son dos le corps de lumière d'Osiris, vainqueur de la mort.

Marchant derrière son père, Ramsès franchit la porte monumentale du premier pylône ; deux prêtres lui purifièrent les mains et les pieds dans un bassin de pierre. Après être passé devant un puits, il découvrit la façade du temple couvert. Devant chaque statue du roi en Osiris, des bouquets de fleurs et des paniers remplis de victuailles.

– Voici la contrée de lumière, révéla Séthi.

Les portes en cèdre du Liban, recouvertes d'électrum, semblaient infranchissables.

– Désires-tu aller plus loin ?

Ramsès acquiesça.

Les portes s'entrouvrirent.

Un prêtre en robe blanche, au crâne rasé, contraignit Ramsès à se courber. Dès qu'il marcha sur le sol d'argent, il se sentit transporté dans un monde différent où dominait l'odeur de l'encens.

Devant chacune des sept chapelles, Séthi éleva une statuette de la déesse Maât : à elle seule, elle symbolisait la totalité des offrandes ; puis il conduisit son fils dans le couloir des ancêtres. Là, étaient gravés les noms des pharaons qui avaient régné sur l'Égypte, depuis Ménès, l'unificateur des Deux Terres.

– Ils sont morts, dit Séthi, mais leur *ka* demeure ; c'est lui qui nourrira ta pensée et guidera ton action. Aussi longtemps que le ciel existera, ce temple existera ; ici, tu communieras avec les dieux et tu connaîtras leurs secrets. Préoccupe-toi de leur demeure, fais vivre la lumière qu'ils créent.

Le père et le fils lurent les colonnes de hiéroglyphes ; elles ordonnaient au pharaon de dresser les plans des temples et de garder ferme la fonction royale, née à l'origine des temps. En garnissant les autels des dieux, il les rendait heureux, et leur bonheur illuminerait la terre.

– Le nom de tes ancêtres est établi à jamais dans le ciel étoilé, révéla Séthi ; leurs annales sont les millions d'années. Gouverne selon la Règle, place-la en ton cœur, car elle rend cohérentes toutes les formes de vie.

Une scène stupéfia Ramsès : on y voyait un adolescent capturer un taureau sauvage, avec l'aide de Pharaon ! Les sculpteurs avaient immortalisé le moment où son existence avait basculé, ce moment qu'avait vécu chaque futur roi sans avoir conscience d'être absorbé par un destin immense.

Séthi et Ramsès sortirent du temple et se dirigèrent vers une butte plantée d'arbres.

– Le tombeau d'Osiris ; peu d'êtres l'ont contemplé.

Ils descendirent vers une entrée souterraine, marquée par une volée de marches et parcoururent un couloir voûté sur une centaine de mètres, aux parois couvertes de textes révélant les noms des portes de l'autre monde. Un coude à angle droit, sur la gauche, conduisait à un monument extraordinaire : dix piliers massifs dressés sur une sorte d'île entourée d'eau et soutenant le toit d'un sanctuaire.

– Osiris ressuscite chaque année, lors de la célébration de ses mystères, dans ce sarcophage géant ; il est identique à la première éminence jaillie de l'océan d'énergie lorsque le Un devint Deux et engendra des milliers de formes sans cesser d'être Un. De cet océan invisible proviennent le Nil, l'inondation, la rosée, la pluie, les eaux de source ; la barque du soleil navigue en lui, il entoure notre monde, environne les univers. Que ton esprit s'y immerge, qu'il franchisse les frontières du visible et puise sa force dans ce qui n'a ni commencement ni fin.

La nuit suivante, Ramsès fut initié aux mystères d'Osiris.

Il but de l'eau fraîche provenant de l'océan invisible et mangea du blé jailli du corps d'Osiris ressuscité, puis fut habillé de lin fin avant d'entrer dans la procession des fidèles du dieu, guidée par un prêtre portant un masque de chacal. Les suppôts de Seth leur barrèrent la route, décidés à les exterminer et à anéantir Osiris ; une lutte rituelle s'engagea, rythmée par une musique angoissante. Ramsès appelé à jouer le rôle d'Horus, fils et successeur d'Osiris, permit aux fils de la lumière de triompher des enfants des ténèbres. Hélas, au cours du combat, son père fut frappé à mort.

Ses fidèles le transportèrent aussitôt sur la butte sacrée et commencèrent une veillée funèbre à laquelle participèrent des prêtresses, dont la reine Touya, qui incarna Isis, la grande magicienne ; grâce à l'efficacité de ses incantations, elle réunit les parties éparses du corps d'Osiris et ressuscita le dieu mort.

Ramsès conserverait en son cœur chacune des paroles prononcées pendant cette nuit hors du temps ; ce n'était pas sa mère qui officiait, mais une déesse. L'initiation emporta l'esprit de Ramsès au cœur des mystères de la résurrection ; à plusieurs reprises, il vacilla, crut perdre tout contact avec le monde des hommes et se dissoudre dans l'au-delà. Mais il sortit vainqueur de cet étrange combat, son corps resta lié à son âme.

Ramsès séjourna plusieurs semaines à Abydos ; il médita près du lac sacré, entouré d'arbres immenses. Là naviguait, lors des mystères, la barque d'Osiris qui avait été assemblée par la lumière et non de main d'homme. Le régent passa de nombreuses heures près de « l'escalier du grand dieu », auprès duquel étaient déposées les stèles des morts dont l'âme avait été déclarée juste devant le tribunal d'Osiris ; sous la forme d'un oiseau à tête humaine, elle se rendait en pèlerinage à Abydos, afin de bénéficier des offrandes quotidiennes apportées par les prêtres.

Fut ouvert pour lui le trésor du temple, contenant or, argent, lin royal, statues, huiles saintes, encens, vin, miel, myrrhe, onguents et vases ; Ramsès s'intéressa aux entrepôts, qui recevaient les nourritures provenant des domaines d'Abydos, et célébra le rituel de sacralisation avant qu'elles fussent distribuées à la population. Bœufs, vaches grasses, veaux, chèvres et volailles recevaient aussi une bénédiction ; quelques bêtes étaient orientées vers les étables du temple, la plupart retournaient vers les villages environnants.

Selon un décret proclamé en l'an quatre du règne de Séthi, chaque homme travaillant pour le temple devait connaître son devoir et ne jamais s'en détourner ; c'est pourquoi toute personne employée sur le domaine d'Abydos serait protégée des abus de pouvoir, de la corvée et de la réquisition. Le vizir, les juges, les ministres, les maires et les notables avaient reçu l'ordre de respecter ce décret et de le faire appliquer ; qu'il s'agisse de bateaux, d'ânes ou de terrains, les biens d'Abydos étaient inaliénables. Aussi les paysans, les agriculteurs, les vignerons et autres jardiniers vivaient-ils en paix, sous la double protection de Pharaon et d'Osiris. Afin que nul n'en ignore, Séthi avait fait graver son décret jusqu'au cœur de la Nubie, à Nauri, où l'inscription de 2,80 m sur 1,56 m frapperait les regards. Quiconque s'aviserait de modifier les terres du temple ou de déplacer l'un de ses serviteurs contre son gré recevrait deux cents coups de bâton et aurait le nez ou les oreilles coupés.

En participant à la vie quotidienne du temple, Ramsès constata que le sacré et l'économique n'étaient pas séparés, même s'ils étaient nettement distingués l'un de l'autre. Lorsque Pharaon communiait, dans le Saint des Saints, avec la présence divine, le monde matériel n'existait plus, mais il avait fallu le génie des architectes et des sculpteurs pour bâtir le sanctuaire et rendre ses pierres parlantes. Et le roi, grâce au labeur des paysans, offrait à l'invisible les nourritures les plus subtiles.

Nulle vérité absolue n'était enseignée dans le temple, aucun dogme n'enfermait la pensée dans le fanatisme ; lieu d'incarnation de l'énergie spirituelle, vaisseau de pierre dont l'immobilité n'était qu'apparente, le temple purifiait, transformait et sacralisait. Cœur de la société égyptienne, il vivait de l'amour liant la divinité à Pharaon, et faisait vivre les hommes de cet amour.

Ramsès retourna plusieurs fois dans le couloir des ancêtres et déchiffra le nom des rois qui avaient bâti le pays en se conformant à la règle de Maât. Près du temple se trouvaient les sépultures des monarques des premières dynasties ; là reposaient non leurs momies, déposées dans les demeures d'éternité de Saqqara, mais leur corps invisible et immortel, sans lequel Pharaon n'avait aucune existence.

Soudain, la tâche lui parut écrasante ; il n'était qu'un jeune homme de dix-huit ans, amoureux de la vie, animé d'un feu puissant, mais incapable de succéder à ces géants ! Comment aurait-il l'impudence et la vanité de monter sur le trône qu'occupait Séthi ?

Ramsès s'était étourdi dans son rêve, Abydos le plaçait devant la réalité ; c'était la raison majeure pour laquelle son père l'avait amené ici. Qui, mieux que ce sanctuaire, lui aurait révélé sa petitesse ?

Le régent franchit l'enceinte et marcha en direction du fleuve. Le moment était venu de rentrer à Memphis, d'épouser Iset la belle, de faire la fête avec ses amis et d'annoncer à son père qu'il renonçait à sa fonction de régent. Puisque son frère aîné désirait tant régner, pourquoi l'en empêcher ?

Perdu dans ses pensées, Ramsès s'égara dans la campagne et atteignit les basses terres, en bordure du Nil. Gêné par des roseaux, il les écarta et le vit.

Ses longues oreilles pendantes, ses pattes épaisses comme des piliers, sa robe brune et noire, sa barbe raide, ses cornes formant une sorte de casque terminé par des pointes acérées, le taureau sauvage le fixait, avec la même intensité que quatre ans auparavant.

Ramsès ne recula pas.

C'était au taureau, détenteur de la puissance suprême de la nature et roi des animaux, de lui dicter son destin. S'il se ruait vers lui, l'encornait et le piétinait, la cour d'Égypte compterait un prince de moins et le remplacerait aisément. S'il lui accordait la vie sauve, elle ne lui appartiendrait plus, et il se montrerait digne de cette offrande.

46

Ménélas était l'invité d'honneur de la plupart des banquets et des fêtes ; Hélène acceptait de paraître à ses côtés, et ralliait tous les suffrages. Quant aux Grecs, ils se coulaient dans la population, respectaient les lois du pays et ne faisaient guère parler d'eux.

Ce succès fut porté au crédit de Chénar, dont la cour apprécia les dons pour la diplomatie ; de manière feutrée, on critiqua l'attitude du régent, dont l'hostilité vis-à-vis du roi de Lacédémone avait été affichée avec ostentation. Ramsès manquait de souplesse et bousculait les convenances ; n'était-ce pas une preuve de son inaptitude à régner ?

Au fil des semaines, Chénar reconquérait le terrain perdu ; la longue absence de son frère, qui séjournait à Abydos, lui laissa le champ libre. Certes, il ne portait pas le titre de régent ; mais n'en avait-il pas la stature ?

Bien que personne n'osât contester la décision de Séthi, certains courtisans se demandèrent s'il ne s'était pas trompé. Ramsès avait beaucoup plus d'allure que Chénar ; mais cette prestance suffirait-elle, à la tête de l'État ?

D'opposition constituée, point encore ; mais une sourde contestation qui irait grandissant et, le moment venu, servirait à Chénar de point d'appui parmi d'autres. Le fils aîné du roi avait retenu la leçon : Ramsès serait un adversaire redoutable. Pour le vaincre, il faudrait l'attaquer de plusieurs côtés à la fois, sans lui permettre de reprendre son souffle. Aussi Chénar s'attelait-il à son obscure besogne, avec acharnement et persévérance.

Une étape essentielle de son plan venait d'être franchie : deux officiers grecs avaient été admis dans les forces de sécurité chargées de protéger le palais royal. D'autres mercenaires déjà en poste deviendraient leurs amis, et ils formeraient peu à peu une faction utilisable le jour décisif; peut-être même l'un d'eux serait-il engagé dans la garde personnelle du régent ! Avec l'appui de Ménélas, Chénar s'y emploierait.

Depuis l'arrivée du roi de Lacédémone, l'avenir devenait riant. Restait à corrompre l'un des médecins du roi pour obtenir des informations sérieuses sur son état de santé ; certes, Séthi ne paraissait pas au mieux, mais juger sur l'apparence pouvait conduire à une erreur d'appréciation.

Chénar ne souhaitait pas une disparition brutale de son père, car son plan de bataille n'était pas encore au point. Contrairement à ce que croyait l'impétueux Ramsès, le temps ne jouait pas en sa faveur ; si le destin autorisait Chénar à l'emprisonner dans le filet qu'il fabriquait mois après mois, le régent y mourrait étouffé.

– C'est beau, reconnut Améni en relisant le premier chant de *l'Iliade* qu'il avait écrit sous la dictée d'Homère, assis au pied de son citronnier.

Le poète à l'abondante chevelure blanche perçut une légère restriction dans le ton de son interlocuteur.

– Que critiques-tu ?

– Vos divinités ressemblent trop aux humains.

– N'en est-il pas ainsi en Égypte ?

– Dans les récits des conteurs, parfois, mais ce ne sont qu'images distrayantes ; l'enseignement du temple est autre.

– Et qu'en connais-tu, toi, un jeune scribe ?

– Peu de choses, en vérité ; mais je sais que les divinités sont des forces de création et que leur énergie doit être maniée avec soin par des spécialistes.

– Moi, je raconte une épopée ! Ces divinités-là ne feraient pas de bons personnages ; quel héros surpasserait un Achille ou un Patrocle ? Lorsque tu connaîtras leurs exploits, tu ne liras plus rien d'autre !

Améni garda ses pensées pour lui ; l'exaltation d'Homère correspondait à la réputation des poètes grecs. Les vieux auteurs égyptiens préféraient parler de sagesse plutôt que de massacres, fussent-ils grandioses, mais ce n'était pas à lui d'éduquer un hôte plus âgé.

– Voilà longtemps que le régent ne m'a pas rendu visite, se plaignit Homère.

– Il séjourne en Abydos.

– Le temple d'Osiris ? On prétend que de grands mystères y sont enseignés.

– C'est la vérité.

– Quand reviendra-t-il ?

– Je l'ignore.

Homère haussa les épaules et but une coupe de vin capiteux, parfumé à l'anis et à la coriandre.

– Exil définitif.

Améni sursauta.

– Que voulez-vous dire ?

– Que Pharaon, déçu par l'inaptitude de son fils à régner, en a fait un prêtre, reclus à vie dans le temple d'Abydos. Pour un peuple aussi religieux que le tien, n'est-ce pas le meilleur moyen de se débarrasser d'un gêneur ?

Améni était déprimé.

Si Homère avait vu juste, il ne reverrait pas Ramsès. Il aurait aimé consulter ses amis, mais Moïse se trouvait à Karnak, Âcha en Asie et Sétaou dans le désert. Seul, angoissé, il tenta de recouvrer son calme en travaillant.

Ses collaborateurs avaient empilé une impressionnante quantité de rapports négatifs sur les étagères de son bureau : malgré des recherches approfondies, aucun indice sur le propriétaire de l'atelier fabriquant de mauvais pains d'encre ; rien non plus sur l'auteur de la lettre qui avait attiré le roi et son fils à Assouan.

La colère s'empara du jeune scribe ; pourquoi tant d'efforts aboutissaient-ils à un résultat décevant ? Le coupable avait laissé des traces, et personne n'en tirait profit ! Améni s'assit en scribe et reprit l'ensemble du dossier, depuis ses premières fouilles dans les dépotoirs.

C'est en reprenant l'acte comportant la lettre R, la dernière du nom de Chénar, que se forma une hypothèse sur la manière dont l'homme des ténèbres avait agi, une hypothèse qui se transforma en certitude lorsque Améni identifia l'écriture de la lettre.

À présent, tout était clair ; mais Ramsès, cloîtré à jamais, ne connaîtrait pas la vérité et le coupable ne serait pas châtié.

Cette injustice révolta le jeune scribe ; ses amis l'aideraient à traîner l'ignoble personnage devant un tribunal.

Iset la belle insista auprès de Néfertari pour être reçue sur l'heure par la reine ; comme Touya s'entretenait avec la supérieure des prêtresses d'Hathor afin de préparer une fête religieuse, la jeune femme fut obligée de patienter. Très énervée, elle ne cessa de tordre l'extrémité d'une des manches longues de sa robe de lin qu'elle finit par déchirer.

Enfin, Néfertari ouvrit la porte de la salle d'audience ; Iset la belle trébucha et se prosterna aux pieds de la grande épouse royale.

– Majesté, je vous supplie d'intervenir !

– Quel malheur vous frappe ?

– Ramsès ne désire pas être cloîtré, j'en suis sûre ! Quelle faute a-t-il commise pour être châtié aussi durement ?

Touya releva Iset la belle et la pria de s'asseoir sur une chaise à dossier bas.

– Vivre dans le temple couvert vous paraît-il si horrible ?

– Ramsès a dix-huit ans ! Seul un vieillard saurait apprécier un tel sort. Être enfermé à Abydos, à son âge...

– Qui vous a alerté ?

– Son secrétaire particulier, Améni.

– Mon fils réside en Abydos, mais il n'est pas prisonnier ; un futur pharaon doit être initié aux mystères d'Osiris et connaître, dans le détail, le fonctionnement d'un temple. Il sera de retour lorsque son instruction sera achevée.

Iset la belle se sentit à la fois ridicule et soulagée.

Un châle sur les épaules, Néfertari était la première levée, comme chaque matin. Elle se remémorait les diverses tâches de la journée, les rendez-vous de la reine et ne se souciait guère d'elle-même ; la maisonnée de la grande épouse royale exigeait un travail considérable et une attention de chaque instant. Bien loin de la vie rituelle de prêtresse qu'elle avait espérée, Néfertari s'était vite adaptée aux exigences de Touya parce qu'elle éprouvait une profonde admiration pour la reine. Aussi sévère avec elle-même qu'avec autrui, éprise de la grandeur de l'Égypte, attachée aux valeurs traditionnelles, Touya incarnait sur terre la déesse Maât et devait sans cesse rappeler la nécessité de la rectitude. En percevant le rôle écrasant de la grande épouse royale, Néfertari avait compris que sa propre fonction ne se limitait pas à des activités profanes ; la maisonnée qu'elle gérait avait un caractère exemplaire. Aucun faux pas ne lui serait pardonné.

La cuisine était vide ; les servantes paressaient dans leurs chambres. Néfertari frappa à chaque porte, mais n'obtint aucune réponse. Intriguée, elle ouvrit.

Personne.

Quelle mouche avait piqué ces femmes d'ordinaire disciplinées et consciencieuses ? Ce n'était pas un jour de fête, ni un congé ; même dans ces circonstances exceptionnelles, des remplaçantes assuraient le service. À l'endroit habituel, ni pain frais, ni gâteaux, ni lait. Et, dans moins de un quart d'heure, la reine prendrait son petit déjeuner !

Néfertari fut désemparée ; un cataclysme s'était abattu sur le palais.

Elle courut vers la meule ; peut-être les fugitives y avaient-elles abandonné quelques nourritures. Mais il n'y avait que du grain ; le moudre, préparer du pain, le cuire au four prendrait trop de temps. À juste titre, Touya accuserait son intendante d'incurie et d'imprévoyance ; son renvoi serait immédiat.

À l'humiliation s'ajouterait la tristesse de quitter la reine ; l'épreuve fit ressentir à Néfertari la profondeur de l'affection qu'elle éprouvait pour la grande épouse royale. Ne plus la servir serait un déchirement.

– La journée sera magnifique, prophétisa une voix grave.

Néfertari se retourna lentement.

– Vous, le régent du royaume, ici...

Ramsès était adossé à un mur, les bras croisés.

– Ma présence serait-elle inconvenante ?

– Non, je...

– En ce qui concerne le petit déjeuner de ma mère, soyez rassurée ; ses servantes le lui apporteront à l'heure habituelle.

– Mais... Je n'ai vu personne !

– Votre maxime préférée n'est-elle pas : « Une parole parfaite est plus cachée que la pierre verte ; on la trouve pourtant auprès des servantes qui travaillent sur la meule » ?

– Dois-je comprendre que vous avez écarté le personnel de la maisonnée afin de m'attirer ici ?

– J'avais prévu votre réaction.

– Souhaitez-vous que je broie du blé pour vous satisfaire ?

– Non, Néfertari ; c'est la parole parfaite que je désire.

– Désolée de vous décevoir : je ne la possède pas.

– Je suis persuadé du contraire.

Elle était belle, rayonnante ; son regard avait la profondeur des eaux célestes.

– Peut-être déplorerez-vous ma sincérité, mais j'estime votre plaisanterie du plus mauvais goût.

Le régent parut moins sûr de lui.

– Cette parole, Néfertari...

– Chacun croit que vous résidez en Abydos.

– Je suis revenu hier.

– Et votre première occupation consista à soudoyer les servantes de la reine afin de perturber mon travail !

– Près du Nil, j'ai rencontré un taureau sauvage ; nous étions face à face, il possédait ma vie à la pointe de ses cornes. Pendant qu'il me fixait, j'ai pris de graves décisions ; puisqu'il ne m'a pas tué, je suis de nouveau maître de mon destin.

– Je suis heureuse que vous ayez survécu et je souhaite que vous deveniez roi.

– Est-ce l'avis de ma mère où le vôtre ?

– Je n'ai pas l'habitude de mentir ; puis-je disposer ?

– Cette parole plus précieuse que la pierre verte, vous la possédez vraiment, Néfertari ! M'accorderez-vous le bonheur de la prononcer ?

La jeune femme s'inclina.

– Je suis votre humble servante, régent d'Égypte.

– Néfertari !

Elle se redressa, le regard fier ; sa noblesse était éblouissante.

– La reine m'attend pour notre entretien matinal ; être en retard serait une faute grave.

Ramsès la prit dans ses bras.

– Que faut-il que je fasse pour que tu acceptes de m'épouser ?

– Que tu me le demandes, répondit-elle d'une voix douce.

47

Séthi commença sa onzième année de règne en faisant offrande au sphinx géant de Guizeh, le gardien du plateau sur lequel avaient été construites les pyramides des pharaons Khéops, Khéphren et Mykérinos. En raison de sa vigilance, nul profane ne pouvait pénétrer sur cette aire sacrée, source d'énergie du pays entier.

En tant que régent, Ramsès accompagna son père dans le petit temple érigé devant la statue colossale, représentant un lion couché à tête de roi, les yeux levés vers le ciel. Les sculpteurs érigèrent une stèle sur laquelle on voyait Séthi abattre l'oryx, animal du dieu Seth ; luttant contre les forces obscures que symbolisait l'animal du désert, Pharaon remplissait ainsi son devoir majeur, symbolisé par cette chasse : mettre l'ordre à la place du désordre.

Le site impressionna Ramsès ; la puissance qui s'en dégageait s'imprima dans chaque fibre de son être. Après l'intimité et le recueillement d'Abydos, Guizeh était la plus éclatante affirmation de la présence du *ka*, de cette force invisible et partout présente qui, dans le monde animal, avait choisi comme incarnation le taureau sauvage. Ici, tout était immuable ; les pyramides useraient le temps.

– Près du Nil, avoua Ramsès, je l'ai revu ; nous étions face à face, et il me fixait, comme la première fois.

– Tu souhaitais renoncer à la régence et à la royauté, dit Séthi, et il t'en a empêché.

Son père lisait dans ses pensées. Peut-être Séthi s'était-il métamorphosé en taureau sauvage afin de placer son fils devant ses responsabilités.

– Je n'ai pas percé tous les secrets d'Abydos, mais cette longue retraite m'a appris que le mystère était au cœur de la vie.

– Retourne souvent là-bas et veille sur ce temple ; la célébration des mystères d'Osiris est l'une des clés majeures de l'équilibre du pays.

– J'ai pris une autre décision.

– Ta mère l'approuve, et moi aussi.

Le jeune homme eut envie de bondir de joie, mais la solennité du lieu l'en dissuada ; serait-il un jour capable, comme Séthi, de lire dans le cœur des êtres ?

Ramsès n'avait jamais vu Améni dans un tel état d'exaltation.

– Je sais tout et je l'ai identifié ! C'est incroyable, mais aucun doute ne subsiste... Regarde, regarde bien !

Le jeune scribe, d'ordinaire si méticuleux, émergeait d'un authentique fouillis composé de papyrus, de tablettes de bois et d'éclats de calcaire. Il avait scruté et scruté encore la totalité de la documentation accumulée depuis plusieurs mois avant de conclure.

– C'est bien lui, affirma-t-il, et c'est bien son écriture ! Et j'ai même réussi à le relier au charrier qui fut son employé, donc au palefrenier ! Te rends-tu compte, Ramsès ? Un voleur et un criminel, voilà ce qu'il est ! Pourquoi a-t-il agi ainsi ?

D'abord incrédule, le régent dut se rendre à l'évidence. Améni avait accompli un travail remarquable, il ne subsistait aucun doute.

– Je vais le lui demander.

Dolente, la sœur aînée de Ramsès, et son mari Sary, dont l'embonpoint s'accentuait, nourrissaient les poissons exotiques qui s'ébattaient dans le bassin de leur villa. Dolente était de mauvaise humeur ; la chaleur la fatiguait, et elle ne parvenait pas à réduire les sécrétions de sa peau grasse. Il lui faudrait changer de médecin et d'onguents.

Un serviteur annonça la visite de Ramsès.

– Enfin une marque d'estime ! s'exclama Dolente en embrassant son frère ; sais-tu que la cour te croyait reclus en Abydos ?

– La cour se trompe souvent, mais elle ne gouverne pas le pays.

La gravité du ton surprit le couple ; le jeune prince avait changé. Ce n'était plus un adolescent qui s'exprimait, mais le régent d'Égypte.

– Viens-tu enfin accorder à mon mari la direction des greniers ?

– Tu devrais t'éloigner, ma chère sœur.

Dolente se vexa.

– Mon mari n'a pas de secret pour moi.

– En es-tu certaine ?

– Certaine !

La jovialité coutumière de Sary avait disparu ; l'ex-professeur de Ramsès était tendu et inquiet.

– Reconnaissez-vous cette écriture ?

Ramsès leur montra la lettre qui avait déclenché le départ de Séthi et de son fils pour les carrières d'Assouan.

Ni Sary ni son épouse ne répondirent.

– Cette lettre porte une fausse signature, mais l'écriture est tout à fait identifiable : la tienne, Sary. La comparaison avec d'autres documents est probante.

– Un faux, une imitation...

– Ta position de professeur ne te suffisant plus, tu as imaginé un trafic de pains d'encre médiocres, vendus avec une garantie de qualité supérieure. Lorsque tu t'es senti en danger, tu as tenté de détruire toute trace permettant de remonter jusqu'à toi. Étant donné ta connaissance des archives et du métier de scribe, rien de plus facile ; mais il subsistait une copie d'acte fragmentaire que mon secrétaire particulier, qui a failli payer de sa vie sa quête de la vérité, a retrouvée dans une décharge. Longtemps, lui et moi avons cru que Chénar était coupable ; puis Améni s'est rendu compte de son erreur. Du nom du propriétaire de l'atelier, il ne subsistait qu'un R ; ce n'était pas le R final de Chénar, mais une lettre de ton nom, Sary. De plus, tu as employé pendant plus d'un an le charrier qui m'a entraîné dans un piège. Mon frère est innocent, tu es le seul coupable.

L'ex-professeur de Ramsès, les mâchoires crispées, évita le regard du régent ; Dolente ne sembla ni bouleversée ni surprise.

– Tu ne possèdes aucune preuve consistante, estima Sary ; un tribunal ne me condamnera pas sur de si maigres indices.

– Pourquoi me hais-tu ?

– Parce que tu es un obstacle sur notre route ! cria la sœur de Ramsès, échevelée. Tu n'es qu'un jeune coq prétentieux, trop sûr de sa force ; mon mari est un homme remarquable, cultivé, intelligent et souple ; il ne lui manque aucun talent pour gouverner l'Égypte. Grâce à moi, fille de roi, il possède une légitimité !

Dolente prit la main de son mari et le poussa en avant.

– L'ambition vous a rendus fous, constata Ramsès. Pour éviter à mes parents une peine cruelle, je ne déposerai pas plainte. Mais je vous ordonne de quitter Memphis ; vous vous établirez dans une petite ville de province dont vous ne sortirez plus. À la moindre incartade, ce sera l'exil.

– Je suis ta sœur, Ramsès.

– C'est la raison de mon indulgence et de ma faiblesse.

Malgré les sévices corporels qu'il avait subis, Améni accepta de ne pas porter plainte ; pour Ramsès, cette marque d'amitié eut l'effet d'un baume sur la blessure que sa sœur et son ex-professeur venaient de lui infliger. Si Améni avait exigé une juste vengeance, il ne s'y serait pas opposé ; mais le jeune scribe ne songeait qu'à rassembler les proches du régent, à l'occasion de son mariage avec Néfertari.

– Sétaou a regagné son laboratoire avec une énorme quantité de venin ; Moïse arrivera à Memphis après-demain. Reste Âcha... Il a pris la route, mais la durée du trajet est incertaine.

– Nous l'attendrons.

– Je suis heureux pour toi... On prétend que Néfertari est belle entre les belles.

– N'est-ce pas ton avis ?

– Je suis capable de juger de la beauté d'un papyrus ou d'un poème, mais de celle d'une femme... Ne m'en demande pas trop.

– Comment se porte Homère ?

– Il est impatient de te revoir.

– Nous l'inviterons.

Améni paraissait nerveux.

– Un souci ?

– Pour toi, oui... J'ai fait barrage, mais je ne tiendrai plus très longtemps. Iset la belle exige de te rencontrer.

Iset la belle avait projeté de laisser éclater sa fureur et de couvrir son amant d'injures et de reproches. Mais lorsqu'il vint vers elle, elle fut subjuguée. Ramsès avait changé, beaucoup changé ; il n'était plus seulement l'adolescent passionné dont elle était amoureuse, mais aussi un authentique régent, dont la fonction devenait de plus en plus présente.

La jeune femme eut la sensation de se trouver en face d'un

être qu'elle ne connaissait pas et sur lequel elle n'exerçait plus aucun pouvoir. Sa hargne se dissipa, cédant la place à une crainte respectueuse.

– Ta visite... Ta visite m'honore.

– Ma mère m'a parlé de ta démarche.

– J'étais inquiète, c'est vrai, et je souhaitais tant ton retour !

– Serais-tu déçue ?

– J'ai appris...

– Je me marie demain avec Néfertari.

– Elle est très belle... Et moi, je suis enceinte.

Ramsès lui prit tendrement la main.

– Croyais-tu que j'allais t'abandonner ? Cet enfant sera le nôtre. Demain, si le destin m'appelle à régner, je choisirai Néfertari comme grande épouse royale. Mais si tu le désires, et si elle l'accepte, tu vivras au palais.

Elle se serra contre lui.

– M'aimes-tu, Ramsès ?

– Abydos et le taureau sauvage m'ont révélé ma vraie nature ; je ne suis sans doute pas un homme comme les autres, Iset. Mon père a posé sur mes épaules une charge qui m'écrasera peut-être, mais je désire tenter l'aventure. Tu es la passion et le désir, la folie de la jeunesse ; Néfertari est une reine.

– Je vieillirai et tu m'oublieras.

– Je suis un chef de clan, et un chef de clan n'oublie jamais les siens ; désires-tu en faire partie ?

Elle lui offrit ses lèvres.

Le mariage était affaire privée, qui ne donnait lieu à aucune cérémonie religieuse. Néfertari avait souhaité une simple fête à la campagne, dans une palmeraie, entre les champs de blé et de fèves en fleur, près d'un canal aux berges limoneuses où venaient boire les troupeaux.

Vêtue d'une courte robe de lin, parée de bracelets de lapis-lazuli et d'un collier de cornaline, la jeune femme avait adopté la même tenue que la reine Touya. Le plus élégant était Âcha, arrivé le matin même d'Asie, et surpris de se trouver dans un cadre si rustique en compagnie de la grande épouse royale, de Moïse, d'Améni, de Sétaou, d'un poète grec de renom, d'un lion aux pattes monstrueuses et d'un chien taquin. Le diplomate eût préféré les fastes de la cour, mais se garda bien de toute critique et partagea le repas champêtre sous l'œil amusé de Sétaou.

– Tu ne sembles guère à ton aise, remarqua le charmeur de serpents.

– Cet endroit est charmant.

– Mais l'herbe tache ta belle robe ! L'existence est parfois rude... Surtout lorsqu'il n'y a aucun reptile à proximité.

Malgré sa mauvaise vue, Homère était fasciné par Néfertari ; à son corps défendant, il devait admettre que sa beauté surpassait celle d'Hélène.

– Grâce à toi, dit Moïse à Ramsès, je goûte une vraie journée de repos.

– Karnak est-il si exigeant ?

– L'œuvre entreprise est si colossale que la moindre erreur aboutirait à l'échec ; je ne cesse de vérifier chaque détail afin que le chantier progresse sans encombre.

Séthi n'était pas présent ; bien qu'il approuvât ce mariage, le roi n'avait pu s'autoriser une journée de loisir. L'Égypte ne la lui accordait pas.

Ce fut une journée simple et heureuse ; de retour dans la capitale, Ramsès prit Néfertari dans ses bras et lui fit franchir le seuil de sa demeure. Aux yeux de la loi, ils étaient mari et femme.

48

Chénar déploya une activité débordante ; il courut de notable en notable, multiplia invitations, déjeuners, dîners, réceptions et entretiens privés. Ne prenait-il pas au sérieux son rôle de chef du protocole, préoccupé d'assurer les meilleures relations entre les personnalités du royaume ?

En réalité, Chénar exploitait l'erreur monumentale de son frère : avoir épousé une roturière, issue d'une famille modeste, afin d'en faire une grande épouse royale ! Certes, le cas s'était déjà produit et nulle règle n'existait en ce domaine ; mais le fils aîné de Séthi s'évertua à faire ressortir le choix de Ramsès comme un défi à la noblesse et à la cour, et obtint un franc succès. L'indépendance d'esprit du régent menacerait, dans un proche avenir, des avantages acquis. Et de quelle manière se comporterait Néfertari ? Ivre d'un pouvoir qu'elle n'aurait pas dû détenir, elle formerait sa propre coterie, au détriment des familles anciennes et influentes.

La réputation de Ramsès ne cessait de se ternir.

– Quel visage défait ! s'étonna Chénar en regardant Dolente. Serais-tu malheureuse ?

– Plus que tu ne saurais le concevoir.

– Ma sœur bien-aimée... Acceptes-tu de te confier ?

– Mon mari et moi sommes chassés de Memphis.

– Est-ce une plaisanterie ?

– Ramsès nous a menacés.

– Ramsès ! Mais sous quel prétexte ?

– Avec l'aide de son maudit Améni, il accuse Sary des pires méfaits. Si nous ne lui obéissons pas, il nous traînera devant un tribunal.

– Dispose-t-il de preuves ?

Dolente fit la moue.

– Non... de quelques indices sans valeur ; mais tu connais la justice : elle pourrait nous être défavorable.

– Cela signifie-t-il que toi et ton mari avez réellement comploté contre Ramsès ?

La princesse hésita.

– Je ne suis pas un juge ; dis-moi la vérité, petite sœur.

– Nous avons un peu comploté, c'est vrai... mais je n'en ai pas honte ! Ramsès nous éliminera les uns après les autres !

– Ne crie pas, Dolente ; j'en suis persuadé.

Elle devint langoureuse.

– Alors... Tu ne m'en veux pas ?

– Au contraire, je regrette que ta tentative ait échoué.

– Ramsès t'a cru coupable.

– Il sait que je l'ai démasqué, mais il pense que j'ai perdu l'envie de lutter.

– Nous acceptes-tu, Sary et moi, comme alliés ?

– J'allais te le proposer.

– Hélas, en province, nous serons réduits à l'impuissance !

– Ce n'est pas certain. Vous résiderez dans une villa que je possède, près de Thèbes, et vous nouerez des contacts avec les autorités civiles et religieuses. Plusieurs dignitaires ne sont pas favorables à Ramsès ; il faut les convaincre que son avènement n'est pas inéluctable.

– Tu es secourable et bon.

Le regard de Chénar devint suspicieux.

– Ce complot que vous avez fomenté... Qui en eût été le bénéficiaire ?

– Nous voulions simplement... écarter Ramsès.

– Tu souhaitais faire monter ton mari sur le trône, n'est-ce pas, en arguant de ta qualité de fille de Pharaon ? Si tu es mon alliée, oublie cette fantaisie et ne sers que mes intérêts. C'est moi qui régnerai ; ce jour-là, mes fidèles seront récompensés.

Âcha ne repartit pas pour l'Asie avant d'avoir assisté à l'une des brillantes réceptions que donnait Chénar ; on y dégustait des mets de qualité, on y écoutait de l'excellente musique, on se faisait des confidences, et l'on critiquait le régent et sa jeune épouse tout en chantant les louanges de Séthi. Personne ne s'étonna de voir le fils aîné du roi converser avec le jeune diplomate dont les supérieurs continuaient à dire le plus grand bien.

– Votre promotion est assurée, révéla Chénar ; dans moins d'un mois, vous serez chef des interprètes chargé des Affaires asiatiques. À votre âge, c'est un exploit.

– Comment vous témoigner ma gratitude ?

– En continuant à m'informer ; étiez-vous présent au mariage de Ramsès ?

– En effet, avec ses plus fidèles amis.

– Des questions gênantes ?

– Aucune.

– Vous gardez donc sa confiance ?

– Sans aucun doute.

– Vous a-t-il interrogé sur l'Asie ?

– Non ; il n'ose pas empiéter sur le domaine de son père et préfère se consacrer à sa jeune épouse.

– Avez-vous progressé ?

– De manière significative ; plusieurs petites principautés vous soutiendraient volontiers, si vous vous montriez généreux.

– De l'or ?

– Il serait apprécié.

– Seul Pharaon en a l'usage.

– Il ne vous est pas interdit de faire de fabuleuses promesses par mon intermédiaire, c'est-à-dire de manière secrète.

– Excellente idée.

– Jusqu'à votre prise de pouvoir, la palabre sera une arme redoutable ; je vous décrirai comme le seul gouvernant capable de satisfaire les désirs des uns et des autres. Le moment venu, vous choisirez vos ministres.

À la surprise de la cour, ni Ramsès ni Néfertari ne modifièrent leur mode de vie. Le régent continua à travailler dans l'ombre de son père, son épouse à servir Touya. Chénar expliqua que cette attitude, si humble en apparence, procédait d'une suprême habileté ; ainsi, ni le roi ni la reine ne se doutaient qu'ils nourrissaient des vipères en leur sein.

Les éléments de sa stratégie commençaient à s'emboîter les uns dans les autres ; certes, il n'avait pas réussi à emporter l'adhésion de Moïse, mais une occasion favorable finirait bien par se présenter.

Une autre personne basculerait peut-être dans le camp de ses alliés ; la démarche, délicate, méritait d'être entreprise.

Lors de l'inauguration d'un vaste plan d'eau, au harem de Mer-Our, où les jeunes filles se baigneraient à leur aise et goûteraient les joies du canotage, Chénar salua Iset la belle, l'une des invitées d'honneur ; sa grossesse était visible.

– Comment vous portez-vous ?

– Ma santé est excellente ; je mettrai au monde un fils, et il sera l'honneur de Ramsès.

– Avez-vous rencontré Néfertari ?

– C'est une femme délicieuse ; nous sommes amies.

– Votre position...

– Ramsès aura deux épouses ; à condition d'être aimée de lui, j'accepte de ne pas devenir reine.

– Cette noble attitude est touchante, mais plutôt inconfortable.

– Vous ne pouvez comprendre ni Ramsès ni ceux et celles qui l'aiment.

– J'envie la chance de mon frère, mais je doute de votre bonheur.

– Lui donner un fils qui lui succédera, n'est-ce pas le plus beau titre de gloire ?

– Vous allez vite en besogne ; Ramsès n'est pas encore pharaon.

– Remettriez-vous en cause le choix de Séthi ?

– Bien sûr que non... Mais l'avenir est rempli d'imprévus. J'ai beaucoup d'estime pour vous, ma chère, vous le savez ; Ramsès s'est montré d'une cruauté inexcusable envers vous. Votre grâce, votre intelligence et votre noble lignée vous destinaient à devenir la grande épouse royale.

– Ce rêve s'est effondré, je préfère la réalité.

– Suis-je un rêve ? Ce que Ramsès vous a ôté, moi, je vous l'offrirai.

– Comment osez-vous, alors que je porte son enfant ?

– Réfléchissez, Iset ; réfléchissez bien.

Malgré de discrets travaux d'approche et d'alléchantes propositions faites par des intermédiaires, Chénar n'avait pas réussi à soudoyer l'un des médecins personnels de Séthi. Incorruptibles ? Non, prudents. Ils redoutaient davantage Séthi que son fils aîné. La santé de Pharaon était un secret d'État ; qui le trahirait serait passible d'un châtiment sévère.

Puisque les thérapeutes étaient inaccessibles, Chénar changea de tactique. Comme ils prescrivaient des remèdes, leur fabrication était confiée au laboratoire d'un temple. Restait à savoir lequel.

La recherche nécessita beaucoup de doigté, mais elle aboutit ; c'était dans le sanctuaire de Sekhmet que l'on préparait potions et pilules destinées à Séthi. Corrompre le chef du laboratoire, un homme âgé, veuf et fortuné, présentait trop de risques ; en revanche, l'enquête menée sur ses assistants se révéla instructive. L'un d'eux, un quadragénaire marié à une femme plus jeune, se plaignait de la médiocrité de son salaire ; il ne lui permettait pas d'acheter robes, bijoux et onguents en quantité suffisante.

La proie s'annonçait facile, elle le fut.

D'après les remèdes prescrits à son père, Chénar déduisit que Séthi souffrait d'une grave maladie à évolution lente ; dans trois ans, quatre au plus, le trône serait vacant.

Lors des moissons, Séthi fit l'offrande du vin à leur déesse protectrice, un cobra bénéfique dont la statue en basalte protégeait les champs. Les paysans se rassemblèrent autour du roi, dont la présence était ressentie comme une bénédiction. Le souverain aimait rencontrer ces gens simples, qu'il préférait à la plupart des courtisans.

La cérémonie terminée, on rendit hommage à la déesse de l'abondance, au dieu du grain et au pharaon qui, seul, leur permettait de se manifester. Ramsès prit conscience de la profonde popularité de son père ; les notables le craignaient, le peuple l'aimait.

Séthi et Ramsès s'assirent dans une palmeraie, près d'un puits ; une femme leur apporta du raisin, des dattes et de la bière fraîche. Le régent eut le sentiment que le roi se reposait quelques instants, loin de la cour et des affaires de l'État. Ne fermait-il pas les yeux, le visage baigné d'une lumière douce ?

– Quand tu régneras, Ramsès, scrute l'âme des hommes, recherche des dignitaires au caractère ferme et droit, capables d'émettre un jugement impartial tout en ne trahissant pas leur serment d'obéissance ; nomme-les à leur juste place, qu'ils respectent la règle de Maât. Sois impitoyable avec les corrompus comme avec les corrupteurs.

– Régnez longtemps, mon père ; nous n'avons pas encore fêté votre jubilé.

– Trente années sur le trône d'Égypte seraient nécessaires... Je n'irai pas jusque-là.

– N'êtes-vous pas aussi solide qu'un bloc de granit ?

– Non, Ramsès ; la pierre est éternelle, le nom de Pharaon traversera les temps, mais mon corps mortel disparaîtra. Et ce moment approche.

Le régent éprouva une violente douleur au creux de la poitrine.

– Le pays a trop besoin de vous.

– Tu as traversé beaucoup d'épreuves et tu as vite mûri, mais tu n'es qu'au début de ton existence ; souviens-toi, au long des années, du regard du taureau sauvage. Qu'il t'inspire et te donne la force dont tu auras besoin.

– À vos côtés, tout est si simple... Pourquoi le destin ne vous accorderait-il pas de nombreuses années de règne ?

– L'essentiel est de te préparer.

– Croyez-vous que la cour m'acceptera ?

– Après ma disparition, bien des envieux barreront ta route et creuseront des pièges sous tes pieds ; alors, seul, tu livreras ton premier grand combat.

– N'aurai-je aucun allié ?

– N'aie confiance en personne ; tu n'auras ni frère ni sœur. C'est celui à qui tu auras beaucoup donné qui te trahira, c'est le pauvre que tu as enrichi qui te frappera dans le dos, c'est celui à qui tu auras tendu la main qui fomentera des troubles contre toi. Méfie-toi de tes subordonnés et de tes proches, ne compte que sur toi-même. Le jour du malheur, personne ne t'aidera.

49

Iset la belle, qui s'était installée dans le palais royal de Thèbes, donna naissance à un superbe garçon, qui reçut le nom de Khâ *. Après avoir reçu la visite de Ramsès, la jeune mère confia l'enfant à une nourrice et reçut les soins nécessaires afin que son corps magnifique ne souffrît point des suites de l'accouchement. Ramsès était fier de son premier-né ; heureuse de son bonheur, Iset la belle promit de lui donner d'autres enfants, s'il consentait à l'aimer.

Pourtant, après son départ, elle se sentit très seule et se rappela les paroles venimeuses de Chénar. Ramsès la quittait pour retrouver Néfertari, exaspérante à force d'être discrète et attentionnée ; il eût été si simple de la détester ! Mais l'épouse principale de Ramsès commençait à conquérir les cœurs et les esprits, sans le vouloir, par son seul rayonnement ; Iset la belle avait été séduite, au point d'admettre le comportement de Ramsès.

Mais cette solitude lui pesait ; elle regrettait les fastes de la cour de Memphis, les interminables conversations avec ses amies d'enfance, les promenades sur le Nil, les baignades dans les bassins des villas somptueuses. Thèbes était riche et brillante, mais Iset n'y était pas née.

---

* Précisément Khâ-em-Ouaset, « Celui qui apparaît dans Thèbes ».

Peut-être Chénar avait-il raison ; peut-être ne devait-elle pas pardonner à Ramsès de l'avoir reléguée au rang d'épouse secondaire.

Homère broya les feuilles de sauge séchées, les réduisit en poudre, et la versa dans une grosse coquille d'escargot ; il y ficha un roseau, alluma la mixture et fuma avec délices.

– Étrange coutume, jugea Ramsès.

– Elle m'aide à écrire ; comment se porte votre merveilleuse épouse ?

– Néfertari continue de diriger la maisonnée de la reine.

– Les femmes se montrent beaucoup, en Égypte ; en Grèce, elles sont plus discrètes.

– Vous en plaignez-vous ?

Homère tira une bouffée.

– À dire vrai... Non. Sur ce point, vous avez sans doute raison ; mais j'aurais de nombreuses critiques à émettre.

– Je serais heureux de les entendre.

L'invitation de Ramsès surprit le poète.

– Désirez-vous être fustigé ?

– Si vos remarques permettent d'amplifier le bonheur de chaque jour, elles seront les bienvenues.

– Drôle de pays... En Grèce, nous passons de nombreuses heures à palabrer, les orateurs s'enflamment, et l'on se querelle à couteaux tirés. Ici, qui critique les paroles de Pharaon ?

– Son rôle est de mettre en œuvre la règle de Maât ; s'il faillit à sa tâche, surviennent le désordre et le malheur, dont les hommes sont si friands.

– N'accorderiez-vous aucune confiance à l'individu ?

– Pour ma part, aucune ; abandonnez-le à lui-même, et ce sera le règne de la trahison et de la lâcheté. Redresser le bâton tordu, telle est l'exigence permanente des sages.

Homère tira une nouvelle bouffée.

– Dans mon *Iliade* intervient un devin que j'ai bien connu ; il connaissait le présent, le passé et l'avenir. Pour le présent, j'éprouve une certaine quiétude, car votre père est digne des sages que vous évoquez. Mais l'avenir...

– Seriez-vous devin, vous aussi ?

– Quel poète ne l'est pas ? Écoutez ces vers de mon premier chant : « Des cimes de l'Olympe, Apollon descendit, irrité, portant l'arc à l'épaule et le carquois bien clos : il est plein de colère, et sur son dos, quand il bondit, les flèches s'entrechoquent. Semblable à la nuit, il s'avance, et tire sur les hommes... D'innombrables bûchers s'allument pour brûler les cadavres. »

– En Égypte, seuls certains criminels sont brûlés ; pour subir une peine aussi sévère, il faut avoir commis des actes abominables.

Homère parut irrité.

– L'Égypte est en paix... Pour combien de temps ? J'ai fait un songe, prince Ramsès, et j'ai vu d'innombrables flèches jaillir des nuées et transpercer le corps de jeunes hommes. La guerre approche, une guerre que vous n'éviterez pas.

Sary et son épouse Dolente remplirent avec zèle la tâche que leur avait confiée Chénar. Après s'être concertés, la fille du roi et son mari avaient décidé de lui obéir et de devenir ses zélés serviteurs ; non seulement ils se vengeraient de Ramsès, mais encore ils obtiendraient une position éminente à la cour de Chénar. Alliés dans la conquête, ils le resteraient dans la victoire.

Dolente n'eut aucune peine à se faire admettre dans les meilleurs familles thébaines, ravies d'accueillir une personnalité d'aussi haut lignage. La fille de Séthi justifia son séjour dans le Sud par une volonté de mieux connaître cette merveilleuse province, de goûter les charmes de la campagne et de se rapprocher de l'immense temple d'Amon de Karnak où elle comptait faire plusieurs retraites, en compagnie de son mari.

Au fil des réceptions et des entretiens privés, Dolente distilla des confidences à propos de Ramsès ; qui, mieux qu'elle, aurait pu percer ses secrets ? Séthi était un grand roi, un souverain irréprochable, Ramsès serait un tyran ; la bonne société thébaine ne jouerait plus aucun rôle dans les affaires de l'État, le temple d'Amon recevrait moins de subsides, des roturiers comme Améni prendraient la place des nobles. Détail après détail, elle composa un portrait repoussant et noua des liens de plus en plus étroits entre les opposants à Ramsès.

De son côté, Sary joua les hommes pieux. Lui, qui avait dirigé l'illustre institution du *Kap*, accepta un modeste poste d'enseignement dans l'une des écoles de scribes de Karnak et s'engagea dans une équipe de ritualistes chargée de garnir les autels de fleurs. Son humilité fut appréciée ; des membres influents de la hiérarchie religieuse prirent plaisir à converser avec lui et l'invitèrent à leur table. À l'instar de son épouse, Sary répandit son fiel.

Lorsqu'il fut admis à visiter le grand chantier où travaillait Moïse, Sary félicita son ancien élève pour l'œuvre accomplie ; nulle salle à colonnes n'égalerait celle de Karnak, dont les dimensions étaient à la mesure des dieux.

Moïse avait forci ; barbu, le visage buriné par le soleil, il méditait à l'ombre d'un chapiteau géant.

– Comme je suis content de te revoir ! Encore un de mes élèves dont la réussite est éclatante...

– Ne parlez pas trop vite ; tant que la dernière colonne n'aura pas été érigée, je ne serai pas tranquille.

– On ne tarit pas d'éloges sur ta capacité de travail.

– Je me borne à vérifier le labeur d'autrui.

– Tes vertus sont beaucoup plus éclatantes, Moïse, et je m'en félicite.

– Êtes-vous de passage à Thèbes ?

– Non, Dolente et moi sommes installés dans une villa des environs ; j'enseigne dans une école de Karnak.

– Cela ressemble fort à une déchéance.
– C'en est une.
– Quelle est sa cause ?
– Souhaites-tu la vérité ?
– À votre guise.
– Elle n'est pas facile à dire...
– Je n'ai pas l'intention de vous contraindre à parler.
– Le fautif est Ramsès. Contre sa propre sœur et contre moi-même, il a porté d'affreuses accusations.
– Sans preuve ?
– Sans aucune preuve ; sinon, ne nous aurait-il pas traînés devant un tribunal ?

L'argument ébranla Moïse.

– Ramsès s'enivre de son pouvoir, continua Sary ; sa sœur a eu le tort de réclamer davantage de retenue. En fait, il n'a guère changé ; son caractère intransigeant et excessif sied mal aux responsabilités qui lui furent attribuées. Crois-moi, je suis le premier à le regretter ; moi aussi, j'ai tenté de le raisonner. En pure perte.
– Cet exil ne vous pèse-t-il pas ?
– Exil est un bien grand mot ! Cette région est magnifique, le temple procure le repos de l'âme, et je suis satisfait de dispenser mon savoir à de jeunes enfants. Pour moi, l'heure des ambitions est passée.
– Vous estimez-vous victime d'une injustice ?
– Ramsès est le régent.
– Les abus de pouvoir sont condamnables.
– C'est mieux ainsi, crois-moi ; mais méfie-toi de Ramsès.
– Pour quelle raison ?
– J'ai la certitude qu'il se débarrassera de tous ses anciens amis, un à un, en prenant n'importe quel prétexte. Leur simple présence l'importune, de même que Néfertari ; depuis leur mariage, seul leur couple a de l'importance. Cette femme lui pourrit le cœur et l'esprit. Méfie-toi, Moïse ! Pour moi, il est trop tard, mais ton tour viendra.

L'Hébreu médita plus longtemps qu'à l'accoutumée. Il éprouvait du respect pour son ancien professeur, dont le discours était dépourvu d'agressivité ; Ramsès prenait-il un mauvais chemin ?

Le lion et le chien jaune avaient accepté Néfertari ; à l'exception de Ramsès, elle seule pouvait caresser le fauve, sans risquer griffure ou morsure. Tous les dix jours, le jeune couple et ses animaux prenaient une journée de repos et parcouraient la campagne ; Massacreur courait à côté du char, Veilleur se calait aux pieds de son maître. Ils déjeunaient en bordure d'un champ, admiraient le vol des ibis et des pélicans, saluaient les villageois, charmés par la beauté de Néfertari ; la jeune femme savait s'adapter au langage de chacun et trouvait les mots justes. À plusieurs reprises, elle intervint de manière discrète afin d'améliorer les conditions de vie d'un paysan touché par la vieillesse ou la maladie.

Qu'elle fût face à Touya ou à une servante, Néfertari restait elle-même, attentive et calme ; elle possédait tout ce qui manquait à Ramsès, la patience, la retenue et la douceur. Chacun de ses actes était marqué au sceau d'une reine. Dès le premier instant, il avait su qu'elle serait irremplaçable. En eux grandissait un amour bien différent de celui que le régent éprouvait pour Iset la belle ; comme elle, Néfertari savait s'abandonner au plaisir et jouir de la passion de son amant mais, même lors de l'union de leurs corps, une autre lumière brillait dans son regard. Néfertari, à la différence d'Iset la belle, partageait les pensées les plus secrètes de Ramsès.

Quand survint l'hiver de la douzième année de règne de son père, Ramsès lui demanda l'autorisation d'emmener Néfertari à Abydos afin de lui faire vivre les mystères d'Osiris et d'Isis. Le couple royal, le régent et son épouse partirent ensemble pour la ville sainte où Néfertari fut initiée.

Le lendemain de la cérémonie, la reine Touya lui remit un bracelet d'or qu'elle porterait désormais lors de la célébration des rituels, comme assistante de la grande épouse royale. La jeune femme fut émue aux larmes ; contrairement à ce qu'elle avait redouté, son cheminement ne l'avait pas éloignée du temple.

– Je n'aime pas ça, se plaignit Améni.

Connaissant le caractère grincheux de son secrétaire particulier, Ramsès l'écoutait parfois d'une oreille distraite.

– Je n'aime pas ça du tout, répéta-t-il.

– T'aurait-on livré des papyrus de mauvaise qualité ?

– Rassure-toi, je ne les aurais pas acceptés. Ne remarques-tu rien, autour de toi ?

– La santé de Pharaon ne décline pas, ma mère et mon épouse sont les meilleures amies du monde, le pays est en paix, Homère écrit... Que souhaiter de plus ? Ah, si ! Tu n'es toujours pas fiancé !

– Je n'ai pas le temps de m'occuper de ces vétilles ; n'as-tu rien remarqué d'autre ?

– Franchement, non.

– Tu te noies dans les yeux de Néfertari. Comment te le reprocher ? Par bonheur, je veille et j'écoute.

– Qu'entends-tu ?

– Des bruits inquiétants ; on tente de ruiner ta réputation.

– Chénar ?

– Ton frère aîné est d'une remarquable discrétion, ces derniers mois ; en revanche, les critiques de la cour ne cessent de s'amplifier.

– Sans importance.

– Je ne suis pas de ton avis.

– J'écarterai tous ces bavards de ma route !

– Ils le savent, observa Améni ; c'est pourquoi ils te combattront.

– Sortis des couloirs du palais ou de la salle de réception de leurs somptueuses villas, ils n'ont aucun courage.

– En théorie, tu as raison ; mais je redoute une opposition organisée.

– Séthi a choisi son successeur ; le reste n'est que commérages.

– Crois-tu que Chénar ait renoncé ?

– Tu constates toi-même sa docilité.

– C'est elle qui m'inquiète ; elle lui correspond si peu !

– Tu es trop soucieux, mon ami ; Séthi nous protège.

« Tant qu'il sera vivant », pensa Améni, bien décidé à mettre Ramsès en garde contre le climat délétère qui s'accentuait.

50

La fille de Ramsès et de Néfertari n'avait vécu que deux mois ; chétive, sans appétit, elle était repartie au royaume des ombres. Très affectée, la jeune femme avait beaucoup inquiété les médecins ; pendant trois semaines, Séthi l'avait magnétisée chaque jour, lui redonnant ainsi l'énergie nécessaire pour vaincre son chagrin.

Le régent fut très présent auprès de son épouse ; Néfertari n'émit pas une seule plainte. La mort ravisseuse frappait volontiers les nourrissons, sans se soucier de leur origine. De l'amour qu'elle portait à Ramsès naîtrait un autre enfant.

Le petit Khâ se portait bien ; une nourrice s'occupait de lui, pendant qu'Iset la belle prenait une place de plus en plus remarquée dans la société thébaine. Elle prêta une oreille bienveillante aux doléances de Dolente et de son mari, s'étonnant de l'injustice commise par Ramsès ; dans la grande cité du Sud, on redoutait l'avènement du régent, considéré comme un futur despote, peu soucieux de la loi de Maât. Iset la belle tenta bien de protester, mais on lui opposa quantité d'arguments qui la laissèrent sans voix ; aimait-elle donc un tyran avide de pouvoir, un monstre dépourvu de sensibilité ?

Une fois encore, les paroles de Chénar lui revinrent en mémoire.

Séthi ne s'accordait plus de repos ; dès que s'ouvrait une brèche dans son emploi du temps, il convoquait Ramsès. Dans le jardin du palais, le père et le fils conversaient. Séthi, qui n'éprouvait aucun goût pour l'écriture, léguait son enseignement de manière orale. D'autres rois avaient rédigé des maximes afin de préparer leur successeur à régner ; lui, préférait transmettre de vieille bouche à jeune oreille.

– Ce savoir ne suffira pas, prévint-il, mais il équivaut au bouclier et à l'épée d'un fantassin ; il te permettra de te défendre et d'attaquer. Pendant les périodes de bonheur, chacun s'en attribuera la paternité ; lorsque le malheur surviendra, tu seras le seul coupable. Si tu commets une faute, n'accuse personne d'autre que toi-même et rectifie-toi. Tel est le juste exercice du pouvoir : une permanente rectification de la pensée et de l'action. L'heure est venue de te confier une mission au cours de laquelle tu me représenteras.

Cette révélation n'enchanta pas Ramsès ; il eût volontiers écouté son père, pendant de longues années.

– Un petit village nubien proteste contre l'administration du vice-roi ; les rapports qui me sont parvenus sont obscurs. Rends-toi là-bas, et prends une décision au nom de Pharaon.

La Nubie était toujours aussi envoûtante, au point de faire oublier à Ramsès qu'il ne faisait pas un voyage d'agrément. Plus aucun poids ne pesait sur ses épaules ; l'air tiède, le vent éclatant des palmiers doums, l'ocre du désert et le rouge des roches rendaient son âme légère. Il eut la tentation de renvoyer les soldats en Égypte et de se perdre, seul, dans ces paysages sublimes.

Mais le vice-roi de Nubie s'inclinait déjà devant lui, verbeux et servile.

– Mes rapports vous ont-ils éclairé ?

– Séthi les a jugés confus.

– Pourtant, la situation est nette ! Ce village s'est révolté ; il convient de l'anéantir.

– Avez-vous subi des pertes ?

– Non, à cause de ma prudence ; j'attendais votre venue.

– Pourquoi ne pas être intervenu sans tarder ?

Le vice-roi bafouilla.

– Comment savoir... S'ils sont nombreux, si...

– Emmenez-moi sur le site.

– J'ai préparé une collation et...

– Partons.

– Par cette chaleur ? J'avais pensé que la fin du jour serait plus propice.

Le char de Ramsès s'ébranla.

Le petit village nubien sommeillait au bord du Nil, à l'ombre d'une palmeraie ; les hommes trayaient les vaches, les femmes préparaient le repas, des enfants nus se baignaient dans le fleuve. Des chiens maigres dormaient au pied des cases.

Les soldats égyptiens s'étaient déployés sur les collines environnantes ; leur supériorité numérique semblait écrasante.

– Où sont les révoltés ? demanda Ramsès au vice-roi.

– Ce sont ces gens-là... Ne vous fiez pas à leur allure paisible.

Les éclaireurs étaient formels : aucun guerrier nubien ne se dissimulait dans les environs.

– Le chef de ce village a contesté mon autorité, affirma le vice-roi ; la riposte doit être fulgurante. Sinon, la sédition s'étendra à d'autres tribus. Prenons-les par surprise et exterminons-les ; cet exemple frappera tous les Nubiens.

Une femme venait d'apercevoir les soldats égyptiens ; elle cria, les enfants sortirent de l'eau et coururent se réfugier dans les cases auprès de leurs mères. Les hommes se munirent d'arcs, de flèches et de lances, et se regroupèrent au centre du village.

– Regardez ! s'exclama le vice-roi ; n'avais-je pas raison ?

Le chef s'avança ; deux longues plumes d'autruche fichées dans ses cheveux crépus, un baudrier rouge sur la poitrine, il avait fière allure. Dans la main droite, il tenait une pique longue de deux mètres, décorée de rubans.

– Il va donner l'assaut, prévint le vice-roi ; nos archers devraient le clouer au sol !

– C'est moi qui donne les ordres, rappela Ramsès ; que personne ne fasse un geste agressif.

– Mais... Que comptez-vous faire ?

Ramsès ôta son casque, sa cuirasse et ses jambières ; il déposa épée et poignard, et descendit la pente rocailleuse.

– Majesté ! hurla le vice-roi ; revenez, il va vous tuer !

Le régent marcha d'un pas égal, fixant le Nubien ; l'homme, âgé d'une soixantaine d'années, était mince, presque osseux.

Lorsqu'il brandit sa pique, Ramsès pensa qu'il avait pris un risque inconsidéré ; mais un chef de tribu nubienne était-il plus dangereux qu'un taureau sauvage ?

– Qui es-tu ?

– Ramsès, fils de Séthi et régent d'Égypte.

Le Nubien abaissa son arme.

– Ici, je suis le chef.

– Tu le seras, aussi longtemps que tu respecteras la loi de Maât.

– C'est le vice-roi, notre protecteur, qui l'a trahie.

– Grave accusation.

– J'ai respecté mes engagements, le vice-roi n'a pas tenu sa parole.

– Énonce tes griefs.

– Il nous avait promis du blé en échange de nos tributs ; où est-il ?

– Où sont les tributs ?

– Viens.

En suivant le chef, Ramsès fut obligé de passer au milieu de ses guerriers. Le vice-roi, persuadé qu'ils le tueraient ou le prendraient en otage, se voila la face. Mais aucun incident ne se produisit.

Le chef montra au régent les sacs remplis de poussière d'or, les peaux de panthère, les éventails et les œufs d'autruche, prisés par les familles nobles.

– Si la parole n'est pas respectée, nous nous battrons, même si nous devons mourir ; personne ne peut vivre dans un monde sans parole.

– Il n'y aura pas d'affrontement, affirma Ramsès ; comme promis, le blé te sera livré.

Chénar eût volontiers accusé Ramsès de faiblesse à l'égard des révoltés nubiens, mais le vice-roi lui déconseilla d'utiliser cet argument. Lors d'une longue entrevue secrète entre les deux hommes, le vice-roi parla de la popularité croissante de Ramsès parmi les militaires : les soldats admiraient sa bravoure, son enthousiasme et sa capacité de prendre des décisions rapides. Avec un tel chef, ils ne redoutaient aucun ennemi ; taxer Ramsès de lâcheté se retournerait contre Chénar.

Le fils aîné de Pharaon se rendit aux raisons de son interlocuteur ; ne pas contrôler l'armée serait, certes, un handicap, mais elle obéirait aux ordres du nouveau maître des Deux Terres. En Égypte, la force brutale ne suffisait pas pour gouverner ; l'assentiment de la cour et des grands prêtres, en revanche, ne devait pas faire défaut.

De plus en plus, Ramsès apparaissait comme un guerrier intrépide et dangereux ; tant que Séthi tiendrait les rênes du pouvoir, le jeune homme ne prendrait pas d'initiatives. Mais ensuite... Par désir d'en découdre avec l'ennemi, ne s'engagerait-il pas dans de folles aventures où l'Égypte avait tout à perdre ?

Comme le souligna Chénar, Séthi lui-même avait conclu une trêve avec les Hittites, plutôt que de se lancer à l'assaut de leur territoire et de leur fameuse forteresse de Kadesh ; Ramsès aurait-il la même sagesse ? Les notables détestaient la guerre ; vivant dans le confort et la quiétude, ils se méfiaient des généraux exaltés.

Le pays n'avait pas besoin d'un héros capable de déclencher de vastes batailles et de mettre le Proche-Orient à feu et à sang ; d'après les rapports des ambassadeurs et des messagers, chargés de mission à l'étranger, les Hittites avaient choisi la voie de la paix et renoncé à conquérir l'Égypte. Par conséquent, un personnage comme Ramsès devenait inutile, voire nuisible. S'il s'obstinait dans ses attitudes de conquérant, ne faudrait-il pas l'éliminer ?

Les thèses de Chénar firent leur chemin dans les esprits ; on le jugea pondéré et réaliste. Les faits ne lui donnaient-ils pas raison ?

Lors d'un voyage dans le Delta, au cours duquel il convainquit deux chefs de province de le soutenir après la mort de Séthi, il reçut Âcha dans la luxueuse cabine de son bateau. Son cuisinier avait préparé un repas raffiné et son sommelier avait choisi un vin blanc au fruité exceptionnel.

À son habitude, le jeune diplomate était d'une élégance quelque peu hautaine ; la vivacité de son regard troublait parfois, mais l'onctuosité de sa voix et son calme imperturbable rassuraient. S'il lui restait fidèle après avoir trahi Ramsès, Chénar en ferait un excellent ministre des Affaires étrangères.

Âcha mangea du bout des doigts et but du bout des lèvres.

– Ce déjeuner vous déplairait-il ?

– Pardonnez-moi, mais je suis préoccupé.

– Des ennuis personnels ?

– Aucun.

– Vous mettrait-on des bâtons dans les roues ?

– Au contraire.

– Ramsès... C'est Ramsès ! Il a découvert notre collaboration !

– Rassurez-vous, notre secret est intact.

– Quel est donc votre motif de préoccupation ?

– Les Hittites.

– Les rapports qui parviennent à la cour sont tout à fait rassurants ; leurs tendances belliqueuses se sont estompées.

– C'est la version officielle, en effet.

– Que lui reprochez-vous ?

– Sa naïveté ; à moins que mes supérieurs ne désirent rassurer Séthi et ne pas l'importuner avec des prévisions pessimistes.

– Des indices précis ?

– Les Hittites ne sont pas des brutes bornées ; puisque la confrontation armée ne leur a pas été favorable, ils utilisent la ruse.

– Ils achèteront la bienveillance de quelques tyrans locaux et fomenteront de misérables intrigues.

– C'est l'avis des spécialistes, en effet.

– Pas le vôtre ?

– De moins en moins.

– Que craignez-vous ?

– Que les Hittites ne tissent leur toile dans nos protectorats et que nous ne soyons pris au piège.

– Ce n'est guère vraisemblable ; à la moindre défection sérieuse, Séthi interviendra.

– Séthi n'est pas informé.

Chénar ne prit pas les avertissements du jeune diplomate à la légère ; jusqu'à présent, il avait fait preuve d'une remarquable lucidité.

– Le danger est-il imminent ?

– Les Hittites ont adopté une stratégie lente et progressive ; dans quatre ou cinq ans, ils seront prêts.

– Continuez à observer leurs agissements, mais n'en parlez à personne d'autre que moi.

– Vous me demandez beaucoup.

– Vous obtiendrez beaucoup.

51

Le village de pêcheurs vivait au ralenti. Au bord de la mer, il bénéficiait de la protection d'une escouade de policiers, réduite à une dizaine d'hommes chargés d'observer la circulation des navires. La tâche n'était pas écrasante ; de temps à autre, un bateau égyptien prenait la direction du nord. Le chef de l'escouade, un sexagénaire ventripotent, notait son nom et la date de son passage sur une tablette. Quant aux marins revenant de l'étranger, ils empruntaient une autre bouche du Nil.

Les policiers aidaient les pêcheurs à tirer les filets et à entretenir leurs barques ; on se gavait de poissons, et, les jours de fêtes, le chef d'escouade acceptait de partager les rations de vin fournies chaque quinzaine par l'administration.

Les jeux des dauphins étaient la distraction favorite de la petite communauté ; elle ne se lassait pas de leurs bonds harmonieux et de leurs courses folles. Le soir, un vieux pêcheur racontait des légendes : non loin de là, dans les marécages, la déesse Isis s'était cachée avec son nouveau-né, Horus, afin de le soustraire à la fureur de Seth.

– Chef, un bateau.

Allongé sur sa natte, à l'heure de la sieste, le policier n'avait pas envie de se lever.

– Fais-lui signe et note son nom.

– Il vient vers nous.

– Tu auras mal vu... Regarde mieux.

– Il vient vers nous, c'est sûr.

Le chef se leva, intrigué ; ce n'était pas le jour du vin. La consommation de bière douce ne pouvait provoquer une hallucination de cette ampleur.

De la plage, on distinguait bien un bâtiment de bonne taille qui filait droit vers le village.

– Il n'est pas égyptien...

Aucun bateau grec n'accostait à cet endroit ; les ordres étaient formels : repousser l'intrus, et lui ordonner de se diriger vers l'ouest, où il serait pris en charge par la marine de Pharaon.

– Équipez-vous, ordonna le chef à ses hommes, qui n'avaient plus l'habitude de manier lance, épée, arc et bouclier.

À bord de l'étrange vaisseau, des hommes à la peau mate, aux moustaches frisées, coiffés de casques ornés de cornes, la poitrine protégée par une cuirasse métallique, armés d'épées très pointues et de boucliers ronds.

À la proue, un géant.

Il était si effrayant que les policiers égyptiens reculèrent.

– Un démon, murmura l'un d'eux.

– Ce n'est qu'un homme, rectifia le chef; abattez-le.

Deux archers tirèrent en même temps ; la première flèche se perdit dans les airs, la seconde sembla se ficher dans le buste du géant ; mais ce dernier la brisa d'un coup d'épée avant qu'elle ne l'atteigne.

– Là-bas ! hurla un policier ; un autre bateau !

– Une invasion, constata le chef; on se replie.

Ramsès connaissait le bonheur.

Un bonheur quotidien, fort comme le vent du sud, doux comme le vent du nord. Néfertari transformait chaque instant en plénitude, effaçait les soucis, orientait les pensées vers la lumière ; auprès d'elle, les journées s'illuminaient d'une douce clarté. La jeune femme savait l'apaiser, sans nier le feu qui l'animait ; mais n'était-elle pas porteuse d'un avenir étrange, presque inquiétant, celui d'un règne qui s'annonçait ?

Néfertari le surprenait ; elle aurait pu se contenter d'une existence tranquille et fastueuse, mais possédait la souveraine élégance d'une reine. De quelle destinée serait-elle la souveraine ou la servante ? Néfertari était un mystère. Un mystère au sourire enchanteur, si proche de celui de la déesse Hathor, telle qu'il l'avait vue dans la tombe du premier Ramsès, son ancêtre.

Iset la belle était la terre, Néfertari le ciel ; Ramsès avait besoin de l'une et de l'autre, mais n'éprouvait que passion et désir pour la première.

Néfertari était l'amour.

Séthi contemplait le soleil couchant ; lorsque Ramsès le salua, le crépuscule avait envahi le palais. Le roi n'avait allumé aucune lampe.

– Un rapport alarmant de la police du Delta, révéla-t-il à son fils. Mes conseillers croient à un incident mineur, mais je suis persuadé qu'ils se trompent.

– Que s'est-il passé ?

– Des pirates ont attaqué un village de pêcheurs, au bord de la Méditerranée ; les policiers chargés de la surveillance côtière ont battu en retraite, mais affirment contrôler la situation.

– Mentiraient-ils ?

– À toi de t'en assurer.

– Pourquoi cette suspicion ?

– Ces pirates sont de redoutables pillards ; s'ils tentent une percée à l'intérieur des terres, ils sèmeront la terreur.

Ramsès se révolta.

– La police côtière serait-elle incapable d'assurer notre sécurité ?

– Les responsables ont peut-être sous-estimé le danger.

– Je pars sur l'heure.

Le roi contempla de nouveau le couchant ; il eût aimé accompagner son fils, revoir les paysages aquatiques du Delta, incarner l'autorité de l'État à la tête de l'armée. Mais après quatorze années de règne, la maladie le rongeait ; par bonheur, la force qui l'abandonnait peu à peu passait dans le sang de Ramsès.

Les policiers s'étaient regroupés à une trentaine de kilomètres de la côte, dans un petit bourg en bordure d'une des branches du Nil ; ils avaient édifié à la hâte des fortifications en bois, dans l'attente des secours. À l'arrivée des troupes commandées par le régent, ils sortirent de leurs abris et coururent en direction de leurs sauveurs, leur chef bedonnant en tête.

Il se prosterna devant le char de Ramsès.

– Nous sommes indemnes, Majesté ! Pas un seul blessé.

– Relevez-vous.

À la joie spontanée succéda une ambiance glacée.

– Nous... nous n'étions pas assez nombreux pour résister. Les pirates nous auraient massacrés.

– Que savez-vous de leur progression ?

– Ils n'ont pas quitté la côte et se sont emparés d'un autre village.

– À cause de votre lâcheté !

– Majesté... Le combat eût été inégal.

– Écartez-vous de mon chemin.

Le chef de l'escouade eut à peine le temps de bondir sur le côté ; le nez dans la poussière, il ne vit pas le char du régent se diriger vers le bateau amiral d'une imposante flottille partie de Memphis. Dès qu'il fut à bord, Ramsès donna l'ordre de voguer plein nord.

Emporté par une véritable fureur, tant contre les pirates que contre les policiers incompétents, le régent exigea des rameurs une débauche d'énergie. Non seulement l'intensité ne diminua pas, mais encore, se transmit-elle à l'ensemble de l'expédition, pressée de rétablir l'ordre à la frontière maritime de l'Égypte.

Ramsès fonça droit devant lui.

Les pirates, installés dans les deux villages dont ils s'étaient emparés, hésitaient sur la conduite à tenir ; soit prolonger leur victoire en élargissant leur mainmise sur la côte, soit rembarquer avec leur butin et attaquer de nouveau dans un proche avenir.

L'assaut de Ramsès les surprit au moment du déjeuner, alors qu'ils faisaient griller du poisson. Malgré l'énorme supériorité numérique de l'adversaire, les pirates se défendirent avec une incroyable férocité ; à lui seul, le géant repoussa une vingtaine de fantassins, mais succomba sous le nombre.

Plus de la moitié des pirates avaient été tués, leur vaisseau brûlait, mais leur chef refusait de baisser la tête devant Ramsès.

– Ton nom ?

– Serramanna.

– D'où viens-tu ?

– De Sardaigne. Tu m'as vaincu, mais d'autres bateaux sardes me vengeront ; ils déferleront par dizaines, et tu ne pourras pas les arrêter. Nous voulons les richesses de l'Égypte, et nous les aurons.

– Pourquoi ne pas vous contenter de votre pays ?

– Conquérir est notre raison d'être ; vos misérables soldats ne nous résisteront pas longtemps.

Choqué par l'insolence du pirate, un fantassin leva sa hache pour lui fendre le crâne.

– Recule-toi ! ordonna Ramsès, qui se tourna vers ses soldats. Lequel d'entre vous accepte de se battre en combat singulier contre ce barbare ?

Aucun volontaire ne se déclara.

Serramanna ricana.

– Vous n'êtes pas des guerriers !

– Que recherches-tu ?

La question surprit le géant.

– La richesse, bien sûr ! Et puis les femmes, le meilleur vin, une villa avec des terres, des...

– Si je t'offre tout cela, acceptes-tu de devenir le chef de ma garde personnelle ?

Les yeux du géant s'agrandirent jusqu'à lui manger le visage.

– Tue-moi, mais ne te moque pas de moi !

– Un vrai guerrier sait prendre une décision dans l'instant : désires-tu servir ou mourir ?

– Qu'on me libère !

Avec crainte, deux fantassins lui délièrent les poignets.

Ramsès était grand, mais Serramanna le dépassait d'une tête. Il fit deux pas en direction du régent, les archers égyptiens pointèrent leurs flèches vers lui. S'il se ruait sur Ramsès et provoquait un corps à corps afin de l'étrangler de ses énormes mains, auraient-ils la possibilité de tirer sans toucher le fils de Séthi ?

Ce dernier lut dans les yeux du Sarde l'envie de tuer, mais il demeura les bras croisés, comme s'il ne s'en souciait pas. Son adversaire ne discerna chez le régent aucune trace de peur.

Serramanna mit un genou à terre et baissa la tête.

– Commande, et j'obéirai.

52

La bonne société memphite fut scandalisée. N'offrait-elle pas assez de fils valeureux à l'armée, n'étaient-ils pas dignes d'assurer la protection du régent ? Voir un tel barbare à la tête de sa garde personnelle était une insulte pour la noblesse même si, de l'avis général, la présence de Serramanna, qui avait gardé son accoutrement sarde, était tout à fait dissuasive. Certes, les autres pirates, coupables de pillage, avaient été envoyés aux mines où ils purgeraient leur peine, mais leur chef n'occupait-il pas, à présent, une position enviable ? S'il frappait Ramsès dans le dos, personne ne plaindrait le régent.

Chénar se félicitait de ce nouveau faux pas ; cette décision révoltante prouvait que seule la force brutale fascinait son frère. Ne dédaignait-il pas les banquets et les réceptions pour d'interminables randonnées à cheval dans le désert, un entraînement intensif au tir à l'arc et à l'épée, des joutes dangereuses avec son lion ?

Serramanna devint son partenaire privilégié ; ils se transmirent leur science du combat à mains nues ou l'arme au poing, et finirent par allier puissance et souplesse. Les Égyptiens placés sous le commandement du géant n'émirent aucune plainte ; eux aussi reçurent une formation intensive qui en fit des soldats d'élite, logés et nourris dans d'excellentes conditions.

Ramsès tint ses promesses : Serramanna devint le propriétaire d'une villa de huit pièces, avec un puits et un jardin planté d'arbres. Sa cave fut remplie d'amphores de vin vieux et son lit accueillit des Libyennes et des Nubiennes peu farouches, fascinées par la stature de l'étranger.

Bien qu'il restât fidèle à son casque, à sa cuirasse, à son épée et à son bouclier rond, le Sarde oublia sa Sardaigne. Là-bas, il était pauvre et méprisé ; en Égypte, riche et considéré ! Il voua à Ramsès une reconnaissance infinie ; non seulement il lui avait sauvé la vie, mais, de plus, accordé celle dont il rêvait. Quiconque menacerait le régent aurait affaire à lui.

La crue de l'an quatorze du règne de Séthi s'annonçait mauvaise ; la faible montée des eaux risquait d'entraîner une famine. Dès que le roi reçut une confirmation des spécialistes d'Assouan qui scrutaient le fleuve et consultaient leur documentation, riche d'observations antérieures, il convoqua Ramsès. Malgré la fatigue qui ne le quittait plus, Pharaon emmena son fils au Gebel Silsileh, à l'endroit où les berges se rapprochaient ; selon d'antiques traditions, Hâpy, l'énergie de la crue, sortait là de deux cavernes, créant une eau pure et nourricière.

Afin de rétablir l'harmonie, Séthi offrit au fleuve cinquante-quatre jarres de lait, trois cents pains blancs, soixante-dix gâteaux, vingt-huit bols de miel, vingt-huit paniers de raisins, vingt-quatre de figues, vingt-huit de dattes, des grenades, des fruits du zizyphus et du persea, des concombres, des haricots, des figurines de faïence, quarante-huit jarres d'encens, de l'or, de l'argent, du cuivre, de l'albâtre, des gâteaux en forme de veau, d'oie, de crocodile et d'hippopotame.

Trois jours plus tard, le niveau de l'eau avait monté, mais de manière insuffisante ; il ne restait plus qu'un mince espoir.

La Maison de Vie d'Héliopolis était la plus ancienne d'Égypte ; y étaient conservés les livres recelant les mystères du ciel et de la terre, les rituels secrets, les cartes du ciel, les annales royales, les prophéties, les textes mythologiques, les ouvrages de médecine et de chirurgie, les traités de mathématiques et de géométrie, les clés d'interprétation des rêves, les dictionnaires de hiéroglyphes, les manuels d'architecture, de sculpture et de peinture, les inventaires d'objets rituels que devaient posséder les temples, les calendriers des fêtes, les recueils de formules magiques, les *Sagesses* rédigées par les anciens et les textes de « transformation en lumière », permettant de voyager dans l'autre monde.

– Pour un pharaon, déclara Séthi, il n'est pas d'endroit plus important. Lorsque le doute t'assaillira, viens ici et consulte les archives. La Maison de Vie est le passé, le présent et le futur de l'Égypte ; recueille son enseignement et tu verras, comme j'ai vu.

Séthi demanda au supérieur de la Maison de Vie, un prêtre âgé qui n'avait plus de contact avec le monde extérieur, de lui apporter le *Livre du Nil.* Un ritualiste s'acquitta de cette tâche ; Ramsès le reconnut.

– N'es-tu pas Bakhen, le contrôleur des écuries du royaume ?

– Je l'étais, et je remplissais en même temps ma fonction de serviteur du temple ; depuis mon vingt et unième anniversaire, j'ai abandonné mes fonctions profanes.

Robuste, le visage carré et ingrat, débarrassé d'une courte barbe qui le durcissait, les bras épais, la voix grave et rauque, Bakhen ne ressemblait pas à un érudit préoccupé de la sagesse des anciens.

Il déroula le papyrus sur une table de pierre et se retira.

– Ne néglige pas cet homme, recommanda Séthi ; dans quelques semaines, il partira pour Thèbes et entrera au service d'Amon de Karnak. Sa destinée croisera de nouveau la tienne.

Le roi lut le vénérable document, rédigé par l'un de ses prédécesseurs de la troisième dynastie, plus de treize cents ans auparavant. En contact avec l'esprit du Nil, il indiquait les démarches à suivre pour le satisfaire, lors de crues trop maigres.

Séthi trouva la solution ; l'offrande faite au Gebel Silsileh devait être répétée à Assouan, à Thèbes et à Memphis.

Séthi rentra épuisé de ce long voyage ; lorsque les messagers lui apprirent que la crue serait presque normale, il donna l'ordre aux chefs de province de veiller, avec un soin particulier, à la qualité des digues et des bassins de retenue. La catastrophe évitée, il ne fallait pas perdre la moindre goutte d'eau.

Chaque matin, le roi, dont le visage se creusait, reçut Ramsès et lui parla de Maât, la déesse de la justice symbolisée par une femme d'apparence fragile ou par une plume, la rectrice, qui dirigeait le vol des oiseaux. Pourtant, elle seule devait régner afin de maintenir la cohésion entre les êtres ; grâce au respect de la règle divine, le soleil accepterait de briller, le blé de pousser, le faible serait protégé du fort, réciprocité et solidarité seraient les lois quotidiennes de l'Égypte. À Pharaon de dire et de faire Maât, de pratiquer la rectitude, plus importante que mille actions d'éclat.

Ses paroles nourrissaient l'âme de Ramsès qui n'osait interroger son père sur sa santé, conscient qu'il se détachait du quotidien et contemplait un autre univers, dont il transmettait l'énergie à son fils. Ce dernier sentit qu'il ne devait pas gaspiller une seule minute de cet enseignement ; aussi délaissa-t-il Néfertari, Améni et ses proches pour recueillir la voix de Pharaon.

L'épouse de Ramsès l'encouragea à agir ainsi ; avec l'aide d'Améni, elle le délivra de mille et une obligations, de sorte qu'il fût le serviteur de Séthi et l'héritier de sa puissance.

D'après les renseignements obtenus, le doute n'était plus permis : le mal dont souffrait Séthi prenait des proportions inquiétantes. Éploré, les larmes au bord des yeux, Chénar répandit l'affreuse nouvelle à la cour et la fit transmettre au grand prêtre d'Amon et aux chefs de province. Les médecins gardaient l'espoir de prolonger la vie du souverain, mais une issue fatale était à craindre ; et ce drame se doublerait d'une catastrophe, à savoir le couronnement de Ramsès.

Ceux qui désiraient l'éviter et soutenir Chénar devaient se tenir prêts ; certes, ce dernier tenterait de persuader son frère qu'il était incapable d'assumer la fonction suprême, mais la voix de la raison serait-elle entendue ? Si la sauvegarde du pays l'imposait, peut-être faudrait-il recourir à d'autres méthodes, condamnables en apparence, mais unique moyen d'empêcher un va-t-en-guerre de ruiner l'Égypte.

Le discours modéré et réaliste de Chénar fut bien accueilli ; chacun souhaitait que le règne de Séthi durât encore longtemps, mais l'on se prépara au pire.

Les soldats grecs de Ménélas, reconvertis en commerçants, fourbirent leurs armes ; sur l'ordre de leur roi, ils formeraient une milice d'autant plus efficace que personne n'envisagerait un coup de force de la part de paisibles étrangers bien intégrés à la population. À l'approche de l'insurrection, le souverain de Lacédémone était pressé d'en découdre ; il manierait sa lourde épée, percerait des ventres et des poitrines, trancherait des membres et fracasserait des têtes avec la même ardeur que sur le champ de bataille de Troie. Ensuite, il repartirait chez lui avec Hélène et lui ferait payer ses fautes et son infidélité.

Chénar était optimiste ; la diversité et la qualité de ses alliés semblaient prometteuses. Néanmoins, un personnage le gênait : le Sarde Serramanna. En l'engageant comme chef de sa garde personnelle, Ramsès avait contrecarré, sans le savoir, l'une des initiatives de son frère qui avait fait affecter un officier grec à la sécurité du régent. Le mercenaire ne pourrait malheureusement approcher Ramsès sans l'assentiment du géant. La conclusion s'imposait d'elle-même : Ménélas devait assassiner le Sarde, dont la disparition ne provoquerait aucun remous.

L'ensemble du dispositif de Chénar était au point; il ne restait plus qu'à attendre la mort de Séthi pour donner le signal de l'action.

– Ton père ne te recevra pas ce matin, déplora Touya.

– Son état s'est-il aggravé ? interrogea Ramsès.

– Son chirurgien a renoncé à l'opérer; pour calmer la douleur, il lui a administré un puissant somnifère à base de mandragore.

Touya demeurait d'une dignité remarquable, mais le chagrin perçait à travers ses paroles.

– Dis-moi la vérité : reste-t-il un espoir ?

– Je ne le crois pas ; l'organisme est trop affaibli. Malgré sa robuste constitution, ton père aurait dû prendre davantage de repos ; mais comment convaincre un pharaon de ne pas se soucier du bonheur de son peuple ?

Ramsès vit des larmes dans les yeux de sa mère et la serra contre lui.

– Séthi ne redoute pas la mort ; sa demeure d'éternité est achevée, il est prêt à comparaître devant Osiris et les juges de l'autre monde. Lorsque ses actes seront mis en tas à côté de lui, il n'aura rien à craindre du monstre qui dévore ceux qui ont trahi Maât : tel est le jugement que je rendrai sur cette terre.

– Comment puis-je t'aider ?

– Prépare-toi, mon fils; prépare-toi à faire vivre pour l'éternité le nom de ton père, à mettre tes pas dans les pas des ancêtres, à faire face aux visages inconnus du destin.

Sétaou et Lotus sortirent à la nuit tombée. L'eau s'était retirée des basses terres, la campagne avait repris son aspect habituel ; bien que de faible intensité, la crue avait purifié le pays, le débarrassant de quantité de rongeurs et de reptiles, noyés dans leurs antres. Ceux qui avaient survécu étaient les plus résistants et les plus astucieux ; aussi le venin de fin d'été présentait-il des caractéristiques remarquables.

Le chasseur de serpents avait jeté son dévolu sur un secteur du désert de l'est qu'il connaissait bien ; de superbes cobras, à la morsure mortelle, vivaient là. Sétaou se dirigea vers le repaire du plus gros d'entre eux, aux habitudes imperturbables. Pieds nus, Lotus marchait derrière lui ; en dépit de son expérience et de son sang-froid, il refusait de lui faire courir le moindre risque. La jolie Nubienne tenait un bâton fourchu, un sac de toile et une fiole ; clouer le reptile au sol et lui faire cracher une partie de son venin étaient des tâches banales.

La pleine lune éclairait le désert ; elle énervait les serpents et les incitait à s'aventurer au plus loin de leur territoire. Sétaou chantonnait à voix basse, insistant sur des notes graves qui plaisaient aux cobras. À l'endroit qu'il avait repéré, un creux entre deux pierres plates, des ondulations dans le sable témoignaient du passage d'un énorme reptile.

Sétaou s'assit, continuant à chantonner ; le cobra était en retard.

Lotus se jeta sur le sol, à la manière d'une nageuse plongeant dans un bassin ; stupéfait, Sétaou la vit aux prises avec le cobra noir qu'il comptait piéger. Le combat fut bref ; la Nubienne le fourra dans le sac.

– Il t'attaquait par-derrière, expliqua-t-elle.

– C'est tout à fait anormal, jugea Sétaou ; si les serpents perdent l'esprit, un cataclysme se prépare.

53

« Car nous n'aurons aucun répit, déclama Homère, si court soit-il, jusqu'à l'heure où la nuit viendra nous séparer et calmer notre ardeur. Sous le lourd bouclier qui protège le corps entier, la poitrine sera trempée de sueur ; la main demeurera sur la poignée de l'épée. »

– Ces vers de votre *Iliade* annoncent-ils un retour de la guerre ? demanda Ramsès.

– Je ne parle que du passé.

– Ne préfigure-t-il pas l'avenir ?

– L'Égypte commence à me séduire ; je n'aimerais pas la voir sombrer dans le chaos.

– Pourquoi cette crainte ?

– J'ai gardé l'oreille de mes compatriotes ; leur récente excitation m'inquiète. On jurerait que leur sang bouillonne comme devant les murailles de Troie.

– En savez-vous davantage ?

– Je ne suis qu'un poète, et ma vue décline.

Hélène remercia la reine Touya de lui accorder une entrevue, alors qu'elle traversait une période si douloureuse. Sur le visage de la grande épouse royale, maquillée avec raffinement, aucune trace de souffrance.

– Je ne sais comment...

– Les mots sont inutiles, Hélène.

– Ma peine est sincère, je prie les dieux pour que le roi guérisse.

– Soyez-en remerciée ; moi aussi, j'invoque l'invisible.

– Je suis inquiète, si inquiète...

– Que redoutez-vous ?

– Ménélas est joyeux, trop joyeux ; lui, d'ordinaire si sombre, semble triompher. Il est donc persuadé de me ramener bientôt en Grèce !

– Même si Séthi disparaît, vous serez protégée.

– Je crains que non, Majesté.

– Ménélas est mon hôte ; il n'a aucun pouvoir de décision.

– Je veux rester ici, dans ce palais, près de vous !

– Calmez-vous, Hélène ; vous ne risquez rien.

Malgré les affirmations rassurantes de la reine, Hélène redoutait la méchanceté de Ménélas ; son attitude prouvait qu'il ourdissait un complot afin de sortir sa femme d'Égypte. La mort prochaine de Séthi ne serait-elle pas l'occasion rêvée ? Hélène décida d'enquêter sur les agissements de son mari ; la vie de Touya était peut-être en danger. Lorsque Ménélas n'obtenait pas ce qu'il désirait, il devenait violent ; et voilà longtemps, bien longtemps, que cette violence ne s'était pas exprimée.

Améni lut la lettre qu'avait écrite Dolente à Ramsès.

Mon frère bien-aimé,

Mon mari et moi nous soucions de ta santé et plus encore de celle de notre père vénéré, le pharaon Séthi ; des rumeurs prétendent qu'il serait gravement malade. Le temps du pardon n'est-il pas venu ? Ma place est à Memphis ; confiante en ta bonté, je suis persuadée que tu oublieras la faute de mon mari et que tu lui permettras, à côté de moi, de témoigner son affection à Séthi et à Touya. En ces moments pénibles, nous nous apporterons mutuellement le réconfort dont nous avons besoin ; l'essentiel n'est-il pas de reformer une famille soudée, sans être esclaves du passé ?

Confiants en ta clémence, Sary et moi attendons ta réponse avec impatience.

– Relis-la lentement, exigea le régent.

Améni s'exécuta, nerveux.

– Moi, marmonna-t-il, je ne répondrais pas.

– Prends un papyrus neuf.

– Devons-nous céder ?

– Dolente est ma sœur, Améni.

– Ma disparition ne l'aurait pas fait pleurer ; mais je n'appartiens pas à la famille royale.

– Te voici bien amer !

– La clémence n'est pas toujours bonne conseillère ; ta sœur et son mari ne songeront qu'à te trahir.

– Écris, Améni.

– Mon poignet est douloureux ; n'as-tu pas envie d'envoyer toi-même ton pardon à ta sœur ?

– Écris, je t'en prie.

Rageur, Améni serra son calame.

– Le texte sera court : « Ne vous avisez pas de rentrer à Memphis, sous peine de comparaître devant le tribunal du vizir, et tenez-vous éloignés de Pharaon. »

Le calame d'Améni courut avec allégresse sur le papyrus.

Dolente passa de longues heures en compagnie d'Iset la belle, après lui avoir montré la réponse insultante de Ramsès ; l'intransigeance du régent, sa violence, sa sécheresse de cœur ne promettaient-elles pas à sa seconde épouse et à son fils un sombre avenir ?

Force était d'admettre que Chénar avait eu raison en stigmatisant les défauts de son frère ; seul le pouvoir absolu l'intéressait. Autour de lui, il ne sèmerait que destruction et malheur. En dépit de l'affection qu'elle lui avait portée, Iset n'avait d'autre choix que d'entreprendre une lutte sans merci contre Ramsès ; Dolente, sa propre sœur, était, elle aussi, contrainte d'agir ainsi.

L'avenir de l'Égypte, c'était Chénar. Iset la belle devrait oublier Ramsès, épouser le nouveau maître du pays et fonder une véritable famille.

Sary ajouta que le grand prêtre d'Amon et de nombreux autres notables partageaient l'avis de Chénar et le soutiendraient lorsqu'il ferait valoir ses droits de succession au trône, après la disparition de Séthi. Dûment informée, Iset la belle pouvait prendre son destin en main.

Quand Moïse pénétra sur le chantier, peu après l'aube, aucun tailleur de pierre n'était au travail. Il s'agissait pourtant d'une journée ordinaire, et la conscience professionnelle de ces travailleurs d'élite ne pouvait être mise en cause ; dans leur confrérie, toute absence devait être justifiée.

Mais la salle à colonnes de Karnak, qui serait la plus vaste d'Égypte une fois terminée, était déserte ; pour la première fois, l'Hébreu goûta un silence que ne troublait pas le chant des maillets et des ciseaux. Il contempla les figures divines gravées sur les colonnes et admira les scènes d'offrande unissant Pharaon aux divinités ; le sacré s'exprimait ici avec une force extraordinaire qui transcendait l'âme humaine.

Moïse demeura seul pendant des heures, comme s'il possédait ce lieu magique où, demain, habiteraient des forces de création nécessaires à la survie de l'Égypte. Mais étaient-elles la meilleure expression du divin ? Enfin, il aperçut un contremaître venu rechercher des outils oubliés au pied d'une colonne.

– Pourquoi le travail a-t-il été interrompu ?

– Ne vous a-t-on pas prévenu ?

– Je reviens de la carrière du Gebel Silsileh.

– Le maître d'œuvre nous a annoncé ce matin l'interruption du chantier.

– Pour quelle raison ?

– Pharaon en personne devait nous donner le plan complet de l'œuvre, mais il est retenu à Memphis. Lorsqu'il viendra à Thèbes, nous pourrons continuer.

Cette explication ne satisfit pas Moïse ; à l'exception d'une maladie grave, quel motif aurait empêché Séthi de se rendre à Thèbes pour s'occuper d'une œuvre si importante ?

La disparition de Séthi... Qui l'aurait envisagée ? Ramsès devait être désespéré.

Moïse prendrait le premier bateau en partance pour Memphis.

– Approche, Ramsès.

Séthi était allongé sur un lit en bois doré, placé près de la fenêtre par laquelle le soleil couchant pénétrait dans la chambre et éclairait son visage, dont la sérénité stupéfia son fils.

L'espoir renaissait ! Séthi avait de nouveau la force de recevoir Ramsès, les stigmates de la souffrance s'estompaient. Ne remportait-il pas une bataille contre la mort ?

– Pharaon est l'image du créateur qui s'est créé lui-même, déclara Séthi ; il agit pour que Maât soit à sa juste place. Accomplis des actes bénéfiques pour les dieux, Ramsès, sois le berger de ton peuple, donne la vie aux êtres humains, grands et petits, sois vigilant la nuit comme le jour, cherche toute occasion d'agir utilement.

– Tel est votre rôle, mon père, et vous le remplirez encore longtemps.

– J'ai vu ma mort, elle approche ; son visage est celui de la déesse d'Occident, jeune et souriante. Ce n'est pas une défaite, Ramsès, mais un voyage. Un voyage dans l'immensité de l'univers auquel je me suis préparé, et auquel tu devras te préparer dès le premier jour de ton règne.

– Restez, je vous en supplie !

– Tu es né pour commander, non pour supplier ; pour moi, l'heure est venue de vivre la mort et de subir l'épreuve des transformations dans l'invisible. Si mon existence a été juste, le ciel épousera mon être.

– L'Égypte a besoin de vous.

– Depuis le temps des dieux, l'Égypte est la fille unique de la lumière, et le fils de l'Égypte est assis sur un trône de lumière. À toi de me succéder, Ramsès, de poursuivre mon œuvre et d'aller au-delà, toi dont le nom est « fils de la lumière ».

– J'ai tant de questions à vous poser, tant d'enseignements à découvrir...

– Depuis la première rencontre avec le taureau sauvage, je t'ai préparé, car nul ne connaît l'instant où le destin assène ses coups décisifs ; toi, cependant, tu devras déceler ses secrets, car tu auras à guider un peuple entier.

– Je ne suis pas prêt.

– Personne ne l'est jamais ; quand ton ancêtre, le premier Ramsès, a quitté cette terre pour s'envoler vers le soleil, j'étais aussi angoissé et perdu que tu peux l'être aujourd'hui. Qui désire régner est un insensé ou un incapable ; seule la main de Dieu s'empare d'un homme pour en faire un être de sacrifice. En tant que Pharaon, tu seras le premier serviteur de ton peuple, un serviteur qui n'aura plus droit au repos et aux joies paisibles des autres hommes. Tu seras seul, non pas désespérément seul comme un égaré, mais semblable au capitaine d'un navire qui doit choisir la bonne route en percevant la vérité des puissances mystérieuses qui l'environnent. Aime l'Égypte plus que ton être, et le chemin se dévoilera.

L'or du couchant baigna le visage apaisé de Séthi ; du corps de Pharaon émanait une étrange clarté, comme s'il était lui-même une source de lumière.

– Ta route sera semée d'embûches, prédit-il, et il te faudra affronter de redoutables ennemis, car l'humanité préfère le mal à l'harmonie ; mais la force de vaincre résidera en ton cœur, si tu sais le rendre large. La magie de Néfertari te protégera, car son cœur est celui d'une grande épouse royale. Sois le faucon qui vole haut dans le ciel, mon fils, vois le monde et les êtres de son regard perçant.

La voix de Séthi s'éteignit, ses yeux se levèrent vers l'au-delà du soleil, vers un autre univers que, seul, il était capable de voir.

Chénar hésitait encore à déclencher l'offensive de ses alliés. Que Séthi fût condamné, nul n'en doutait; mais il fallait attendre l'annonce officielle de son décès. Toute précipitation irait à l'encontre de ses desseins; tant que Pharaon vivrait, aucune rébellion ne serait pardonnable. Ensuite, pendant la vacance du pouvoir suprême qui durerait soixante-dix jours, le temps de la momification, Chénar ne s'attaquerait pas au roi, mais à Ramsès. Et Séthi ne serait plus là pour l'imposer comme son successeur.

Ménélas et les Grecs bouillaient d'impatience; Dolente et Sary, qui avaient obtenu l'adhésion d'Iset la belle, s'étaient assuré la neutralité bienveillante du grand prêtre d'Amon et l'amitié active de nombreux notables thébains; Méba, le ministre des Affaires étrangères, avait bien œuvré à la cour, en faveur du règne de Chénar.

Un gouffre s'ouvrirait sous les pieds de Ramsès; le jeune régent de vingt-trois ans avait eu le tort de croire que la seule parole de son père suffirait à lui offrir le trône.

Quel sort Chénar devait-il lui réserver? S'il se montrait raisonnable, un poste honorifique dans les oasis ou en Nubie; mais ne chercherait-il pas des alliés, si misérables soient-ils, pour se révolter contre le pouvoir en place? Son impétuosité s'accommoderait mal d'un exil définitif. Non, il fallait le juguler à jamais; la mort était la meilleure solution, mais Chénar répugnait à supprimer son propre frère.

Le plus sage serait de le confier à Ménélas qui l'emmènerait en Grèce, sous le prétexte que l'ancien régent, renonçant à devenir Pharaon, avait envie de voyager ; le roi de Lacédémone le retiendrait prisonnier dans cette contrée lointaine où Ramsès dépérirait, oublié de tous. Quant à Néfertari, conformément à sa vocation initiale, elle serait recluse dans un temple de province.

Chénar fit venir son coiffeur, son manucure et son pédicure ; le futur maître de l'Égypte se devait d'être d'une distinction sans faille.

La grande épouse royale annonça elle-même le décès de Séthi à la cour. En l'an quinze de son règne, Pharaon avait tourné son visage vers l'au-delà, vers sa mère céleste qui l'enfanterait chaque nuit afin de le faire renaître à la pointe de l'aube comme un nouveau soleil ; ses frères les dieux l'accueilleraient dans les paradis, où, guéri de la mort, il vivrait de Maât.

La période de deuil débuta aussitôt.

Les temples furent fermés et l'activité rituelle s'interrompit, à l'exception des chants funèbres, matin et soir. Pendant soixante-dix jours, les hommes ne se raseraient pas, les femmes dénoueraient leurs cheveux, et l'on ne consommerait ni viande ni vin ; les bureaux des scribes demeureraient vides, l'administration serait en sommeil.

Pharaon mort, le trône vide, l'Égypte entrait dans l'inconnu. Chacun redoutait cette période de tous les dangers, pendant laquelle Maât pouvait s'éloigner à jamais ; malgré la présence de la reine et du régent, le pouvoir suprême était bel et bien vacant. Attirées par cette situation, les puissances des ténèbres se manifesteraient de mille et une façons afin de priver l'Égypte du souffle vital et de la capturer dans leur giron.

Aux frontières, l'armée fut mise en état d'alerte ; la nouvelle de la mort de Séthi se propagerait vite à l'étranger et susciterait des convoitises. Les Hittites et d'autres peuples guerriers attaqueraient-ils les franges du Delta ou prépareraient-ils une invasion massive, de laquelle rêvaient aussi les pirates et les bédouins ? Par sa seule stature, Séthi les réduisait à l'impuissance ; lui disparu, l'Égypte saurait-elle se défendre ?

Le jour même du trépas, le cadavre de Séthi fut transporté dans la salle de purification, sur la rive ouest du Nil. La grande épouse royale présida le tribunal réuni pour juger le roi mort ; elle-même, ses fils, le vizir, les membres du conseil des sages, les principaux dignitaires, les serviteurs de sa maisonnée déclarèrent, après avoir prêté serment et juré de dire la vérité, que Séthi avait été un roi juste et qu'ils n'avaient aucune plainte à émettre contre lui.

Les vivants avaient rendu leur verdict ; l'âme de Séthi pouvait aller à la rencontre du passeur, traverser le fleuve de l'autre monde, et voguer vers le rivage des étoiles. Encore fallait-il transformer son corps mortel en Osiris, et le momifier selon les rites royaux.

Dès que les momificateurs auraient procédé à l'extraction des viscères et à la déshydratation des chairs grâce au natron et à l'exposition au soleil, des ritualistes envelopperaient le roi défunt dans des bandelettes, et Séthi partirait pour la Vallée des Rois où avait été creusée sa demeure d'éternité.

Améni, Sétaou et Moïse étaient inquiets ; Ramsès s'enfermait dans le silence. Après avoir remercié ses amis de leur présence, il s'était isolé dans ses appartements. Seule Néfertari parvenait à échanger quelques mots avec lui, sans l'arracher à son désespoir.

Améni était d'autant plus angoissé que Chénar, après avoir manifesté sa peine avec l'ostentation nécessaire, déployait une surprenante activité, contactant les responsables des divers ministères et prenant en charge l'administration du pays ; auprès du vizir, il avait insisté sur son désintéressement et son souci de préserver la prospérité du royaume, malgré la période de deuil.

Touya aurait dû sermonner son fils aîné ; mais la reine ne quittait pas son mari. Incarnation de la déesse Isis, elle remplissait un rôle magique, indispensable à la résurrection. Jusqu'au moment où l'Osiris Séthi serait déposé dans son sarcophage, « le maître de la vie », la grande épouse royale ne se préoccuperait pas des affaires de ce monde.

Chénar avait le champ libre.

Le lion et le chien jaune se tenaient serrés contre leur maître, comme s'ils cherchaient à atténuer sa souffrance.

Avec Séthi, l'avenir était riant ; il suffisait d'écouter ses conseils, de lui obéir et de suivre son exemple. Sous ses ordres, il eût été si simple et si joyeux de régner ! Pas un instant, Ramsès n'avait imaginé qu'il serait seul, sans ce père dont le regard dissipait les ténèbres.

Quinze années de règne. Comme elles avaient été brèves, trop brèves ! Abydos, Karnak, Memphis, Héliopolis, Gournah, autant de temples qui chanteraient à jamais la gloire de ce bâtisseur, digne des pharaons de l'Ancien Empire. Mais il n'était plus là, et les vingt-trois ans de Ramsès lui paraissaient à la fois trop légers pour régner et trop lourds à porter.

Le méritait-il vraiment, ce nom écrasant de Fils de la Lumière ?

Cet ouvrage a été réalisé par la
SOCIÉTÉ NOUVELLE FIRMIN-DIDOT
Mesnil-sur-l'Estrée
pour le compte des Éditions Robert Laffont
en septembre 1995

Imprimé en France
Dépôt légal : septembre 1995
N° d'édition : 36387 – N° d'impression : 31709